Das Buch

Es beginnt mit einer Katastrophe – und von da an geht es bergab. Nachdem die Hochzeit von Prinzessin Anne-Sophie mit einem ungarischen Adeligen abgesagt werden muss, weil der Bräutigam verschwunden ist und die Braut im Koma liegt, versinkt Fürst Leopold im Alkohol, der Erbprinz schlägt mit einer Axt um sich, der Enkel soll ins Kloster geschickt werden, Prinzessin Charlotte droht fremdzugehen und die Fürstin wahrt nur mühsam die Contenance.

Schuld an allem sind, wie so oft, die Bürgerlichen, nämlich Christel und Renate aus Oberhausen, die Prinzessin Charlotte nicht mal auf der Damentoilette in Ruhe lassen …

Als sich am Ende der Rauch verzieht und die Alpengipfel wieder leuchten, ist allen klar: Unter dem roten Teppich des Adels sieht es nicht besser aus als bei Hempels unterm Sofa.

»Einmal ein Superweib, immer ein Superweib!«   *Welt am Sonntag*

Die Autorin

Hera Lind, geboren 1957, ist Deutschlands erfolgreichste Romanautorin. Nach dem Studium der Germanistik, Musik und Theologie begann sie eine Karriere als Konzertsängerin, ehe ihr gleich mit ihrem ersten Roman *Ein Mann für jede Tonart* ein sensationeller Bestseller gelang. Auch ihre weiteren Romane waren enorme Publikumserfolge.

Von Hera Lind sind in unserem Hause außerdem erschienen:

Karlas Umweg
Mord an Bord
Hochglanzweiber
Der doppelte Lothar

Hera Lind

Fürstenroman

Ullstein

Besuchen Sie uns im Internet:
www.ullstein-taschenbuch.de

Umwelthinweis:
Dieses Buch wurde auf chlor- und säurefreiem Papier gedruckt.

Ungekürzte Ausgabe im Ullstein Taschenbuch
1. Auflage November 2007
© Ullstein Buchverlage GmbH, Berlin 2006/Ullstein Verlag
Umschlaggestaltung: HildenDesign, München
nach einer Vorlage von Büro Hamburg
Umschlagillustration: © LULU/www.plasticpirate.com
Foto Umschlagrückseite: © Manfred Esser/Koch Musik
Satz: Pinkuin Satz und Datentechnik, Berlin
Druck und Bindearbeiten: Ebner & Spiegel, Ulm
Printed in Germany
ISBN 978-3-548-26785-2

Nebenan pinkelt eine Prinzessin!«

»Woher willst du das wissen?«

»Ich hab sie reinkommen sehen!«

»Caroline von Monaco?«

»Psssst!«

»Ich warte jetzt, bis sie rauskommt!«

»Mensch, bist du peinlich!«

Ja, dachte Prinzessin Charlotte. Das ist sie wirklich. Noch nicht mal in Ruhe pinkeln kann ich. Hoffentlich hauen diese blöden Weiber bald ab.

Verärgert blieb sie auf dem geschlossenen Klodeckel sitzen und wartete.

Aber das Getuschel im Waschraum ging weiter.

»Sie muss eben auch mal dahin, wo sogar der Kaiser zu Fuß hingeht.«

Das finden die wohl witzig, dachte Charlotte sauer.

Wie sind die hier bloß reingekommen? Das ist doch eine geschlossene Veranstaltung! Hat denn der dämliche Bodyguard nicht aufgepasst? Die Prinzessin schlüpfte aus ihren Riemchensandalen, kletterte auf den Klodeckel und spähte über die Toilettentür. Da standen sie.

Die bürgerlichen Gänse in ihren Lurex-Fetzen von C & A. Sie machten nicht den Eindruck, als wollten sie den Waschraum für den Adel freigeben.

Die dünnere der beiden aufgedonnerten Touristinnen, die

vor dem großen, goldumrahmten Spiegel im Waschraum des angesagten »Serail« standen und sich die Nase puderten, musterte ihre dicke Freundin unbeeindruckt.

»Wer soll denn da drin sein? Die Olle vom Tschaals?«

»Uralter österreichischer Adel!«, wisperte die Dickere mit der turmhohen Frisur. »Sie ist die Schwester von der, die morgen heiratet!«

Was Charlotte nicht wissen konnte und auch nicht wissen wollte, verrate ich Ihnen jetzt:

Die dicke Renate aus Oberhausen hatte zwei Opernkarten für Salzburg gewonnen, in einem Gewinnspiel aus den »Adelsnachrichten«. Die Frage hatte gelautet: Wer schrieb die »Entführung aus dem Serail«?

a) Wolfgang Amadeus Mozart
b) Dieter Bohlen
c) Edgar Wallace

Und bevor die dicke Renate mit Klaus-Jürgen nach Salzburg fuhr, der in Opern sowieso immer einschlief, hatte sie lieber ihre dünne Freundin Christel mitgenommen. Na gut, die »Entführung aus dem Serail« war nicht der Hit gewesen. Alles ganz furchtbar lang und schrill und dann noch auf Italienisch. Aber jetzt begann der Abend doch noch interessant zu werden.

Renate und Christel waren aus Versehen in eine Veranstaltung hineingeraten, auf der es von Adligen und Promis nur so wimmelte. Sie waren einfach dem Schild »Serail« gefolgt, weil sie glaubten, das gehöre immer noch zum Stück, und waren sehr erfreut gewesen, dass es hier Unmengen von lecker Essen und Trinken ganz umsonst gab. Außerdem sang keiner mehr, und man durfte endlich rauchen.

»Deine Prinzessin braucht aber verdammt lange«, mäkelte Christel, während sie die Beschaffenheit ihrer pinkfarbenen Fingernägel betrachtete.

»Wahrscheinlich hat sie einfach keine Lust auf die ganzen Lackaffen und blaublütigen Angeber da draußen«, überlegte die dicke Renate laut.

Charlotte auf ihrem Klodeckel verdrehte die Augen.

Irgendwann werden sie das Interesse an mir verlieren, hoffte sie und zündete sich eine Zigarette an.

Nun rauchten sie alle: Christel und Renate lehnten am Waschbecken und starrten von außen auf die Klotür, und Charlotte hockte mit angezogenen Knien auf dem Klodeckel und starrte von innen dagegen. Das war ein Gepaffe in der Damentoilette!

»Irgendwann muss sie da ja rauskommen«, stellte Christel fest.

Renate war zum Äußersten entschlossen. »Ein Autogramm vonne Hoheit muss mindestens dabei rausspringen, wenn-nich sogaa n Fotto mit mir und de Prinzessin. Meine Mutti in Recklinghausen fällt vom Hocka!«

Die bürgerlichen und die adligen Rauchschwaden krochen unter und über der Toilettentüre hervor und vereinigten sich.

Aber eben nur die Rauchschwaden. Ansonsten lagen Welten zwischen ihnen.

»Vielleicht hat se ihre Tage.«

Haut endlich ab, dachte Charlotte. Und wenn ich hier drin übernachte!

»Vielleicht will sie nicht«, sagte Renate schlau.

»Wir haben Zeit«, setzte Christel grausam nach.

Charlotte fühlte eine unbändige Wut in sich aufsteigen.

Warum muss ich eine Adelige sein, dachte sie frustriert, während sie ihren Kopf zwischen den Armen vergrub.

Warum darf ich nicht mal in Ruhe aufs Klo gehen?

»Wahnsinn«, hörte sie die Dicke seufzen. »Dat ich mal neben na echten Prinzessin gepinkelt hap!«

»Und? Frierste dein Pipi getz ein?«

»Wenn ich das in Recklinghausen erzähle … das glaubt mir kein Schwein.«

»Wer is dat denn getz da drin? Machet nich so spannend!«

»Ruhig!«, zischte die Dicke. »Sie kann uns hören!«

Ich ermorde euch, dachte Charlotte. Ich erwürge euch. Ich zerhacke euch in Stücke und spüle jedes einzelne davon die Toilette herunter.

»Caroline von Monaco?«, hörte sie Christel nachbohren.

»Prinzessin Charlotte von Hohensinn!«, zischte Renate.

»Kenn ich nicht«, sagte Christel enttäuscht. »Ich hatte schon gehofft, es ist diese wilde Hilde, die es mit Bademeistern und Würstchenverkäufern auf Campingplätzen treibt! Die hätte ich echt gern mal kennengelernt.«

»Die von Hohensinns sind ein ganz altes Adelsgeschlecht«, wusste die dicke Renate zu berichten. »Die hocken seit Kaiser Willem dem Zweiten oder zumindest seit vielen Generationen in einem Wahnsinns-Schloss hoch über so'm versteckten See im Salzkammergut. Das ist der einzige See, der für die Touristenschifffahrt gesperrt ist. Der Berg heißt Schwarzenberg und ist der Sage nach sehr steil.«

»Und DARUM machst du so ein Tamtam?«

»Morgen heiratet die jüngere Schwester!«

»Das hast du eben schon gesagt.«

»Anne-Sophie! Die Cello-Spielerin! Die heiratet morgen!«

»Wieso spielt die Cello?«

»Weißidonich, Mensch! Weil ihr dat Spaß macht!«

»Wenigstens Prinz Albert oder Prinz William oder sonst einen, den man kennt?«

»Nein. Frederic von Tatzmannsdorf. Ungarischer Adel. Kann toll Klavier spielen.«

Christel war in keinster Weise beeindruckt. »Nie gehört.«

»Der soll aber ihre ganz große Liebe sein.«

»Na toll. Heul doch.«

»Dat is ein Traumpaar, sage ich dir! Beide so jung und schön und so musikaaaaalisch …«

Jetzt HAUT doch endlich ab, dachte Charlotte und knirschte vor Wut mit den Zähnen. Sie ballte die Fäuste, bis das Weiße an ihren Knöcheln hervortrat. Natürlich ist Anne-Sophie viel interessanter als ich. Schöner und jünger und musikalischer, und jetzt heiratet sie auch noch ihren Traumprinzen … Und wer hockt auf dem Klodeckel und kann nicht raus, weil zwei dämliche Ruhrpottweiber da draußen ihre Zelte aufgeschlagen haben? Ich.

»Liest du denn gar keine Klatschblätter?«, ging das Getratsche draußen weiter.

»Nur beim Friseur. Und beim Zahnarzt.«

Das behaupten sie alle, dachte Charlotte. Dass sie sich nicht für unsereinen interessieren. Aber in Wirklichkeit bewachen sie die Klotür, als wäre ich ein seltenes Reptil.

Und wenn ich hier drin meinen Fünfzigsten feiere, nahm sie sich trotzig vor. Ich bleibe hier!

Charlotte spürte einen kalten Luftzug von der Waschraumtüre her. Endlich kam jemand rein!

»Hee, das ist nur für Damen«, hörte sie Christel empört kreischen.

»Haben Sie eine Einladung?«, sagte in barschem Ton eine Männerstimme.

Hastig kletterte Charlotte wieder auf den Klodeckel und spähte über den Türrand.

»Hallo! Hier ist das Damenklo!«, keifte Christel den bulligen Bodyguard an.

»Das ist eine geschlossene Veranstaltung!«, gab der Bodyguard zurück. »Ich muss Sie bitten zu gehen.«

»Raus hier, Sie Lümmel!« Renate hieb mit ihrer Handtasche auf den Bodyguard ein.

Charlotte verzog ihr Gesicht zu einem Grinsen. Endlich, dachte sie. Bis der mal in die Gänge kommt, schlage ich hier noch Wurzeln. Ich hätte hier mit Zwillingen niederkommen können, und der Trottel hätte es nicht gemerkt!

Der Bodyguard murmelte etwas in seinen Ärmel, und innerhalb weniger Sekunden war der Waschraum voll mit bulligen, glatzköpfigen Kerlen.

»Ist ja gut, wir gehen schon!«

»Lassen Sie mich los, Sie Grobian! Sie zerdrücken mir ja noch das Kleid!«

Um den Lurex-Fetzen ist es nun wirklich nicht schade, dachte Charlotte, als sie endlich wieder in ihre Riemchensandalen schlüpfte und den Zigarettenstummel im Klo hinunterspülte.

Ich bin so was von wütend, dass ich heute Abend noch jemanden umbringe!

Im »Serail« herrschte ohrenbetäubender Lärm. Und zwar trotz der lauten Musik. Na ja, Charlotte fand nicht, dass das Musik war – das war Lärmbelästigung, sonst nichts, verursacht von einem kleinen Dicken auf der Bühne, der einen gehäkelten Klorollenüberzug als Kopfputz trug. Trotz des aggressiven Krachs wurde nun eine Ansage gemacht, die niemanden wirklich zu interessieren schien. Eine bekannte österreichische Moderatorin schrie etwas ins Mikrofon, nachdem sie mehrmals daran geklopft und sich eine Serie durch Mark und Bein gehende Pfiffe eingehandelt hatte. Es ging irgendwie um die roten Ferraris, die draußen parkten, und um den berühmten Rennfahrer, der einen davon dem Hochzeitspaar schenken würde.

Das ist auch schon wieder so eine himmelschreiende Ungerechtigkeit, dachte Charlotte, die an der Türe lehnte und ihre kleine Schwester aus zusammengekniffenen Augen ansah. Jetzt spielen die schon Cello und Klavier und machen sich unnötig wichtig damit, und da schenkt ihnen der Renn-fahrer auch noch einen Ferrari. Als ich vor sieben Jahren den Eberhard geheiratet habe, bekamen wir vom Fuschler Bür-germeister einen Bildband über das schöne Salzkammergut. Na toll.

So ganz aus reiner Selbstlosigkeit wird der Rennfahrer seine Karre auch nicht herschenken, dachte sie bissig. Doch immer trifft es die Falschen, denn was soll dieses Weichei von einem klavierspielendem Bräutigam schon mit einem Ferrari anfangen!

Aber den soll er sich erst mal verdienen!

Einer plötzlichen Eingebung folgend, bahnte sich Char-lotte den Weg vor zur Bühne und flüsterte der Moderatorin etwas ins Ohr. Diese verstand erst nicht – bei dem Lärm war das schließlich auch kein Wunder –, doch dann lachte sie begeistert auf.

»Da wäre allerdings noch eine Sache zu meistern«, schrie die Moderatorin, nachdem es dem Veranstalter gelungen war, wenigstens den kleinen Dicken mit der Häkelmütze zum Schweigen zu bringen. Alle anderen redeten und lachten und kreischten laut weiter.

»Der hochverehrte Baron von Tatzmannsdorf muss näm-lich heute Nacht noch für seine Braut …« Die Moderatorin lauschte noch einmal auf das, was ihr Prinzessin Charlotte da ins Ohr flüsterte, als klar wurde, dass ihr sowieso keiner zuhörte. Ein Gelächter und Geplauder, ein Gläsergeklirre und Gekratze von silbernen Gäbelchen und Messerchen auf gol-denen Tellerchen, wie man es das letzte Mal auf der Hochzeit von Schneewittchen gesehen hat, als sich die sieben Zwerge den Bauch vollschlugen.

Mit fahriger Geste strich sich Charlotte die dunkelblon-den Haare aus der Stirn, nachdem sie wieder von der Bühne gesprungen war. Ja, das war eine gute Idee. Aus der Num-mer kam der Schwager in spe nicht mehr so schnell raus. Die Moderatorin schrie wieder in ihr Mikrofon, aber nur die ganz vorn an der Bühne stehenden Leute schien zu interessieren, was sie zu verkünden hatte. Es ging um irgendeine Nachtwanderung, die der arme Baron noch zu absolvieren hatte. Keiner bekam mit, dass der Bräutigam seiner Braut erst noch ein Edelweiß pflücken musste, damit er den Ferrari geschenkt bekam.

Charlotte warf einen Blick auf ihre kleine Schwester, die glücklich umschlungen mit ihrem Frederic am Fuße der Bühne stand. Die beiden lachten und klatschten und fanden die Idee offensichtlich sehr romantisch. Charlotte spürte auf einmal, wie sich eine tiefe Zufriedenheit in ihr ausbreitete. Die beiden Touristenweiber aus der Damentoilette waren längst vergessen.

Fürstin, die Vorbereitungen für die Hochzeit wären dann soweit abgeschlossen!«

Der treue Butler räusperte sich und blieb abwartend stehen.

»Gut, Johann. – Ist sonst noch was?«

Die Fürstin, fiel Johann auf, sieht in diesem altrosafarbenen Festtagsdirndl mit der olivgrünen Schürze trotz ihres hohen Alters noch fantastisch aus. Das muss man den Hohensinn-Damen lassen, dass sie alle wie aus dem Ei gepellt daherkommen. Und zwar aus dem abgeschreckten. Kein Gramm Fett, kaum eine Falte, und dann diese Haltung, als würden sie den ganzen Tag nur an der Ballettstange stehen. Johann durfte sich solche Gedanken erlauben, denn er war schon seit 67 Jahren Butler im Hause Hohensinn. Die feine alte Fürstin war nur drei Jahre älter als er, und man konnte mit Fug und Recht behaupten, dass sie zusammen aufgewachsen waren. Hier im Salzkammergut sah man das ganz locker: Die Kinder der Herrschaft wurden mit den Kindern

12

der Dienerschaft in ein und denselben Sandkasten gesteckt. Nur später trug man dann unterschiedliche Kleidung. Johann steckte in schwarzblaugestreiften Hosen und einem Wams mit goldenen Knöpfen, während die Fürstin wie schon erwähnt ein festliches Seidendirndl in altrosé trug, handgeklöppelt und bestickt. Das gestärkte Bluserl gab ein überraschend glattes, propperes Dekolleté frei.

Zur Feier des außergewöhnlichen Tages – immerhin heiratete heute ihre ebenso hübsche wie begabte Lieblingstochter Anne-Sophie einen ungarischen Baron, der zu allem Überfluss auch noch Klavier spielen konnte – hatte sie das schwere Diamant-Diadem aufgesteckt. Ich weiß jetzt nicht, ob so was zum Dirndl passt, aber sie hat's jedenfalls gemacht. Trotzdem ließ sie den Kopf nicht hängen – was andere Brautmütter ja auch ohne so einen kiloschweren Kopfschmuck tun. Von wegen »Brautmutter war die Eule, nahm Abschied mit Geheule«. Die Fürstin nicht.

Sie wird auch keine Miene verziehen, wenn ich ihr gleich sage, was los ist, dachte Johann.

Denn es war was los. Eine ganze Menge sogar. Von irgendwas muss dieser Roman ja handeln.

Aber Johann wollte den schönen Augenblick noch nicht zerstören. Die Fürstin stand gerade so gut gelaunt am Fenster. Sie betrachtete interessiert die Schar der sich über die Freitreppe ergießenden Hochzeitsgäste, die zum Teil in schweren Limousinen, zum Teil aber auch mit Bussen angereist waren. Heutzutage reist man auch in Adelskreisen mit Bussen an, das ist praktischer, und außerdem gibt es dann schon vor der Feier Schnaps und man ist von Anfang an locker drauf. Und um ehrlich zu sein, ist ja noch lange nicht jeder Adelige im Besitz eines Rolls-Royce samt Chauffeur. Man spricht in solchen Fällen von verarmtem Adel. Aber auch die verarmten Adligen werden zu prunkvollen Adelshochzeiten eingeladen. Hauptsache, sie haben einen Adelstitel.

Johann beschloss, erst selbst noch mal einen Blick nach draußen zu riskieren.

Ach ach ach, dachte er betrübt. Das hat die Fürstin wirklich nicht verdient, dass sie diese Leute gleich wieder nach Hause schicken muss. Denn eine Hochzeit wird es nicht geben.

Der See war an diesem frühen Maimorgen so blau wie der wolkenlose Himmel, und die herrliche Bergkulisse erinnerte an mit Puderzucker bestäubtes Feingebäck. Der schroffe Schwarzenberg erhob sich majestätisch hinter dem dunkelgrün schimmernden Schwarzensee und sein schneebedeckter Gipfel spiegelte sich in seiner ganzen Pracht darin. Diesen Postkarten-Anblick genoss man auf Schloss Hohensinn seit vielen Generationen. Falls man ihn überhaupt noch genoss. Denn man war so gewöhnt an diese Aussicht, dass man sie gar nicht mehr wahrnahm.

Die Fürstin schien zu spüren, dass etwas nicht stimmte.

»Ist noch was, Johann? Sie sehen bedrückt aus!«

Irgendwann hatten die beiden natürlich angefangen, sich zu siezen, ich kann aber nicht mehr sagen, wann genau.

Ich schätze, als sie neunzehn war und er sechzehn.

Der Butler hüstelte. Mir geht's auch beschissen, dachte er. Wie sage ich es ihr nur? Man kann doch nicht einfach so mit der Tür ins Haus fallen und die arme Frau zu Tode erschrecken! Gleich wird ihre ganze Welt zusammenbrechen!

»Die Gäste wären soweit vollzählig erschienen«, kreiste er die Sache schon mal ein. Er benutzte gern den Konjunktiv, auch wenn es sich um Tatsachen handelte, die längst passiert waren. Er servierte zum Beispiel abends die Suppe mit den Worten: »Das wäre jetzt eine klare Schildkrötenbouillon!« – und niemand antwortete: »Aber?«

Deshalb ließ sich die Fürstin auch jetzt nicht irritieren.

»Ich habe mir die ganzen alten Schabracken mal angesehen«, lächelte sie verschmitzt und blickte über ihre Schulter nach draußen. »Schauen Sie, da kommt die unsägliche Auguste von Austritt, nein, wie geschmacklos, das Grüne! Und die Gans von Zitzewitz hat sich in Orange gezwängt! Wenn Sie mich fragen, mein Lieber, haben die alle nicht den Mut, zu ihrem Alter zu stehen.«

»Ganz meiner Meinung«, dienerte Johann verlegen.

»Aber ich habe ja das Glück«, blieb die Fürstin in seichtem Gewässer, »einen so versierten Modeberater zu haben wie Sie!«

Johann setzte ein schiefes Lächeln auf. Ich kann es ihr nicht sagen, dachte er, nicht jetzt.

»Fürstin sehen wie immer ganz fantastisch aus. Wenn ich mir die Bemerkung erlauben darf: Man könnte meinen, dass Sie zu Ihrer eigenen Hochzeit gehen, und nicht zu der Ihrer zweiten Tochter!«

»Sie sind ein charmanter Lügner, Johann«, lächelte die Fürstin. »Aber dafür werden Sie ja schließlich bezahlt, nicht wahr? Ich bin fast siebzig Jahre alt, das wissen Sie genau! Ist noch was?«

»Nein.« Dabei war da durchaus noch was. Aber Johann war ein kleiner Feigling. Übrigens sein bevorzugtes Getränk, wenn er auf der Schihütte weilte und die Fürstin in weiten Schwüngen auf der Mühlbacher Piste zu Tal fuhr.

»Dann sagen Sie dem Fürsten, dass ich bereit bin, mit ihm die Gäste zu begrüßen. Wo steckt er denn, mein lieber Leopold?«

So, dachte Johann, jetzt wird es ernst. Ich kann hier nicht rumstehen und der alten Patricia Komplimente machen, während sich da draußen etwas zusammenbraut, das ich nachher nicht mehr stoppen kann. Die läuft mir ja ins offene Messer!

»Der Fürst wäre im Grunde fertig, aber das ist nicht das Problem, Fürstin.«

»Sondern?«

»Wenn ich ehrlich sein dürfte …«

»Johann! Spucken Sie es endlich aus! Ich merke doch schon die ganze Zeit, dass … Ist etwas passiert? Sie sind ja ganz blass! Und haben rote Flecken am Hals!«

»Das kann man noch nicht mit Gewissheit sagen, Fürstin.«

»Was kann man noch nicht mit Gewissheit sagen?«

»Es ist sicherlich etwas ungewöhnlich, dass sowohl die Braut als auch der Bräutigam spurlos verschwunden sind ...« Er räusperte sich wieder, weil ihm plötzlich heiß wurde.

Johann musste sich an der barocken Spiegelkommode festhalten, die zwischen den sattgelben Samtvorhängen stand. Was heißt hier verschwunden, dachte er. Wenn sie wenigstens noch leben würden, dann wären wir schon einen ganzen Schritt weiter!

Die Fürstin lachte. »Aber Johann! Warum hat Paula nicht an Anne-Sophies Schlafzimmertür geklopft? Oder Charlotte?«

Dass Charlotte auch verschwunden ist, sage ich ihr lieber nicht, beschloss Johann. Ihm brach der Schweiß aus, was ihm dienstgradmäßig nicht zustand und auch wegen seines engen Kragens äußerst unschön war.

»Dann wird sie sich gleich melden!«

»Das halte ich für ausgeschlossen.«

»Die jungen Leute haben doch gestern noch eine Riesenparty gefeiert. Ich habe das zwar nicht gebilligt, aber was soll man machen! Sie waren in diesem angesagten Laden in Salzburg, wo auch dieser Tennisspieler und dieser Rennfahrer verkehren. Wie heißt der Schuppen noch gleich ... Versailles?«

»Serail, Fürstin.« Johann bekam nun wacklige Knie. »Wir haben in Erfahrung gebracht, dass sie dort gegen Mitternacht weggefahren wären.«

»Na also.«

Nee, nix na also. Diesmal nicht, Durchlaucht.

»Wie einer der Begleiter des jungen Paares dem Besitzer des Etablissements erzählte, wollten Prinzessin Anne-Sophie und ihr Bräutigam noch mit Freunden ...« Er unterbrach sich und betrachtete seine blank geputzten Schuhe.

»Johann! WAS wollten die jungen Leute um Mitternacht noch? Sie werden doch nicht zu viel Alkohol konsumiert haben? Oder Marihuana? Am Abend vor ihrer Hochzeit? Das wäre natürlich peinlich!«

»Nein, Fürstin, das ist es nicht.« Johann fasste sich an den Hals, als wollte er seine Fliege lockern. Das wollte er auch, aber das war in Adelskreisen genauso verboten, wie wenn sich unsereins in der U-Bahn die Zehennägel schneidet. »Ihre Tochter Charlotte war auch dabei, und ich fürchte, sie hat das junge Paar da zu etwas angestiftet ... Also eigentlich war es diese Fernsehmoderatorin, aber die hat ja nur gesagt, was Charlotte ihr gesagt hat, das sie sagen soll ...«

»Johann! Sie faseln!«

»Es ging wohl um eine Wette oder einen Ferrari oder so was.«

»Ja also was denn jetzt! Wette oder Ferrari?«

»Nun ja ... der Baron von Tatzmannsdorf kommt ja bekanntermaßen aus Ungarn und ist das Bergsteigen gar nicht gewöhnt. Erst recht nicht nachts, und auf dem Schwarzenberg liegt ja nun auch noch Schnee ...«

Die Fürstin war bleich geworden. Sie sank auf das Kanapee und fächerte sich Luft zu. »Charlotte ist Extremsportlerin! Sie wird doch die unschuldigen Kinder nicht ...«

»Wem sagen Sie das, Fürstin. Für sie ist kein Gipfel zu hoch, kein Berg zu steil und kein Abenteuer gefährlich genug. Aber sie sollte nicht unterschätzen, dass andere Leute nicht so geübt sind wie sie ... Erst recht nicht in dieser unpassenden Kleidung ...«

»Sie wollen mir doch jetzt nicht sagen, dass Frederic und Anne-Sophie heute Nacht auf den Schwarzenberg ...«

»Prinzessin Charlotte ist sogar während ihrer drei Schwangerschaften bis zuletzt auf den steilsten Skihängen herumgesaust oder im Galopp geritten«, versuchte der Butler noch einmal Land zu gewinnen. »Sie erinnern sich, Fürstin, der

Hofrat Kirchengast hat daraufhin seine medizinische Verantwortung für die Fürstenfamilie niedergelegt ...«

»Johann, jetzt hören Sie endlich auf, über Charlotte zu reden! Ich WEISS, dass Charlotte verrückt und wahnsinnig ist!« Die Fürstin fasste sich mit fahriger Geste an die Schläfe. »Wahrscheinlich habe ich sie zu früh vom Topf geholt«, schalt sie sich selbst. Die Fürstin war nun ziemlich außer sich, ein Zustand, der Johann so noch nicht geläufig war.

»Was ist mit dem Brautpaar?«, fuhr sie herum. »Sagen Sie mir bitte nicht, dass die beiden noch im Berg hängen, eine Stunde vor ihrer feierlichen Trauung im Schloss!«

Unpassenderweise begann in diesem Moment das Streichquintett, das mit Mozart-Perücken und in historischen Kostümen auf der Freitreppe stand, die »launische Forelle« von Schubert zu spielen. Die Fürstin sprang auf und knallte die Fenster zu. Doch das war mehr eine hilflose Geste des Zorns als eine nützliche Tat. Johann machte sich nicht mal die Mühe, der Fürstin beim Fensterschließen zu helfen.

Vom Park her war nach wie vor Stimmengewirr und Gelächter zu hören. Immer mehr prunkvolle Limousinen und überfüllte Busse fuhren vor, immer mehr fein herausgeputzte Gäste entstiegen ihnen und staksten vornehm über den roten Teppich. Die Pressefotografen drängelten sich hinter der Absperrung wie in New York Ratten um eine Mülltonne und riefen: »Durchlaucht! Bitte einmal lächeln!« Dann entstand aufgeregtes Gerangel. »Mein Gott, sie kommt in Stulpensöckchen! Prinzessin Stephanie! Nicht so ernst! Baron von Eulenberg! Schauen Sie auch einmal zu uns herüber?! Großherzogin Maria Teresa! Einmal hier, bitte freundlich winken! – Kann denn mal einer die dicke Justine aus dem Bild zerren?«

Es war das übliche Zeremoniell. Die adligen Herrschaften produzierten sich einige Augenblicke lang mit einem eingefrorenen Lächeln wie Pfauen aus dem Tierpark Hellbrunn und schritten dann die Freitreppe hinauf ins Innere des Schlosses, wo keine Pressefotografen zugelassen waren. Im Vorbeigehen schnappten sie sich noch schnell ein Glas Champagner oder einen bonbonfarbenen Cocktail, der von livrierten Pagen gereicht wurde.

Johann straffte sich. Es hatte ja doch keinen Zweck, die Sache noch weiter hinauszuzögern.

»Leider ist es sehr wahrscheinlich«, sagte er so würdevoll wie möglich, »dass die drei jungen Leute nach Mitternacht noch auf den Schwarzenberg gestiegen sind.«

So. Nun war es heraus. Der Butler sehnte sich so sehr nach einem Schnaps, dass er schon fast halluzinierte.

Fürstin Patricia versuchte, tief ein- und auszuatmen.

»Johann, Sie sind albern. Da oben liegt meterhoch festgefrorener Altschnee! Es herrscht absolute Lawinengefahr, und das weiß Charlotte ganz genau!«

»Das entspricht leider den Tatsachen, Fürstin.«

»Sie würden nie wagen, in so einer Angelegenheit mit mir zu scherzen!«

»Nein, das würde ich nicht. Das hielte ich für ausgesprochen … geschmacklos.«

»Ich würde Sie aus dem Fenster werfen. Das wissen Sie.«

»Natürlich, Fürstin. Ich muss gestehen, dass mir diese Variante noch lieber wäre als die, mit der wir uns nun leider abfinden müssen.«

Gut gelaunt auf einer ziemlich abgelutschten Zigarre herumpaffend, verließ der alte, schon leicht klapprige Fürst Leopold sein Ankleidezimmer. Es hatte etwas gedauert, bis er mithilfe seiner zwei Butler in die offizielle Uniform mit den goldenen Schulterklappen gelangt war, denn die war nicht unbedingt aus schmuseweicher Stretchqualität, aber nun war die Verkleidung perfekt. Immerhin war Fürst Leopold ein direkter Nachfahre Kaiser Wilhelms des Zweiten, und sein eigener Vater hatte noch im Ersten Weltkrieg gedient. Und im Zweiten auch, aber das führt uns jetzt in die Normandie und in den strengen Vierundvierziger Winter, und das muss jetzt wirklich nicht sein. Auf seiner alten Vaterbrust prangten die vielen Orden, die Fürst Leopold im Laufe seines Lebens errungen hatte. Es war allerdings nicht so, dass Leopold noch selbst im Krieg gewesen wäre: Die Orden bekam man als Landesfürst auch zu ganz anderen Anlässen. Die Österreicher vergeben und tragen gerne Orden, und das war dem alten Fürsten ganz recht. Wenn man schon sonst nicht mehr so viel Spaß im Leben hatte – immerhin näherte sich der Fürst seinem zweiundachtzigsten! –, konnte man sich wenigstens seine besten Erinnerungen an die Uniform stecken. Eine blaue Schärpe, die nur zu besonderen Anlässen getragen wurde, krönte die ganze fürstliche Erscheinung. Fürst Leopold von Hohensinn hatte sie schon bei seiner eigenen Hochzeit getragen, im Jahre 1960, als er Patricia zu seiner Frau machte, was übrigens im Nachhinein betrachtet keine Fehlentscheidung gewesen war. Die Vorfreude auf die Hochzeit seiner hübschen und begabten Lieblingstochter Anne-Sophie stand dem alten Fürsten deutlich ins Gesicht geschrieben. Er hatte schon vor Jahren die Begegnung zwischen ihr und dem Baron Frederic von Tatzmannsdorf aus Ungarn arrangiert. Der junge Mann spielte fantastisch Klavier, und seine Tochter Anne-Sophie beherrschte virtuos das Cello. Das wurde zwar schon mehrfach erwähnt, aber der Fürst freute sich immer wieder darüber.

Die junga Leit passen wirklich guat zamm, dachte er vergnügt. Wenn er dachte, dachte er immer in seiner Pinzgauer Mundart. Des taugt ma, dass ich den jungen Bursch'n zum Studiern ans Mozarteum g'holt hab, den ungarischen. A Ehepaar sollt' a gemeinsame Leidenschaft ham, dachte er, dann wird des auch was. Patricia und ich san jetzt 45 Jahr glücklich verheirat und ham vier prächtige Kinder. Ja, so was kimmt doch net von ungefähr! Wir ham a gemeinsame Leidenschaft, und des ist unser Fürstentum, unser Besitz Schloss Hohensinn. Charlotte, dachte er erbost. Sieben Jahr is sie jetzt mit diesem Nichtsnutz Eberhard zu Fragstein verheirat, nur weil er ihr damals schöne Aug'n g'macht hat. Aber auf's Geld war er aus, der Sauhund, und total unglücklich ist des Dirndl. Charlotte und Eberhard, die kenna nach außen hin noch so harmonisch tun, dachte der alte Fürst betrübt, mich täuschen's nicht. Die ist ja schon ganz verrückt mit ihrem Extremsport, rennt immer um den ganzen Attersee und den Wolfgangssee noch dazu. Ganz narrisch is word'n und fetzt mit ihrem Rennradl umeinand, dass einem ganz schwindlig wird. Sie kümmert sich net um die Kinder, weil ihr der Eberhard so auf die Nerven geht, und was der für Weiberg'schicht'n am Laufen hat, dachte er, will i goa net wissen. Und auch bei meinem Ältesten, dem Ferdl, ist nicht alles zum Besten bestellt, ging es ihm weiter durch den greisen Kopf – und das alles, während er schon in voller Montur vor seiner Kammertüre stand, nicht wissend, wohin er eigentlich hatte gehen wollen, bevor ihn diese Gedanken überfielen. Aber ihr dürft dem Fürsten nicht böse sein, denn er denkt das ja alles nur deshalb in dieser Ausführlichkeit, damit ihr, liebe Leser, die Fürstenfamilie mal eben schnell kennenlernt. In einer Fernsehserie laufen die Hauptdarsteller ja immer wieder durchs Bild, und irgendwann erkennt man sie dann auch wieder. Die mit dem breiten Hut zum Beispiel ist die Senta Berger als Fürstin. Iris Berben gibt die angeheiratete Schwägerin und Ruth Maria Kubitschek die Baronin Justine. Oder wie heißt diese andere noch gleich, die immer die feinen Damen spielt? Christiane Hörbiger, genau. Und da schnallt man irgendwann: Das ist jetzt die Fürstin. Susanne Uhlen kann ja dann eigentlich nur noch die Schwiegertochter sein und Barbara Wussow die Tochter. Sascha Wussow gibt den Förster und Sascha Hehn ist der Baron mit der eigenen Pferdezucht. Und der Christian Kohlund, na ja, der wird auch immer dicker. Aber im Roman muss man die einzelnen Protagonisten alle mühsam erklären, und deshalb, liebe Leser, denkt der alte Fürst das alles. Aber er denkt nie lange. Nur noch ein letzter Gedanke über seinen zukünftigen Schwiegersohn Frederic:

Dieser ungarische blasse Baron ist vielleicht net ganz von unserm Schlag, dachte er. Der kann keinen Hirsch net schießen und keine zehn Schnapserl trinken, ohne dass er zu schwanken anfangt. Aber geh, Dirndl, sag i, der Mann kann Klavier spüln und dös is genau, was du brauchst, damit du amol glücklich und zufrieden bist. Und jetzt heirat'st den, und a Rua is.

Genüsslich paffte er an seiner Zigarre. Elisa, das dralle Stubenmädchen im ersten Lehrjahr, stand in respektvollem Abstand mit dem silbernen Aschenbecher hinter ihm. Wie lange schon, weiß ich jetzt gar nicht. Ich habe sie nicht kommen hören. Fürst Leopold legte seine abgelutschte Zigarre mit wohlwollendem Blick auf Elisas appetitliches Dekolleté hinein.

Das dralle Stubenmädchen knickste.

Gut gelaunt klopfte der Fürst, der sich schon drei oder vier Schnapserl gegönnt hatte, an die Tür der Privatgemächer der Fürstin Patricia.

»Weiberl! Loss mers angehn! I bin so weit!«

Auf der schon erwähnten Freitreppe wurde indes ungeachtet der sich anbahnenden Dramen in den höheren Etagen unverdrossen weiter Champagner getrunken. Die erlauchten Gäste versammelten sich, einander neugierig musternd, im großen Spiegelsaal, wo zwei Dutzend adrett angezogener Zofen und junge Butler mit Silbertabletts voller zierlicher Appetithäppchen umhergingen. Auf einer Anhöhe unter den

Marmorsäulen spielte das große Mozarteum-Orchester zur Einstimmung die »Kleine Nachtmusik«. Ähnlich wie gestern im Serail hörte jedoch auch hier niemand zu. Der Dirigent konnte drauflosrudern, wie er wollte, er hätte sich auch das Toupet vom Kopf reißen können: Niemand war bereit, ihm Beachtung zu schenken.

Später, während der kirchlichen Trauung im Dom zu Salzburg, würde das Orchester mitsamt Chor, Solisten und Dirigenten die »Krönungsmesse« von Mozart zu Gehör bringen. Die unerschrockene Gräfin Esterhazy, ihres Zeichens ausgebildete Mezzosopranistin, würde das »Agnus Dei« singen, eine Partie, die erst einmal durchgestanden werden will. Zuerst aber sollte die standesamtliche Trauung im Schloss stattfinden. Und zwar in zwanzig Minuten, wenn ich jetzt auf die Uhr schaue! Auf der fürstlichen Einladung hatte gestanden, dass man um elf Uhr dreißig nach einem Champagnerempfang mit »musikalischen Schmankerln« ins Fürstenzimmer des Schlosses bitte, wo Prinzessin Anne-Sophie dem Baron von Tatzmannsdorf das Jawort zu geben gedenke.

Hinter einer samtverkleideten Tür hörte man, wie sich zwei Sängerinnen einsangen. »Schöne Nacht, o Liebesnacht, o stille das Verlangen«, ertönte das Duett der Sopranistin mit dem Mezzo aus »Hoffmanns Erzählungen« von Jacques Offenbach. Die Sopranistin war eine gefeierte Russin, die extra aus Chicago eingeflogen war, wo sie gerade die Titelpartie in »La Traviata« sang, und die Gräfin Esterhazy wohnte sowieso in Ering am Inn. Ein berühmter englischer Bariton, der sonst im »Don Giovanni« glänzte und sich bereits mit dem Titel »Sir« schmücken durfte, probte am anderen Ende des Saales mit dem Pianisten »Ich liebe dich« von Beethoven.

Niemand konnte zu diesem Zeitpunkt ahnen, dass der warm bebende Bariton seine Noten und seinen Pianisten einpacken und gehen würde, bevor es vom Schlossturm her zwölf Uhr schlug.

Die adligen Gäste plauderten also immer noch ahnungslos, hier und da wurden kleine Gehässigkeiten ausgetauscht oder man schlug die Zeit durch hohles Geschwätz tot. Die jovial den Bauch herausstreckenden Herren protzten mit ihrem letzten Jagdabenteuer, die Damen heuchelten Begeisterung, was die Festtracht ihrer Gesprächspartnerin anbelangte, oder schwärmten von ihren Segelyachten, Gärtnern, Chauffeuren oder Golflehrern.

Die Söhne des Fürstenpaars, Erbprinz Ferdinand und sein jüngster Bruder Alexander, genannt Sascha oder von gleichgeschlechtlichen Nahestehenden auch Saschi, liefen nervös durch die Reihen. Die Hände in den Trachtensmoking-Taschen, die Schultern hochgezogen, ahnungslos. Noch.

Wo blieben denn ihre Eltern, das Fürstenpaar? Das war doch alles andere als schicklich, die adligen Herrschaften hier unten im Saal sich selbst zu überlassen! Die »Kleine Nachtmusik« hatte sich längst zu einer Großen Nachtmusik ausgeweitet; inzwischen war man beim dritten Durchgang angelangt! Das merkte zwar niemand, aber dennoch: Hier stimmte etwas nicht!

Und warum war das Brautpaar noch nicht aufgetaucht?

Auch vermissten die beiden jungen Fürstensöhne ihre Schwester Charlotte, die Extremsportlerin. Sie würde doch wenigstens heute darauf verzichten, einen Vierzig-Kilometer-Höhenlauf zu machen? In dieser Hinsicht war sie ihrer direkten Vorfahrin Kaiserin Sissi sehr ähnlich. Wahrscheinlich hatte sie dieses Extremsport-Gen von ihr geerbt. Auch Sissi war ja bekanntermaßen im Laufschritt über die Berge geeilt. Also bei Bad Ischl die Kathrin-Alm rauf und runter, ganz ohne Gondel oder so, voll durch die Schneisen und über die Bergrücken im langen Rock mit geschnürter Taille, sodass ihre Dienstboten mit dem Picknickkorb gar nicht hinterherkamen. Sie war süchtig nach Bewegung gewesen und hatte sich, genau wie ihre Nachfahrin Charlotte von Hohensinn, täglich durch extremes Hungern und extrem Sport kasteit. Trotz ihrer sechs Kinder hatte sie Kleidergröße 34 gehabt, und genau das war das Ziel, das Charlotte immer im Auge behielt.

»Weißt du, was ich glaube?«, fragte der älteste, Erbprinz Ferdinand im steifen Lodenanzug, seinen jüngsten Bruder Sascha. »Die pennen noch.«

»Quatsch. Mami hätte sie längst aus dem Bett geworfen.«

»Und unser liebes Kindermädchen Paula hätte sie unter die kalte Dusche gesteckt.«

»An seinem Hochzeitstag verschläft man nicht. Jedenfalls nicht in unseren Kreisen«, äffte Ferdinand das gute alte Kindermädchen nach.

»Also ist irgendwas im Busch. Hatten die gestern Nacht Krach?«

Alexander, genannt Sascha, der als Einziger von den vier Fürstenkindern noch nicht in festen Händen war – und, wie alle wussten, es im bürgerlichen Sinne auch nie sein würde, da er den warmen Händedruck bevorzugte –, hatte einen besonders guten Draht zu Paula, dem behäbigen Kindermädchen. Paula war eigentlich kein Mädchen mehr, denn sie zählte bereits 67 Lenze und brachte gut und gern das Doppelte in Kilo auf die Waage.

»Ich frage Paula. Vielleicht ist Anne-Sophie bei ihr und heult.«

Das ist ja bekannt, dass Bräute zwanzig Minuten vor ihrer Hochzeit kalte Füße kriegen und alles rückgängig machen wollen. Dabei haben sie einfach deshalb kalte Füße, weil Socken in Riemchensandalen scheiße aussehen.

Gerade als Sascha – also Prinz Alexander, der jüngste Fürstensohn – ins Stammhaus hinübergehen wollte, um das geliebte, alte, klobige und grobschlächtige Kindermädchen aufzusuchen und in Erfahrung zu bringen, warum hier alles so schleppend in Gang kam, lief er seinem verhassten Halbbruder Gerthold von Schweinitz über den Weg.

25

Den muss ich jetzt leider auch noch anmoderieren, liebe Freunde. Den kann ich euch nicht ersparen, denn der wird noch eine entscheidende Rolle spielen in der ganzen Fürstensülze. Aber dann haben wir sie auch, die gesamte Adelssippe.

Jetzt nicht auch noch Holdi, das Schwein, schoss es Sascha durch den Kopf. Jetzt nicht auch noch der. Jeder, aber der nicht. Da hör ich lieber noch ein viertes Mal die »Kleine Nachtmusik«. Er wollte schon eilig den Rückzug antreten, als sein verhasster Halbbruder Holdi auch schon direkt Kurs auf ihn nahm. Er hatte wie immer ein Häppchen in der einen und ein Glas in der anderen Hand und wahrscheinlich auch noch ein bis zwei Häppchen im Mund. Auf seiner Krawatte war jedenfalls ein Fleck.

Der Baron Gerthold von Schweinitz war das Produkt eines vorehelichen Abenteuers seines Vaters Leopold mit der Baronin Justine von Schweinitz, und wenn er wenigstens cool gewesen wäre, hätte man ihm seine Herkunft verziehen. Aber da konnte man lange darauf hoffen.

Holdi, das Schwein, lebte mit seinen zweiundfünfzig Jahren immer noch bei seiner Mutter, der Baronin Justine von Schweinitz. Sie war im Gegensatz zu Fürstin Patricia eine dickliche, unansehnliche alte Frau geworden. Ihren Gram darüber, vom Fürsten Leopold nicht geehelicht worden zu sein, betäubte sie seit einem halben Jahrhundert mit übermäßigem Essen, vorzugsweise von Sachertorte, und mit Trinken von beispielsweise Eierlikör oder süßem Sherry.

Alles völlig sinnlose, nährwertarme Kalorienbomben, die nicht jedermann gut tun.

Holdi, das Schwein, fraß sich mit Vorliebe bei anderen Leuten durch. Da war er nicht wählerisch. Kein Bankett, bei dem Holdi nicht als Erster am Buffet stand. Kein Dinner, bei dem er nicht hungrig bei Tisch saß, keine Party, bei der es irgendwas umsonst gab, ließ er sich durch die Lappen gehen. Holdi, das Schwein, war so sicher anwesend wie das Amen in der Kirche.

Ausgerechnet Holdi, der alte Schleimer, stellte sich nun Alexander, den Freunde Sascha nannten, und ganz enge Freunde Saschi, in den Weg.

»Saschi, Bruderherz!«

Da hatte er seinen jungen Halbbruder aber auf dem falschen Fuß erwischt. Wenn Alexander etwas nicht leiden konnte, dann war es der falsche Kosename zur falschen Zeit am falschen Ort vom falschen Mann.

»Hoffentlich hast du deine Alte heute zu Hause gelassen.« Das war zwar keine offizielle Begrüßung auf einem Hochzeitsbankett, aber Holdi, das Schwein, peilte sowieso nichts.

»Ist eine Hochzeit nicht ein Fest der Liebe? Und wenn ich mein Schwesterlein in den heiligen Ehestand begleite, werde ich doch meine alte ehrwürdige Mutter nicht allein zu Hause lassen! Hier, magst an Schluck Schampus? Siehst aus, als hättest du 'ne Alko-Pille dringend nötig!«

»Holdi, geh leck mi …«

»Wie sieht's denn mit dir aus, Bruderherz? Immer noch kein Weibsbild gefunden, das deinen elitären Ansprüchen genügt?«

Ich bin so schwul, wie du ein armseliger Gratis-Fresser bist, dachte Alex, genannt Sascha, aber das werden wir zwei wohl nie klären.

»Wenn du eine Frau findest, die bereit ist dich zu heiraten, reden wir weiter.« Sascha warf seinem ungeliebten Halbbruder Holdi einen Blick zu, der nichts als Abscheu enthielt.

Neben seinem unterirdischen Benehmen war jedoch das Schlimmste an Holdi, dass er immer versuchte aufzufallen, um überhaupt bemerkt zu werden. Eben noch hatte er sich stundenlang auf dem roten Teppich herumgedrückt und immer wieder versucht, hinter besonders berühmten Hoheiten her zu schreiten, um wenigstens im Hintergrund eines Fotos zu sehen zu sein, bis er schließlich aus dem Bild gewinkt worden war.

27

»Der Herr da im Hintergrund! Könnten Sie mal zur Seite gehen?«

Solcherlei Erniedrigungen schienen Holdi nicht im Mindesten zu kränken.

»Also, schleich di, Holdi, i hab heute noch was vor!«

»Saschi, dein Humor ist mal wieder überwältigend! Von der ganzen fürstlichen Bagage bist du mir der Liebste!« Der schwabbelige, bleiche Gerthold versuchte Alex zu umarmen – eine Vorstellung, bei der mir ganz schlecht wird.

Alexander ging es da ganz genauso. Er wollte sich schleichen, aber der klebrige Holdi ließ immer noch nicht von ihm ab:

»Sag, wird denn die bezaubernde Braut auch heute an ihrem Ehrentag ihr Cello zwischen die Beine nehmen?«

Was für ein Widerling! Meine Lektorin findet diesen Ausspruch zu vulgär und bat mich ihn zu streichen.

Aber wenn Holdi doch so redet! Was soll ich denn machen!

Ich kann ihm ja nicht den Mund verbieten. Schließlich ist er ein Fürst – zumindest der Bastard von einem Fürsten –, und ich bin eine Bürgerliche. Dafür allerdings ehelich geboren.

»Geh Holdi, konnst mir 'n Hobel blasen!«

»Das hättst wohl gean, was, alter Schwerenöta! Aber i bin vom richtigen Ufer!«

»An deinem Ufer möchte i net tot übam Zaun hängen!«

Nach diesem unerfreulichen Disput zwischen zwei ungleichen Halbbrüdern gelang es Prinz Alexander endlich, den feisten Gerthold stehen zu lassen.

So, jetzt haben wir den auch abgefrühstückt.

Eilig lief Sascha zu seiner alten, gütigen, behäbigen Kinderfrau Paula hinüber, die fein ausstaffiert im schwarzgoldgestickten Trachtengewand mit resch gestärkter Bluse im Stammhaus auf und ab ging.

»Gell, Alex, du spürst auch, dass etwas nicht stimmt!«

»Also Paula, wenn du mich fragst, dann hängen die noch im Berg, die Narrischen!«

Paula nickte unter Tränen. »Ich hab ihnen versprechen müssen, dass ich euren Eltern nix sag …«

»Paula! Weißt du irgendwas? Los! Sag schon!«

Die alte Kinderfrau drückte Alex an sich. »Wie oft hab ich zu euch gehalten, wenn ihr wieder was ausgefressen habt! Immer hab ich euch gedeckt! Verteidigt hab ich euch, wie eine Glucke ihre Küken! Aber diesmal war's ein Fehler, nix zu sagen!«

»Was denn, Paula, was denn?« Alex ergriff die Hände der alten Kinderfrau. Sie waren eiskalt, rau und rissig.

»Auf'n Berg haben's halt unbedingt noch müssen! Mit Fackeln wollten's auffi, um Mitternacht! Die Charlotte hat die Idee gehabt, weil des ja so a Verrückte ist!«

»Woher willst du das wissen?«

»Sie hat's mir ja selbst erzählt, gestern in der Früh! Der Tatzmannsdorfsche, hat sie gesagt, der soll genau so'n Polterabend kriegen wie die andern Mannsbilder hier. Und ich denk mir für den noch irgendwas aus, dass er zeigen kann, dass er a Mannsbild ist.«

»Ich dachte, das hatte was mit dem Ferrari zu tun!«

Ja, das dachte ich jetzt eigentlich auch, so hatte ich das ja eigentlich eingetütet, aber egal jetzt.

»Und die Moderatorin, die damische, hat's dann ganz laut verkündet, da konnte der junge Baron nimmer z'ruck! Glück soll's bringen, in der Nacht vor der Hochzeit bei Vollmond auf'm Gipfel vom Schwarzenberg zu stehen … Und der Braut soll er frisches Edelweiß ins Haar stecken, weil's dann viele Kinder bekommen. So ist es bei uns der Brauch …«

»Also ich weiß nur was von 'nem Ferrari«, beharrte Alexander. Der hätte ihn jedenfalls mehr interessiert als die Sache mit den vielen Kindern.

Paula brach in Tränen aus. »Wenn's jetzt noch nicht zurück san, dann kommen's auch nimmer!«

»Scheiße!«, schrie Prinz Alexander. »Und ich hab wieder mal nix mitgekriegt!«

Jedenfalls musste jetzt gehandelt werden, so viel war ihm klar. Auch wenn er sich nun darüber ärgerte, dass er sich um Mitternacht mit einem Kellner namens Thorsten abgesetzt hatte, statt die Gaudi mit dem Schwager mitzuerleben: Jetzt hieß es keinen falschen Handgriff mehr tun. Er schob Paula zur Seite und griff zum Telefon.

Die Rettung war bereits alarmiert worden. Der Oberförster Matthias Freinberger hatte bei seinem frühmorgendlichen Rundgang bemerkt, dass das Jagdhaus des Fürsten Ernst von Solms benutzt worden war. Es lag oberhalb des Mayrsteigs am Ende des Forstwegs, beim Aufstieg zum Schwarzenberg, aber noch unterhalb der Schneegrenze. Ich könnte euch das jetzt noch genauer erklären, aber das wollt ihr wahrscheinlich gar nicht.

Mehrere Jeeps mussten in der Nacht hier heraufgefahren sein, der Förster sah Spuren im Waldboden. Der Fürst von Solms, ein gutmütiger alter Dicker, dessen Joppe schon über dem Wohlstandsbauch spannte, weilte gerade in Monte Carlo, um dort ein bisschen mit seiner Yacht herumzuschippern. Das tat er gern, wenn es im Mai in Salzburg noch kühl war, und er den Frühling auf dem Mittelmeer begrüßen konnte. Also konnte er das Haus nicht bewohnt haben, und ihr könnt ihn auch gleich wieder abhaken. Mit einem Zweitschlüssel, den ihm der Fürst anvertraut hatte, öffnete der

Förster die Tür. Der Jagdhund Benno schnüffelte sofort im Wohnzimmer herum. Es roch nach vielen Menschen, nach Alkohol und kaltem Rauch. Auch eine leichte Marihuanawolke lag noch in der Luft. Auf dem Tisch standen ein Dutzend leere Flaschen Röderer Kristall. Was Benno weitaus mehr begeisterte, waren die Reste von der Gänseleberpastete. Aufgeregt sog er ihren Duft ein. Und zwar weil er ein gut erzogener Jagdhund war. Schlecht erzogene, überzüchtete Golden Retriever wie meiner beispielsweise halten sich nicht lange mit Schnüffeln auf, sondern verziehen sich mitsamt der halbleeren Gänseleberpastetendose sofort in irgendeine Sofaecke.

Der Oberförster hob eine halbleere Dose hoch: Es war George Brück. Vom Feinsten. Hier hatte ganz offensichtlich eine Party stattgefunden, und man hatte noch nicht die Gelegenheit gehabt, aufzuräumen.

Er inspizierte noch die anderen Räume, fand aber niemanden vor.

Die Schlafzimmer waren unbenutzt, aber auf der Stiege entdeckte er Blutspuren.

»Da is was faul. Komm, Benno!«

Der Förster war kein Freund langer Selbstgespräche, aber er kam nicht umhin, seinem Hund mitzuteilen, was in seinem Kopf vorging.

»Da regt sich in mir ein ganz fürchterlicher Verdacht …«

Eilig lief er zu seinem Geländewagen, Benno sprang auf den Beifahrersitz.

»Wenn das mal nicht die Hochzeitsg'sellschaft war!«

Matthias Freinberger schaute auf die Uhr an seinem behaarten Unterarm, der aus einem blauschwarzkarierten Flanellhemd unter einer Lederweste hervorschaute. Halt volle Möhre das Försterklischee.

»Gerade mal sieben Uhr früh. Da kann ich die hochherrschaftlichen Schläfrigkeiten noch nicht aus ihrem Alkoholrausch reißen, was meinst, Benno?«

Der Hund hechelte. Erwartungsgemäß. Der Förster war ein kluger Mann, er machte sich keinerlei falsche Vorstellungen darüber, wie einseitig die Unterhaltung mit einem Hund doch letztendlich sein kann.

»Schaun wir mal, was los is!«

Der Hund hechelte weiterhin. Der Förster wertete das als Zustimmung, wenn nicht sogar als Vorfreude auf ein kleines Abenteuer. Wenn der Förster ehrlich mit sich war, musste er zugeben, dass es ihm genauso ging.

Förster Freinberger fuhr den Forstweg hinauf, der im Sommer von Bergsteigern und wandernden Touristenfamilien stark benutzt wurde. Ende September durfte Förster Freinberger dann immer die Bounty- und Mars-Papierchen vom Weg auflesen, und selbst Red-Bull-Dosen waren ihm da schon entgegengekullert, da war Freinberger durch nichts mehr zu erschüttern. Doch jetzt, Anfang Mai, war der Boden noch hartgefroren. Dann endete die Fahrtrasse, und Freinberger nahm sein Fernglas. »Komm, Benno. Da müssen wir wohl aufsteigen!« Benno erwartete in keinster Weise, dass Freinberger ihn durch sein Fernglas schauen ließ, von daher machte er auch keinerlei Anstalten es zu versuchen.

Benno sprang erfreut vom Beifahrersitz und rannte schwanzwedelnd zwischen dem steilen Steig und dem geparkten Auto hin und her – anders als wandernde Touristenfamilien, die beim Anblick des Schildes:

»Nur für Geübte! Trittsicherheit und Schwindelfreiheit erforderlich!« mit einem schwarzen Totenkopf darunter keineswegs vor Freude im Kreis gesprungen wären, sondern Eis lutschend den Rückweg angetreten hätten.

Freinberger freute sich weder besonders, noch kannte er Furcht. Dieser Steig war für ihn kein Hindernis. Er kannte hier jeden Weg wie seine Westentasche.

Langsam, aber stetig wanderte der Förster bergan. Der Steig schlängelte sich in Serpentinen am Fels entlang, dann begann der Klettersteig mit Eisenstufen. Benno versuchte

Tritt zu fassen und noch mitzuhalten. Das letzte Stück bis auf den Lackenrücken musste der Förster fast senkrecht mithilfe der Eisenstufen hinaufklettern. Für die Touristen, die es im Sommer nicht lassen konnten, diesen Steig zu benutzen, waren noch Drahtseile zum Festhalten in den Fels geschlagen. Aber Benno war kein Tourist. Winselnd blieb er an der Baumgrenze stehen.

Keuchend und schwitzend kam Freinberger schließlich auf dem Vorsprung an, der einen herrlichen Blick auf die schneebedeckte Bergspitze freigab. Beim Marterl auf einem noch gefrorenen Grasbuckel blieb er einen Moment stehen. Hier waren schon einige Bergsteiger abgestürzt. Es waren über zwei Dutzend Namen. Sie alle hatten diesen gefährlichen Steig eindeutig unterschätzt. Immer wieder hörte man von Touristen, die in Turnschuhen oder sogar Sandalen den Aufstieg wagten oder sonst wie einen an der Klatsche hatten. Bei manchen war es vielleicht auch das Finanzamt oder ein übellauniger Kredithai, der sie zu diesem interessanten Ausflug getrieben hatte, aber da sollte man sich nicht verspekulieren.

»Die werden doch nicht so deppert g'wesen sein … heiraten wolltn's doch heit in der Fria!«

Freinberger wanderte noch bis zum Felsvorsprung, wo man erstmalig eine gigantische Aussicht auf den Schwarzensee hatte. Hier ging es senkrecht runter. Wer hier ausrutschte, war nicht mehr zu retten.

»Naa, so bleed wern's net g'wesen sein …«

Der Förster Freinberger legte sich flach auf den Bauch und lugte an der senkrecht abfallenden Felsflanke herunter. Nein. Zum Glück. So deppert ist nicht einmal ein besoffener Junggeselle in seiner letzten Nacht vor der Hochzeit. Wenn er sie nicht heiraten will, kann er ihr das auch sagen. Nimmt's halt an andan.

Der Förster rappelte sich wieder auf und schlug den Pfad ein, der zum ersten Schneefeld führte. Über einen lang gezogenen Sattel gelangte man im Sommer zum Gipfel. Ein atemberaubender Rundblick über vierzehn Seen und sämtliche Berggipfel des Salzkammerguts waren der Lohn für diese Mühe: Vom Chiemsee bis zum Watzmann, vom Attersee bis zum Kamener Kreuz war alles zu sehen. Bei guter Sicht. Aber vor Mitte Juni war dieser Weg nicht freigegeben.

Am Schneefeld angekommen, bemerkte der Förster frische Fußspuren. Sie stammten nicht etwa von Wanderschuhen mit rauem Profil, sondern von feinen Damenschuhen mit Absatz.

»Naa, des glaub i net«, schrie er, »das ist ja der reinste Selbstmord!«

Aufgeregt stapfte er über den harschen Altschnee. Dabei brach sein derber Wanderschuh immer wieder krachend ein, und der Förster versank zwischenzeitlich bis übers Knie im Firn. Inzwischen war es kurz nach acht. Die Morgensonne tauchte hinter dem Schwarzenberggipfel auf und hüllte die verschneite Berglandschaft in gleißendes Licht. Sofort setzte Freinberger seine Sonnenbrille auf.

Wer hier seine Augen ungeschützt der flirrenden Sonne aussetzte, die sich auf den Eiskristallen tausendfach spiegelte, lief zusätzlich Gefahr, sein Augenlicht aufs Spiel zu setzen. Das wusste Förster Freinberger aus den Luis-Trenker-Romanen.

Sollte er jetzt bereits die Rettung verständigen? Er riss das Fernglas aus der Jackentasche.

Das Fernglas war offensichtlich ein Werbegeschenk, denn es stand »Viagra« drauf, aber das bemerkte der Förster jetzt natürlich nicht. Er blickte angestrengt hinein.

Da! – Nein, das war ein schwarzer Stein. Er glänzte nass vom Morgentau in der Sonne.

Und dort! Nein, das war eine Gämse, die ihn auf die Entfernung zu wittern schien. Aufrecht stand sie da und starrte in seine Richtung. Als sie seine Witterung aufgenommen hatte, sprang sie elegant davon. Er suchte weiter rechts, im felsigen Geröll, wo die Schieferplatten und Steine lagen, auf denen man als Wanderer so gemein ausrutschen konnte.

Und dann sah er sie.

Prinzessin Anne-Sophie lag, in ein hautenges schwarzes Minikleid und einen leichten Trenchcoat gehüllt, regungslos am Rande des Schneebrettes, das offensichtlich in der Morgensonne von dort oben abgerutscht war. Was der Förster bereits von Weitem sehen konnte, war der rote Blutfleck im Schnee.

»Na, des glaub i einfach net, des is a Albtraum, Himmelvater mach, dass des net wahr is!«

Freinberger rannte zu der Unglücksstelle hin, so schnell ihn seine schweren Schuhe trugen. Er riss sich die speckige Förster-Lederjoppe vom Leib und warf sie über die reglose Prinzessin. Es war durchaus zu befürchten, dass sie davon schlussendlich sterben würde, aber dann wäre dieser Fürstenroman schon zu Ende, und im Vertrag steht was von 300 Seiten. Er kniete sich hin und umfasste ihr Handgelenk. Sie war völlig unterkühlt, ihre Arme waren bereits blau, aber er spürte noch einen schwachen Puls. Ihr Gesicht war blutverkrustet, die Augen starrten wie tot ins Leere, die Beine waren merkwürdig verdreht. Entsetzt bemerkte er, dass sich der Oberschenkelknochen der Prinzessin durch ihre Strumpfhose gebohrt hatte. Das schwarze Kleid war blutdurchtränkt.

»Sakra sakra, des glaub i jetzt einfach net«, stammelte der Förster immer wieder vor sich hin.

Mit zitternden Fingern fummelte er nach dem Handy, das in der Brusttasche seiner Jacke steckte. Dass ihm das auf seine alten Tage noch passieren musste! Nun geh schon ran, du alter Dorfdoktor, dachte er, sonst werd i noch narrisch, aber da tat ihm der Dorfdoktor schon den Gefallen.

»Servus, Sepp, du, a Unglück is g'schehn, i hab die junge Braut vom Schloss auf der Wächtn g'funden ... Des schaut nit guat aus, aber ich glaub, die lebt noch!«

Der Rettungshubschrauber kam nach zwölf Minuten.

Noch vor Morgengrauen war Jan Takatsch, ein passionierter Wilderer tschechischer Herkunft, fast über einen reglosen Menschenkörper gestolpert. Zuerst hatte er geglaubt, es sei ein verendetes Reh und hatte im Stockdunkeln kurz seine Taschenlampe aufblitzen lassen.

Diese Beute wäre ihm gerade recht gekommen!

Dann aber bemerkte er, dass es sich um einen jungen Mann handelte.

Sollte er ihn einfach liegen lassen? Bei der Dunkelheit und Kälte? Einfach so tun, als hätte er ihn nie gesehen? Jan Takatsch ging einige Schritte weiter, lauschte. Am Horizont schien die pechschwarze Nacht bereits dem matten Grau des frühen Morgens zu weichen.

Takatsch fühlte sein Herz hämmern. Nein. Das wäre nicht nur unterlassene Hilfeleistung, das wäre Mord. Also zu schnell fahren oder auch mal besoffen, das ist was anderes. Aber einen halb toten Mann am Berg liegen lassen, das ist voll unfair. An dieser unzugänglichen Stelle würde ihn so schnell niemand finden. Sollte er den Verletzten zum nächsten Krankenhaus fahren? Oder einfach irgendwo abgeben?

Das ging nicht. Man würde ihn fragen, wo er ihn gefunden hatte. Da man Takatsch schon zweimal beim Wildern erwischt hatte, würde er diesmal nicht unter zwei Jahren Gefängnis davonkommen. Außerdem hatte er keine Aufenthaltsgeneh-

migung. Takatsch überlegte nicht lange. Er schulterte seine
Beute und legte sie behutsam auf den Rücksitz seines alten
Lada.

Da, wo er sonst das frisch geschossene Wild versteckte,
lag nun ein ohnmächtiger Baron.

Diesmal wurde Takatsch der Boden unter den Füßen zu
heiß.

Die Sonne strahlte mit all ihrer Kraft. Das frische Grün des
herrlichen Hohensinner Forsts leuchtete in so satten Farben,
wie es nur im Mai geschieht, und auch dann nur bei gutem
Wetter, denn bei schlechtem Wetter leuchtet im Salzburger
Land gar nix, das muss auch mal gesagt werden.

Die Radfahrer mit den Schlafsäcken und zusammengeroll-
ten Zelten auf dem Gepäckträger können schon ganz schön
sauer werden, wenn es bei uns im Salzkammergut tagelang
regnet. Aber sie radeln natürlich weiter. Da kennen die nix.
Die haben sich ihre Sieben-Tage-Retterwetter-Tour ja schon
zu Hause in Hameln oder Gütersloh genauestens ausgeklü-
gelt. Die radeln nach dem Motto: So etwas wie schlechtes
Wetter gibt es nicht, nur schlechte Kleidung. Die sind da
ganz beinhart. Wir sind ja nicht aus Zucker. Die holen ihre
Zellophanhäute aus ihren Rucksäcken, unter denen man
so schön nasskalt schwitzt und deren Kapuze einem immer
über die Augen rutscht, aber dann treten sie voll in die Pe-
dale. Wenn sie Pech haben, haben sie noch Gegenwind. Und
vor Sankt Gilgen geht es richtig lange bergauf. Und bis Sankt
Wolfgang zieht es sich echt. Außer man nimmt in Strobl die
Fähre. Also ganz wettersicher ist das Salzkammergut nicht.
Aber in Sankt Gilgen ist noch nie ein Bus explodiert. Auch
nicht Helmut Kohl. Die paar Fundamentalisten, die bei uns
Radtouren machen oder die Sound-of-Music-Tour buchen

oder in der Getreidegasse bei Nordsee ein Fischbrötchen kaufen, verlaufen sich im Gesamtbild.

Und irgendwann scheint bei uns im Salzkammergut ja auch wieder die Sonne.

Die feinen, hellgrünen Blätter der jungen Laubbäume bewegten sich anmutig im milden Frühlingswind. Die Luft war noch frisch und unverbraucht, und manchmal kam vom Tal her ein lauer Wind, der sich in die würzige Waldluft mischte.

Doch Prinzessin Charlotte hatte keinen Sinn für die märchenhafte Schönheit ihrer geliebten Heimat.

Sie war inzwischen dreimal um den ganzen Schwarzenberg gelaufen. Immer wieder hatte sie gerufen und gepfiffen, war den Waldweg hinaufgerannt so weit es ging, hatte laut gebetet und geflucht. Auf ihren verdammten Pumps, die an ihren verletzten Füßen brannten wie Feuer, war sie dann im Dickicht herum gestreift, immer auf der verzweifelten Suche nach ihrer Schwester Anne-Sophie und deren Bräutigam, Frederic von Tatzmannsdorf.

Sie kannte den Schwarzenberg wie ihre Westentasche, aber das war auch die einzige Ähnlichkeit, die sie mit dem Förster hatte. Sie wusste, an welchen Stellen es gefährlich war und wo man schon tödlich Verunglückte gefunden hatte. Da standen überall Kreuze mit Gedenksprüchen, geschmückt von Kerzen und frischen Blumen.

Aber von Anne-Sophie und Frederic keine Spur.

Gegen zehn Uhr morgens gab sie auf. In einer halben Stunde sollte die Hochzeit sein. Es gab ja noch einen winzigen Rest Hoffnung, an den Charlotte sich klammerte: Vielleicht waren die beiden längst im Schloss, hatten sich umgezogen und standen nun voller Erwartung und Vorfreude auf der Freitreppe.

Vielleicht, vielleicht, vielleicht, dachte Charlotte, lieber Gott, mach dass das so ist. Ich habe die ganze Nacht am Berg verbracht, vor lauter Schuldgefühlen und schlechtem Gewissen.

Verzweifelt, durchgefroren und von Hunger und Durst gepeinigt, humpelte sie den gesamten Forstweg nach Schloss Hohensinn zurück. Normalerweise weinte Charlotte nie. Sie konnte gar nicht weinen. Weder über ihre gescheiterte Ehe mit Eberhard – auf den Kerl kommen wir auch noch zu sprechen! – noch darüber, dass sie sich von ihren Eltern ungeliebt fühlte. Und auch nicht darüber, dass sie nicht so talentiert und hübsch war wie ihre Schwester. Sie kompensierte ihre Traurigkeit durch eine übertriebene, zwanghafte körperliche Aktivität. Aber im Moment ließ sie ihren Tränen endlich einmal freien Lauf. Es war eine entsetzliche Mischung aus Angst, Hilflosigkeit, Trauer und Schuldgefühlen. Und die Schuldgefühle waren bei Weitem das Schlimmste. Sie, Charlotte, war ganz allein an diesem Unglück schuld! Sie hatte das Brautpaar und ein paar andere Freunde im wahrsten Sinne des Wortes aus dem Serail entführt und gegen Mitternacht ins Jagdhaus von Onkel Ernst gelockt.

Ausgerechnet gestern Abend war es ihr besonders schwer gefallen, sich mit ihrer kleinen Schwester Anne-Sophie zu freuen. Dieser Klavierspieler aus Ungarn, den sie heiraten wollte, war in ihren Augen ein Warmduscher! Er passte so gar nicht in diesen kernigen Landstrich, wo es noch echte Männer gab, die Holzfäller waren und Bergsteiger und Jäger. Plötzlich war ihr die Idee gekommen, den Bräutigam auf eine kleine Junggesellenprobe zu stellen.

Während sie auf der Toilette war, wo sich die unliebsame Begegnung mit Renate und Christel aus Oberhausen abgespielt hatte, war dieser finstere Plan in ihrem Kleinhirn gereift und später war die Sache dann offiziell geworden. Unter großem Hallo war man in die Hütte des Fürsten von

Solms gefahren. Unterwegs hatte Charlotte ihrem zukünftigen Schwager Frederic von Tatzmannsdorf erzählt, dass es in dieser Region Sitte sei, der Braut drei frische Edelweiß ins Haar zu stecken. Ihr Vater hatte es so mit der Mutter gemacht, und bei den Großeltern und Urgroßeltern war es auch schon so gewesen. Selbst bei Sissi und Karlheinz Böhm. Auch wenn diese Szene im Film nicht zu sehen ist. In ihren Kreisen galt es als Mutprobe, wenn der Bräutigam in der Nacht vor der Hochzeit diese seltene Bergblume pflückte. Außerdem war es der schönste Liebesbeweis für die Braut. Charlotte behauptete, dass die Ehe mit so vielen Kindern gesegnet sein würde, wie der Bräutigam Edelweiß pflücken könne. Es war ein Spaß gewesen, ein unausgegorener Plan, ein übermütiger Scherz. Die Party in der Forsthütte von Onkel Solms war auf dem Höhepunkt gewesen, der Champagner in Strömen geflossen, und so mancher Joint hatte die Runde gemacht. In den jugendlichen Adelskreisen war das Rauchen von Shit im Moment besonders schick. Alle fühlten sich leicht und sorgenfrei, wurden immer übermütiger und dachten nicht mehr an die Last, die das Erwachsenwerden mit sich bringt.

Irgendwann hatte der narbige Walter von Erzhofen gerufen: »Für so eine fesche Braut würde ich aber sofort auf den Schwarzenberg klettern! Worauf wartest du noch, du Weichei?«

»Ist ja eh ein Flachlandtiroler!«, rief der kleine Gustl von Zitzewitz, der Champagner aus der Flasche trank, obwohl er erst fünfzehn war. »Der schafft das nicht!«

»Lasst doch den Blödsinn! Jetzt erzählt dem Ungarn doch nicht solche Ammenmärchen!«

»Kriegst den Ferrari auch so«, hatte die knapp bekleidete Gattin des Rennfahrers beschwichtigend gesagt. »Is eh nur a Gaudi, darfst dir nix bei denken!«

»Mir machen uns hier immer gern an Spaß mit die Preußn«, lallte Joseph Ainriedler, »und erzählen denen Märchen. Die

Edelweiß blühen noch gar nicht. Ist ja oben noch alles verschneit!«

»Aah geh, der traut sich nur nicht die hundert Meter in den Berg! Er könnt's ja wenigstens versuchen! Nur so zum Schmäh!«

»Sonst werden sich auch keine Erben einstellen!«, hatte Franz von Dunkelweiher düster prophezeit.

Das war es, woran sich Charlotte heute Morgen noch erinnerte: ein dunkler Raum voller besoffener Männer, inklusive dieser Rennfahrer-Zicke mit den viel zu prall aufgepumpten Ersatzreifen, die sich alle wichtig machen wollten und von denen keiner mehr wusste, was er eigentlich sagte.

Man hatte sich wieder dem Alkohol hingegeben, und den groben Scherzen, wie das hier üblich war in der Nacht vor einer Hochzeit, und irgendwann hatte man die Sache mit dem Edelweißpflücken längst vergessen.

Die meisten hatten gar nicht bemerkt, dass Frederic von Tatzmannsdorf plötzlich verschwunden war. Gegen drei Uhr nachts war allgemeiner Aufbruch gewesen. Die jungen Leute hatten sich mehr oder weniger betrunken in die Landrover begeben und waren irgendwie zu Tal gerast.

So waren die beiden Schwestern Charlotte und Anne-Sophie gegen vier Uhr früh allein im Jagdhaus von Onkel Ernsti von Solms zurückgeblieben, und das war kein Spaß gewesen. Mit Schaudern erinnerte sich die weinende Charlotte, die jetzt allein den Forstweg hinunterjoggte, wieder daran.

Zwischen leeren Flaschen, überquellenden Aschenbechern, aus denen noch süßlich der Geruch von Marihuana aufstieg, halb leer gegessenen Leberpasteten-Dosen, Gläsern mit abgestandenem Champagner, Pfützen von Schnaps und Whisky hatten sie das Fehlen von Frederic bemerkt.

Das heißt, Anne-Sophie hatte es natürlich schon länger bemerkt, aber irgendwie war sie gerührt und sogar ein bisschen erleichtert, dass Frederic die Sache mit der Nachtwanderung wenigstens versucht hatte. Sie ging davon aus, dass Frederic ihr damit eine Freude machen wollte, und wahrscheinlich hinter der Hütte wartete, bis die anderen verschwunden waren. In Adelskreisen kommt es viel öfter auf die Etikette an, als man glaubt.

Aber hinter der Hütte war er nicht. Er war überhaupt nirgendwo in der Nähe zu finden. Auf Lockrufe reagierte er nicht, und da alle Schlafzimmer leer waren, war auch nicht anzunehmen, dass er irgendwo seinen Rausch ausschlief.

»Der Idiot wird doch nicht wirklich auf den Berg gestiegen sein?«, hatte Charlotte gefragt.

Sie selbst trank niemals Alkohol, weil sie als Extremsportlerin ihre eigene Glücksdroge im Körper herstellte, wie sie immer sagte. Und weil Alkohol letztlich auch dick macht, da beißt die Maus keinen Faden ab. Nur rauchen tat Charlotte ab und zu, aber das wissen wir ja schon.

»Ihr habt ihn alle dazu angestachelt!« Anne-Sophie sammelte zitternd ein paar Gläser vom Dielenboden ein. Sie war blass vor Sorge.

»Ach quatsch, das haben doch alle gesagt, dass das ein Spaß war! Wir foppen die Flachlandtiroler halt gern!«

»Ihr habt ihn in seiner Ehre getroffen!«

»Dein … Bräutigam ist doch ein erwachsener Mann, der lässt sich doch nicht so einen Bären aufbinden!«

»Ihr habt behauptet, dass das seit Generationen hier Tradition ist! Er wollte sich nicht blamieren!«

»Was für ein Trottel! Jetzt blamiert er sich, wenn er in Lackschuhen auf dem zugefrorenen Mayrsteig herumbalanciert! Nachher fällt er noch auf den Arsch, dann muss ich aber lachen.«

»Die Blamage wäre noch das kleinste Übel! Er wird sich was brechen, und dann können wir die Hochzeit absagen!«

»Und ganz nüchtern wird er auch nicht mehr gewesen sein! Dein Bräutigam verträgt doch überhaupt keinen Alkohol.«

»Nein. Wenn er nüchtern gewesen wäre, hätte er sich auf so einen Blödsinn nie eingelassen.«

»Willst du ihn wirklich heiraten?«, hatte Charlotte gestichelt. »Der Vater hat ihn für dich ausgesucht. Du kennst ihn doch kaum!«

»Ich kenne ihn besser als du deinen Eberhard. Nur weil DU nicht glücklich geworden bist mit diesem Mistkerl, der dich nach Strich und Faden betrügt und nur an dein Geld will, gönnst du mir Frederic nicht! DAS ist es doch!«

Anne-Sophie war in Tränen ausgebrochen.

»Jetzt fang nicht zum Spinnen an!« Charlotte war wütend aufgesprungen.

Leider musste sie sich inzwischen eingestehen, dass ihre kleine Schwester nicht so ganz unrecht hatte. Ich gönne es Anne-Sophie wirklich nicht, jetzt auch noch einen Traummann mit sensiblen Händen zu bekommen, dachte sie. Das wäre einfach zu viel des Guten.

»Du warst doch immer der Liebling unserer Eltern!«, hatte sie plötzlich ausgerufen. »Die begabte, kleine, putzige, hübsche, musikalische Anne-Sophie! Musisches Gymnasium, Ballettschule, Mozarteum! Wow! Bei jeder Gelegenheit, die sich bietet, darf das talentierte Prinzesschen auf ihrem Cello vorspielen! Alle klatschen Beifall und huldigen ihr, der tollen Wunderprinzessin! Und jetzt kriegt sie auch noch einen Traumprinzen, der Klavier spielen kann! Da könnt ihr die Show gleich zu zweit abziehen!«

»Ach, DA liegt also der Hase im Pfeffer! Du bist eifersüchtig!«

»Auf diesen weichgespülten ungarischen Vollhorst? Den kannst du geschenkt haben!«

Charlotte hatte ein Glas an die Wand geworfen und war wütend vor die Hütte gestapft.

Anne-Sophie blieb allein im Zimmer zurück. Zuerst versuchte sie, sich durch Aufräumen abzulenken, aber dann ließ sie sich verzweifelt auf die Stiege sinken. Kurz darauf setzte sich Charlotte neben sie.

Die Zeit verging quälend langsam, sie horchten auf jedes Knacken im Gebälk. Der Zeiger der alten Standuhr tickte so grausam, dass Charlotte und Anne-Sophie fast wahnsinnig wurden vor Angst.

»Dieser Idiot!«, hatte Charlotte wieder und wieder vor sich hin geflucht. »Was werde ich Ärger kriegen mit dem Vater!«

»Der reißt dir den Kopf ab«, hatte Anne-Sophie gezischt. »Und zwar mit Recht!«

»Wenn sein Schwiegersöhnchen, das er eigenhändig ausgesucht hat für sein Lieblingstöchterchen, sich an einem Steinchen stößt und sich an seinem Beinchen wehtut!«

»Du bist gemein, Charlotte!«

»Kann sein. Mir geht diese ganze Traumhochzeit halt wahnsinnig auf den Geist! Was die Presse wieder schreiben wird: du, die Gute, Schöne, Reine. Und ich die Böse, Wilde, Verhärmte, die nichts im Leben auf die Reihe kriegt.«

»In sechs Stunden stehen die Pressegeier vor dem roten Teppich! So tu doch was! Du kannst doch hier nicht tatenlos herumsitzen!«

Irgendwann hatte Charlotte beschlossen, ihren Schwager zu suchen.

»Hör zu, Prinzessin. Für mich ist das ein Waldspaziergang, ich kenn hier jeden Stein und jeden Strauch. Ich werd dir deinen Klavierspieler schon heil wiederbringen, jetzt mach dir bloß nicht in die Hose.«

Es kam für Charlotte überhaupt nicht infrage, Hilfe zu rufen, denn erstens war es noch mitten in der Nacht, und zweitens hoffte sie auf einen glimpflichen Ausgang dieser peinlichen Polterabendgeschichte, die man hinterher sowieso keinem erzählen konnte.

»Scheiße«, fluchte Charlotte vor sich hin, während sie in völliger Dunkelheit auf ihren Pumps über den Waldweg hastete. »Lieber Gott, mach dass der Kerl über dem nächsten Gebüsch hängt! Meinetwegen vollgekotzt oder ohnmächtig, aber mach, dass er in sechs Stunden meine kleine Schwester heiratet!«

Charlotte wusste genau, dass es wenig Zweck hatte, auf Pumps den Mayrsteig zu erklimmen – ach, was heißt hier wenig! Gar keinen! Aber sie kämpfte sich mit der nötigen Wut – und auf ihren dämlichen Schwager und ihre naive Schwester war sie so wütend, dass sie auch auf den Eiffelturm gestiegen wäre! – durch die finstere Nacht. Sie fühlte sich verantwortlich für diese verdammte Geschichte, auch wenn ihr der Verstand sagte, dass Frederic selbst schuld war, sich auf so einen Schwachsinn einzulassen.

»Wenn ich den Idioten in die Finger kriege, dann hau ich ihm den Arsch aus«, murmelte sie wütend, sich an solcherlei Drohungen ihres Bruders aus der Kindheit erinnernd. In Österreich sagt man Arsch AUS hauen und nicht Arsch VOLL hauen, aber das kommt aufs selbe raus.

Als sie an die Eisensteige kam, war es mehr Wut als Mut, die sie weitertrieb.

Sie kannte diese rasende Wut. Dann half nur noch Extremsport, Klettern, Rennen, Schwimmen im eiskalten Wasser, Radeln, irgendwas, was den Körper auslaugte und die Seele betäubte. Daran war nur die mangelnde Liebe von Eberhard schuld, und letztendlich wohl auch die fehlende Aufmerksamkeit von Patricia, der Fürstenmutter sowie die fehlende Anerkennung von Leopold, dem Fürstenvater.

Ununterbrochen Flüche ausstoßend, klammerte sich Charlotte an die rostigen Drahtseile, deren Eiseskälte schmerzte wie Messerstiche. Obwohl sie einer Gämse ähnlicher war als einem Menschen, konnte sie sich auf ihren dünnen Schuhen nicht auf den vereisten Stufen halten. Normalerweise hatte sie Pickel und Steigeisen dabei, einen Helm auf dem Kopf und natürlich die geeigneten Kletterschuhe an den zähen Füßen, wenn sie hier sehnig und muskulös in der Felswand hing.

Auf der fünften Stufe der in den Fels gehauenen Steigeisen rutschte sie ab und knallte mit dem rechten Wangenknochen gegen einen hervorstehenden, spitzen Fels. Sie konnte noch von Glück sagen, dass er nicht ihr rechtes Auge getroffen hatte, denn das hätte böse enden können. Unsanft landete sie wieder auf dem Forstweg. Sie fühlte, wie ihr das warme blaue Blut über das Gesicht lief. Ein Taschentuch hatte sie natürlich auch nicht dabei, zum Wischen oder Tupfen oder so, denn derlei Zierrat befand sich in ihrem Abendhandtäschchen, und wo das abgeblieben war, vermochte sie nicht zu ermessen. Ihre Hände, mit denen sie den Sturz hatte abfangen wollen, wiesen mit tausenden von kleinen Steinchen verunreinigte Schrammen auf. Es schmerzte wie Feuer. Auch ihr rechter Fuß schien verstaucht zu sein, oder sagen wir zumindest verdreht. Verrenkt, meinetwegen. Verletzt jedenfalls. Aber nicht zu doll. Ich meine, eine Charlotte von Hohensinn – das dürfte ja bis jetzt auch deutlich geworden sein – ist nicht zimperlich. Aber ich kann sie auch nicht auf einem Bein nach Hause hüpfen lassen. Schon gar nicht auf Pumps. Da muss man realistisch bleiben, Fürstenroman hin, Fürstenroman her. Sie muss ja irgendwie wieder nach Hause kommen, denn wenn sie hier auch noch liegen bliebe, wäre das wenig originell. Da könnte man die Fürstentöchter ja vom Berg einsammeln wie die Schwammerln, und alle wären verdreckt und verletzt, die eine leicht, die andere schwer. Außerdem müsste ich dann den Förster überstrapazieren, weil einen anderen Waldbauernbuben habe ich noch nicht anmoderiert, und auf alte Kräuterweiblein stehe ich nicht so. Jetzt mal im Ernst: Was sollen die auch zufällig morgens um fünf am Mayrsteig herumspazieren, zumal die selten ein Handy dabeihaben und auch nicht die Kraft, so 'ne Fürstentochter in ihr Hexenhäuschen zu schleppen. Außerdem fiele ich dann leicht der Versuchung zum Opfer, Charlotte einfach zu mästen und zu braten, und das wäre dann überhaupt nicht mehr originell. Und der Förster ist eigentlich schon abgefrühstückt, weil solche Förster, die geben langfristig nichts her. Mit oder ohne Hund. Ein Förster macht noch keinen Heimatroman. Das weiß doch jeder. Und wir dürfen auch den Ungarn Frederic nicht vergessen. Der ist ja auch noch im Rennen. Wenn auch nicht wortwörtlich. Den dürfen wir nicht aus den Augen verlieren. Wer weiß, was mit dem so alles los ist, unter den gegebenen Umständen. Von wegen ein Wilderer steckte ihn in den Kofferraum. Da liegt der immer noch, Leute, also verzetteln wir uns nicht!

Sie konnte also noch laufen. Wenn auch nicht schmerzfrei. Keineswegs schmerzfrei, sondern unter schlimmsten Schmerzen, von Hunger und Durst geplagt, also die ganze Palette – der Fantasie sind da keine Grenzen gesetzt. Die Flüche, die sie jetzt ausstieß, waren alles andere als standesgemäß, aber nicht dass ihr jetzt denkt, ich schreibe die auf. Kann man sich ja vorstellen. So in der Richtung »Dieser Arsch, dieser … ungarische Armleuchter … dieser Vollhorst« vielleicht noch. Aber es gibt Leserinnen, die schlagen an so einer Stelle kopfschüttelnd das Buch zu und murmeln, das habe ich nicht nötig, das ist völlig unter meinem literarischen Niveau.

Aber sie fluchte wirklich, das kann ich euch nicht ersparen und das müsst ihr auch verstehen in ihrer Situation. Charlotte hasste ihre Schwester und ihren Schwager, ihre ganze Familie, ihr beschissenes Dasein in diesem goldenen Käfig, der nach außen hin glänzte und nach innen ein einziges Chaos war, und sich selbst natürlich auch.

»Verdammte, verfluchte Scheiße!«, schrie sie in die Nacht hinaus.

Charlotte bückte sich nach einem geeigneten Stock, auf den sie sich stützen konnte. Der lag da zufällig rum. Über den zum Teil vereisten Waldboden tastete sie sich, noch ganz benommen vor Schmerz, in völliger Dunkelheit zurück zum Jagdhaus. Ihre Füße waren eiskalt und nass, ihre Knie zitterten vor Schreck und Erschöpfung, das schöne Partykleid hatte Rostflecken und Risse, aber das ist in Adelskreisen jetzt nicht sooo ein Malheur. Da gibt es Designer, die legen es genau darauf an! Viel mehr marterte Charlotte ihr schlechtes Gewissen. Was hatte sie nur angerichtet!

Ich bin eine miese große Schwester, dachte sie, und Anne-Sophie hat mit all ihren Vorwürfen recht. Ich bin die dreizehnte Fee an ihrer Wiege, schon immer gewesen. Ich konnte es ihr einfach nicht gönnen, dass sie der Liebling meiner Eltern ist, und nicht nur der Liebling meiner Eltern, nein, der Liebling der ganzen Nation. Auf jedem Titelblatt irgendeines beschissenen, miesen kleinen Klatschblättchens ist sie vorne drauf, strahlend und schön und jung und makellos. Und ich, ich bin immer nur mit verzerrtem Gesicht zu sehen, mit struppigen Haaren, in Wanderhosen und derben Schuhen. Mich fotografieren die Paparazzi schwitzend, kämpfend, in unvorteilhaftem Badeanzug oder ausgeleierter Jogginghose, abgekämpft vor einem Zelt, mit anderen Athleten vor einem Coladosen-Automat, oder in einem Waschsalon, wie ich gerade die Buntwäsche von der Feinwäsche aussortiere, oder wie ich gerade einen Fahrradschlauch aufpumpe oder ein Pferd beschlage. Aber nie im Abendkleid. Wie ich sie alle hasse.

Wie ich dieses Leben hasse. Mit blauem Blut geboren, und dann für immer zum Blausein verdammt. Mit Saufen könnte ich es einfacher haben.

In so hässliche Gedanken verstrickt, gelangte Charlotte humpelnd und unter größten Schmerzen zum Jagdhaus zurück. Hunger, Durst, Kälte, Angst, Schüttelfrost, das volle Programm, aber am schlimmsten waren ihre Selbstvorwürfe.

Das schlechte Gewissen nagte an ihr wie ein Marder an einem Kühlerschlauch.

O.K. So, und wie geht's jetzt weiter? Sie rief in die schummrige Hütte hinein:

»Anne-Sophie? Ist er da?«

Nichts. Stille. Atemberaubende, leere, kalte, unbarmherzige Stille. Nur die gute alte Wanduhr tickte, als wäre nichts geschehen. Geißlein war auch keines drin.

»Scheiße! Wo steckst du? Ich brauche Verbandszeug! Hilf mir gefälligst!« Oder hat sie bitte gesagt? Nee. Die war sauer.

Die Tür zur Hütte war nur angelehnt. Sie knarrte, als Charlotte ihre Schulter dagegen drückte. Das tat natürlich weh, denn die Schulter hatte auch was abgekriegt. Kann man sich ja vorstellen. Drinnen nichts als Dunkelheit.

Im Wohnzimmer war niemand. Gespenstisch ragten die Geweihe der erlegten Tiere von den Wänden.

»Anne-Sophie? Bist du oben?«

Charlotte tastete sich mit zitternden Beinen die Stiegen hinauf. Sie knarrten, und jeder Schritt schmerzte höllisch. Ja, das wissen wir jetzt schon, aber bei Charlotte Link sind die Heldinnen noch zusätzlich gefesselt und geknebelt und haben drei gebrochene Rippen. Sie kriechen durch ihre eigenen Fäkalien und lecken Wasser von den Wänden eines Kellerlochs, in das ein verwirrter Oberstudienrat sie eingesperrt hat. Also regt euch nicht künstlich auf.

»Jetzt sei doch nicht beleidigt, verdammt! Ich brauch dich, ich hab mich verletzt!«

Doch hier oben war niemand. Die Schlafzimmertüren waren geschlossen.

»Anne! Jetzt hör schon auf mit dem Theater!«

Aber Anne-Sophie war nicht mehr hier.

Es war kurz vor Sonnenaufgang, als Charlotte sich mit hämmernden Kopfschmerzen und auf blutenden Füßen in ihren unerträglichen Pumps wieder auf die Suche machte.

Wie in Trance rannte sie immer wieder um den Schwarzenberg herum. Sie hatte alle Wanderparkplätze und Forstwege abgegrast. Was ja eigentlich Quatsch ist, denn Wanderparkplätze werden von abgestürzten Bergsteigern eher weniger aufgesucht, besonders nicht an ihrem Hochzeitstag, wenn alle auf sie warten. Aber sie hat es wenigstens versucht, das muss man ihr schon zugestehen.

Da sie kein Handy dabeihatte, konnte sie sich auch nicht bei ihrer Mutter melden. Sie hatte drei Stunden lang gehofft, wenigstens einen der beiden zu finden. Jetzt schien alles aussichtslos.

Verzweifelt ließ sie sich auf eine Wanderparkplatz-Bank fallen. Sie hatte schon viele schwarze Tage in ihrem Leben als eine von Hohensinn gehabt.

Aber der hier sollte der schwärzeste Tag in ihrem Leben werden.

Im Schloss Hohensinn versuchte die Fürstenfamilie indessen, die Gäste nichts merken zu lassen. In Adelskreisen lässt man sich nicht gern in die Karten gucken. Das ist so. Wenn eine Hochzeit nicht stattfindet, weil die Braut tot und der Bräutigam verschwunden ist, dann hängt man das nicht an die große Glocke. Das hat was mit Etikette zu tun.

Es war inzwischen nach zwölf, die standesamtliche Trauung hätte also schon vor einer halben Stunde beginnen müssen.

Nach einer kurzen Krisensitzung im elterlichen Schlafzimmer, an der außer dem alten Fürstenpaar noch der Älteste, Erbprinz Ferdinand, dessen bürgerliche amerikanische Frau, Marie, der junge Prinz Alexander, genannt Sascha, Butler Johann, die Kinderfrau Paula und der alte Hofrat von Glasenapp teilgenommen hatten, war man zu dem Entschluss gekommen, bis zum letzten Moment zu hoffen und zu beten. Hofrat Glasenapp war so'n alter in Lodengrün gekleideter Doktor mit einem Riesenpinsel am Lodenhut.

»Wie immer lautet die Parole: den Kopf auf den Schultern lassen und lächeln«, sagte die Fürstin. Sie trat zum wiederholten Mal ans Fenster und winkte freundlich hinunter.

»Du hast echt Nerven, Mutter.« Ferdinand, der Älteste, trat hinter sie und legte den Arm um sie.

»Das Dirndl leg ich über's Knie, und wenn's noch so verheiratet ist«, schnaubte der alte Leopold, der sich inzwischen den siebten oder achten Schnaps gegönnt hatte.

»WENN, Vater, WENN«, konnte es sich Alexander, genannt Sascha, nicht verkneifen. »WENN im Sinne von FALLS.«

»Ach halt doch die Klappe, Idiot!« Ferdinand wurde sauer.

»Kinder, das Streiten bringt uns jetzt nicht weiter«, mischte sich Marie ein, die eigentlich Mary hieß und mit einem sehr aparten, amerikanischen Akzent sprach. Der alte Fürst Leopold hielt diesen Akzent für überflüssig und für reine Wichtigtuerei, und normalerweise gab er vor, seine Schwiegertochter gar nicht zu verstehen, aber diesmal stimmte er ihr zu.

»Recht hot's, dös Madel, dös amerikanische.«

Es klopfte, und dann stand Eberhard zu Fragstein, Charlottes Ehemann – wir haben schon viel von ihm gehört und bereits mitbekommen, dass er ein Kotzbrocken ist –, verwundert auf der Matte. Er war eben erst aus Zürich zurückgekehrt, wo er »geschäftlich« zu tun gehabt hatte. Na ja, das kann man sich ja denken, Weibergeschichten oder korrupte Bankgeschäfte, ein ganz ausgekochter Bursche ist das, aber eines nach dem anderen.

»Was ist denn hier los?«, fragte er diesmal ehrlich erstaunt.

»Krisensitzung«, sagte Alexander düster.

»Was ist passiert? Hochzeit oder Todesfall?«

»Deine verrückte Frau« – Sascha ging überhaupt nicht auf

diese Plattitüde ein – »hat den armen naiven Frederic von Tatzmannsdorf, der keiner Fliege was zuleide tut, um Mitternacht auf den Schwarzenberg geschickt. Zum Blümchenpflücken.«

»Nee, ne?«, entfuhr es dem angeheirateten Eberhard.

»Und dieser ungarische Idiot MACHT das auch noch!«

»Dann soll Anne-Sophie froh sein, dass sie den Trottel los ist.«

»Schön wär's«, sagte Ferdinand, »aber sie ist ebenfalls verschwunden. Und Charlotte auch.«

»Wahrscheinlich feiern sie eine ganz intime Hochzeit oben auf dem Gipfel.«

»Das ist jetzt überhaupt nicht witzig, Eberhard«, sagte Marie, die Amerikanerin. Wie sie »Eböhaaarrd« aussprach, konnte den alten Fürsten Leopold fast schon wieder auf die Palme bringen. Obwohl er ihr schon wieder Recht geben musste.

»Oder sie sind alle schon im Himmel«, orakelte Paula düster. Sie wischte sich mit ihrem Trachtendirndl-Schürzenzipfel die Augen. »Ich hätte es der Herrschaft sagen müssen! Sind doch noch Kinder!«

»Es hat keinen Zweck, die Pferde scheu zu machen«, schaltete sich der Hofrat ein. Natürlich waren gar keine Pferde im Spiel, aber das sagt man so, in Adelskreisen und ländlichen Gebieten. Besonders alte Hofräte sagen so was. Auf keinen Fall sagen die beispielsweise: »Jetzt pisst euch mal nicht gleich ins Hemd, die tauchen schon wieder auf!«

»Solange wir nichts Genaues wissen, können wir nur Spekulationen anstellen«, füllte Ferdinand das peinliche Schweigen mit leeren Phrasen.

»Wie oft ist die Anne-Sophie im letzten Moment um die Ecke gekommen und hat ›April April!‹ gerufen und uns alle ausgelacht«, heulte Paula, die Kinderfrau, ihren Schürzenzipfel nass. »Aber jetzt ist sie zu weit gegangen. Das ist wirklich nicht mehr lustig.«

»Herrgottsakra!«, machte der Fürst sich Luft und stieß nervös Zigarren-Rauchwolken aus. »Wenn die jungen Leut vor Schlag zwölfe da sind, stecken wir sie unter die kalte Dusche und g'heiratet wird!«

»Draußen drücken sich die Pressefotografen herum«, wusste Eberhard, der ja von draußen kam, zu berichten.

»Das sehen wir«, knurrte Ferdinand. Er konnte seinen Schwager – wie wir alle – nicht leiden, denn dass der Charlotte nicht glücklich machte, sah man der Armen auf zehn Kilometer Entfernung an. Sie wurde immer dünner, verhärmter und freudloser und trieb die Sache mit dem Extremsport entschieden zu weit.

»Die Burschen da unten werden langsam unruhig«, beckmesserte Alexander. »Man sollte mal langsam was unternehmen.«

»Ich kann den Tatzmannsdorf nun mal nicht herzaubern«, knurrte der alte Leopold unter heiseren Hustenattacken. »Und das Anne-Sophierl auch nicht!«

»In jedem Fall darf die Presse keinen blassen Schimmer von allem bekommen. Wir müssen eine elegante Lösung finden!« Eberhard zu Fragstein hielt sich für den einzig klugen Kopf in dieser Familie. Dabei war er so ein Charakterschwein.

»Ach, dir geht's doch nur um den guten Ruf der Fürstenfamilie! Mach dir lieber mal Sorgen um deine Frau! Die ist genauso verschwunden wie das Brautpaar!«

»Die ist noch immer auf die Füße gefallen«, gab Eberhard kalt zurück. »Ich sauge mir dann mal 'ne Presseerklärung aus den Fingern.«

Grußlos verließ er das Zimmer.

»Saupreiß«, murmelte Ferdinand. »Wir müssen die Schmierfinken da unten hinhalten.«

»Vielleicht bringen wir ihnen allen ein ... fürstliches Frühstück ... in den Park hinaus, das sowohl ihrem leiblichen Wohl wie auch ihrer Ablenkung dienen könnte«, schlug der

Butler mit blasiert hochgezogener Augenbraue vor. »Wenn die was zu essen haben und vielleicht ein Glaserl Champagner, dann werden sie das Warten besser überstehen.«

»Ja, dös taugt mir«, brummte der Fürst. »Aber kein Schampus. Ist mir zu teuer für die ganze Bande. Schnaps tut's auch.«

»Naa, des fühl ich, diesmal endet's net guat«, murmelte die gute alte Paula, die ihre Trachtengewandt-Kittelschürze vom Weinen schon völlig durchnässt hatte.

Marie, die amerikanische Frau des Erbprinzen Ferdinand, legte tröstend den Arm um sie.

»Alles wird gut!« Das war natürlich von Nina Ruge geklaut, aber sie wollte auch mal was sagen.

»Wenn sie Schlag zwölf nicht da sind, blasen wir die Hochzeit ab«, entschied Ferdinand.

»Was willst du ihnen denn sagen?« Die Fürstin drehte sich um. Jeder, der sie näher kannte und liebte – und das taten alle, vom brummigen alten Fürsten bis hin zum letzten einfachen Bauernknecht im Salzburger Land –, konnte spüren, dass sie ihre Erregung nur mühsam zu verbergen vermochte. Aber es gelang ihr. Respekt.

»Wir könnten ihnen sagen, dass die Hochzeit wegen einer Unpässlichkeit von Prinzessin Anne-Sophie bis auf Weiteres leider verschoben wird.«

»Oder was haltet ihr davon: Die Prinzessin und ihr Bräutigam, Graf von Tatzmannsdorf, beklagen den Todesfall seiner Großtante, der Erzherzogin Wilhelmine von Tatzmannsdorf, die heute Nacht in aller Stille entschlafen ist, und verzichten aus Pietätsgründen auf ihre heutige Eheschließung ...?« Dieser Vorschlag kam von Johann, dem Butler.

»Ja wia, und wenn's aber noch lebt?«, schnaubte der alte Fürst.

»Die Großtante erfinden wir!«, schlug die Fürstin tapfer vor. Man muss sich das mal überlegen! In dieser Lage noch erfinderisch sein wollen! Das hat Stil!

»Die Idee ist gar nicht so schlecht, Johann«, sagte Ferdinand. »Die Großtante ist allerdings vor vierzig Jahren nach Amerika ausgewandert. Und dort ist sie auch letzte Nacht gestorben. In einem Wohnwagen in Pennsylvania. Völlig verarmt und vereinsamt.«

»Das ist gut«, entschied die Fürstin. »Das fressen die von der Presse.«

Die von der Presse« bekamen erst mal etwas anderes zu fressen. Verblüfft sahen sie, wie plötzlich ein Dutzend livrierter Diener und Serviermädchen mit Silbertabletts die Freitreppe hinunterschritten und sich hinter ihre Absperrung begaben.

»Mit besonderer Empfehlung der Fürstenfamilie«, meldeten die Bediensteten, während sie ihre Köstlichkeiten auf den benachbarten Gartentischen aufbauten. »Die Damen und Herren von der Presse mögen sich inzwischen etwas stärken.«

»Da is was faul«, sagte der Schmierenreporter Erwin vom »Alten Silberblatt«, ein kleiner dicker Berliner in Lederjacke, zu seinem Assistenten. »Erst wollen se uns janich reinlassen, und denn komm'se mit Kaviar und Lachs!«

»So freu dich doch«, antwortete Wolfgang Weyrauch von der Agentur »Neueste Adelsnachrichten«. »Sonst isst du doch auch gern was Feines.« Er klopfte seinem Kollegen ungeniert auf den vorstehenden Bauch.

»Ja, ick sach ja janich nein!« Erwin strahlte über das ganze runde Gesicht und schob sich ein Lachshäppchen in den Mund. »Ick meen nur, det is Taktik!«

Er entledigte sich seiner Kameras, die ihm vor dem dicken Bauch baumelten, und ließ sich von einer jungen Serviererin Champagner einschenken. Eiskalten, trockenen Champagner.

Röderer Kristall. Was anderes gibt es auf Schloss Hohensinn ja gar nicht. Also Söhnlein Brillant oder Rotkäppchen oder selbst Mumm … Fehlanzeige. Stiegl Bier gibt's, und Schnaps für den Alten, und Champagner.

»Danke, schönet Kind!«, sagte Erwin, der dicke Berliner, und zog sich den Schampus wie Wasser rein.

Das schöne Kind knickste artig und versuchte weiterzugehen. Doch Erwin hielt es am Schürzenzipfel fest. »Man nich so eilich, Kleene! Ick könnt noch'n zweites Glas vertragen!«

»Wieso hältst du das für Taktik!«, mischte sich jetzt Ernsti Lohmann ein. »Sind halt freundliche Leute, die von Hohensinns, und haben außerdem die hübschesten Töchter Österreichs im Personal!«

Die junge Serviererin errötete, und wenn ich ehrlich sein soll: Mich hätte so ein Kompliment auch gefreut.

»Wa, Kleene!«, sagte bestätigend der dicke Erwin. »Nette Chefleute haste da erwischt!«

Er lud sich unfeine Mengen von dem Kaviar auf seinen Toast. Während das hübsche, schlanke Serviermädchen errötete, pappte er noch einen zweiten Toast obendrauf, und biss mit Genuss hinein. Was soll so ein Serviermädchen in so einer Situation auch machen. Erröten ist das Einzige, was sie sich leisten kann, sonst kann sie das vergessen mit der Klessheimer Tourismusfachschule.

»Mensch, Erwin, das ist kein Hamburger!« Weyrauch begann sich für seinen Kollegen zu schämen. Er war der letzte Adelsreporter, der noch etwas von guten Sitten verstand. »Kaviar isst man mit dem Perlmuttlöffel!«

»Siehst du hier irgendwo een Perlmuttlöffel? Ick nich!«

»Dann iss ihn wenigstens mit der Gabel!«

»Du, ick sage dir, ick hab ja schon viele von den Adelsherrschaft'n vor de Linse jehabt«, sprach nun Erwin mit vollen Backen. »Aba zu Champagner und Kaviar hat mir noch nicht eine einz'je Hohheit einjeladen.«

»Achtung, da kommt dieser Rampensau-Baron«, sagte Lohmann eine Spur zu laut, und Weyrauch drehte sich schnell weg. »Holdi, das Schwein!«

»Jibt ja auch wat umsonst«, sagt Erwin. »Wo hatter denn seine Mutta jelassen?«

»Die liecht da hinten auf der Gartenliege und pennt«, wusste sein Assistent zu berichten. Er hatte ein paar Schnappschüsse von der ollen Baronin gemacht, befürchtete aber, dass die niemand drucken würde. So kam er auf keinen grünen Zweig.

»Du, vielleicht kriegen wir über den eine Information«, mutmaßte Lohmann. »Der platzt doch vor Mitteilungsdrang, der alte Wichtigtuer.«

Holdi, das Schwein, hatte sich im Schloss gelangweilt, weil niemand seine Anwesenheit schätzte. Da seine Mutter Justine auf der Gartenliege rumlag und schlief, streifte er nun planlos umher. Eigentlich war er immer auf der Suche nach einem süßen Mäuschen, denn er war irrtümlich der Meinung, ein gut aussehender Mann zu sein. Ja, er war sogar davon überzeugt, sein Titel »Baron« werde ihm eines Tages zu einer attraktiven jungen Frau verhelfen. Aber lassen wir dem gutgläubigen Gerthold ruhig seine Träume. Der kriegt auch noch eine ab, glauben Sie es mir. Sogar ihm war die ungewöhnliche Atmosphäre im Hause seines Erzeugers aufgefallen. Aber niemand weihte ihn ein. So gesellte er sich zu den Pressefotografen in der Hoffnung, nun doch noch fotografiert zu werden und auch noch etwas von dem Kaviar abzubekommen.

Das alles sah vom Schlafzimmerfenster aus Marie, die Frau des Erbprinzen Ferdinand.

»Ihr Lieben, ich will euch ja nicht beunruhigen«, sagte Marie in ihrer freundlichen Art. »Aber bevor euer lieber Halbbruder Gerthold sich mit der Presse zusammentut, sollten wir eine Entscheidung treffen.«

»Also die Großtantenvariante«, meinte Ferdinand düster. »Heute Nacht in Pennsylvania verstorben. Frederic und

Anne-Sophie sitzen schon im Flieger. Wenn Ihr mich fragt: eine saublöde Erklärung, denn das hätten wir denen schon heute Morgen sagen können.«

Alle sahen sich ratlos an.

In dem Moment klingelte das Telefon. Also jetzt nicht bei mir, sondern bei denen.

Alle zuckten zusammen. Ferdinand machte einen Schritt, aber der Fürst hielt ihn zurück.

Die Fürstin nahm ab. Alle starrten sie erwartungsvoll an. Ihr Gesicht blieb zuerst völlig ausdruckslos. Obwohl sie versuchte, nicht die Haltung zu verlieren, sank sie nach kurzer Zeit auf den Bettrand. Die Gesichtszüge entglitten ihr. Ihre Augen weiteten sich schreckerfüllt. Ein Laut des Entsetzens kam ihr über die Lippen, bevor diese heftig zu zittern begannen.

»Mutter, so sag doch …«

Die Fürstin lauschte immer noch. Schließlich fiel ihr der Hörer aus der Hand.

Der Hofrat und der alte Fürst sprangen herbei und hinderten sie daran, vollends zusammenzubrechen.

So hatte die Fürstin noch keiner gesehen.

»Patricia, sag, was ist passiert?«

»Sie haben …«, versuchte die Fürstin zu sprechen.

»Sie haben sie gefunden«, sagte Ferdinand in düsterer Vorahnung.

»Ja«, hauchte die Fürstin tonlos.

»Und? Leben sie??«

Die Fürstin nickte, wobei ihr schweres Diadem ihr wie Blei auf die Schläfen drückte. Also dass sie das immer noch auf dem Kopf hatte! Da sieht man mal, wie tapfer die sich gehalten hatte bis jetzt!

Mechanisch nahm sie es ab und warf es achtlos neben sich. Es kullerte unter das Bett, aber das spielte jetzt auch keine Rolle mehr.

In der Unfallchirurgie herrschte panische Aufregung. Nachdem der Rettungshubschrauber die Prinzessin in die Notaufnahme gebracht hatte, stellte eine junge Assistenzärztin fest, um wen es sich bei der schwerverletzten Patientin handelte. Sofort wurden alle Chefärzte und Professoren herbeigerufen, die auffindbar waren. Das war ein Theater, meine Güte! Aber es würde jetzt einfach zu weit führen, die ganze Rumtelefoniererei und Rumlauferei zu schildern, die diese Feststellung auslöste.

Schrecklich, nein, wirklich. Was die Ärzte alles diagnostizierten, während ihnen die Schwestern noch hinten die Kittel zuknöpften und den Mundschutz umbanden, das war gar nicht so einfach zu erfinden.

Diese stellten neben einer starken Unterkühlung zwei komplizierte Knochenbrüche, eine Gehirnblutung, die Verletzung mehrerer innerer Organe inklusive Leberquetschung und Lungenriss sowie die Zerstörung der linken Hand fest. Einfach mal so auf den ersten Blick.

»Sie spielt Cello«, hauchte die Assistenzärztin, die die Prinzessin erkannt hatte und gerne Klatschblätter wie »Das alte Silberblatt« oder »Neueste Adelsnachrichten« las, aber nur beim Friseur und beim Zahnarzt.

»Nicht mehr«, antwortete Oberarzt Dr. Fallhuber, der ein brillanter Chirurg war.

Nachdem man die erste Notfallversorgung getätigt hatte, kam man zu dem Entschluss, die Prinzessin nicht in der Unfallchirurgie, sondern in der Amadeus-Privatklinik operieren zu lassen.

»Wir sind hier auf Skiunfälle und Knochenbrüche eingestellt«, sagte der Chefarzt.

»Aber nicht auf so eine Anhäufung von Katastrophen. Die Verantwortung kann ich nicht übernehmen.«

So wurde die Prinzessin, die noch nicht wieder zu sich gekommen war – mir wäre auch echt nicht eingefallen, was sie dann gesagt hätte oder ob sie wenigstens jemandem hätte die Hand geben können –, noch einmal im Krankenwagen transportiert. Dabei wurde sie künstlich beatmet und notfallmedizinisch versorgt.

Mehrmals bangten die Ärzte auch hier noch um ihr Leben, das am seidenen Faden hing.

Dass sie heute eigentlich heiraten wollte, wie die Assistenzärztin mehrfach fassungslos von sich gab, interessierte hier natürlich niemanden. Hier ging es ums pure Überleben, mit oder ohne Ehering, ganz wurscht.

Schließlich hatte sich ihr Zustand so weit stabilisiert, dass sie für die erste Operation vorbereitet werden konnte.

Zuerst mussten die inneren Blutungen gestoppt werden. Dazu habe ich übrigens extra einen Arzt angerufen und gefragt, was man, wenn man sich schon in so eine Sache hineingesteigert hat, so schreiben kann. Er hatte gerade einen Patienten dasitzen und war nicht so gesprächig. Aber das mit den inneren Blutungen hört sich logisch an, und solange das hier kein Internist oder Chirurg liest, geht es durch, und dass das kein Internist oder Chirurg liest, da bin ich mir sicher – außer er wäre gefesselt und geknebelt.

Während das siebzehnköpfige Team aus Salzburg und Innsbruck an diesem sonnigen Maimorgen mit den besten und erfahrensten Chirurgen zu Werke ging, wurde auf Schloss Hohensinn die Hochzeit abgesagt. Man verzichtete dabei sogar auf die verblichene Tante aus Pennsylvania. Die Wahrheit würde so oder so ans Licht kommen.

Kopfschüttelnd und bedrückt schlichen die Gäste und Herrschaften von der Presse davon.

Nur ein genauer Beobachter dieser Szene konnte sehen, dass der dicke Erwin und Holdi, das Schwein, sich noch die letzten Kaviarbrötchen in eine Serviette packten.

Prinzessin Charlotte versuchte unbemerkt ins Schloss zurückzukommen. Sie wählte nicht die breite von Linden gesäumte Auffahrt, die zur Ehre des Tages mit Hunderten von Maiglöckchensträußen geschmückt war. Das wäre ja auch zu blöd gewesen, denn da wären ihr ja ganze Hundertschaften von leicht angetrunkenen Adligen entgegengekommen. Stattdessen schlich sie sich durch einen schmalen Parkweg, den sonst nur die Gärtner benutzten. Hinter dem Gesindehaus versteckte sie sich und beobachtete mit Grauen, dass schon die letzten Gäste gerade aufbrachen. Die Wagenschläge der großen Limousinen wurden von den Butlern und Dienern höflich geschlossen, während sich die näheren Anverwandten und Freunde der Familie ratlos voneinander verabschiedeten. Die großen Busse mit den verarmten Adligen waren ihr schon unten auf der Landstraße entgegengekommen. Die Hochzeitskutsche, die von acht weißen Pferden gezogen wurde, fuhr ebenfalls wieder weg. Nicht, dass sie heute noch einen anderen Termin gehabt hätte, aber was sollte sie machen? Weiter vor dem Schloss rumstehen? Davon wurde die Sache auch nicht besser. Erbprinz Ferdinand, seine Frau Marie und der junge Prinz Alexander redeten mit den hartnäckigen Vertretern der Presse, die sich so nicht abspeisen lassen wollten. Dabei störte sie ihr ungebetener Verwandter Gerthold, der sich wieder wichtig machen wollte. Er kaute noch an seinem letzten Kaviarhäppchen und wischte sich ungeniert mit der geklauten Stoffserviette den Schweiß von der Stirn.

»Der Scheißkerl hat mir gerade noch gefehlt«, murmelte Prinzessin Charlotte. Sie versteckte sich hinter einem Gartenpavillon, wo sie einer der Gärtner, der die rosenumrankte Pergola, durch die das Hochzeitspaar hätte schreiten sollen, wieder abschmückte, verwundert anstarrte.

»Glotzen Sie nicht so!«, raunte Charlotte unwillig.

Aber der Gärtner tat genau das.

»Schauen Sie doch verdammt noch mal woanders hin!«

Aber der Gärtner hörte nicht auf, zu ihr hinüber zu starren, und so erregte sie auch die Aufmerksamkeit einiger noch herumstehender Gäste.

»Um Himmels willen, das Lotterl! Na, wie schaut's denn aus!«, schrie die Freiherrin zu Wals, eine entfernte Tante aus Wien. Sie schlug die Hände über dem Kopf zusammen, gackerte und flatterte mit den Flügeln wie ein aufgescheuchtes Huhn.

»Naa, Sepperl, schau doch! Das Lotterl schaut aus wie a G'spöönst!«

»Ach, du alte Hex, du gehst mir auf den Geist!«, zischte Charlotte, die jetzt keinerlei Aufmerksamkeit gebrauchen konnte. »Steig in deine Kutsche und verschwinde!«

Aber inzwischen kamen schon einige von den Umstehenden herbeigerannt, und es blieb Charlotte nichts anderes übrig, als wie ein auf frischer Tat ertappter Einbrecher aus ihrem Versteck zu kommen.

Fast hätte sie die Hände hochgehalten, damit keiner auf sie schoss.

Kaum hatte man sie erkannt, als sich die Nachricht von ihrer Ankunft auch schon wie ein Lauffeuer verbreitete.

»Sie ist da, die Prinzessin Charlotte ist zurück! Sie ist verletzt! Sie humpelt! Sie blutet!«

Vom letzten Zimmermädchen bis zum Fürstenpaar hatte sich die Nachricht in weniger als zwei Minuten verbreitet.

Charlotte schleppte sich an den Fotografen vorbei, die ihre Kameras nun wie von der Tarantel gestochen wieder aus den Autos rissen.

Natürlich, dachte Charlotte. Typisch.

»Det is'n Ding«, schrie Erwin, der Dicke, begeistert, »det is 'n saujutet Ding!«

»Unterstehen Sie sich!«, fauchte ihn die derangierte Prinzessin an.

Auch Erbprinz Ferdinand und sein Bruder Alexander versuchten die Fotografen daran zu hindern, die abgerissene Prinzessin in diesem Zustand zu fotografieren.

»Das ist herzlos«, schrie Ferdinand ein übers andere Mal, »herzlos und gemein!«

Na und, dachte sich Erwin, det is mir wurscht! Ick mach hier meinen Job, und wenn die Prinzessin mir so vor de Linse läuft, bin ick doch'n Idiot, wenn ick se loofen lass.

Bodyguards schossen aus ihren Löchern hervor und wurden handgreiflich.

Mitten in dieses Gerangel hinein mischte sich nun selbstzufrieden der Halbbruder Gerthold:

»Sehen Sie, meine Herren, Sie sind nun doch nicht umsonst gekommen!«, lachte er jovial. »Die Warterei hat sich gelohnt!«

Er tat so, als wolle er Charlotte stützend die Hand reichen, aber in Wirklichkeit versuchte er nur wieder ins Bild zu kommen, denn er wusste: Diese Bilder gehen um die Welt!

Ja, Holdi, das Schwein, war eine echte Rampensau, keine Frage. Seine Mutter Justine, die zwischenzeitlich erwacht war und auch schon reichlich Vanillepudding mit Eierlikör intus hatte, kam zwischen den rangelnden Fotografen und Bodyguards zu Fall.

Der unsympathische Eberhard zu Fragstein, Charlottes Ehemann, war bis jetzt ohne erkennbare Regung auf der Freitreppe stehen geblieben. Eigentlich hatte er seine, wie er fand, sehr ausgeklügelte Presseerklärung vom Balkon aus verlesen wollen, aber seine Frau Charlotte hatte ihm die Show gestohlen. Sofort änderte er seine Taktik. Wenn Holdi, das Schwein, eine Rampensau war, dann war Eberhard zu Fragstein einfach nur ein berechnender, charaktlerloser Widerling.

Als Charlotte nun wie ein Häufchen Elend auf ihn zugelaufen kam, ging er ihr scheinheilig entgegen. Schützend legte er seine Jacke um sie und schirmte sie so von den Fotografen ab. In Ermangelung eines Knirpses schlug er nicht auf die Fotografen ein. Aber das war natürlich reines Kalkül.

»Liebling! Was ist denn passiert?«

Statt einer Antwort kam die bange Gegenfrage: »Sind Anne-Sophie und Frederic zurück?«

Klar. Das war er gewesen, der letzte Hoffnungszipfel, an den Charlotte sich klammerte. Auch wenn ihr die Gäste bereits entgegenkamen: Es hätte ja sein können, dass sie wenigstens nur erkältet oder übermüdet oder einfach nur nicht in Heiratsstimmung waren.

Hoffnungsvoll starrte Charlotte ihrem Mann ins Gesicht.

Vor allen Kameras und Presseleuten konnte Eberhard nicht das antworten, was er gerne geantwortet hätte, also verneinte er höflich: »Ich hatte gehofft, du bringst sie mit?«

»Nein, Eberhard! Ich suche sie seit heute früh um vier!«

So geht das nicht, dachte Eberhard, das können wir hier nicht vor der Meute diskutieren.

Mit schnellen Schritten brachte Eberhard seine Frau aus der Schusslinie der Fotografen.

Hastig öffnete er eine Nebentür. Die beiden standen nun im Garderobenraum der Servierfräulein und Kellner, die für heute engagiert worden waren.

Er war leer.

Sofort änderte Eberhard zu Fragstein seine fürsorgliche und liebevolle Haltung.

»Bist du wahnsinnig!«, schrie er Charlotte an. »Weißt du, was du da angerichtet hast, du dusselige Kuh!«

»Ich weiß, ich hätte nie zulassen sollen, dass er in den Berg geht«, schluchzte Charlotte reuevoll.

Charlotte war sonst immer stark, aber nun war sie am Ende ihrer Kräfte. Und da sie beim Nachhauselaufen schon mal mit dem Weinen angefangen hatte, konnte sie jetzt nicht wieder damit aufhören.

Eberhard schüttelte sie brutal am Arm.

»Diese Hochzeit war für deinen Vater äußerst wichtig!«, zischte er in blinder Wut. »Das ganze Fürstentum Tatzmannsdorf wäre in den Besitz seiner Familie gekommen! Weißt du überhaupt, was das für mich bedeutet hätte?«

»Du hättest deine Bankgeschäfte dahin ausweiten können«, flüsterte Charlotte elend.

»Weißt du, wie viele Millionen und Abermillionen Schwarzgelder in Ungarn herumliegen?«

»Nein«, sagte Charlotte. Und ehrlich gesagt: Ich wusste das bis jetzt auch nicht.

Eberhard zu Fragstein war weiß vor Wut. »Sämtliche Steuerflüchtlinge Europas parken ihre Gelder dort auf Konten! Und wer hätte die Ungarische Privatbank fest in seinen Händen gehabt?« Eberhard schüttelte die arme Charlotte wie einen ungezogenen Hund.

»Du«, sagte Prinzessin Charlotte. »Au, du tust mir weh!«

»Das will ich auch, und ich werde dir noch viel mehr wehtun, wenn die zwei nicht heiraten! Weil du mir dann meine Karrierepläne kaputtgemacht hast!«

Eberhard machte sich nicht die Mühe, seine Frau mal in Ruhe zu betrachten.

Blut auf der Wange, ein dickes blaues Auge, Schrammen an den Armen, ein nasser Fetzen am Leib – also bitte, da redet man doch nicht so einen Unsinn von wegen Privatbanken in Ungarn und Schwarzgeldkonten und so! Da fragt man: Liebling, willst du dich setzen, reicht ihr ein Taschentuch und eine Tasse Tee oder, wenn gerade nichts anderes in der Nähe ist, wenigstens ein Glas Champagner.

Charlottes Gesichtsausdruck wurde trotzig. »Aber heute geht es nicht um DEINE Bankgeschäfte. Heute geht es um das Leben MEINER Schwester!«

Trotz aller Scham und Selbstkritik konnte sich Prinzessin Charlotte noch straffen. Das hatte sie von ihrer Mutter gelernt, die sich niemals gehen ließ. Sie war eine von Hohensinn, und diesen Namen trug sie nicht zu Unrecht.

Wie ich ihn hasse, dachte sie, wie ich Eberhard doch hasse! Dass ich ihn geheiratet habe, war wirklich ein Schuss ins

Knie. Und jetzt kann ich ihn noch nicht mal verlassen, denn wir haben drei kleine Kinder, und nachher stehe ich noch als »Rabenmutter« in der Zeitung, das gäbe mir den Rest.

Ich muss warten, bis er mich verlässt. Dann haben sie Mitleid mit mir.

»Was bist du nur für ein widerlicher Egoist!«, zischte sie ihren ungeliebten Ehemann an, und ihre dunklen Augen wurden schmal vor Hass.

»Statt dir Sorgen um mich und meine Schwester zu machen, denkst du nur an deine miesen Geldgeschäfte und an deinen sogenannten guten Ruf! Und dich habe ich geheiratet!«

»Ja, was glaubst du denn, warum ich DICH geheiratet habe!«, kam Eberhard nun in Rage. »Sicher nicht, weil du so ein liebreizendes Geschöpf bist! Guck dich doch an! Verhärmt, vergrämt, nur Knochen und Falten! – Nein, ich habe dich NUR deines Geldes wegen geheiratet, denn mit einer von Hohensinn als Frau öffnen sich einem Finanzmann wie mir alle Banken dieser Welt.«

»Komm, Eberhard, jetzt überleg mal, was du da sagst!«, versuchte Charlotte die Sache noch herunterzuspielen.

Aber Eberhard war roh. Da konnte man nix machen.

»Miststück!«, setzte der rohe Eberhard noch eins drauf.

Charlotte brauchte zwei Sekunden, um diese Herabwürdigung ihrer Person zu begreifen.

Dann straffte sich ihr geschundener Körper erneut, sie hob den Kopf, ihr Mund war eine schmale Linie, ihre Augen wurden zu Strichen. Jeder Muskel spannte sich, und ehe Eberhard zu Fragstein reagieren konnte, hatte ihm Charlotte mit aller Wucht und allem Hass, den sie in sich trug, ins Gesicht geschlagen. Dem Widerling flogen richtig die Schuppen aus den Haaren.

»Ups«, machte da jemand hinter einer spanischen Wand.

»Wer ist da?«, schrie Eberhard. Mit einer Hand auf der vor Schmerz brennenden Wange wandte er sich abrupt um.

»Es tut mir leid, ich wollte wirklich nicht mithören«, sagte die kleine Serviertochter. Es war die, von der der dicke Erwin eben noch so begeistert gewesen war. Sie kam in BH und Höschen hinter der spanischen Wand hervor. In der Hand hielt sie noch ihre Rüschenschürze. »Ich hab mich gerade umgezogen, da sind Sie beide … da sind fürstliche Hoheiten hier reingeplatzt, also … hier reingekommen, und ich konnte ja schlecht abhauen, nackert, wie ich gerade war.«

»Raus!«, schrie Eberhard und wies mit dem Kopf zur Tür.

Verschüchtert wollte das Mädchen an den beiden vorbeihuschen, aber da wäre sie in diesem halb angezogenen Aufzug auf der Freitreppe gelandet. Die Fotografen lauerten draußen wie die Katzen vor einem Mauseloch, wohl wissend, dass Charlotte und Eberhard da drinnen waren, und so ein Serviermäderl, so ein nackertes, g'schmackiges, das hätten die sich nicht entgehen lassen. Schon gar nicht der dicke Erwin aus Berlin.

»Lass sie sich anziehen, Eberhard!«

Charlotte ging auf die Kleine zu. »Tut mir leid, wir wollten dich nicht erschrecken.«

»Wenn du kleine Ratte da draußen ein einziges Wort von dem sagst, was du hier gehört und gesehen hast, dann bist du tot«, sagte Eberhard dumpf.

Schlotternd schlüpfte das Serviermädchen in ihre Jeans. Sie war bildhübsch, wie alle jungen Schülerinnen der Hotelfachschule, die für den heutigen Anlass hierher geschickt worden waren. Sie hieß Julia Dachl und lebte mit ihrer alleinerziehenden Mutter am Fuße des Unternbergs bei Ruhpolding. Die Mutter hieß Daniela und war vor 18 Jahren dem Dorfkaplan zum Opfer gefallen, weshalb sie nun alleinerziehende Mutter war. Daniela arbeitete als Kassiererin bei dem maroden Sessellift und verbrachte ihr Leben in einer schattigen Schlucht. So, ich glaube, die wichtigsten Figuren in meinem Fürstenroman habe ich jetzt alle vorgestellt.

»Ich habe nichts gesehen und nichts gehört«, stammelte Julia Dachl, die um ihre sowie die Existenz ihrer Mutter fürchtete. Ohne den beiden Eheleuten noch einen Blick zu gönnen, raffte sie ihre Sachen an sich und rannte davon.

Nein, nein, und nochmals nein.«

Die Fürstin wehrte sich vehement gegen die Beruhigungsmittel, die der Hofrat Glasenapp ihr verabreichen wollte.

»Ich bin nicht krank«, sagte sie mit fester Stimme. »Wenn meine Tochter mich braucht, will ich hellwach sein!«

»Ihre Tochter Anne-Sophie wird so schnell nicht zu sich kommen, Hoheit!«

Der gute alte fürsorgliche Mediziner hätte es wirklich gern gesehen, wenn die stolze Fürstin sich nach all den Aufregungen wenigstens für zwei Stunden hingelegt hätte.

»Ich habe noch eine Tochter«, antwortete die Fürstin. »Charlotte braucht mich jetzt mindestens genauso.« Das gefällt mir so an ihr. Sie vergaß nicht eine Sekunde, dass es hier nicht nur um Anne-Sophie ging, sondern dass sich auch Charlotte ziemlich elend fühlen musste. Eine gute Mutter hat in ihrem Herzen für alle Platz.

Die Herumstehenden wunderten sich. Sie hatten geglaubt, dass die Fürstin überaus erzürnt sein würde über das, was Charlotte der ganzen Fürstenfamilie angetan hatte.

»Kennt ihr nicht die Geschichte vom verlorenen Sohn?« Die Fürstin hatte inzwischen wieder ein schlichtes Kostüm angelegt und verließ mit erhobenem Haupt ihre Gemächer.

»Donnerwetter«, entfuhr es Hofrat Glasenapp. »Die Frau hat Format. So eine Mutter hätte ich auch gern gehabt.«

Fürstin Patricia von Hohensinn ging mit energischen Schritten die langen Gänge hinunter, die in den Wohntrakt ihrer erwachsenen Kinder führten. Überall begegnete sie Angestellten des Schlosses, die damit beschäftigt waren, die Spuren einer nie stattgefundenen Hochzeit so schnell und diskret wie möglich zu beseitigen. Die Angestellten senkten sofort den Blick, einige Hofdamen knicksten, manch ein Diener verbeugte sich hastig. Es herrschte Verlegenheit, Trauer, Ratlosigkeit und eine schier endlose Peinlichkeit in allen Räumen.

»Bitte arbeiten Sie weiter, meine Damen und Herren«, sagte die Fürstin liebenswürdig.

»Na, DAS nenn ich Selbstbeherrschung«, brummte ein Mitarbeiter, der gerade auf einer Leiter stand und die Girlanden von der Decke nahm. Er hieß Josef und hatte heute Geburtstag, aber das interessierte niemanden und Sie wahrscheinlich auch nicht. Ich weiß auch nicht, warum ich es erwähne: Wahrscheinlich weil mein Sohn heute Geburtstag hat. Er wird sechzehn und leiht sich gerade in der Videothek einen Film aus, weil mal wieder Schnürlregen herrscht im Salzkammergut. Die Touristen stehen wieder vor dem Eurospar und essen Brathähnchen, und von ihren Wanderrucksäcken tropft es.

Wie gut, dass ich meinen Fürstenroman habe, und Sie ja auch, egal, wie das Wetter gerade bei Ihnen ist.

»Meine Mutter würde heulen und jammern«, flüsterte eine Bedienstete, die gerade dabei war, die weißen Lilien aus den Bodenvasen zu nehmen.

»Es heißt, dass die Fürstin gar nicht weiß, dass Anne-Sophie vielleicht niemals aus dem Koma erwachen wird!«

»Sie soll vollkommen gelähmt sein«, tuschelte eine Kammerzofe, die gerade die Festtagskleider wieder in ihre Schutzfolien gepackt hatte.

»Ich habe gehört, sie hat bleibende Gehirnschäden«, tratschte eine andere, die den Schmuck der Prinzessinnen wieder in die Schatullen legte.

»Und blind ist sie, völlig blind! Schneeblind! Sie hat ja in der gleißenden Sonne gelegen, mit offenen Augen, stundenlang!« Die Fürstin gab nichts auf das taktlose Getuschel ihrer Untergebenen und schritt mit erhobenem Haupt weiter.

Als sie am festlichen Speisesaal vorbeikam, warf sie einen Blick hinein. Klar, das hätte jeder gemacht, ich auch. Die Hochzeitstafel wurde soeben wieder abgedeckt. Vier livrierte Diener trugen die riesigen Blumengestecke diskret in die Gärtnerei zurück. Die Arrangements auf den silbernen Schalen waren so schwer, dass nur mehrere Männer sie schleppen konnten. Einige Serviertöchter sammelten das Silberbesteck wieder ein und sortierten es vorsichtig in die dafür vorgesehenen Samtschubladen. Dies alles erschien der Fürstin so unwirklich, dass ihr zum ersten Mal die Tränen kamen. Noch nie hatten ihre Angestellten unbenutztes Silber, noch nicht angezündete Kerzen und nicht angerührte Teller wieder in die Schränke und Läden zurückgetragen. Die Angestellten bewegten sich mit einer Schweigsamkeit, als bereiteten sie bereits das Begräbnis der Prinzessin Anne-Sophie vor.

Einer der Diener entdeckte die Fürstin und stand sofort stramm. Die anderen taten es ihm nach. Alle blickten mitleidig und betroffen auf die beliebte Fürstin der Herzen, die in ihren Augen immer mehr über sich hinauswuchs.

»Meine lieben Damen und Herren«, sagte die Fürstin, »wir alle wissen noch nicht genau, was passiert ist. Ich versichere Ihnen aber, dass unsere Familie – und dazu gehören Sie alle – zusammenhalten wird, was auch immer geschieht, in guten und in schlechten Tagen. Bitte fahren Sie jetzt mit Ihrer Arbeit fort. Sie werden über den Fortgang des Geschehens informiert, sobald wir Genaueres wissen. Ich danke Ihnen.«

Fast hätte der Diener Hans angefangen zu applaudieren, als die Fürstin weiterging.

Aber der Josef hielt ihm gerade noch die Hände fest.

Prinzessin Charlotte wurde gerade von Hofrat Glasenapp auf ernstere Verletzungen hin untersucht, als ihre Mutter, die Fürstin, den Raum betrat.

»Charlotte! Wie geht es dir?«

Eigentlich hätte sich Charlotte gerne weinend in die Arme ihrer Mutter geworfen, aber in Anbetracht ihres Adelstitels, der damit verbundenen Würde und der Anwesenheit des alten Hofrates beschränkte sie sich auf ein schlichtes:

»Danke, Mutter, mir geht es den Umständen entsprechend gut.«

Charlotte hatte einen Stützverband am linken Fuß, ihre Hände waren mit Jod versorgt worden und steckten in Verbänden, und im Gesicht prangte ein dickes Pflaster.

Fürstin Patricia legte den Arm um Charlotte. »Es ist ein Segen, dass du mit dem Schrecken davongekommen bist.«

»Ach Mutter, ich kann dir gar nicht sagen, wie erleichtert ich bin, dass du mir nicht böse bist!«

Na, da ging Charlotte aber mal von einer Vermutung aus. Natürlich war die Fürstin böse, und zwar sehr, aber das zu zeigen oder gar zu sagen lag ihr fern.

»Das würde an der Situation auch nichts mehr ändern.« Die Fürstin lächelte Charlotte bemüht an. »Du hast dir nichts dabei gedacht, als du den armen, dummen Baron auf den Berg geschickt hast. Es war ein übermütiger Scherz, keine böse Absicht.«

»Oh Mutter, wenn du wüsstest, wie sehr ich das alles bereue!«

»Nun müssen wir alle gemeinsam versuchen, die schlimmeren Wunden zu heilen.«

»Was weiß man von Anne-Sophie?«

»Deine Schwester liegt zurzeit noch im Koma.«

»Was bedeutet das? Wird sie jemals wieder daraus aufwachen?«

»Das lässt sich noch nicht mit Bestimmtheit sagen. Ich

wollte dich fragen, ob du dich in der Lage fühlst, mich bei meinem ersten Besuch in der Klinik zu begleiten.«

Charlotte sah ihre Mutter schweigend an. Sie wollte sie dabeihaben! Sie, die den schrecklichen Unfall verschuldet hatte! Eine tolle Mutter, was?! Tja, liebe Leser, das sind so Situationen im Leben, wo sich wahre Mutterliebe zeigt. Nicht durch das unaufhörliche Schenken von Cabriolets und Kreuzfahrten und das Vererben von Perlen und Kochrezepten und Landhausvillen und diesem ganzen oberflächlichen Scheiß.

Tränen stiegen Charlotte in die Augen. Der Hofrat Glasenapp verkniff sich eine Bemerkung. Wenn das meine Tochter wäre, dachte er grimmig, während er seinen Arztkoffer wieder schloss, dann würde ich sie davonjagen. So was Unvernünftiges gehört nicht in ein Fürstenschloss. In diesem Zusammenhang fiel ihm ein, dass sich bereits sein Vorgänger irgendwann geweigert hatte, die Eskapaden von Charlotte noch zu verantworten. Als sie mit ihren Zwillingen im neunten Monat schwanger war, hatte sie noch ein Wasserski-Wettrennen veranstaltet und gewonnen.

Während sie in der abgedunkelten Limousine saßen, nahm Charlotte die Hand ihrer Mutter. Sie hatte einen ganz trockenen Mund. Trotzdem rang sie sich zu der Frage durch:

»Ist Frederic inzwischen gefunden worden?«

»Soviel ich weiß, nicht«, antwortete die Fürstin. »Meines Wissens sind die Suchtrupps seit heute Morgen unterwegs.«

»Was sagen seine Eltern?«

»Sie sind bestürzt und wollten nicht länger im Schloss bleiben.«

»Das ist ja nachvollziehbar …«, murmelte Charlotte dumpf.

»Sie geben dir allerdings die Schuld«, antwortete die Fürstin. »Sie wollen gerichtliche Schritte gegen dich einleiten.«

Charlotte biss sich auf die Lippe. Klar, dachte sie. Immer ich.

Plötzlich wendete sich Patricia ihrer Tochter zu. »Doch bei aller Unvernunft: Du bist nicht alleine schuld!«

Charlotte konnte es nicht glauben. Ihre Mutter nahm sie sogar noch in Schutz?

»Wenn du mit deinen eigenen Kindern so umgegangen wärst, würde ich dafür plädieren, sie dir wegzunehmen«, sagte die Fürstin streng. »Aber Anne-Sophie und Frederic von Tatzmannsdorf sind erwachsene Menschen. Du hast sie nicht gezwungen, auf den Berg zu gehen. Das habe ich den Tatzmannsdorfs auch gesagt. Der Junge hat das ganz allein entschieden. Er hat sich damit auch in der Öffentlichkeit lächerlich gemacht.«

»Das hast du wirklich für mich getan?«

»Das hätte ich für jeden getan, der mir nahe steht.« Die Fürstin schüttelte traurig den Kopf. »Ein Sündenbock ist leicht gefunden. Und diesen zu verdammen fällt leicht. Aber es ist nicht fair.«

Charlotte drückte dankbar die Hand ihrer Mutter.

»Meine liebe Charlotte, du wirst jetzt sehr viel Kraft brauchen. Deshalb spreche ich jetzt so mit dir. Sie werden dich verurteilen und den Stab über dich brechen. Das gilt für unsere Adelskreise ebenso wie für das Hofpersonal und die Klatschpresse. Sie werden versuchen, dich zu kreuzigen. Und das einfache Volk wird alles glauben, was ihnen zugetragen wird. Deshalb stütze ich dich jetzt, genauso wie ich Anne-Sophie stützen werde.

So, und nun werden wir uns zusammenreißen und Anne-Sophie gefasst und mutig entgegentreten. Was sie jetzt braucht, ist unsere Kraft, und nicht unser Schuldbewusstsein.

Habe kein Mitleid mit ihr, aber habe auch kein Mitleid mit dir. Nur Stärke und Zuversicht bringen uns weiter.«

Mit diesen Worten entstieg die Fürstin vor der Amadeus-Privatklinik ihrem Wagen.

Den Chauffeur kostete es einige Überwindung, auch Charlotte den Schlag zu öffnen.

An seinen Augen sah sie, wie recht ihre Mutter hatte.

In blauen Kitteln, mit Mundschutz und Handschuhen und auf blauen Gummischuhen betraten Mutter und Tochter kurz danach das Zimmer auf der Intensivstation, in dem Anne-Sophie lag.

Charlotte war auf einiges gefasst gewesen, aber der Anblick, der sich ihr nun bot, übertraf ihre schlimmsten Erwartungen. Ein nicht wiederzuerkennendes Etwas hing an Schläuchen und Kanülen, die alle zu verschiedenen Apparaturen und Computern führten. Die Beatmungsmaschine machte furchtbare Geräusche, so als wenn jeder Atemzug Anne-Sophies ihr letzter wäre. Das zum Teil verbundene Gesicht ihrer Schwester war zu einem Drittel von der Sauerstoffmaske verdeckt, die in regelmäßigem Abstand von innen beschlug.

Mehrere Maschinen zu Stabilisierung von Herz und Kreislauf tickten. Hilflos sah Charlotte sich um. Ein halbes Dutzend Krankenschwestern und Ärzte hantierten schweigend um das Bett herum. Kaum einer schenkte der armen Charlotte einen Blick.

Es roch nach Sterilisationsmitteln. Charlottes Blick fiel auf Gegenstände wie Gummihandschuhe, Tupfer, Reinigungsmittel, Blutabsauger, sterile Tücher und was sonst noch alles in so einem Intensivstationszimmer herumliegt.

Die Fürstin stand völlig gefasst am Bett ihrer Tochter. Vorsichtig berührte sie deren rechte Hand, die wie leblos dalag und begann leise, mit Anne-Sophie zu sprechen.

»Wir sind hier«, sagte sie sanft. »Charlotte ist auch mit-gekommen. Sie hat sich große Sorgen um dich gemacht, wie wir alle, aber ich weiß, du wirst es schaffen. Du brauchst jetzt Zeit, meine Kleine, und wir werden alle Zeit brauchen, aber eines Tages bist du wieder bei uns.«

»Sie kann Sie nicht hören«, sagte eine kaltherzige Schwes-ter gefühllos. »Sie liegt im Koma.«

Solche kaltherzigen und gefühllosen Schwestern gibt es überall. Besonders sonntags finden die einfach keine ande-ren, die zum Dienst bereit sind. Logisch: Die warmherzigen und gefühlvollen Schwestern sind sonntags bei ihren Fa-milien und machen Hausmusik, während die kaltherzigen erstens unmusikalisch sind und zweitens überhaupt keine Familie haben.

»Da bin ich anderer Meinung«, widersprach die Fürstin bestimmt.

Charlotte bewunderte ihre Mutter mehr und mehr für ihre Beherrschtheit, für ihre königliche Kraft. Auch sie, Charlotte, hatte diese unbändige Kraft, aber die brach immer äußerst unkontrolliert aus ihr heraus.

Ihrer Mutter dagegen gelang es, diese Kraft zu konservie-ren und bei Bedarf wohldosiert hervorzuholen – so wie man sich ab und zu ein Traubenzückerchen aus der Handtasche fischt, wenn einem flau im Magen wird. Während Charlotte ihren Kraftattacken hilflos ausgeliefert war und immer wie-der mit dem Kopf gegen die Wand rannte.

Nachdem die Fürstin noch eine halbe Stunde mit ruhiger Stimme auf die desinteressiert wirkende Anne-Sophie einge-sprochen hatte, kam der gut aussehende, graumelierte Chef-arzt mit wehendem Kittel um die Ecke gestoben und bat sie höflich distanziert in das Besprechungszimmer.

Charlotte blieb mit ihrer Schwester Anne-Sophie, ihren Schuldgefühlen und ihrem aufgestauten Hass allein.

Wir haben leider keine allzu guten Nachrichten für Sie, Fürstin«, ließ der Chefarzt seine sonore Stimme ertönen. Seine silbernen Schläfen und die goldgefasste Lesebrille standen ihm gut zu Gesicht. Er war braun gebrannt und mochte um die Mitte fünfzig sein, war aber noch ein fitter Bursche. Und so ein weißer Kittel mit Stethoskop macht einfach auch 'ne Menge her. Der Chefarzt – sein Name ist mir noch nicht eingefallen, aber das passiert garantiert noch auf den nächsten paar Seiten, denn diesen Mann lasse ich mir natürlich nicht entgehen – könnte sich durchaus ein bisschen um Charlotte kümmern, finde ich. Außer er ist glücklich verheiratet, aber das lässt sich ja im Vorfeld verhindern. Denn dann wäre Charlotte auch noch eine Ehebrecherin und verlöre das letzte Fünkchen Sympathie. Alles, was recht ist: Es gibt Grenzen. Auch in Fürstenromanen. Und die arme Charlotte hat auch so schon genug zu leiden, unter den bösen Blicken der kaltherzigen Krankenschwester. Ich finde, ihr steht auch mal ein anständiger Kerl zu, und dieser graumelierte Chefarzt ist schließlich nicht aus Zufall hier. Der hätte ja auch Kurarzt in Bad Gastein werden können, oder Ingenieur in Mombasa.

Der Chefarzt jedenfalls schilderte der Fürstin inzwischen die inneren Verletzungen, Brüche und Quetschungen, die Anne-Sophie erlitten hatte.

»Sie muss mit einem Schneebrett mehrere hundert Meter zu Tal gerutscht sein«, stellte er fest. »Es grenzt fast an ein Wunder, dass sie mit ihrer berguntauglichen Kleidung überhaupt bis zu diesem Punkt gekommen ist.«

»Meine Töchter haben einen zähen Willen«, antwortete die Fürstin schlicht. »Das gibt mir auch den Mut zu hoffen, dass Anne-Sophie eines Tages wieder ganz gesund wird.«

Der Chefarzt bewunderte diese starke, tapfere Frau.

»Wir werden unser Möglichstes tun«, versprach er. »Unser gesamtes Team steht rund um die Uhr bereit.«

Der Chefarzt erhob sich und ging im Raum auf und ab. Dabei knabberte er an seinem goldenen Lesebrillenbügel.

Wie sollte er es der Fürstin nur sagen? Sie war zwar stark, doch es gibt Dinge, die auch den stärksten und zuversichtlichsten Mensch umhauen. Sie hatten alles Menschenmögliche versucht, an diesem langen Operationstag, und viele innere und äußere Verletzungen schienen durchaus kontrollierbar zu sein. Aber die linke Hand, die Anne-Sophie zum Cellospielen brauchte, würde wohl für immer gelähmt bleiben. Doch das war noch nicht das Schlimmste. Der Chefarzt kannte viele Menschen, die auch ohne Cellospielen glücklich waren, sich selbst eingerechnet. Am liebsten hätte der Chefarzt sich jetzt eine Zigarette angezündet – denn leider rauchte er, obwohl er genau wusste, wie schädlich die ganze Qualmerei ist. Aber irgendwohin musste er ja mit seinem ganzen Stress. Er rauchte, seit seine Frau sich umgebracht hatte, aber jetzt wagte er es nicht, zu rauchen, aus Angst, die Fürstin könnte ihn strafend ansehen, oder gar anfangen zu husten, und das hätte er jetzt nicht auch noch ertragen.

Da stellte die Fürstin auch schon die gefürchtete Frage:

»Wie wahrscheinlich ist es denn, dass sie eines Tages die Augen aufschlagen wird?«

Ernst sah er sie an. »Es besteht Hoffnung, dass sie wieder zu sich kommen und mit uns sprechen wird. Aber wenn sie die Augen aufschlägt …

»Ja? Bitte, Professor, sprechen Sie weiter!«

»Sie müssen jetzt sehr stark sein, Fürstin.«

Das ist einer der Momente, in denen ich meinen Beruf verfluche, dachte er. Der Chefarzt fluchte leise vor sich hin. Rauchen durfte er nicht, Fluchen im Grunde auch nicht. Cellospielen konnte er nicht. Also heute war echt nicht sein Tag.

»Bitte sprechen Sie lauter«, regte die Fürstin an. »Ich bin stark. Sie können mir alles sagen.«

Der Chefarzt rang mit sich und suchte nach den passenden

Worten. Ach, wenn er doch jetzt an einer Zigarette ziehen und den Rauch gedankenverloren ausblasen dürfte!

Aber es gab keine passenderen Worte als diese: »Ihre Tochter wird Sie nicht ansehen können, Fürstin.«

»Nein? Nicht? Wieso ... was ...«

»Sie hat in der gleißenden Sonne dort oben ihr Augenlicht verloren.«

So, nun hatte es der Chefarzt gesagt. Er knetete seine Finger und schwieg.

Die Fürstin war um eine Antwort verlegen, genau wie ich. Deshalb räusperte sich der Chefarzt. Seine Hände suchten in der Kitteltasche nach Zigaretten.

Daraufhin nickte die Fürstin stumm und verließ das Besprechungszimmer.

Was für eine Frau, dachte der Chefarzt. Was für eine Frau.

Es waren herrliche Frühlingstage, in einer unbeschreiblichen Farbenpracht. Das Blau des Himmels war so intensiv wie das tiefe Grün des Schwarzensees, die Bäume blühten in Weiß, Pink, Violett und was es sonst noch so gibt.

Die Vögel im Schlosspark sangen sich die Seele aus dem Leib, die sattgrünen Blätter raschelten im lauen Wind, die Blumen sprossen auf jedem Beet und selbst die Wiesen und Wälder um den Schlosspark herum blühten und grünten, dass man von einem Jahrhundertfrühling sprechen konnte. Es war Mitte Mai, und eigentlich hätten Anne-Sophie und Frederic von Tatzmannsdorf gerade in den Flitterwochen auf Bali sein sollen. Was schade um den schönen Frühling im Salzkammergut gewesen wäre. Denn auf Bali ist immer schönes Wetter, im Salzkammergut nicht, aber das hatten wir ja schon.

Aber wo waren sie? Anne-Sophie in der Amadeus-Privatklinik in Salzburg und Frederic verschollen auf der Rückbank eines tschechischen Ladas.

Auf Schloss Hohensinn jedoch herrschte bedrückende Stille.

Die Fenster waren verschlossen, die Vorhänge zugezogen.

Niemand, der von Weitem einen Blick auf das Schloss werfen konnte, bekam ein Mitglied der fürstlichen Familie zu Gesicht. Zwar waren die Fahnen nicht auf Halbmast, aber es kam einem so vor.

Selbst die Reporter, die sich in einigem Abstand vor den Sicherheitskameras herumdrückten, trauten sich nicht, sich dem Schloss zu nähern. Es herrschte absolute Nachrichtensperre, und sogar Weyrauch, der Adelsreporter mit eigener Agentur, bekam diesmal keinerlei Informationen aus dem Schloss.

Auch die Klinik hielt sich konsequent an die Schweigepflicht, und nicht einmal die letzte Lernschwester ließ sich eine klitzekleine Andeutung über den Zustand der Prinzessin entlocken. Weyrauch versuchte es mit allen Tricks: Er warf Mozartkugeln über den Zaun, um die Aufmerksamkeit der Lernschwestern zu erregen, doch die ganze Mühe war umsonst.

So begnügten sich die Reporter damit, Prinzessin Charlotte als Alleinschuldige an diesem Unglück fertigzumachen.

Die Klatschblätter verkauften sich in der Woche nach dem Unglück vier Mal so gut, obwohl keine einzige Information darin stand. Es waren alles nur Vermutungen, die die Auflage so in die Höhe trieben. Aber das war ja schon immer so, und wird auch immer so bleiben.

Auf dem Schloss war man daran schon gewöhnt, und so ignorierte die Adelsfamilie alles, was über sie geschrieben wurde. Wenn die Fürstin irgendwo ein Schmuddelblatt mit ihrem Konterfei oder dem ihrer Töchter herumliegen sah, nahm sie es mit spitzen Fingern und warf es in den nächsten Mistkübel.

Fürst Leopold hatte sich schon seit Wochen in seine Gemächer zurückgezogen, wo er bei geschlossenen Fensterläden vor sich hin schmollte. Dass da auch eine Menge Schnaps mit im Spiel war, davon gehe ich jetzt mal aus. Und auch der fürstliche Aschenbecher quoll über von alten ekligen ausgelutschten Havannas, deren bräunlicher Saft dem alten Fürsten aus dem Munde troff. Man könnte sogar so weit gehen und behaupten, der alte Fürst ließe sich gehen. Im Gegensatz zu seiner Gattin, der das selbst beim Ausbruch eines Krieges zwischen Oberösterreich und der Steiermark nicht in den Sinn gekommen wäre. Bei der Gelegenheit soll auch nicht unerwähnt bleiben, dass der alte Fürst Leopold auch keine Lust mehr hatte, frische Socken anzuziehen. Wozu denn auch. Hochzeit gab es sowieso keine, und Besuch wollte er nicht. Der persönliche Butler von Leopold räumte ab und zu diskret die leeren Flaschen weg und reichte dem alten Fürsten einen feuchten Lappen, aber viel mehr konnte er auch nicht tun. Der alte Fürst war niemand, der seine Sorgen und Nöte gern mit anderen besprach. So starrte er nur übellaunig vor sich hin und wartete, dass sich endlich mal jemand um ihn kümmerte. Mit »jemand« meinte er einzig und allein Patricia, die Fürstin.

Die Fürstin versuchte trotz des erlittenen Schocks ihre Kräfte zu bündeln und ihrer Familie zu widmen. Sie sprach täglich lange mit dem griesgrämigen Gatten, der seine Tochter Charlotte für alles verantwortlich machte und zu keinerlei Gespräch mit ihr bereit war.

»Über's Knie hätt ich das Charlottel öfter legen sollen«, murrte er vor sich hin, wenn seine Frau beim Tee – also in seinem Falle beim Schnaps – mit ihm zusammen saß. Doch sosehr sie auch auf ihn einredete – der alte Leo war ein Sturkopf. Sein eisgrauer Schnurrbart zitterte vor Empörung, aber es war auch eine ganz schöne Portion Selbstmitleid dabei, und so etwas konnte die Fürstin auf Dauer nicht ertragen.

Deshalb zog sich die Fürstin anschließend in ihre eigenen Räume zurück, wo sie Hölderlin las und die »Matthäus-Passion« von Bach hörte. Sie trank dazu Hagebuttentee. Nach was anderem war ihr im Moment nicht.

Charlotte litt ebenfalls wie ein Hund. Nach dem Streit mit Eberhard hatte sie niemanden, an den sie sich anlehnen konnte. Bei Hof sprach fast niemand mit ihr, alle gaben ihr die Schuld an dem grauenvollen Schicksal ihrer Schwester. Sie verbarrikadierte sich mit ihren drei kleinen Kindern und dem Kindermädchen in ihrem Wohntrakt. Sie saß zwischen Brio-Eisenbahn und Barbie-Puppen auf dem Teppich, fühlte sich Scheiße und konnte noch nicht mal joggen gehen, weil das Knie verletzt war. Von zu Hause telefonierte sie ständig mit dem Krankenhaus. Doch es gab nichts Neues. Der Chefarzt, Dr. Kriegerer, gab ihr seine Handynummer, die sie schon nach kurzer Zeit auswendig konnte, aber davon kam Anne-Sophie auch nicht wieder auf die Beine.

Der blutjunge Alexander, genannt Sascha, hatte sich gleich nach dem Schicksalstag mit Freunden auf eine Reise begeben. Das kann man jetzt sehen, wie man will: Er hielt die niedergeschlagene Stimmung im Schloss einfach nicht aus. Er war jung und hatte, da war er seinem alten Vater nicht unähnlich, einen Hang zum Alkohol.

Erbprinz Ferdinand dagegen wuchs in diesen Tagen mehr und mehr über sich hinaus und wurde zum neuen Familienoberhaupt.

Seine Frau Marie und die Kinder gaben ihm die Kraft, die Regierungsgeschäfte seines Vaters nun weitgehend selbst in die Hand zu nehmen.

Seine amerikanische Frau Marie stammte aus einer sehr wohlhabenden Familie in Kalifornien: Der Vater war Reeder mit einer eigenen Flotte von Luxusschiffen und die Mutter spielte Klavier und malte abstrakt. Die neunzehnjährige Tochter der beiden hieß May, weil sie im Mai geboren war. Ich habe lange überlegt, sie im April zur Welt kommen zu lassen,

81

aber dann wäre sie eine launische Frühgeburt gewesen, wetterwendisch und zickig, und hätte womöglich fürstliches Geschirr zerschlagen, sich nachts heimlich mit Jungs getroffen oder wäre sonst wie pubertär aus der Rolle gefallen. Nein, May war so sanft wie der oben beschriebene Frühlingswind.

Während May bereits eigene Wege ging, lebte Max mit seinen siebzehn Jahren noch bei seinen Eltern auf dem Schloss. Das ist ja an und für sich nichts Ungewöhnliches, aber ein Fürstensohn, der etwas auf sich hält, geht entweder in ein englisches Internat oder macht ein freiwilliges soziales Jahr in Sonstwo. So wie die englischen Kronprinzen, denn das macht sich gut in der Öffentlichkeit. Na gut, der kleine Rothaarige von den Royals verkleidet sich auch schon gern mal als Rechtsradikaler und randaliert vor Pubs rum, aber man sieht ja, wohin das führt. Der Große kommt viel besser rüber, weil er in Lima Toiletten putzt und außerdem hervorragend Polo spielt. So etwas wird von der Öffentlichkeit viel mehr beachtet, als so ein halbwüchsiger Royal wahrhaben will!

Max jedenfalls hing noch zu Hause ab, was hauptsächlich an Maries hingebungsvoller Mutterliebe lag.

Er war ein schwieriger Junge, wie alle männlichen Mitglieder dieser Fürstenfamilie schwierig waren – der widerliche Erbschleicher und Betrüger Eberhard zu Fragstein, der dickliche Mitesser Holdi, der Drückeberger Alexander, und natürlich auch der versoffene, verkalkte ewiggestrige Fürst selbst.

Max, das jüngste Fürstenfamilienmitglied, war aufsässig, laut und wild und hatte zurzeit ein großes Problem damit, aus einer Fürstenfamilie – was sag ich, aus DER Fürstenfamilie auf Schloss Hohensinn – zu stammen. Er rebellierte gegen alles, was mit Tradition und guten Umgangsformen zu tun hatte. So legte er jeden noch so kleinen Weg auf dem Skateboard zurück, raste damit durch die Gänge und fuhr so manchen Dienstboten einfach über den Haufen. Im Moment saßen Ferdinand, Marie, die sanfte May und der wilde Max, der sein Rollbrett mit seinen Turnschuhen in Größe 49 aggressiv hin und her schubste, hinter ihrem prachtvollen Haus, das zum Schloss gehörte, in der Nachmittagssonne auf der Terrasse. Das Hausmädchen Mathilde hatte soeben Kaffee und Kuchen serviert, der Butler hatte die beiden riesigen dunkelgrünen Sonnenschirme richtig positioniert.

Kurz und gut: Eine Bilderbuchfamilie, könnte man meinen. Doch der Schein trügt.

»Was geht ab, schmollen die immer noch?« Max stellte diese provozierende Frage, um seinen Vater Ferdinand sofort aus der Reserve zu locken.

»Die schmollen nicht, die sind immer noch geschockt über den Unfall und seine Folgen«, antwortete Ferdinand streng. »Außerdem heißt das nicht ›die‹, wenn man von deinem Großvater, dem Fürsten, und deiner Großmutter, der Fürstin, spricht. Ich bitte um ein wenig Respekt.«

»Wie soll ich denn sagen? Oma und Opa?«, entgegnete Max laut schmatzend.

»Wie wir es dich gelehrt haben, als du klein warst«, sagte Ferdinand ungehalten. »Großmama und Großpapa. So habe ich meine Großeltern auch schon genannt.«

»Klingt voll scheiße«, maulte Max, indem er mit seinen langen schlanken Fingern den Kuchen zerbröselte. »Ist ja auch egal. Ich wollte fragen, wie lange hier noch tote Hose ist.«

Marie warf ihrem Sohn einen warnenden Blick zu. Sie hielt zwar immer zu ihm, aber Taktlosigkeiten wie diese konnte sie nicht durchgehen lassen.

»Dass deine Großeltern noch immer unter Schock stehen, dürfte selbst in deinen Schädel gehen«, sagte Ferdinand gereizt. »Und dass deine Tante Charlotte bedrückt ist, kann ja wohl auch jeder nachvollziehen.«

»Bedrückt? Am Arsch ist die«, sagte Max. »So fertig, wie die gemacht wird.«

»Wir sollten sie einladen«, mischte sich plötzlich die

neunzehnjährige May ein. »Ich gehe hinüber und hole sie auf eine Tasse Kaffee!«

»Das ist eine gute Idee«, lächelte nun milde Marie. »Sie hat sich lange genug eingegraben.«

May war schon aufgesprungen, aber Ferdinand hielt sie am Arm fest. »Setz dich wieder hin.«

Mutter und Tochter sahen sich fragend an.

»An meinem Kaffeetisch habe ich schon genug Störenfriede«, blaffte Ferdinand und warf Max einen warnenden Blick zu.

»Aber Ferdl, sie ist deine Schwester!«

»Leider, ja. Aber ich werde nicht so einfach vergessen, was sie unserer Familie angetan hat.«

Max verschränkte provozierend die Arme vor dem Körper. »Ach nee. Was hat sie DIR denn angetan!«

»Bitte, Max. Reiß dich zusammen.«

»Wieso denn! Ich sag doch gar nichts! Wenn Papa Stress macht, kann ich doch nichts dafür!«

»Sie hat unsere Familienehre mit Füßen getreten«, schnaubte Ferdinand laut. »Sie hat uns vor der Öffentlichkeit lächerlich gemacht! Wie stehe ich denn jetzt da!«

»Papa«, mischte sich die sanfte May ein. »Sie ist und bleibt deine Schwester! Wozu ist eine Familie denn da, wenn sie in solchen Notsituationen nicht zusammenhält!«

Ferdinands Gesichtsausdruck wurde mild. Er strich seiner kleinen May über den Kopf.

»Du bist genauso friedliebend wie deine Mutter«, sagte er, sichtlich gerührt. »Aber wenn wir jeden Unfug mit einem ›Ist-doch-nicht-so-schlimm‹ wegwischen würden, wäre die Welt nur noch voller Verbrecher.«

»Charlotte ist also eine Verbrecherin«, insistierte Max. »Und sie hat deine Ehre beschmutzt.«

»Max, bitte geh nicht zu weit!« Maries Augen wurden zu Schlitzen. Ein deutliches Warnsignal an Max.

»In meinen Augen ist man zumindest mitschuldig«, dozierte Ferdinand, und seine Stimme wurde immer härter, »wenn man andere wider besseren Wissens nicht davon abhält, ihr Leben oder das von anderen Menschen in Gefahr zu bringen.«

»Aber Ferdl, so kann man das doch nicht sagen. Schau, die Charlotte konnte doch nicht ahnen, dass der Frederic auf ihren Schmäh reinfällt ...«

»Oh doch, sie hatte es genau darauf angelegt!«

»Nein, Ferdinand, das glaube ich nicht. Wie kannst du nur so über deine Schwester sprechen?«

»Eine schöne Schwester ist das, wenn sie sie in der Nacht vor der Hochzeit nicht nur um ihren Bräutigam bringt, sondern auch noch um ihr Augenlicht! Und jetzt sage ich dir noch etwas: Charlotte geht über Leichen! Sie war schon immer eifersüchtig auf die Kleine, weil Anne-Sophie hübscher und talentierter ist und außerdem der Liebling unserer Eltern. Charlotte ist voller Hass und steckt voller Komplexe. Ihr Eberhard ist ein Versager, der mit miesen Geldgeschäften anständige Leute um ihre Ersparnisse bringt.«

»Aber Ferdl, bitte nicht vor den Kindern!«

»Nee Papa, mach weiter! Jetzt kommt endlich mal Stimmung auf!«

»Das ist der lieben Charlotte längst klar geworden, dass der sie nicht aus Liebe geheiratet hat. Er wollte den Adelstitel und das Geld. Und deshalb sollte die Anne-Sophie auch keine Liebeshochzeit haben.«

Marie schlug mit der flachen Hand auf den Tisch. »Wie taktlos du sein kannst, Ferdinand!«

»Ich spreche nur laut aus, was alle hinter vorgehaltener Hand sagen.«

»Wenn das Personal zugehört hat!« Marie wandte sich erschrocken um und zuckte dann wie von der Tarantel gestochen zusammen. »Charlotte! O mein Gott, seit wann stehst du da hinter dem Sonnenschirm?«

Prinzessin Anne-Sophie lag nun seit vier Wochen auf der Intensivstation im Koma.

Täglich besuchte die alte Fürstin sie, und einige Male war auch schon Fürst Leopold für wenige Minuten gekommen. Als er seine Lieblingstochter da so hilf- und leblos liegen sah, an Apparate angeschlossen und auf die Hilfe anderer angewiesen, um überhaupt am Leben zu bleiben, traten dem alten griesgrämigen Patriarchen die Tränen in die Augen. Er murmelte was von »Amtsgeschäften« und ging schnell wieder zu der bereitstehenden Limousine, die ihn in seine Jagdreviere bringen musste. Meist saß Fürst Leopold dann vor dem Jagdhaus seines Cousins Ernst von Solms, in dem alles begonnen hatte, und gab sich voller Selbstmitleid seinem Lieblingsschnaps hin. Bei genauem Hinsehen konnte man sogar die eine oder andere Träne ins Gras tropfen sehen. Der alte Fürst war verbittert und wie besessen vom lodernden Zorn auf seine Tochter Charlotte.

Was war Anne-Sophie nur für ein heiteres, ausgeglichenes und fröhliches Mädchen gewesen!

Wie oft saß der alte Fürst hier oben auf dem Hochsitz, wartete auf den Sonnenaufgang und malte sich aus, wie es hier in jener frühen Mainacht gewesen sein musste, als die Wege und Stege noch mit harschem Schnee gesäumt waren. Und was alles hätte werden können, wenn es diese verfluchte Mainacht nicht gegeben hätte. Die beiden wären jetzt seit einem Monat Mann und Frau. Sie würden Leben, Jugend und Musik ins Schloss bringen. Vielleicht hätte sich um diese Zeit schon das erste Putzerl angemeldet? Fürst Leopold musste sich wieder und wieder die Augen wischen und noch ein Schnapserl gönnen.

Nun war seine Tochter ein Krüppel. Ein blinder Krüppel noch dazu.

Fürstin Patricia dagegen saß täglich mehrere Stunden am

Bett ihrer Tochter Anne-Sophie und sprach leise, aber mit fester Stimme auf sie ein.

Die Ärzte und Schwestern hatten sich inzwischen an die Fürstin gewöhnt. Wenn eine Mutter so fest daran glaubte, dass ihr Kind hörte, was sie erzählte, musste ihr Glaube Tote zum Leben erwecken!

Zwei Schwestern, die sich gerade ein Zigarettchen gegönnt hatten, zuckten zusammen, als die Fürstin auf den Gang hinaustrat. Sie war aufgeregt, ihr Puls schlug sichtbar am Hals. »Holen Sie Dr. Kriegerer, schnell!«

»Was ist passiert? Atmet sie nicht mehr?«

Die eine Schwester rannte sofort los, um den Chefarzt zu holen, die andere stürzte in Prinzessin Anne-Sophies Krankenzimmer. Sie kontrollierte erschrocken alle Maschinen, aber die Kurven auf dem Bildschirm waren regelmäßig, wie immer.

»Sie hat … schauen Sie doch!« Fürstin Patricia war ganz außer sich.

Die Schwester schaute. »Ich kann nichts Ungewöhnliches feststellen, Fürstin!«

»Bitte, Anne-Sophie. Mach es noch einmal. Zeig ihnen, dass du wieder bei uns bist!«

Nichts geschah. »Sie sind übermüdet, Fürstin«, sagte die Schwester mitleidig. »Sie sitzen hier schon seit vier Stunden. Da kann es schon mal passieren, dass man sich etwas einbildet …«

Auch Dr. Kriegerer, der mit fliegenden Kittelschößen angerannt kam, starrte lange auf Anne-Sophie.

»Ihr rechter kleiner Finger!«, flüsterte die Fürstin. »Sie hat ihn bewegt!«

Doch Anne-Sophie schien nicht mehr von dieser Welt zu sein. Die Sauerstoffmaske hatte in ihrem Gesicht tiefe Abdrücke hinterlassen. Ihre Brust hob und senkte sich, aber nicht, weil Anne-Sophie atmete, sondern weil die Beatmungsmaschine das bewirkte.

Ihre Hände lagen weiterhin regungslos auf der weißen Krankenhauswäsche. Sie hatte kaum noch Ähnlichkeit mit dem bezaubernden, munteren weiblichen Wesen, das sie einmal gewesen war:

Und nun sollten diese reglosen Hände nie mehr Cello spielen, dieses blasse zerstörte Gesicht nie wieder auf der Bühne leuchten, und diese toten Augen nie wieder strahlen vor Lebensfreude, Liebe und Leidenschaft.

Später am Abend, als es schon ruhig und dunkel war im Schloss, begab sich die Fürstin in mütterlicher Sorge zu ihrer anderen Sorgen-Tochter, zu Charlotte, der hyperaktiven Extremsportlerin.

Diese war, wie ihre Mutter richtig vermutet hatte, im Fitness-Studio des Schlosses zu finden.

Sie arbeitete wie eine Besessene auf dem Cross-Trainer, indem sie im Schweinsgalopp auf der Stelle trat und gleichzeitig mit den Armen ruderte. Ihr T-Shirt war schweißdurchtränkt, die Haare klebten an ihrer Stirn. Zu den rhythmischen Bewegungen ihrer Arme und Beine dröhnte laute Musik. Charlotte hörte ihre Mutter nicht kommen – ist ja auch logisch irgendwie. Wer erwartet abends um elf noch seine Mutter im Fitness-Studio, noch dazu mit einer Kanne Hagebuttentee in der Hand? Das Gesicht der trainierenden Prinzessin war verzerrt. Tiefe Sorgenfurchen hatten sich in ihr Gesicht gegraben, und sämtliche Knochen stachen hervor. Hätte Charlotte nicht ihre drei kleinen Kinder gehabt, sie wäre schon längst von der steilsten Stelle des Schwarzenbergs in die ewige Stille gesprungen.

Wenn ihre Muskeln und Sehnen schmerzten, hatte sie wenigstens die Befriedigung, dass sie sich selbst bestrafte.

Das alles beobachtete ihre Mutter Patricia mit wachsender Sorge und der Teekanne noch in der Hand.

Hilflos schrie sie gegen den Lärm an:

»Charlotte, Liebling! Du machst dich ja ganz kaputt!«

Endlich nahm Charlotte ihre Mutter wahr. Sie hörte nicht auf, den Crosstrainer zu bearbeiten. Sie hatte die Schwierigkeitsstufe elf von insgesamt zwölf Schwierigkeitsstufen eingestellt.

»Lass mich in Ruhe, Mutter! Ich muss trainieren!« Die Musik dröhnte aggressiv.

»Charlotte, du bist jetzt seit zweieinhalb Stunden auf diesem Gerät!« Fürstin Patricia konnte es von dem Computerbildschirm ablesen. »Das ist Wahnsinn, Charlotte! Komm da runter!«

Charlotte stellte die Schwierigkeitsstufe zwölf ein.

Und die alte Fürstin stellte die Teekanne auf … na was steht in so einem Fitness-Studio rum … Medizinball wäre jetzt Quatsch … Stufenbarren, Matratze, Hanteln … Ja also sie fand nichts, was einer Teekanne standgehalten hätte, und stellte die Teekanne schlichtweg auf den Boden. Ich überlege gerade, warum ich die blöde Teekanne überhaupt anmoderiert habe, das führt ja zu nichts, das sind so typische Anfängerfehler: Man drückt einer Figur einen Gegenstand in die Hand, lässt sie diesen Gegenstand dann mit sich rumschleppen und merkt am Ende, dass der nicht nur überflüssig war, sondern richtig lästig wird!

Nun gut, die Teekanne steht also auf dem Boden, die Fürstin steigt mit storchenähnlichen Bewegungen darüber hinweg und lehnt sich Halt suchend an … die Heizung? Nein. Im Fitness-Studio gibt's keine Heizung. Die Sprossenwand.

89

Ja. Sie könnte auch ein bisschen an den Ringen baumeln, aber die Fürstin hat ein unzweckmäßiges rotgoldkariertes Kleid aus reiner Schurwolle an, mit Goldknöpfen und Zierleisten, kurzum, die lehnt nur, sie baumelt nicht. Und die Teekanne steht blöd auf dem Boden rum.

»Anne-Sophie hat heute ihren kleinen Finger bewegt!« Die Fürstin musste regelrecht brüllen, was sonst nicht ihre Art war.

Charlotte verlangsamte ihr Tempo und starrte die Mutter an.

»Sie hat … Was?« Taumelnd vor Anstrengung stieg sie von ihrem Gerät. Fürstin Patricia reichte ihr die Teekanne – endlich! – und legte fürsorglich ein Handtuch um ihre Tochter.

Fehlt eigentlich nur noch die Tasse.

»Sie hat den kleinen Finger ihrer rechten Hand bewegt.«

Charlotte war so ausgepowert, dass sie kaum noch gerade stehen konnte.

Wie kriege ich dieses Kapitel jetzt bloß zu Ende? Erstens dröhnt noch immer die Scheiß-Musik, zweitens schwitzt Charlotte wie ein Dutzend Bauarbeiter im Rippenhemd, drittens hat sie die blöde Teekanne in der Hand, weshalb sie ihrer Mutter nicht um den Hals fallen kann, und viertens ist in dem ganzen verdammten Fürstenschloss keine Tasse aufzutreiben.

Hast du dir eigentlich schon mal überlegt, was du nach dem Abitur machen willst?«

Marie stand mit ihrer Tochter May in der Küche und zupfte Erdbeeren. Das ist typisch für Marie, dass sie Erdbeeren zupft, eine völlig stumpfsinnige, schmuddelige Angelegenheit, die man in Fürstenhäusern gern dem Personal überlässt. Aber Marie war so eine kompromisslose Top-Hausfrau, dass sie an solcherlei Tätigkeiten auch noch Freude hatte.

Außerdem war die Küchenhilfe gerade damit beschäftigt, die völlig verdreckten Turnschuhe des siebzehnjährigen Sohnes Max zu reinigen, Größe 49, wie gesagt. Und glaubt bitte nicht, Größe 49 ist jetzt ein bisschen übertrieben. Es gibt Dinge, die denke ich mir aus, aber diese Turnschuhe gehören nicht dazu.

May, die hübsche brave Tochter, steckte sich eine besonders schöne rote Erdbeere in den Mund. Ich überlege, ob sie eine Küchenschürze anhatte, aber Jeans und ein nettes buntes T-Shirt reichen.

»Bevor ich zum Studium nach Amerika gehe, möchte ich gern ein freiwilliges soziales Jahr machen«, sagte May, nachdem sie die Erdbeere brav hinuntergeschluckt hatte.

Marie versuchte ihre Überraschung zu verbergen. Immerhin hatte May ihre Matura mit 1,0 geschafft, und da stehen einem jungen Menschen Studienplätze in aller Welt offen.

»Das ist ein großartiger Gedanke, May.«

Schweigend arbeiteten die beiden Frauen weiter. Der Berg der prallen roten Früchte in der silbernen Schale wuchs. Nicht wahr.

Eigentlich möchte man das Buch an dieser Stelle zuklappen und in die Ecke werfen, aber das sind eben so die Höhen und Tiefen, durch die man als Leser eines Fürstenromans durchmuss. Erdbeerenzupfende Gutmenschen, die auch noch schön und intelligent sind – das ist ja an Grausamkeit kaum noch zu steigern.

»An was hattest du da so gedacht?«

May strich sich eine blonde Strähne aus der Stirn und hinterließ dabei eine Spur von rotem Erdbeersaft auf ihrer Schläfe. »Ich würde mich gern um alte Menschen kümmern.«

Marie schaute ihre Tochter erstaunt an. »Wer hat dich denn auf diese schöne Idee gebracht?«

»Niemand.« Klar. Gutmenschen kommen auf ihre schönen Ideen immer selber. Das macht sie ja so unerträglich.

May strich sich die Hände an der Schürze ab und blickte nachdenklich aus dem Küchenfenster. Draußen wiegten sich die prächtigen Linden und Kastanien im warmen Wind und die prächtige Bergkulisse hatte mittlerweile ihre Schneehauben eingebüßt. Nur die hintere Dachsteinkette war oben immer noch weiß. Und das sah, besonders für die Bus-Touristen aus Recklinghausen und Herdecke, schon super aus. Ich erwähne diese Orte nur, weil sie mit keinerlei schneebedeckten Bergen im Hintergrund aufwarten können. Ich hätte auch Paderborn oder Altenbeken sagen können. Oder Elmshorn. Oder Bad Oeynhausen. Aber das muss an dieser Stelle reichen. Ich kann doch nicht alle eure grauenvollen Kleinstädte aufzählen, in denen ihr gerade hockt, nur damit ihr euch nicht übergangen fühlt.

Paula, das ehemalige Kindermädchen, ging an einer Krücke draußen im Schlosspark spazieren. Eine äußerst mühsame Angelegenheit, weshalb die gebrechliche alte Frau die nächste Bank im Schatten anstrebte, auf der sie ächzend niedersank. Sie fächelte sich Luft zu. Also Paula, nicht die Bank. Ja, seit dem Unfall und der geplatzten Hochzeit war es mit der guten alten Paula gesundheitlich rapide bergab gegangen. Sie war natürlich auch zu dick, das kommt erschwerend dazu.

»Ich möchte mich einfach um alte Menschen kümmern, weil ich weiß, dass sie mich brauchen.«

Marie trat hinter May ans Fenster. »Du leidest mit Paula. Nicht wahr, Liebes?«

»Ja, das auch. Aber es gibt außerhalb unseres Schlosses noch viel mehr Paulas. Alte Frauen und Männer, die niemanden haben, die ganz alleine sind. Die gern mal einen Spaziergang machen würden, aber niemand holt sie ab. Die vielleicht Sehnsucht danach haben, sich mal mit jemandem zu unterhalten, aber niemand hört ihnen zu.«

Also dass wir uns da einig sind: Wenn Pfarrer Fliege so

was sagt, dann nicken wir beim Bügeln mit den Köpfen oder zappen ihn beiläufig weg. Aber wenn eine neunzehnjährige Fürstenenkelin so was sagt, ohne dass ihr einer 'ne Knarre an die Backe hält, ist das zumindest bemerkenswert, wenn nicht besorgniserregend.

Marie legte den Arm um May. »Für einen jungen Menschen deines Standes sind diese Gedanken wirklich sehr ungewöhnlich. Aber ich kann dich gut verstehen. Ich freue mich, dass in deinem reichen und glamourösen Leben auch noch Platz für die Sorgen und Nöte anderer ist.«

»Ach Mama …« May schmiegte sich an ihre Mutter. Das geht diesmal, weil keine von beiden eine Teekanne in der Hand hält. »Ich wusste, dass du mir keinen Stress damit machst!«

»Ich nicht, aber der Papa! Wie stellst du dir dein freiwilliges soziales Jahr denn genau vor?«

»Unten im Dorf ist doch dieses Altenpflegeheim! Sie haben nicht genug Personal und können jede helfende Hand gebrauchen!«

»Aber du weißt hoffentlich, welche Art von Arbeit dort auf dich zukommt, May? Alte Menschen können bei ihren Pflegern keinen Unterschied machen! Auch eine Prinzessin muss dann Arbeiten verrichten, die körperlich hart sind und vielleicht auch nicht immer …«

Marie hielt inne, um nicht Dinge zu sagen wie »Gebiss putzen, Windeln an alte, faltige Männerhintern anlegen, sperrige Rollstühle mit Insassen, die wirres Zeug brabbeln, in zu kleine Aufzüge schieben, Erbrochenes vom Boden aufwischen, Inkontinenzauflagen auswechseln, ungenießbares Essen servieren, sich dafür auch noch unflätig beschimpfen lassen« … und so weiter und so fort, die Latte ist lang.

»Schon gut, Mutter, ich weiß, was auf mich zukommt. Die Liesi, meine Schulfreundin, besucht nach der Schule regelmäßig ihre Großmutter dort. Und ich habe mich unter den Pflegerinnen und Pflegern schon umgehört.«

»Und was sagen die so?«

»Dass es eine harte, aber lohnende Arbeit ist.«

»Und die Bezahlung …?«

»Mama! Ich habe als Zwölfjährige bereits mehr Taschengeld in der Woche bekommen, als so eine Pflegerin im Monat verdient!«

»Na prima. Dann ist es also beschlossene Sache …?«

»Wenn Papa keinen Aufstand macht! Bitte, Mama, kannst du ihm das schonend beibringen?«

Marie konnte sich nicht vorstellen, dass Erbprinz Ferdinand von Hohensinn damit einverstanden sein würde, dass Prinzessin May von Hohensinn ein freiwilliges soziales Jahr im Altenpflegeheim macht. Er würde darauf drängen, dass May sofort nach Kalifornien ging, um dort mit ihrem Medizinstudium anzufangen. Es machte sich auch gesellschaftlich viel besser, wenn man sagen konnte: »Meine Tochter studiert in Kalifornien Medizin«, anstatt: »Meine Tochter putzt alte Männerhintern im Pflegeheim.« Wobei die alten Frauenhintern jetzt auch mal Erwähnung finden müssen, denn die gibt es statistisch gesehen noch viel öfter in Altersheimen. Nur finde ich alte Männerhintern irgendwie noch unvorstellbarer, also vielleicht nicht die Hintern, aber das, was vorn von der einstigen Pracht übrig geblieben ist.

Marie nahm ihre Tochter ganz fest in den Arm. »Wir werden ihm das so schonend wie möglich beibringen, May. Und jetzt geh und kümmere dich um Paula. Schau, sie versucht allein aufzustehen.«

May eilte leichtfüßig hinaus in den Park, um der gebrechlichen, übergewichtigen, ehemaligen Kinderfrau beim Aufstehen behilflich zu sein. Marie lutschte versonnen an ihrem Erdbeerzeigefinger und lächelte. Was für ein wundervolles Mädchen, dachte sie.

O.K., wenn Sie sich darauf kein Bier holen wollen – ich hole mir eins!

94

Es war noch fast dunkel, als vor der Salzburger Amadeus-Privatklinik eine vermummte Gestalt im Laufschritt auftauchte. Der Pförtner in seinem gläsernen Häuschen hätte sie beinahe nicht bemerkt, als sie mit einem katzenhaften Sprung über die Absperrschranke flankte.

Doch dann sprang der verschlafene Trottel auf, wie von der Tarantel gestochen.

»Hee! Hallo, Sie! Kommen's zurück! Sie können da jetzt nicht rein! Hallo, Sie, ich ruf die Gendarmerie!« Er machte sich unnötig wichtig, statt an den Schlaf der kostbaren Privatpatientin zu denken, die er zu bewachen hatte. Aber solche Pförtner sind fast immer Wichtigtuer, das lehrt uns die schlechte Erfahrung.

Die vermummte Gestalt hörte auf zu rennen, drehte sich um und kam auf den Pförtner zu.

Allmächt, dachte der. Jetzt ziagt der Teifi a Messa.

Erschrocken zog er sich in sein Häuschen zurück und wies auf die Gegensprechanlage.

»Bitt'schön, hier können's mir eini sprechen, wos wünschen!«

Das Gesicht, das sich nun der Scheibe näherte, war nicht das eines Unholds.

Es war das Gesicht einer schönen jungen Frau. Na ja, schön. Ein weiter Begriff. Die tiefen Sorgenfalten haben wir ja schon besprochen, und Ende dreißig war sie auch.

Prinzessin Charlotte streifte die Kapuze ihres Joggingpullovers ab. Ihr Haar klebte verschwitzt am Kopf. »Ich will zu meiner Schwester.«

Dem Pförtner fiel fast der Unterkiefer herunter. »Naa, Sie san ... san Sie ... die Prinzessin von Hohensinn! Na und in dem Aufzug! Bitt'schön, nix für ungut, aber erkennen hab i Iana net können!« Die Ur-Österreicher haben durchaus ein Problem mit der Handhabung des Dativs und des Akkusativs, erst recht in Stress-Situationen. Das Schöne an der

95

Sache ist, dass sie sich einen Teufel darum scheren. Also wenn man denen jetzt einen Deutschkurs anbieten würde, in der Volkshochschule, mit dem vielversprechenden Titel »Der Akkusativ ist dem Dativ sein Freund«, dann käme da keine Sau hin. Außer, und da möchte ich euch jetzt kein X für ein U vormachen, wenn die Lehrerin zufällig Verona hieße. Dann kämen ein paar. Die Österreicher haben nämlich Humor.

Der Pförtner sprang so heftig auf, dass sein Kopf an die herunterhängende Lampe stieß, die sein Glashäuschen während der Nacht in trübes Licht gehüllt hatte.

Untertänigst buckelnd kam er wieder aus seinem Verschlag. »Bitt' schön, wenn's bis zum dritten Gebäude rechts … mit der Aufschrift ›Intensivstation‹ … dann werd ich Sie gleich telefonisch anmelden …«

»Danke, ich weiß, wo es ist.« Charlotte setzte ihre Kapuze wieder auf und nahm die letzten zweihundert Meter im Laufschritt. Sie war von Schloss Hohensinn bis hierher zur Amadeus-Privatklinik gejoggt. Das waren mehr als zwanzig Kilometer. Durch den dunklen Wald. Charlotte kannte keine Furcht.

Seit ihre Mutter ihr gesagt hatte, Anne-Sophie hätte ihren kleinen Finger bewegt, war Charlotte wie besessen von dem Gedanken, ihre Schwester sofort zu sehen.

Und weil sie auf keinen Fall bis zum nächsten Morgen warten wollte, hatte sie sich, so wie sie war, also in ihrer verschwitzten Trainingskleidung, zu Fuß auf den Weg gemacht. Ihre Mutter hätte bestimmt versucht, sie daran zu hindern. Sie hätte gewollt, dass Charlotte sich ins Bett legt und ausschläft, und vorher wenigstens noch den vermaledeiten Hagebuttentee austrinkt – der mittlerweile mit Sicherheit kalt war –, aber an all diese vernünftigen Vorschläge hätte Charlotte sich sowieso nicht gehalten. Der Sport war eine Sucht, von der sie nicht loskam, und nur wenn die Endorphine in ihr rumflatterten, ging es ihr für einige Minuten besser.

Nun stand sie keuchend vor dem Eingang der Intensivstation. Sie kannte die Nachtschwester, die ihr sofort öffnete.

»Guten Morgen, Prinzessin, na, das ist ja mal eine Überraschung!«

»Grüß Sie Gott, Schwester Margarethe. Darf ich meine Schwester sehen?«

»Selbstverständlich, Prinzessin. Nur leider fürchte ich, dass es nichts Neues gibt.«

»Das macht nichts, Schwester. Ich war nur gerade in der Nähe …«

Charlotte tat das so beiläufig ab, als wäre sie gerade in der Getreidegasse beim Shoppen gewesen. Dabei war es fünf Uhr morgens, und sie kam aus dem tiefen Wald.

Sie nahm die Treppe – die Österreicher sagen übrigens zur Treppe »Stiege«, so wie sie auch zu Papierkorb »Mistkübel« sagen, sie bevorzugen also immer noch gern eher deftige, bäuerliche Begriffe, aber warum auch nicht –, und zwar immer gleich drei Stufen auf einmal. Die Schwester konnte nur mühsam hinterherhecheln. Der Bodyguard trat höflich nickend zur Seite. Er hieß Patrick und war übrigens der bullige Typ, der schon die zwei Weiber aus Recklinghausen aus der Damentoilette gescheucht hatte. Das bietet sich regelrecht an, zumal seine unregelmäßigen Arbeitszeiten dazu geführt haben, dass er sowieso nichts Besseres vorhat, weil seine Freundin mit ihm Schluss gemacht hat, aber da machen wir jetzt ein neues Fass auf.

Charlotte betrat leise den dunklen Raum, in dem ihre Schwester nun schon so lange im Koma lag. Wie lange eigentlich? Also sechs Wochen dürften es mittlerweile schon sein. Die Apparaturen gaben ihre gewohnten Geräusche von sich, auf vier verschiedenen Monitoren zogen die immer gleichen Lichtspuren vorbei.

Charlotte setzte sich und zog den verschwitzten Kapuzenpullover aus. Ihr T-Shirt war schweißnass, aber das wissen wir ja alles schon. Natürlich schwitzen Prinzessinnen genauso wie unsereins, wenn sie Sport treiben, da beißt die Maus keinen Faden ab. Die Einzige, die das der Öffentlichkeit wenigstens ein bisschen vermittelt, ist die Stéphanie aus Monaco. Das muss durchaus mal lobend erwähnt werden. Aber jetzt weiter im Text:

Schwester Margarethe kam diskret mit einem blauen Besucherkittel, Mundschutz, Handschuhen und blauen Überstreifern für die Turnschuhe herbei.

»Auch Prinzessinnen müssen sich hier an die Spielregeln halten«, versuchte sie zu scherzen.

Charlotte zog sich schnell um. »Entschuldigung, ich war noch so im Lauf-Rausch … Wie geht es ihr?«

»Unverändert, fürchte ich. – Sie laufen wohl viel?«

»Ich laufe 150 Kilometer in der Woche.« Charlotte zog ganz unprinzessinnenhaft die Nase hoch. »Haben Sie vielleicht einen Schluck Wasser?«

Die Schwester lief davon und kam sofort mit einer Literflasche Mineralwasser wieder.

Charlotte setzte sie gleich an den Mund.

»Oh, ich habe ein Glas vergessen!« Die Schwester war wirklich irritiert. Jetzt halte ich mich schon wieder mit so einem Firlefanz auf.

»Aber ich bitte Sie! Aber wenn Sie noch ein Handtuch für mich hätten …«

Wieder sprang die Schwester auf und lief davon. Sie war auf solcherlei Sonderwünsche von Besuchern nicht eingestellt. Schon gar nicht morgens früh um fünf.

Die beiden Frauen plauderten noch ein wenig, was genau fällt mir jetzt auch nicht ein, als Charlotte plötzlich innehielt.

»Da! Haben Sie gesehen! Sie hat … sie hat ihren kleinen Finger …«

»Das glaube ich nicht.« Schwester Margarethe trat ans Bett und starrte auf die leblose Patientin.

Nichts tat sich. Die beiden Frauen hypnotisierten Anne-Sophies Hand.

Nach endlosen Minuten, die wie Stunden schienen, sagte die Schwester: »Prinzessin, ich möchte nicht unhöflich sein, aber ich habe noch sechs andere Patienten hier auf der Intensivstation, um die ich mich kümmern muss. Außerdem ist gleich Schichtwechsel, und ich muss noch den Bericht schreiben …«

»Bitte, lassen Sie sich nicht aufhalten.«

Charlotte saß am Bettrand ihrer Schwester, trank den ganzen Liter Wasser aus und sah sie unverwandt an.

»Anne-Sophie, ich weiß, dass du mich hasst«, murmelte Charlotte schuldbewusst. »Und dazu hast du auch allen Grund. Aber wenn du jetzt den kleinen Finger heben würdest, dann wüsste ich, dass du zurückkommst, und dann wird alles wieder gut … Du wirst wieder laufen und Cello spielen, und einen Mann wirst du auch wieder kennenlernen. Eines schwör ich dir: Wenn du das nächste Mal heiratest, dann halte ich die Schnauze und trage dir den Schleier, und meine Kinder werden Blumen streuen … Bitte Anne-Sophie, du musst dich bemühen!«

Charlotte erhob sich von ihrer Stuhlkante, um Anne-Sophie noch eingehender betrachten zu können.

O.K. Sie könnte jetzt auch ein Messer aus ihrer Kapuzenjacke ziehen und dem Elend hier ein furioses Ende bereiten. Oder die Nummer mit dem Kopfkissen auf dem schwesterlichen Gesicht. Da wär ihr jetzt auch keiner böse gewesen, also nicht sehr.

Aber Charlotte war anders gestrickt.

»Bitte, Anne-Sophie. Wenn du es nicht für mich tust, dann für Mutter! Heb deinen verdammten kleinen Finger! Los! Du schaffst das!«

Wie sie da lag, wie eine Puppe, wächsern, leblos, blutleer. Nichts regte sich, keinerlei Lebenszeichen. Und doch hatte Charlotte heute Morgen das Gefühl, irgendetwas wäre anders. Aber was?

So ein Mist, verdammter!« Alexander, der jüngste Prinz von Hohensinn, las gerade die E-Mail, die er von zu Hause bekommen hatte. Er lümmelte mit seinen sauteuren Designer-Jeans auf einem überdimensionalen weißen Sofa herum und zwar in der Hotelhalle des »Biltmore Miami«, einem modernen Luxuskasten, dessen Interieur der Sage nach von Madonna entworfen wurde. Alle Sessel und Sofas waren so riesig, dass man sich darin wie ein kleines Kind fühlte. Ich weiß, dass das nicht unbedingt zur Story gehört, aber man kann sich den Laden dann besser vorstellen.

»Was ist los, Sascha? Ärger?« Ein bildhübscher junger Kerl mit weißem Hemd, Bermudashorts und angesagten Turnschuhen beugte sich von hinten über ihn. »Lass sehen!«

»Dann kann ich mir das Oldtimer-Rennen auf dem Highway heute von der Backe putzen!« Wütend raufte sich Alexander, den gute Freunde Sascha nannten, das volle schwarze Haar. »Sie wollen, dass ich noch heute zurückkomme!«

»Wer?«

»Na, meine Mischpoke. Mama vor allem.«

»Aber warum?« Sein hübscher Begleiter war sichtlich enttäuscht.

»Repräsentationspflichten! Es ist doch immer das Gleiche!« Wütend stampfte Alexander mit dem Fuß auf. »Scheiße! Männchen machen! Ich hasse das!«

»Oh, ich vergesse immer, dass du von adeligem Geblüt bist«, spöttelte sein Freund.

»Das finde ich gar nicht witzig!« Alex war richtig sauer. »Ich habe dir von Anfang an gesagt, dass ich aus dem Hause von Hohensinn stamme. Natürlich übernimmt mein älterer Bruder Ferdinand normalerweise die Repräsentationspflichten, aber weil Vater ausfällt, ist mein Bruder überfordert. Mutter schreibt, ich muss sofort zurück!«

»Das finde ich aber unheimlich schade, glaub mir, Sascha …«

Der junge hübsche Kerl mit den Bermudashorts und dem weißen Hemd legte die Arme um Alexanders Hals. »Haben wir nicht wenigstens noch Zeit, um … Abschied zu nehmen?«

Also ehrlich gesagt sagte er so was Ähnliches wie »Abschiedsfick«, aber das entweiht einen Fürstenroman auf das schändlichste. Aber er hat's gesagt. Bitte. Ich will hier nichts verharmlosen.

»Ach, lass das doch jetzt!« Alexander wich dem Freund aus. »Mir ist nicht danach, Mike. Echt. Lass stecken. Ich muss mich um einen Flug nach Frankfurt kümmern.«

Ärgerlich ließ er seinen Freund stehen und wandte sich an den livrierten Schwarzen, der hinter der Rezeption stand. »Buchen Sie mir einen Flug nach Salzburg über Frankfurt, heute noch!«

»Selbstverständlich, Sir.« Der Schwarze begann bereits etwas in seinen Computer zu tippen. Klar war ihm Salzburg ein Begriff. Er besuchte da im Sommer immer seine Oma und ging mit ihr in Berchtesgaden wandern.

»Welche Klasse, Sir?«

»First Class, natürlich!«

»Selbstverständlich, Sir. Ihr Flug geht in vier Stunden. Die Limousine holt Sie in zwei Stunden hier ab. Dürfen wir Ihnen mit dem Gepäck behilflich sein?«

Na ja und so weiter, das Hin und Her mit dem goldenen Gepäckwägelchen und den Unmengen von Louis-Vuitton-Gepäck, das Rumgeschiebe in den Aufzug rein und wieder raus, das Trinkgeldgeben, die letzten überflüssigen Dackel-Blicke von Mike, der mit halboffenem Hosenlatz auf dem Bett lümmelte … Aber das bringt doch alles nichts. Wir müssen schließlich zu Potte kommen, Leute, also ersparen wir uns das.

Alexander hasste es, sogenannte Repräsentationspflichten übernehmen zu müssen. Als jüngster Spross der Familie von Hohensinn kam er auch selten genug in diese Verlegenheit.

Sein ältester Bruder Ferdinand war der Erbprinz, und er und seine Frau erledigten diese lästigen Verpflichtungen anscheinend mit großer Begeisterung.

Ging man zum Rot-Kreuz-Ball, eröffneten Ferdinand und Marie diesen mit einem perfekten Walzer. War man bei der Unicef-Gala geladen, so verkauften Ferdinand und Marie Lose an die steinreichen Gäste dieser Veranstaltung. Gingen sie zu einem Pferderennen, trug Marie den allerschönsten und größten Hut. Nicht einmal im Traum wäre es Marie eingefallen, in einem knöchellangen Cocktailkleid zum Pferderennen zu gehen, wie mir das mal passiert ist. Auf meinem ersten und letzten Pferderennen. Alle im Kostüm mit passendem Hut, und ich im knöchellangen Cocktailkeid und 'nem roten Puschel im Haar. Ich meine, den Pferden ist es ja egal, was man anhat. Die rennen sich die Seele aus dem Leib und haben gar keine Zeit, die Garderobe der anwesenden Damen zu prüfen. Aber die anwesenden Damen. Die haben Zeit. Massenhaft. Die kommen ja nicht wegen der Pferde, sondern wegen der anderen Damen. Baden-Baden. Nie wieder. Aber das wollte ich jetzt gar nicht erzählen.

War das Prinzenpaar bei der Eröffnung eines Kinderheimes, trug Marie ein schlichtes Sommerkleid mit Punkten und beteiligte sich sogar am Sackhüpfen oder Eierlaufen. In einem SOS-Kinderdorf übernachtete sie im Zelt, und im Hochamt des Salzburger Doms sang sie im Kirchenchor mit. Wenn Justus Frantz mit seinen 156 jungen Musikern aus 157 Ländern im Festspielhaus den »Boléro« von Ravel aufführte, überreichte Marie jedem einzelnen Musiker am Ende einen Dumont-Kugelschreiber. Marie war die perfekte Frau für solcherlei lästige Repräsentationspflichten, und Alexander war heilfroh, dass Ferdinand und sie diesen Zirkus schon seit Jahren mitmachten.

Und nun sollte er einspringen, Alexander, der Jüngste. Er verzog angewidert das Gesicht.

Was das wieder für ein Gerede geben würde, wenn er immer noch keine Frau an seiner Seite hatte! Dabei wussten sie alle, dass er schwul war. Aber keiner sagte das mal klipp und klar. Und dieses betuliche Totschweigen, als gäbe es in Adelskreisen keine Schwulen, hatte auch was Anstrengendes.

Erstens konnte er nie mit einem Kerl irgendwo auftauchen, und zweitens versuchten irgendwelche grässlichen entfernten Erbtanten dauernd, ihm eine dickbusige Cousine oder breitärschige Großnichte aufzuschwatzen, und das war wirklich der Albtraum.

In seinem First-Class-Flugzeugsitz ballte Alexander heimlich die Faust. Gerade noch hatte der zuvorkommende Steward ihm eine Decke gebracht und war zum dritten Mal mit der Flasche Champagner und der Frage an ihn herangetreten, ihm noch etwas von dem prickelnden Kaltgetränk nachschenken zu dürfen. Ob er noch etwas Käse in Betracht ziehe, vielleicht mit ein paar Crackern und Salzgebäck? Oder ob es noch etwas Kaviar sein dürfe. Und was er sonst noch wünsche, um die acht Stunden Flug von Miami nach Frankfurt im bequemen Liegesitz halbwegs zu überstehen.

Es war ein hübscher Steward. Wenn Alexander ehrlich war, gefiel ihm dieser Bursche sogar außerordentlich gut. Er betrachtete den knackigen Hintern in der eng sitzenden Uniform des wieselflinken Lufthansa-Angestellten begehrlich.

Der Steward tat nur seine Pflicht. Er wäre zu jedem anderen First-Class-Passagier bestimmt genauso freundlich gewesen – oder etwa nicht?, fragte sich Alexander. Alle Welt weiß, dass ich der Fürstensohn von Hohensinn aus dem Salzkammergut bin, dachte er verdrießlich. Das war in diesem Moment wirklich unangebracht, denn er lümmelte schläfrig in einem Erster-Klasse-Sitz und ließ sich von einem feschen Kerl bedienen. Kein Grund zur Klage also. Doch was nutzte ihm dieser ganze Luxus, wenn er nicht er selbst sein durfte? Wer war er denn? Was hatte er denn geleistet, dass ihn alle Leute so vergötterten und er im Leben immer nur bevorzugt behandelt wurde? Nichts! Er war Sohn, das war alles.

Noch gar nichts hatte er geleistet. Alexander kroch etwas tiefer in seinen Sitz hinein. Ob das jetzt ein Anflug von Scham war, vermag ich nicht zu beurteilen, verdrießlich war er, selbstmitleidig, also einfach schlecht drauf. Er hatte das Geld seiner Eltern durchgebracht, mit schnellen Autos, Luxushotels, Fernreisen und … schönen Männern.

Seine Mutter hatte ihn immer wieder sanft gemahnt, sich auf seinen ausschweifenden Abenteuern nicht von der Presse erwischen zu lassen. Darauf hatte er ihr sein Wort gegeben. Weil er Mama mochte. Ein Ehrenwort zwischen Mutter und Sohn: Keine Presse, keine Skandale.

Also verhielt er sich unauffällig, tauchte ab, verschwand so oft es ging nach Amerika, wo man ihn nicht kannte. Zwischenmenschliche Beziehungen baute er nur im Ausland auf.

»Prinz Alexander? Was kann ich noch für Sie tun?« Der freundliche Steward stand plötzlich wieder vor ihm. Er war groß und blond, hatte viele kleine Sommersprossen im Gesicht und wirkte wie ein großer Junge. Süß, dachte der Prinz. Voll der Schnuckel.

»Bringen Sie mir einen Whisky auf Eis«, befahl er betont gelangweilt.

»Sehr gern.« Der blonde Steward begab sich wieder hinter den Vorhang, wo er mit geschickten Händen den Drink für seinen prominenten Fluggast zubereitete.

Er gefiel Prinz Alexander wirklich sehr. »Gefällt Ihnen Ihr Job?«, ließ er sich zu einem jovialen Privatgespräch herab, als der Steward mit dem Drink zurückkam.

»Oh ja, Prinz Alexander. Das Reisen ist meine ganze Leidenschaft.«

Die beiden kamen ins Gespräch. Der junge Mann lenkte Prinz Alexander von seinen Problemen ab. Er war wortgewandt und konnte auf vergnügliche Weise von den kleinen und großen Abenteuern auf seinen Flugreisen erzählen.

Der Steward hatte unglaublich schöne Zähne, wenn er lachte. Natürlich hatte er die schönen Zähne immer, aber wenn er lachte, sah man sie auch.

Die Zeit verging – im wahrsten Sinne des Wortes – wie im Flug. Ich weiß nicht, ob Sie das schon wissen, aber der junge Steward hieß Holger Menzel und kam aus Hamburg.

Natürlich durfte er sich während des Flugs nicht zu Prinz Alexander setzen, obwohl dessen Nebensitz frei war. Dafür stand Alexander nach kurzer Zeit auf und plauderte im Stehen mit dem Steward hinter dem Vorhang, um die anderen Fluggäste der ersten Klasse nicht zu stören. Also, offiziell. Inoffiziell natürlich, um mit dem süßen Kerl mal ein bisschen allein zu sein. Ehrlich gesagt waren ihm die anderen Fluggäste scheißegal. Aber was hatte er seiner Mutter versprochen? Genau. Hinter dem Vorhang wagte sich Holger Menzel jedenfalls einen weiteren Schritt vor.

»Es geht mich zwar nichts an, Hoheit, aber wie man hört, gab es in letzter Zeit nicht viel Grund zur Freude auf Schloss Hohensinn?«

»Lassen Sie die Hoheit weg.« Alexander unterstrich seine Aussage mit einer müden Herrenmenschengeste.

»Selbstverständlich, ganz wie Sie wünschen, Prinz Alexander.« Der Steward verbeugte sich leicht. Alexander, den gute Freunde gerne Sascha nannten, seufzte innerlich. Ach, wie lästig war es doch, dass die Menschen stets vor ihm buckelten. Nie wusste Alexander, ob ihn jemand aufrichtig mochte oder nur seinen Titel, sein Geld, seine Rolex oder vielleicht nur sein Parfum.

Nachdem Alexander drei Gläser Champagner, zwei Glas Rotwein und drei Whisky auf Eis getrunken hatte, wurde er ziemlich privat:

»Meine Schwester Charlotte hat meine Schwester Anne-Sophie in der Nacht vor ihrer Hochzeit auf den Berg geschickt. In glatten Damenschühchen, verstehst, und im kurzen Röckchen! Mitten in der Nacht! Wegen einem … Blümerl, am kloan!! Ein Edelweiß hat's sein müssen, herst. Geh!« Der Alkohol ließ ihn wieder in den heimatlichen Dialekt zurückfallen. Der Österreicher sagt gern »Geh!«, wie der Hundebesitzer gern »Sitz« sagt, aber er meint damit weder das eine noch das andere. Er will damit ausdrücken: »Ist das nicht erstaunlich?« oder »Das erscheint mir aber gar nicht glaubwürdig.« Meistens hängt der Österreicher an das »Geh!« gern noch ein »Komm!« an. Also »Geh komm!« darf auf keinen Fall wörtlich genommen werden.

Holger Menzel war erwähntermaßen kein Ösi, sondern ein sogenanntes Nordlicht, er war aus Amrum gebürtig, wo seine Eltern eine kleine Pension betrieben, weshalb er seinem Erstaunen auch nicht mit dem von Österreichern gern benutzten Befehl »Geh weiter!« Ausdruck verlieh.

Das hätte der Prinz lieber mal zwei Stunden eher zu dem Steward sagen sollen, als der immer mit dem Champagner ankam. Jetzt war es zu spät.

Stattdessen sagte das Nordlicht: »Ääächt?«

Holger Menzel merkte, dass der Prinz nicht mehr ganz nüchtern war. »Wollen Sie nicht an Ihren Platz zurückkehren, Hoheit?«

»Die Hoheit lass'mer weg, hamma g'sagt.«

»Selbstverständlich, Prinz Alexander.«

»Derfst mi Sascha nennen.«

»Nicht doch …« Der Steward wollte so plump vertraulich nun auch wieder nicht werden.

Aber Alexander kam gerade erst richtig in Fahrt.

»Im Gletscher ist die Anne-Sophie dann abgestürzt, ihr Bräutigam ist am Berg blieben. Der Berg gibt die Leich nimmer frei. Die haben längst die Krähen gefressen. Der Vatta ist darüber trübsinnig word'n, also saufen tut er. Und d'Muatta hockt jeden Tag bei meiner scheintoten Schwester im Spital. Es ist aber nix mehr zu retten, sagen die Ärzte. Wenn's je wieder zu sich kommt, dann bleibt's a blinder Krüppel. Und dös is ganz allein Charlottes Schuld. So a Luder, so a damisches. Hat's net vertragen können, dass sie nicht der Liebling unserer Eltern ist. I bins aa net, verstehst. Weil i vom andan Ufa bin. Dös muss aber unter uns bleiben, verstehst mi, Holger!«

»Selbstverständlich, Prinz Alexander.«

Hab ich's doch gewusst, frohlockte der blonde Steward innerlich.

Das Flugzeug schwankte leicht, und der Prinz schwankte auch. Er hielt sich an einem Servierwagen fest, auf dem einige abgegessene Käsehäppchen hin und her rutschten. Holdi, das Schwein, hätte sich die Dinger längst heimlich in eine Kotztüte gepackt, aber Alexander hatte andere Interessen. Holger fasste ihn behutsam am Arm. »Möchten Sie auf Ihren Platz zurück, Prinz Alexander?«

»Nein, jetzt red'mer halt. Du und i. I will dir was verzöhln. Die Charlotte is scho immer das schwarze Schaf g'wesen, und jetzt erst recht. Ihr Mann, der Eberhard, der G'scherte, der is a geldgieriger Bursch, der es nur auf die Millionen vom Tatzmannsdorf Frederic abg'sehen hatte. Der will an die Schwarzgelder in Ungarn!«

»Schwarzgelder in Ungarn?«

»Was woaß denn i. Darüber ham sich die beiden für immer zerstritten. Drei Putzerl haben's, die sind nur zu bedauern. Die Mutter eine Wahnsinnige, weil's immer rennen muss, der Vater ein eiskalter Profitgeier, a damischer.«

»Fürstliche Hoheit, Sie sehen blass aus, wollen Sie jetzt auf Ihren Platz …«

»Mein älterer Bruder Ferdinand hat zum Glück eine Frau, die alles mitmacht, aber jetzt schafft er's nicht mehr und ich muss den Re … repräs … präsentations … zir … hicks … kus … übernehmen.«

»Prinz Alexander, wir haben Turbulenzen, und Sie sollten sich setzen …«

»Eins sag ich dir, Holger: Unsere Familie ist seit dem Unglück zerstört. Der Vatta tuat saufn … Die von Hohensinns sind ein einziger Sauhauf … rooaahh …«

In diesem Moment musste sich der junge Prinz übergeben. Holger Menzel hatte solcherlei Zwischenfälle schon oft erlebt. Geistesgegenwärtig schob er dem Prinzen eine Tüte hin und stützte ihn, während der sich in den Armen des Stewards ausführlich erbrach.

N ein, Maximilian, das finde ich nicht mehr lustig.« Marie saß mit dem Lateinheft ihres siebzehnjährigen Sohnes auf dem Biedermeiersofa im Salon. Die Lehrerin hatte so viel rot angestrichen, dass man das Tintenblau kaum noch sah.

»Eine Sechs muss nun wirklich nicht sein!«

»Jetzt geht's aber los, oder was! Latein ist eine tote Sprache!«

»Nein, Maximilian, das sehe ich anders. Wenn man Medizin oder Jura studieren will …«

»Will ich aber nicht, Mama! Ich will Profi-Golfer werden! Ich hab ein Handicap von 1,7! Wofür brauche ich da dieses Scheiß-Latein!«

»Maximilian, ich verbitte mir diesen Slang! Du machst mir in letzter Zeit wenig Freude!«

»Werd nicht gleich hysterisch!« Maximilian schwang sich auf sein Skateboard und rollte damit auf dem teuren Parkettboden hin und her. Das alte Walnussholz knarrte unter seinem Gewicht von sagen wir mal 95 Kilo. Ja, das war ein kräftiger Bursche, der Maximilian. Richtig athletisch. Ein Riesenkerl eben. Dabei waren die von Hohensinns alle relativ klein und zierlich. Also musste die Veranlagung zum Riesenwachstum von der Reederfamilie aus Kalifornien stammen. Aber halten wir uns nicht mit Genforschung auf. Der Riesenkerl war rotzfrech und brauchte dringend Grenzen. Nur setzen Sie sich mal gegen einen Siebzehnjährigen durch, der vor Kraft kaum laufen kann. Oder verbannen Sie den mal auf die stille Treppe. Der lacht sich eins.

»Maximilian!« Marie sprang auf. »Das geht jetzt aber entschieden zu weit!« Sie musste den Kopf in den Nacken legen, um zu ihrem Sohn aufschauen zu können.

»Heul doch!«, setzte Maximilian noch eins drauf.

Marie schnappte nach Luft. Sie konnte dem 1,92 großen Bengel einfach keine Ohrfeige geben, selbst wenn sie es gewollt hätte! Bisher war sie in der Erziehung völlig ohne Schläge ausgekommen, da war sie völlig anderer Meinung als der alte Fürst Leopold, der sich einiges darauf zugutehielt, dass er Ferdinand oft und gern geohrfeigt hatte, bis er ihn schließlich um zweifache Haupteslänge überragte.

»Maximilian, du weißt, dass ich nicht gern petze, aber über die Sechs in Latein muss ich mit deinem Vater sprechen!«

»Piss dir nicht ins Hemd!« Maximilian zog knirschend eine Kurve auf dem Walnussholzboden. »Der Typ hat doch selbst keine Ahnung von Latein!«

In diesem Moment kam wie auf ein Stichwort Erbprinz Ferdinand herein. Er hatte mit einer Suchmannschaft den gesamten Forst abgegrast. Man suchte immer noch nach der Leiche von Frederic von Tatzmannsdorf. Für die Öffentlichkeit sah das ja sonst blöd aus. Man kann doch so einen Bräutigam nicht am Berg verwesen lassen. Was macht denn das für einen Eindruck! Ferdinand war frustriert und müde. Als er seinen Sohn mit dem Skateboard über den vierhundert Jahre alten Parkettboden fahren sah, den Schlossbesucher nur mit Filzpantoffeln betreten durften, und ihn so über sich reden hörte, ergriff ihn die kalte Wut.

Er packte seinen Sohn an den langen Haaren und gab ihm ein paar saftige Backpfeifen. Oder waren es Ohrfeigen? So ein Mittelding. Bevor der gezüchtigte Sprössling recht begriff, was geschehen war, hatte der Vater den Sohn schon in die Scheune gezerrt, wo er das von Maximilian so heiß geliebte Skateboard in der Mitte durchsägte.

Maximilian heulte auf wie ein wildes Tier, das in eine Falle geraten ist. Aber Prinz Ferdinand hatte sich immer noch nicht wieder beruhigt. Er riss eine alte Axt von der Wand und zertrümmerte das Skateboard, bis die Holzsplitter durch die Scheune flogen. Nach alldem, was Ferdinand in letzter Zeit mitgemacht hatte, gingen die Nerven mit ihm durch. Was irgendwie verständlich ist, finde ich.

»Spinnst du, Idiot?«, heulte Maximilian und hielt sich die Backe sowie das Ohr. Rasend vor Wut rammte er seinem Vater die Faust in den Magen.

»Das war mein Skateboard, du hattest nicht das Recht, es zu zersägen!«

Ferdinand krümmte sich vor Schmerzen.

Maximilian war selbst total geschockt, dass er die Faust gegen seinen Erzeuger geballt hatte.

»Du kommst mir ins Internat!«, brüllte Ferdinand, stürzte sich auf den Jungen und nahm ihn zornentbrannt in den Schwitzkasten. »Dir wird man noch Zucht und Ordnung beibringen, du Missgeburt!«

Blass vor Entsetzen kam Marie herbeigerannt. Sie wusste, das Maximilian das Internat wie einen Verstoß aus der Familie auffassen würde.

»Bitte, Ferdinand! Beruhige dich!«

»Halt du dich da raus!«

»Bitte, Ferdinand! Geh unter die kalte Dusche.«

»Du willst MICH ins Haus schicken? Schick diesen Rotzbengel da!«

Ferdinand schnaubte vor Wut. Die ganze Enttäuschung über die misslungene Suchaktion, die geplatzte Hochzeit seiner Schwester und die darauf folgenden schrecklichen Wochen, stand ihm ins Gesicht geschrieben.

»Lass uns in Ruhe über alles reden«, flehte Marie. Sie beugte sich zu Maximilian herunter und kühlte ihm mit ihren eiskalten Händen die rot brennenden Wangen. Maximilian schlug ihre Hände weg.

»FASS mich nicht an!«

»Ja, tröste ihn auch noch, diesen jämmerlichen Versager!«, brüllte Ferdinand wiederum. »Eine Sechs in Latein! Das ist doch das Letzte!« Obwohl er eigentlich recht hatte, überlege ich mir gerade, woher er das mit der Sechs wusste. Wahrscheinlich hatte ihn die Lehrerin schon auf dem Handy angerufen, und das erklärt auch seine übertriebene Reaktion.

»Ferdinand, ich möchte nicht, dass du so mit unserem Sohn sprichst. Maximilian ist KEIN Versager!«

»Er ist das Letzte!«, schnaubte Ferdinand verächtlich.

»Der Typ ist ein Arschloch!«, brachte daraufhin Maximilian hasserfüllt hervor und wischte sich die Tränen von den Wangen. Das war jetzt allerdings taktisch nicht ganz klug.

»WAS hast du da gesagt?!« Ferdinand hatte noch immer die Axt in der Hand. Sein Gesicht war kalkweiß, er hatte rote Flecken am Hals und Schaum vor dem Mund. Auch Marie wurde ganz anders.

Aber Maximilian stand seinem Vater in nichts nach.

»Du mieser kleiner Wichser«, brüllte er mit überkieksender Stimme.

Diese Wortwahl hätte er meiner Meinung nach lieber noch mal überdenken sollen.

Ferdinand hob die Axt. Seine Augen blickten glasig. O Gott, jetzt hab ich mich auf dünnes Eis begeben.

»Das hast du nicht ungestraft gesagt!« Des Fürsten Hände, die das Mordinstrument mühsam umschlossen, zitterten.

»So halt doch ein!«, wimmerte Marie. Das sah nicht gut aus. Das konnte böse enden.

»Schlag mich doch tot, du Kinderschänder!« Mensch, Maximilian, du treibst es aber auch auf die Spitze!« Niemand hindert dich daran, die Schnauze zu halten und die Scheune zu verlassen! Morgen kauft Marie dir ein neues Skateboard.

Diese stieß einen spitzen, hilflosen Schrei aus. Als Ferdinand mit der Axt ausholte, um seinen Sohn zu erschlagen, warf sie sich auf Maximilian und riss ihn mit zu Boden.

Die Axt landete eine Zehntelsekunde später im Holz der Wand.

Puh, das ist ja noch mal gut gegangen.

Charlotte betrachtete ihre Schwester Anne-Sophie, die sich nach wie vor nicht rührte. Die Prinzessin fürchtete sich vor dem Tag, wenn es hell wurde und sie den Tatsachen und Menschen gleichermaßen wieder ins Auge sehen musste. Weil ich finde, dass sie sich jetzt genug geschämt und gegrämt hat, wehte in diesem Moment ein weißer Kittel herein. Und da drin steckte der gut aussehende Chefarzt mittleren Alters, kurzum, ein attraktiver Geselle, noch dazu ein Akademiker und außerdem verwitwet, was Charlotte zu diesem Zeitpunkt allerdings nicht wissen konnte.

»Guten Morgen! Jetzt muss ich aber doch mal nach dem Rechten sehen!«

Prof. Dr. Kriegerer betrat zu ungewöhnlich früher Stunde den Raum. Charlotte sah ihn zum ersten Mal und dachte angesichts des hoch gewachsenen Fünfzigjährigen mit den wachen blauen Augen und den silbergrauen Haaren: Er sieht aus wie ein Erfinder oder ein Komponist.

Die Prinzessin erhob sich. In ihrem blauen Kittel und der blauen Haube über dem ungeschminkten, verschwitzten Gesicht machte sie nicht gerade einen fürstlichen Eindruck. »Bitte behalten Sie doch Platz!«

Der Chefarzt zog sich selbst einen Stuhl heran.

»Wie geht es ihr?«, fragte Charlotte, indem sie auf die leblos wirkende Schwester wies.

Was für eine blöde Frage, aber mir fällt keine andere ein.

»Das Gleiche wollte ich Sie gerade fragen«, antwortete Prof. Kriegerer genauso fantasielos. »Wie ich höre, kommen Sie jeden Morgen in aller Herrgottsfrühe her.«

»Ich möchte dem Rest der Familie nicht begegnen«, antwortete Charlotte und sah dabei verschämt zu Boden.

»Sie laufen jeden Morgen von Schloss Hohensinn bis hierher?«, fragte der Arzt.

Prinzessin Charlotte nickte nur.

»Aber das sind gut und gern 20 Kilometer!«

»Achtzehn«, sagte die Prinzessin bescheiden und lächelte. »Wobei es ziemlich bergauf und bergab geht. Genau wie im richtigen Leben …« Sie sah erneut zu Boden.

»Aber Sie joggen das doch nicht auch wieder zurück?!«

»Doch.« Die Prinzessin biss sich auf die Unterlippe. »Das sind die schönsten Stunden des Tages für mich.«

Der Chefarzt betrachtete sie von der Seite. Sie sah verletzlich aus, mager und blass.

Er hatte weder beim Friseur noch beim Arzt Gelegenheit, Klatschblätter zu lesen, denn beide suchte er niemals auf: Die Haare schnitt ihm seine Tante, und Arzt war er selbst.

Auf Dr. Kriegerer wirkte Charlotte wie ein Mensch, der ganz allein ist auf der Welt.

»Wenn der Wald erwacht, mit all seinen Geräuschen und Gerüchen«, fuhr die Prinzessin verträumt fort, »dann kann man bei Sonnenaufgang so viele Farbnuancen sehen, von Dunkelgrau über Rötlich-violett …« Sie zögerte. Sollte sie den viel beschäftigten Mann tatsächlich weiter mit ihrem belanglosen Geplauder von der Arbeit abhalten? »Das ist … wie ein Gottesgeschenk für mich.«

»Ich würde Sie gern einmal bei einem Ihrer morgendlichen Marathonläufe begleiten«, sagte Prof. Dr. Kriegerer plötzlich wider besseres Wissen. Eigentlich hätte er die Prinzessin sofort auf drohende Gelenkverschleißerscheinungen hinweisen, ja, im Grunde seines Arztgewissens hätte er sie sogar in die Doppler-Klinik zwangseinweisen müssen, damit sie zwangsernährt und ruhiggestellt würde. Aber er war auch nur ein Mann. Er wusste selber nicht, warum er das gesagt hatte. Aber ich weiß es. Jetzt muss schließlich langsam mal was in die Gänge kommen hier.

Charlotte musterte ihn verstohlen. »Laufen Sie auch?«

Er lächelte spitzbübisch: »Seit dreißig Jahren. Nur leider habe ich es noch nicht geschafft, mir das Rauchen abzugewöhnen, und Sie könnten mir dabei behilflich sein.«

Charlotte zögerte. Sollte sie sich darauf einlassen? Durfte sie mit dem Chefarzt von Anne-Sophie privat zusammentreffen?

»Also, dann sehen wir uns morgen früh um vier?« Ihre sonst so matten Augen leuchteten.

»Um punkt vier vor Schloss Hohensinn«, ging der Chefarzt auf ihren abstrusen Vorschlag ein. »Ich freue mich schon darauf.«

Bin ich hier richtig beim Börsenmagazin des Norddeutschen Rundfunks?«

Eberhard zu Fragstein, der herzlose, geldgierige Ehemann von Charlotte, betrat das Hauptgebäude des NDR in Hamburg. Er war mit der beliebten Moderatorin Lisa Walter verabredet, in deren Sendung er heute als prominenter Berater auftreten sollte.

»Ja bitte, Baron, kommen Sie, Sie werden bereits erwartet.«

Eberhard befahl seinem Chauffeur zu warten und verschwand mit der jungen Redakteurin im Rundfunkgebäude.

Dabei war das gar keine Redakteurin, sondern nur die blut-junge Gästebetreuerin, die ein Volontariat beim NDR machte und davon träumte, eines Tages selbst eine berühmte Mode-ratorin zu sein.

Lisa Walter, eine blonde schlanke Schönheit von Anfang dreißig, saß bereits in der Maske. Sie wurde für ihre Sendung geschminkt und frisiert.

»Tut mir leid, dass ich mich nicht erheben kann, Baron«, begrüßte sie ihn mit kokettem Lachen. »Sonst würde ich selbstredend einen Hofknicks machen!«

Eberhard zu Fragstein gefiel es, von einer so prominenten hübschen Dame in dieser Weise angesprochen zu werden.

»Bitte behalten Sie Platz«, sagte er höflich.

»Kaffee?« Lisa Walter wies auf eine silberne Kaffeekanne, die auf der Fensterbank stand.

»Sicherlich sind Hoheit anderes Frühstücksgeschirr ge-wöhnt«, spöttelte sie heiter, »aber wir hier beim Öffentlich-Rechtlichen müssen sparen.« Sie lachte. »Aber genau davon handelt ja auch unsere Sendung, nicht wahr?« Sie trug einen champagnerfarbenen Hosenanzug von Chanel, der am Kra-gen mit einer aparten schwarz glänzenden Seidenbordüre abgesetzt war. Selbstverständlich hatte sie keinerlei Kaffee-flecken auf dem Designerteil. Wie ihr das gelungen war, ist mir schleierhaft.

»Nun, ich würde nicht sagen, dass ich über das Sparen reden werde«, insistierte Eberhard, indem er sich Kaffee ein-goss. Tatsächlich war er es nicht gewöhnt, so etwas selbst zu tun. Normalerweise bediente ihn eine Hausangestellte oder, wenn er irgendwo zu Gast war, ein Bediensteter des Gast-gebers. Aber hier ging es tatsächlich leger zu. Es störte ihn nicht. Er war gut aufgelegt.

»Ich möchte in Ihrer Sendung darüber reden, wie man sein Geld ohne großes Zutun vermehrt. Sie kennen doch meinen viel zitierten Leitspruch: Das Geld liegt auf der Straße!«

Lisa Walter lachte. Sie lachte natürlich damenhaft und

schelmisch. Also keinesfalls dreckig oder so. Ich hoffe, Sie sehen jetzt nicht immer diese TV-Lesbe aus der Frauenknast-Serie vor sich. Die heißt glaube ich auch Walter. Aber mit Vornamen.

Diese blonde Moderatorin namens Lisa ist alles andere als ein pöbelnder Latzhosen-Prolet, der rüde Flüche ausstoßend am Zellengitter rüttelt. Sie ist charmant, witzig und trägt Riemchensandaletten an den perfekt pediküren Füßen. Größe 37 1/2.

»Ja, für diesen Leitspruch liebe ich Sie, Baron. Ich habe ihn kürzlich in einem Finanzmagazin gelesen und gleich ausgeschnitten. Er hängt über meinem Schreibtisch!«

»Nur die erste Million verdient sich schwer«, erwiderte Eberhard so leichthin, als würde er über ein Sonderangebot im Supermarkt reden, »die nächsten Millionen kommen dann wie von selbst! Man muss nur die richtigen Tricks kennen und darf nicht den falschen Beratern vertrauen. Die richtigen Berater; das sind mein Partner und ich.«

»Genau so sollten Sie das nachher in der Sendung sagen«, gurrte Lisa Walter.

Dann musste sie den Mund halten, denn die Maskenbildnerin hantierte nun mit Lippenstift und Konturenstift an ihm herum. Lisa spitzte die Lippen wie zu einem Schmollmund. Eberhard betrachtete sie mit Wohlwollen. An seine Frau Charlotte dachte er in letzter Zeit immer seltener. Seit ihrem Streit in der Garderobe der Kellnerinnen waren sie sich komplett aus dem Weg gegangen. Ein Unterfangen, das auch nicht weiter schwer fiel, wenn man mit Charlotte verheiratet war.

Eberhard zu Fragstein, Charlottes Prinzgemahl, war unter der Woche ständig unterwegs in Sachen Finanzberatung, um nicht zu sagen, Finanzbetrug. Gemeinsam mit seinem Partner, Jörg Baron von Hardenberg, hatte er eine internationale Firma mit Sitz in Zürich, Hamburg und London, die sich »*Financial ideal deals*« nannte – ideale finanzielle Geschäfte.

Dass die Geschäfte letztlich nur für die beiden »Berater« ideal waren, verrieten sie natürlich niemandem. Die beiden angeheirateten Adligen hatten es sich zur Lebensaufgabe gemacht, Wohlhabenden und sehr Wohlhabenden mit Steuertricks, Anlageberatungen, Fonds-Ankauf und Verkauf ein bisschen in die Tasche zu greifen. Da sie ihr Ansinnen natürlich völlig anders formulierten, fühlten sich die meisten Adligen bei ihnen in besten Händen und waren auch noch stolz darauf, von »ihresgleichen« so kompetent beraten zu werden. Natürlich pokerten Jörg von Hardenberg und Eberhard zu Fragstein oft sehr hoch; der erste Trumpf war sicherlich ihr Adelstitel, der ihnen Tür und Tor öffnete. Hatten sie sich einmal verkalkuliert, strichen sie trotzdem kalt lächelnd die Provision ein und verließen ihren »Kunden« auf Nimmerwiedersehen. Sie arbeiteten schon seit fünfzehn Jahren erfolgreich zusammen. In Adelskreisen galten sie als Geheimtipp; die vielen Geldanleger, die sich ihretwegen schon erhängt hatten, hängten das ja nicht mehr an die große Glocke.

Lisa Walter war sichtlich beeindruckt von ihrem heutigen Gast.

Während der Sendung überließ sie ihm vollständig das Wort und warf nur hier und da eine kleine Erklärung, eine lenkende Frage, eine kurze Zusammenfassung ein.

Schließlich moderierte Lisa Walter die Sendung ab und bedankte sich in aller Freundlichkeit bei ihrem kompetenten Gesprächsgast. Eberhard von Fragstein küsste ihr vor Millionen von Zuschauern formvollendet die Hand. »Es war mir eine Ehre und eine große Freude, diese Sendung mit einer so bezaubernden Moderatorin gestalten zu dürfen.« Das war Lisa Walter noch nie passiert. Normalerweise polterten ihre Gäste unwirsch aus dem Studio und fragten nach der Gage.

Als die Maskenbildnerin wissen wollte, ob sie abgeschminkt werden wolle, antwortete sie schlicht: »Nein danke, ich habe noch eine Verabredung zum Essen!«

Eberhard von Fragstein verstand sofort. Zwei Minuten später hielt er ihr den Wagenschlag seines Bentleys auf. Die Limousine mit den verdunkelten Scheiben rollte lautlos vom NDR-Gelände.

Alexander, endlich!«

Fürstin Patricia von Hohensinn drückte ihren jüngsten Sohn an sich, als dieser, leicht lädiert von seinem Langstreckenflug aus Miami, in ihren Privatgemächern erschien.

»Ich konnte wirklich nicht eher, Mami!«

»Ist ja schon gut, mein Junge. Ach, wie sehr ich mich freue, dich wiederzusehen!«

Die Fürstin hielt ihren Jüngsten, der immerhin auch schon 26 Jahre alt war, auf Armeslänge von sich ab. Er roch nach Alkohol, aber sie ließ sich nichts anmerken. Stattdessen sagte sie lächelnd: »Wenn ich dich sehe, habe ich das Gefühl, dass wenigstens einer aus dieser Familie noch am Leben ist!«

Alexander drückte seine geliebte Mutter an sich. »Danke, Mami. Ja, du sagst es, ich lebe.«

Davon zeugte auch das wohlige Kribbeln in seinem Bauch, das er in Erinnerung an Holger Menzel spürte. Aber das war ein Tabuthema.

Er sah sich im abgedunkelten Zimmer um: »Aber hier scheint alles in eine geradezu groteske Winterstarre verfallen zu sein. Obwohl Hochsommer ist!«

Fürstin Patricia von Hohensinn wischte sich eine Träne aus dem Augenwinkel. »Du hast recht, Alex. Wir lassen uns fürchterlich gehen.«

Das traf ausgerechnet am allerwenigsten auf die Fürstin zu. Aber umso mehr auf ihren Ehemann.

»Dein Vater streift stundenlang im Wald umher, sitzt anschließend wie angewachsen in Onkel Ernstis Jagdhaus herum und geht immer wieder den Mayrsteig, als ob er da jetzt noch Spuren von Frederic von Tatzmannsdorf finden könnte. Ist das nicht alles grotesk?«

»Nicht, dass der Papi auch noch abstürzt«, unkte Alexander dumpf.

»Vielleicht will er auch nur verstehen, warum Anne-Sophie an ihrem Hochzeitsmorgen diesen Weg gegangen ist …« Fürstin Patricia hielt sich ein weiß gestärktes Spitzentaschentuch unter die Nase, um nicht weinen zu müssen.

»Wie geht es Anne-Sophie?« Alexander ließ sich auf das weiße Kanapee mit den goldenen Kissen fallen, über dem im warmen Nachmittagssonnenschein Tausende von kleinen Staubkörnchen tanzten.

»Unverändert. Ich meinte zu bemerken, sie hätte mal den kleinen Finger ihrer linken Hand bewegt, aber das war anscheinend nur Einbildung …« Die Fürstin bemühte sich mit aller Macht, die Tränen zurückzuhalten. Sie wollte auf keinen Fall vor ihrem jüngsten Sohn weinen.

»Und was macht unser schwarzes Schaf?«

»Wenn du von Charlotte sprichst … Sie ist sehr verstört.«

»Das kann ich mir vorstellen. Schließlich hat sie das Leben unserer Schwester und das ihres Schwagers auf dem Gewissen.«

Die Fürstin baute sich vor ihrem Jüngsten auf, der sich gelassen im Liegen eine Zigarette drehte. »Wie kannst du deine Schwester so in Bausch und Bogen verdammen? Und was rauchst du da eigentlich?«

Sie griff nach der trichterförmigen Zigarette, die ihr mehr und mehr suspekt vorkam.

Alexander zog die Hand weg. »Ach, nichts, Mami.«

»Alex, ich will das jetzt sofort sehen. Das ist doch nicht etwa … Marihuana?«

»Och, Mami, so ein kleiner Joint hat doch noch niemandem geschadet!«

»Alexander, abgesehen davon, dass du dich ruinierst und in die Sucht begibst, machst du dich auch noch strafbar!«

Alexander war sich gar keiner Schuld bewusst. »In so schweren Zeiten hilft das ungemein! Nimm mal einen Zug, Mutter! Du wirst sehen, alle Probleme verschwinden wie Wolken nach einem Sommergewitter, und du fühlst dich leicht und frei!«

Fürstin Patricia nahm die Selbstgedrehte, roch argwöhnisch daran ... und warf den Joint mit einem beherzten Schwung aus dem Fenster.

»Junge, wann wirst du endlich erwachsen!«

»Mami! Das Gramm kostet vierzig Euro! Selbst in unseren Kreisen wirft man das Geld nicht einfach so aus dem Fenster!«

»Ich will dir mal was sagen, Alex!« Die Fürstin baute sich vor ihrem Jüngsten auf – ach so, hat sie schon. Gut, sie stemmte die Arme in die Hüften. Auch blöd. Also kurz gesagt, sie war entrüstet.

»Ich habe dich rufen lassen, damit du den Repräsentationspflichten unserer Familie nachkommst! Wenn du jetzt endlich so weit bist, lasse ich Oskar rufen, damit er die Termine für die nächsten drei Wochen mit dir durchgeht ...«

Alexander fühlte in seiner Jackentasche, ob er noch genügend Gras für die nächsten Tage hatte.

»Ja, kein Problem, Mutter. Sag Oskar, ich bin bereit.« Es klang wie »breit«.

Moment, wer ist denn jetzt Oskar? Sagen wir, der Privatsekretär. So ein Bursche mit Terminkalender auf dem Brokatkissen, der ständig »sehr wohl« sagt. Johann ist mehr für die gebügelten Stofftaschentücher und die Schildkrötenbouillon zuständig.

Alexander nahm Haltung an und verkniff es sich gerade noch, die Hand zum Offiziersgruß an die Stirn zu legen.

Stattdessen verzog sich sein Gesicht zu einem kindischen Grinsen: »Wir Hohensinns sind schließlich nicht zum Vergnügen auf der Welt. Wir haben …«, er schlug die Hacken übertrieben laut aneinander, »… Pflichten, Pflichten, Pflichten!«

Die Fürstin nickte müde. Sie war sich nicht sicher, ob es richtig gewesen war, Alexander nach Hause zu holen. Vielleicht hätte er dort drüben in Miami weniger Schaden angerichtet.

Aber es standen über zwanzig verschiedene offizielle Termine an, unter anderem ihr eigener siebzigster Geburtstag Ende September. Und den konnte man weder verleugnen noch verschieben. Über dreihundert Mitglieder der Adelsfamilien Europas wurden auf Schloss Hohensinn erwartet.

Gerade als Oskar mit dem goldenen Terminplaner, den er aus alter Tradition auf einem weinroten Samtkissen trug, den Raum betrat, klingelte Alexanders Handy. Natürlich klingelte es nicht im Sinne von klingeln, denn er hatte sich einen unüberhörbaren Ferrari-Sound runtergeladen. Das Handy gab ähnliche Geräusche von sich wie ein Rennwagen kurz vor dem Abheben. Was für ein jugendlicher Firlefanz, dachte die Fürstin müde und trauerte beinahe dem Joint hinterher, den sie aus dem Fenster geworfen hatte.

Prinz Alexander fingerte das knallrote Designerhandy aus seiner Brusttasche und lauschte. Seine Augen wurden glasig. »Holger«, flötete er, während sein Gesicht ebenfalls ferrarirot wurde, »wie süß von dir, dass du anrufst! Nein, ich fühle mich gar nicht mehr unwohl, im Gegenteil! Wenn ich deine Stimme höre, fühle ich mich sogar ausgesprochen wohl!«

Die Fürstin verdrehte die Augen und winkte Oskar mitsamt seinem Terminplaner aus dem Zimmer. »Später«, flüsterte sie, »später!«

Ferdinand, du hast sicherlich recht mit dem, was du sagst, aber trotzdem hast du einen entsetzlichen Fehler gemacht, Maximilian zu beschimpfen und zu schlagen!«

Marie stand mit einem Glas Rotwein – nee, besser Holunderbeersaft, selbst gemachter natürlich – draußen auf der sommerlich warmen Terrasse.

Die Abenddämmerung hatte bereits Einzug gehalten, die Grillen zirpten, und das frisch gemähte Gras duftete. Sie musste an ihre Kindheit in Kalifornien denken. Ach, wie sie sich nach ihrer Villa in Santa Barbara zurücksehnte, hoch über dem Pazifik! Nach den unvergleichlichen Sonnenuntergängen und dem aufgeregten Möwengekreische, wenn ein Kreuzfahrtschiff von Daddy am Pier angelegt hatte. Sie kniff die Augen zusammen und versuchte sich vorzustellen, der Schwarzensee sei der Pazifik, und gleich käme eines der gigantischen Riesenschiffe mit vertrautem Tuten in die Bucht gefahren. Und Tausende von überfressenen Passagieren ergössen sich in ihren Garten und verlangten nach einer Erfrischung.

»Nein, nein, der Bengel tanzt uns ja nur noch auf der Nase herum. Ich bestehe darauf, dass er ins Internat kommt. Und zwar zu den Barmherzigen Brüdern nach Zell am Stein.«

Ferdinand ließ die Eiswürfel in seinem Whiskyglas klirren.

Marie erstarrte: »Aber doch nicht in so ein strenges, katholisches! Unser Max bei Klosterbrüdern, die den ganzen Tag Psalmen singen und beten! Und die ihre Zöglinge noch körperlich züchtigen! Das kannst du ihm nicht antun!«

»Doch.«

»Nein.«

»Doch.«

Dieser unerfreuliche Wortwechsel ging noch eine ganze Weile so weiter, die Eheleute konnten sich einfach nicht einigen.

Ferdinand knallte sein Whiskyglas auf den Gartentisch. »Hast du schon vergessen, wie er mit uns gesprochen hat, nachdem er eine Sechs in Latein nach Hause gebracht hat? Es wird höchste Zeit, dass ihm jemand die Ohren langzieht!«

»Ferdinand, Max ist fast achtzehn! Da zieht man doch niemandem mehr die Ohren lang! Außerdem: Du kennst meine Meinung: Wir schlagen unsere Kinder nicht und wir lassen sie auch nicht schlagen. Das ist armselig!«

Ferdinand schüttete sich Whisky nach. »Bei May hat das ja auch wunderbar geklappt. Aber bei Max müssen eben andere Saiten aufgezogen werden. Der Bengel ist völlig verzogen.«

»Er braucht Liebe, Ferdinand.«

Ferdinand lachte sarkastisch auf. »Dass ich nicht lache! Du verhätschelst ihn doch wie ein Baby! Rührst ihm Rosinen in seinen Grießbrei, schälst ihm eigenhändig die Äpfelchen, und abends beim Fernsehen lässt er sich von dir den Rücken kraulen. Das nennst du Liebe, ja? Eine perverse, ödipale Abhängigkeit ist das!«

»Ferdinand, also ich glaube, jetzt übertreibst du! Ich bin so zärtlich und liebevoll zu meinem Sohn wie jede andere Mutter auch!«

»So, und dass er dich neulich im Badezimmer besucht hat, als du gerade aus der Dusche kamst, das war auch nur ein Zufall, ja?«, brachte Ferdinand einen ganz neuen Aspekt ins Spiel.

»Ja, warum denn nicht! Er hatte eine Frage in Mathematik! Ich weiß auch noch genau, welche!«

»So? Welche denn?«

»Wenn man den Quotienten aus 756 und 36 um seine eigene Wurzel subtrahiert, wie hoch ist dann die Summe des Produktes von x und y, wenn man berücksichtigt, dass x eine Primzahl ist und y ein Drittel des oben erwähnten Quotienten ausmacht? Na? Da kommst du nicht drauf, was?«

»Im Moment nicht«, räumte Ferdinand widerwillig ein.

»Aber du hättest ihm das Ergebnis auch durch die Tür zurufen können.«

»Max hat mich immer nackt gesehen, so hat er ein ganz natürliches Verhältnis zur Weiblichkeit …«

Ferdinand schüttelte den Kopf. »Oh nein, meine Liebe, das ist nicht natürlich. Das ist unnatürlich! Unter Männer gehört er! Und zwar unter anständige Männer! Und deswegen kommt er mir noch vor dem Ende der Sommerferien zu den Barmherzigen Brüdern in Zell am Stein!«

»Nein, Ferdinand, da stimme ich nicht zu. Meinen Segen hast du nicht.« Marie war nun richtig aufgebracht. Ihr ansonsten sanftes freundliches Gesicht hatte sich völlig verfinstert. Sie knallte ihr Holunderbeerensaftglas auf … die Tischtennisplatte. Ja. Die stand da.

»Deinen ›Segen‹« – Ferdinand betonte das Wort sarkastisch – »brauche ich auch gar nicht, liebe Marie. Ich bin der Vater dieses Burschen, in meinen und seinen Adern fließt blaues Blut, und er wird eines Tages der Fürst von Hohensinn sein.

Ihm werden dieses Schloss gehören, die Ländereien, die Wälder, die Wiesen, die Forst- und Fischrechte, der gesamte Schwarzensee wird ihm gehören und …«

Ja, das klingt jetzt alles ein bisschen nach gestiefelter Kater, aber wir kriegen die Kurve.

»… und deshalb muss er jetzt ein mittelalterliches Klosterleben führen?«

»Und deshalb muss er jetzt lernen, Verantwortung zu übernehmen und nicht mehr nur an sein eigenes Vergnügen zu denken, er muss lernen, sein Leben selbst in die Hand zu nehmen.«

Ferdinand legte original die Platte auf, die sein eigener Vater schon aufgelegt hatte.

»Aber das kann er doch nicht, wenn er bei weltfremden Klosterbrüdern in der Einöde lebt!«

»Und ob, denn dort herrscht ein anderer Ton: Morgens um

fünf Uhr werden die Zöglinge geweckt, dann geht's unter die eiskalte Dusche und gleich anschließend zur Frühmesse. Um sechs Uhr gibt's einen Waldlauf und um sieben treten sie in Reih und Glied an und holen sich ihre Schwarzbrotration mit Margarine zum Frühstück ab.«

»Unser Maximilian? Der frühstückt doch nur seine Weizenflocken mit Honig ...« Und zwar im Stehen auf seinem Skateboard, während er eine Dauerwerbesendung sieht und gleichzeitig SMS verschickt, wegen der Hausaufgaben, die er noch abschreiben muss, gestand sich Marie heimlich ein.

»Von halb acht bis halb vier ist Unterricht« – Ferdinand ließ sich nicht die Butter vom Brot nehmen –, »Latein und Griechisch sind Hauptfach, und wer nicht spurt, bleibt den ganzen Nachmittag in der Übe-Zelle im Klosterturm.«

»Oh Ferdinand, hör auf! Ich kann nicht glauben, dass du unseren Sohn so hart bestrafen willst!«

»Ich will ihn nicht bestrafen, ich will ihn erziehen!«

Ferdinand knallte auch sein zweites leer getrunkenes Whiskyglas auf den Gartentisch. Das war eine Gläser-Knallerei da auf der fürstlichen Terrasse! Gerade wollte ich den beiden vorschlagen, dass sie vielleicht ein bisschen Tischtennis spielen beim Streiten, das setzt überschüssige Aggressionen frei. Aber inzwischen war es leider schon vollkommen dunkel geworden auf der Terrasse des Sommerhauses. Und Schläger waren auch keine da, wie bei jeder Tischtennisplatte dieser Welt.

Der Swimmigpool war beleuchtet, und das blaugrüne warme Wasser dampfte in der kühlen Abendluft.

Da würde Maximilian dann auch nicht mehr seine Arschbomben reinmachen, dachte Marie wehmütig, falls Ferdinand seine Drohungen wahr machte. In Zell am Stein tobte schäumend eine eiskalte Ache durch das schattige Tal, und das war etwas völlig anderes.

»Bitte erspare dir und mir die Diskussion um Maximilian!«,

donnerte Ferdinand weiter. »Die Entscheidung ist getroffen: Hiermit ordne ich den Schulwechsel offiziell an! Bitte sorge dafür, dass Maximilian bis Freitag seine Sachen gepackt hat. Am Montag früh um fünf beginnt für ihn im Klosterinternat ein neues Leben. So. Und damit basta!«

Marie stand fassungslos neben ihrem Mann. Sie sah auf den tiefschwarzen See hinunter, an dessen Ufer nur noch vereinzelt Lichter brannten. Dort tanzte Maximilians Segelboot auf den Wellen, und rechts hinter dem Garten schlummerte sein eigener Tennisplatz. Weiter hinten auf der großen Landzunge erstreckte sich der 18-Loch-Golf-Platz, wo Maximilian inzwischen zum Club-Meister avanciert war. Dies alles sollte nun für ihren heiß geliebten Sohn plötzlich zu Ende sein?

Marie musste das verhindern. Aber wie?

»Ich werde Max anders anpacken, Ferdinand, das verspreche ich dir. Er darf dich nicht so respektlos behandeln. Er muss lernen, erwachsen zu werden.«

Das wertete Ferdinand als Zusage, was die Sache mit dem Kloster anbetraf.

»Siehst du, Liebes, du siehst es also auch langsam ein. So ist es das Beste für unseren Sohn.« Er schenkte sich zum dritten Mal Whisky nach. »Und nun zu unserem Sonnenschein, der lieben May«, sagte Ferdinand. Marie schwante Schlimmes, denn die Sache mit dem Altersheim hatte sie ja noch gar nicht anmoderiert. Und päng, platzte auch die zweite Bombe.

»Nachdem unsere liebe May die Matura mit der Gesamtnote eins Komma null bestanden hat, habe ich sie in Wien schon auf der internationalen Privatuniversität für Politikwissenschaften angemeldet. Das gesamte Studium findet auf Englisch statt, der indische Außenminister, die klügsten Köpfe Amerikas und die arabischen Ölmultis schicken ihren begabten Nachwuchs auch alle dahin. Dort wird sie mit Sicherheit einen passenden Mann kennenlernen. Es würde mich nicht wundern, wenn William oder Harry dort demnächst für ein Semester auftauchen, aber ein belgischer oder holländischer Prinz tut's auch.«

»Aber Ferdinand!« Marie wand sich aus seiner Umarmung. »Du hast May ja nicht einmal gefragt, ob sie das überhaupt möchte!«

»Natürlich möchte sie! Es ist ein Privileg, von dieser Privatuniversität aufgenommen zu werden! Die Weltelite der Jugend studiert dort!«

»Nein, Ferdinand, sie will das nicht.«

»Wie, ›sie will das nicht‹? Jetzt schlägt's aber dreizehn! Alles, was ich für unsere Kinder organisiere, ist den feinen Herrschaften nicht gut genug!« Ferdinand schlug mit der flachen Hand auf die Tischtennisplatte, worauf die Gläser in die Luft hüpften und das Eis darin klirrte. »Habt ihr euch denn alle gegen mich verschworen!«

»Nein, Ferdinand, das haben wir nicht. Aber du musst lernen, auf die Bedürfnisse deiner Kinder zu hören! Sie sind nicht so wie du, sie denken anders, sie leben anders, sie haben ein Recht auf ihre eigene Entwicklung und wollen sich ausprobieren!«

Gut, dass der alte Fürst das nicht hörte. In einem Fürstenhaus bestimmten die Männer, was gut für ihre Kinder war und aus.

»Ach, und was ist deiner Meinung nach besser für May als die Privatuniversität in Wien?«

»Es geht nicht darum, was wessen Meinung nach besser für May ist. Es geht darum, was May möchte!«

Erbprinz Ferdinand verdrehte genervt die Augen. »So! Und was möchte May?«

Marie versuchte so etwas wie ein Lächeln. Es misslang.

»May möchte im Altenpflegeheim im Dorf ein freiwilliges soziales Jahr machen.«

Erbprinz Ferdinand stand einen Moment lang wie versteinert da. Seine Gesichtszüge entgleisten ihm völlig. Dann fing er hilflos an zu lachen. »Das … das ist doch …« Er brach ab, raufte sich die Haare, schüttelte den Kopf … »völlig absurd! Sie ist eine Prinzessin! Sie wird einmal viele Millionen Euro erben! Sie wird eine der reichsten Frauen Europas sein, und da will sie … verstehe ich dich richtig, Marie, sie will den Tatterichen und alten Weibern im Deppenheim den … Arsch wischen?« Tja, dass alle gleich auf dieses unschöne Bild kommen, tut mir leid, aber so ist es nun mal. Auch dem Ferdinand fiel nichts anderes ein, um seinem Entsetzen Ausdruck zu verleihen.

Marie versuchte sachlich zu bleiben. »Es geht nicht darum, wie reich sie einmal sein wird, Ferdinand, auch nicht darum, wie hübsch sie ist und welche Chancen sie bei den Männern hat. Es geht um ihre wahren Bedürfnisse, darum, was gut für ihre Entwicklung ist. Wenn sie für ein Jahr freiwillig die Pflege von Alten und Kranken übernehmen möchte, hat sie meine volle Unterstützung.«

»Aber meine nicht! Nie im Leben! Nur über meine Leiche!« Ferdinand schrie und tobte wie ein Irrer auf seiner Terrasse herum und raufte sich die Haare.

Marie berührte den Wütenden tröstend am Unterarm: »Sie wird viel lernen, Ferdinand, auch von den alten Menschen, von ihrer Lebenserfahrung. Sie wird um Einiges weiser sein, wenn dieses Jahr vorüber ist. Viel weiser, als wenn sie ein Jahr lang mit den Reichen und Schönen dieser Welt in Wien an der Privatuniversität studiert!«

Ferdinand schüttelte vehement den Kopf. »Nein, das werde ich nicht zulassen«, stieß er dumpf hervor. In hilfloser Wut schleuderte er sein Whiskyglas gegen das Sauna-Haus neben dem Swimmingpool. Es zerbarst in tausend Stücke.

»Ich bin hier das Familienoberhaupt!«, brüllte er los. »Über die Zukunft meiner Kinder bestimme immer noch ICH!«

Damit fegte er die Kanne mit dem Holunderbeersaft vom Tisch und warf auch noch den Silberkübel mit dem Eis um. Blind vor Zorn stürmte er in die finstere Nacht hinaus.

Marie sah ihm traurig hinterher. Und ihre Trauer galt nicht dem selbst gemachten Holunderbeersaft, der nun langsam zwischen den Terrakottafliesen versickerte. Auch nicht dem Whiskyglas, dessen Scherben sie nun wohl oder übel aufkehren musste. Nein, der Grund ihrer Trauer saß tiefer. Plötzlich spürte Marie, wie kalt ihr war.

Ja Herrschaftszeiten, jetzt hätte ich euch fast erschossen!«

Oberförster Matthias Freinberger, den wir bereits zu Anfang dieses Buches kennengelernt haben, war wieder mal in aller Herrgottsfrühe auf seinen Schießstand geklettert. Als er ein Geräusch hörte, hatte er das Gewehr angelegt.

In der Morgendämmerung näherten sich zwei dunkle Schatten, die er nicht sofort identifizieren konnte. Merkwürdig, dass sie mitten auf dem Forstweg liefen. Es konnten die jungen Hirschböcke sein, oder die zwei Eber, die den Wildsäuen und ihren Frischlingen das Leben zur Hölle machten. Er würde sie endlich abknallen, damit seine Viecher wieder in Ruhe leben konnten. Gerade noch rechtzeitig bemerkte Freinberger, dass es sich um zwei menschliche Gestalten handelte, die sogar angeregt miteinander plauderten. Die eine war eine schlanke junge Frau im Kapuzenshirt und die andere ein nicht mehr ganz junger, aber sehr durchtrainierter Mann mit graugelocktem Haar.

»Was soll denn das, seid's lebensmüde? Es ist Brunftzeit, und ihr tut's hier um und um rennen …!«

»Beruhig dich, Freinberger, ich bin's, die Charlotte!«

»Ja was! Die Prinzessin! Himmelherrgottsakrament, jetzt ham's mich erschreckt!«

Charlotte kicherte. Ihr Begleiter, Prof. Dr. Joseph Kriegerer, musterte sie heimlich. Das war das erste Mal, dass er die Prinzessin unbeschwert lachen sah. Und hörte.

Sie waren jetzt schon ein halbes Dutzend Mal in aller Herrgottsfrühe im Hohensinn-Forst unterwegs gewesen. Charlotte litt unter chronischem Schlafmangel – spätestens um vier Uhr früh war für sie die Nacht zu Ende. Dann zog sie ihre Sportsachen an und schlich sich aus dem Schloss.

Und dann fuhr er auch schon vor: der gut aussehende Chefarzt aus der Amadeus-Privatklinik. In seinem feinen Schlitten. Sie parkten den Wagen etwas abseits des Schlosses am Ufer des Schwarzensees, dort wo die Büsche dicht waren und keiner Verdacht schöpfen konnte.

Schulter an Schulter trabten sie los. Mitunter sprachen sie in der ersten halben Stunde kein Wort. Bis das Vogelgezwitscher losbrach. Dann fingen sie irgendwann an zu reden, ihr Puls hatte sich eingependelt, ihre Herzen schlugen im selben Takt. Dr. Kriegerer dachte nicht mehr ans Rauchen, und Charlotte nicht mehr an Selbstmord. Sie wurden vertrauter miteinander, und nach etwa 180 Kilometern hatten sie das Gefühl, sich schon ein Leben lang zu kennen. Sie mochte an ihm das Drahtige, die Art, wie er federleicht über den Moosboden lief. Seine unaufdringliche Zurückhaltung, seine hervorragenden Manieren, soweit man die beim Laufen beurteilen kann. Denn Türaufhalten, In-den-Mantel-Helfen, Rosen-Überreichen und Mit-Rotwein-Zuprosten fällt da natürlich weg. Aber auch beim Joggen kann man seine gute Kinderstube demonstrieren, wenn auch in bescheidenerem Umfang. Also entlud er seinen Naseninhalt nicht durch das Zuhalten eines Nasenlochs einfach auf den Waldboden, wie andere Jogger das gern tun.

Dr. Kriegerer wiederum bewunderte Charlottes eiserne Disziplin. Sie stand tatsächlich jeden Morgen in aller Herrgottsfrühe am vergitterten goldenen Tor zum Schlossgarten. Vermummt und stumm. Nur ihre braunen Augen sahen ihn an, bittend, fordernd: Lauf mit mir weg, einfach nur fort von hier, bleib an meiner Seite, stell keine Fragen und versuch nicht, mich zu trösten, sei einfach nur bei mir und schenk mir den Gleichklang unserer Herzen … Ein Text also, den Marianne und Michael zweistimmig singen würden.

Und Kriegerer verstand. Er hatte selbst einiges durchgemacht in seinem Leben: Seine Frau hatte sich vor zwei Jahren das Leben genommen, nachdem ihre gemeinsame 22-jährige Tochter an einer Überdosis Heroin gestorben war. Meine Lektorin findet das übertrieben, sie schlägt vor, dass Dr. Kriegerer einfach geschieden ist. Die Tochter kann ja ruhig irgendwo Kommunikationswissenschaften studieren oder so. Letztlich ist es ja auch völlig unerheblich, was die Tochter macht – doch diesbezüglich muss ich meinen Lesern leider reinen Wein einschenken: Die Tochter war tot. Und die Frau auch.

So ein einsamer Wolf von Chefarzt sollte nicht allzu viel familiären Ballast mit sich rumtragen; das erschwert die Sache nur unnötig. Nein, er war allein und einsam und scheute sich davor, wieder eine Frauenbekanntschaft zu machen. Die Schwestern in der Klinik umschwirrten ihn natürlich wie Motten das Licht, aber das geht jedem Chefarzt so. Kriegerer ließ sich auf niemanden mehr ein und vergrub sich in seinem Kummer. Deshalb passte er auch so gut zu Charlotte. Allzu gern nahm er Nachtdienste an, an Feiertagen wie Weihnachten oder Silvester bestand er ebenfalls darauf, in der Klinik zu arbeiten. Er wollte nicht der Leere seines Hauses ausgesetzt sein, den stummen Vorwurf im Blick seiner Frau ertragen, deren Bild auf dem Konzertflügel stand.

Aber jetzt war die stumme Prinzessin mit ihrer geradezu unmenschlichen Selbstverachtung in sein Leben getreten – und sie verstanden sich auch ohne Worte.

Aber heute früh hatten sie geplaudert, und heute früh hatte Charlotte zum ersten Mal gelacht! Glockenhell sogar.

Sie hatte Förster Freinberger vertraulich zugezwinkert, und der hatte nur den Kopf geschüttelt.

Kriegerer fühlte eine Zuneigung für die verhärmte Gestalt, die er sich gar nicht mehr zugetraut hätte. Er widerstand dem Drang, den Arm um sie zu legen und die Prinzessin an sich zu drücken – mitten im dichten Wald, während hinter dem Gaisberg blutrot die Sonne aufging. Zum ersten Mal seit Jahren fühlte Kriegerer wieder das Blut in seinen Adern pulsieren. Und das hatte er nur der Prinzessin zu verdanken, die selbst so unglücklich war.

Charlotte und Dr. Kriegerer genossen die Stille und die endlose Weite des Salzburger Landes.

Als sie um kurz vor sieben in der Klinik ankamen, nahm Kriegerer ihre Hände in die seinen.

»Ich sehe Sie nachher bei Anne-Sophie. Um sieben beginnt mein Dienst. Bitte warten Sie, bis ich mich umgezogen habe.« Obwohl sie inzwischen Sportsfreunde waren, siezten sie sich noch, das ist in Fürstenromanen so. Das »vertrauliche Du« kommt erst beim ersten Kuss.

»Natürlich, Professor.« Charlotte nahm die Kapuze ab und schüttelte ihr dunkelbraun glänzendes Haar. »Ich laufe Ihnen nicht davon.«

»Lassen Sie sich von Schwester Margarethe Kaffee geben! Und ziehen Sie sich was Trockenes an, Prinzessin!«

Charlotte lächelte. »Wenn Sie die Prinzessin weglassen, lasse ich den Professor weg.«

»Das ist ein Wort!« Kriegerer berührte leicht ihre Schulter, bevor ihm wieder einfiel, dass diese Krankenhausfenster Augen waren. »Servus, Laufkameradin. Ich bin froh, dass ich Sie habe.« Mit diesen rührenden Worten verschwand er im Inneren der Klinik.

Charlotte blieb noch einen Moment und machte ihre Stretch-Übungen, was der Parkplatz-Wächter in seinem Glashäuschen mit Argusaugen beobachtete.

Abgesehen davon, dass das Laufen Glückshormone freisetzte, die Charlotte in den letzten Wochen das Leben gerettet hatte: Sie fühlte wieder etwas. Sie fühlte Freude in Erwartung der gemeinsamen Tasse Kaffee mit Dr. Kriegerer, sie fühlte sich geborgen in dem Wissen, dass dieser gleich in seinem weißen oder grünen Kittel um die Ecke biegen würde – je nachdem ob er operieren musste oder nicht. Sie fühlte ein verbotenes Prickeln, denn es gab einen Menschen, der sie verstand.

Sie wandte ihr Gesicht der Sonne zu und schloss die Augen.

Ja, das Leben ging weiter. Jetzt fühlte sie es auch.

Bua, des hast ganz richtig g'macht.« Fürst Leopold von Hohensinn stiefelte mit seinem ältesten Sohn Ferdinand durch den Forst. Wieder einmal war das Jagdhaus von Solms ihr Ziel.

»Aber die Marie war ganz und gar nicht meiner Meinung, Vater.«

»Des is wurscht! Die Weiberleut müssen auch gar nicht immer unserer Meinung sein! Am End' hat immer noch der Mann das Sagen. Besonders in unseren Kreisen.«

»Na ja, Vater, das ist sicherlich richtig. Aber ich mache mir Sorgen um Marie. Wir sind jetzt zwanzig Jahre verheiratet und hatten noch nie Streit. Aber diesmal stellt sie sich eindeutig gegen mich.«

»Du musst hart bleiben, Sohn. Du bist der Herr im Haus. Lass dir bloß nicht auf der Nas'n herumtanzen, und schon gar nicht von einer Amerikanerin.«

»Wie soll ich mich deiner Meinung nach verhalten, Vater? Wie haben Mutter und du solche Konflikte gelöst?«

Ja, so sprechen erwachsene Söhne in Fürstenromanen.

»Deine Mutter hat es nie gewagt, sich gegen mich zu stellen. Sie ist eine kluge Frau. Sie hat immer gewusst, wo die Grenzen sind. Wenn ich etwas angeordnet habe, wurde das respektiert. Genau so hat das in einer gut funktionierenden Familie zu funktionieren. Und a Rua is.«

133

»Ich weiß nicht, Vater. Die Marie ist ganz anders aufgewachsen. Da drüben in Amerika ist alles so liberal, alle dürfen ihre Meinung sagen, jedes Familienmitglied wird wahnsinnig ernst genommen, bei jedem Problemchen wird ein Psychologe hinzugezogen, und die Kinder werden auf Samtkissen gebettet …«

»Papperlapapp!« Fürst Leopold stieß verärgert mit seinem Jagdgewehr gegen einen Dornenvogel, der daraufhin erschrocken davonhüpfte. »Du siehst ja, wohin das führt. Dein Bua is a Weichling, a Warmduscher, wie man heute sagt. Wird höchste Zeit, dass du ihm a vernünftige Erziehung angedeihen lässt.«

»Marie wird mir das nie verzeihen.«

»Dann knallst ihr halt eine! Ja wo samma denn!«

»Und May?«, versuchte Ferdinand eiligst das Thema zu wechseln. »Was sagst du dazu, Vatta, dass sie im Pflegeheim im Dorf ein freiwilliges soziales Jahr machen will?«

»Das ist doch der Gipfel!« Der Fürst blieb stehen. Seine Augen waren unter den buschigen Augenbrauen drohend auf Ferdinand gerichtet. »Setz dich durch, Bua! Das Dirndl studiert in Wien! Wo kommen wir da hin, wenn jeder macht, was er will! Wir haben eine Verpflichtung der Öffentlichkeit gegenüber! Wir sind Vorbilder! Unsere Familie steht unter ständiger Beobachtung!« Fürst Leopold regte sich so auf, dass er sich auf einen Baumstamm setzen musste. Er fächelte sich mit seinem Hut Luft zu, an dem ein prächtiger Gamsbart steckte.

»Das sehe ich genauso, Vater.«

Der Fürst griff in die Brusttasche seines alten Walkjankers und holte mit seinen knochigen Fingern einen silbernen Flachmann hervor. Er entkorkte ihn mit den Zähnen und genehmigte sich einen Schluck Hennessy XO, einen weichen alten Cognac, der wärmte und beruhigte.

»Da, nimm, Bua.« Auch Ferdinand trank einen Schluck. Er ließ sich neben seinem Vater auf dem Baumstamm nieder. Irgendwo rief ein Kuckuck, der aus einer St. Gilgener Kuckucksuhr entwichen war. Wenn man seiner Aussage Glauben schenken durfte, war es jetzt zwölf Uhr mittags.

»Und was ist mit Charlotte, Vater? Willst du nie mehr ein Wort mit ihr reden?«

»Nicht bevor die Anne-Sophie wieder Cello spielt.«

Na, und das kann dauern, da sind wir uns wohl alle einig.

»Bist du nicht etwas zu hart zu Charlotte? Sie verzweifelt doch schon völlig an der Sache.«

»Des is mir wurscht. Wer so viel Unfug anzettelt, soll ruhig mal über sich nachdenken.«

»Anne-Sophie wird vermutlich nie wieder Cello spielen, Vater. Du musst dich damit abfinden!«

»Mit nix find ich mich ab.«

Der alte Fürst nahm noch einen Schluck aus seiner silbernen Feldflasche.

Ferdinand hoffte, der Cognac würde den alten Vater etwas erweichen. Er blickte über den sanften Bergrücken des Hohensinn-Forsts. Hier und da ragten Schießstände über eine Lichtung, und die dichten Fichten und Tannen bogen sich anmutig im Sommerwind. Dort unten lag der Schwarzensee, umrahmt von einer herrlichen Bergkette. Es war ein wunderschöner Anblick. Eine Schar wandernder Touristen hätte sich hier bestimmt für eine zünftige Jause auf einer Wolldecke niedergelassen, und die Japaner hätten auf jeden Fall Fotos gemacht. Aber der Leopold und der Ferdl, die starrten nur verbittert vor sich hin. Wie schade, dachte Ferdinand, dass wir so viele Probleme haben. Jeder in unserer Familie macht den alten Eltern Sorgen.

»Findest du nicht, dass wir an Mutters Siebzigstem wieder alle vereint sein sollten?«

Der alte Fürst nickte. »Ja, das sind wir der Mutter schuldig. Sie kann am allerwenigsten dafür, dass es mit unserer Familie so bergab geht.«

»Dann werden wir ihren Ehrentag also im großen Stil feiern?«

»Ja, Sohn. Das werden wir. Wir kommen wohl nicht drumrum, die ganze Bagage, die wir am Hochzeitstag nach Hause geschickt haben, wieder nach Schloss Hohensinn einzuladen.«

»Das sehe ich auch so, Vater. Wenn das Schiff auch noch so schwankt: Der Kapitän steht oben an Deck und hält die Stellung.« Diesen Spruch hatte er ganz klar von Marie, der Reederstochter.

Der alte Fürst klopfte seinem Sohn anerkennend auf die Schulter. »Das hast von mir g'lernt, Bua. Die Hohensinns lassen sich einfach nicht unterkriegen!«

Mühsam erhob sich Fürst Leopold. Gestützt auf den Arm seines Sohnes, schritt er mit grimmiger Miene tiefer in den Wald hinein.

Gegen elf Uhr vormittags fuhr die Fürstin Patricia für gewöhnlich vor der Amadeus-Privatklinik vor. Die verdunkelte Limousine, die lautlos herbeirollte, war hier jedem bekannt. Dann ging die Schranke am Pförtnerhaus automatisch auf. Der Chauffeur half der Fürstin aus dem Wagen und begleitete sie höflich bis zur Intensivstation. Hier löste er ganz selbstverständlich den Bodyguard ab, den wir bereits kennengelernt haben und der übrigens Patrick hieß. Der hatte sich seinen Job auch anders vorgestellt, das könnt ihr mir glauben. Dieses monatelange Rumstehen vor einem Krankenhauszimmer war alles andere als spannend. In seinen Pausen ging er meist schnell eine Zigarette rauchen und hielt nach der hübschen Krankenschwester von Station sechs Ausschau, die er wie zufällig am Kiosk traf. Nachdem der Unfall inzwischen drei Monate her war, war wieder so etwas wie Alltag in die Privatklinik eingekehrt. Auch die Reporter und Fotografen hatten es aufgegeben, sich in der Nähe der Intensivstation herumzudrücken.

Längst waren andere Dinge passiert, die die Menschen im Lande bewegten. Ein Tennisspieler hatte seine Frau betrogen, ein Fußballspieler war von einem Disco-Flittchen Vater geworden, der Sohn einer Schauspielerin hatte sich im Bordell geprügelt und ein Schlagerproduzent hatte ein indiskretes Buch geschrieben. Der österreichische Finanzminister hatte sich mit einer Diamanten-Erbin in der Badehose fotografieren lassen, und ein prominenter Tierschützer hatte einen schwangeren Esel vor dem sicheren Kaiserschnitt bewahrt. Von einer Prinzessin Anne-Sophie wollte niemand mehr etwas lesen. Und das war auch gut so.

Denn gerade heute, am Tag der Sommersonnenwende, als kein Hahn mehr nach ihr krähte, war Anne-Sophie aus dem Koma erwacht.

Es war am frühen Morgen passiert, als Charlotte mit Dr. Kriegerer Kaffee getrunken hatte.

Sie hatten sich zum ersten Mal ganz vorsichtig etwas aus ihrem Leben erzählt, nur ein, zwei persönliche Sätze, mehr nicht. Nur Sachen wie: »Also Mau-Mau spielen find ich fad«, »Krawatten trage ich gar nicht gern« und »Elternabende und Minigolfplätze lehne ich kategorisch ab«. Mit anderen Worten, völlig belangloses Zeug, was aber vom Informationsgehalt her weit über die üblichen Kontaktanzeigentexte hinausgeht.

Plötzlich legte Charlotte die Hand auf Dr. Kriegerers Arm: »Jetzt hab ich's aber ganz deutlich gesehen!«

Der Chefarzt hielt inne. »Was haben Sie gesehen?«

»Die Hand! Sie hat die Hand bewegt!«

Beide sprangen auf, stellten ihre Tassen ab und beugten sich über die Patientin.

»Anne! Anne-Sophie! Ich bin's, Charlotte! Kannst du mich hören? Wenn du mich hören kannst, beweg deinen Finger noch mal! Bitte, Anne-Sophie! Tu's für mich!«

Anne-Sophie hob den kleinen Finger der rechten Hand.

Dr. Kriegerer und Charlotte starrten sich fassungslos an.

»Sie hat's getan!«, jubelte Charlotte. »Sie kann mich hören!«

»Anne-Sophie«, sagte nun Dr. Kriegerer mit seiner tiefen, beruhigenden Stimme. »Sie machen Ihre Schwester zur glücklichsten Frau der Welt, wenn Sie es noch einmal versuchen. Heben Sie den Finger!«

Hand in Hand standen sie da, die Prinzessin und der Chefarzt, und beobachteten die Bemühungen von Anne-Sophie, noch einmal den Finger zu heben.

Und sie schaffte es. Gleich dreimal hintereinander. Es kostete sie unendliche Anstrengung, das sah man ihr an. Die ganze Prozedur dauerte fünf qualvolle Minuten. Dann fiel sie wieder in tiefen Schlaf.

Seitdem war die ganze Station in heller Aufregung.

»Sie hat sich bewegt, habt ihr schon gehört? Sie hat dreimal hintereinander den Finger bewegt!«

»Wer sagt das?!« Die Schwestern und Pfleger tuschelten aufgeregt durcheinander.

»Schwester Margarethe hat es gehört, als ihr Nachtdienst zu Ende ging! Der Chef und die Prinzessin waren dabei!«

»Das ist ja … sensationell! Sie erwacht wieder! Was sagt ihr dazu?«

»Ein bisschen erinnert mich das an Dornröschen«, sagte Schwester Uschi.

»Nein, an Schneewittchen«, mischte sich Schwester Inge rechthaberisch ein.

»Ist eh wurscht«, schnaubte der Pfleger Beppi. »In allen Märchen tun die Prinzessinnen schlafen.«

»Welcher Prinz hat sie denn wach geküsst?«

»Gar keiner. Aber die andere Prinzessin, die hat anscheinend unser Chef wach geküsst. Habt ihr gesehen, wie sie gelacht hat? Sie hat noch nie gelacht. Noch nie.«

»Sie hat geweint«, wusste Schwester Uschi zu berichten. »Ich hab gesehen, wie sie sich an unseren Chef gelehnt und der ihr ein Taschentuch gegeben hat!«

»Mir kommen die Tränen«, sagte Schwester Elke. Das war die Hartherzige, die immer sonntags Dienst hatte, weil sie keine Familie zu Hause hatte. Ärgerlich klapperte sie mit dem Frühstücksgeschirr herum. Sie selbst hatte bei Dr. Kriegerer keine Chance gehabt. Aber die Prinzessin. Klar doch. Der Chef war halt wählerisch.

»Jetzt hört's aber auf, ihr Ratsch'n«, ereiferte sich Schwester Carola. »Das kann ich mir keine Sekunde länger anhören. Die Anne-Sophie erwacht aus dem Koma, und ihr dichtet der Prinzessin Charlotte und dem Chef ein Verhältnis an!«

»Ja, so ganz von der Hand zu weisen ist das nicht«, tratschte Schwester Gudrun. »Wisst ihr, was mir die Margarethe erzählt hat? Die zwei laufen jeden Morgen im Dunkeln durch den Wald. Fragt sich nur, wo die so früh am Morgen herkommen …«

»Die Prinzessin ist verheiratet, Leute! Meint ihr, die kann es sich leisten, fremdzugehen? In ihrer Position?«

»Die Ehe soll gar nicht glücklich sein. Das hat mir die Mutter von der Dachl Julia erzählt. Die Kleine hat dort mal als Kellnerin gearbeitet und einen entsetzlichen Streit mit angehört … Der Eberhard hat offen zugegeben, dass er die Charlotte nicht aus Liebe geheiratet hat, sondern nur wegen dem Göld!«

»Passt eh mit der Charlotte und am Chef! Des san beide so schweigsame Extremsportler, die lieber zwanzig Kilometer rennen als zwanzig Worte sagen …«

»Siechst, jetzt woaßt, warum du beim Chef keine Chancen hast! Du tust lieber 2000 Worte ratschen als zwei Kilometer rennen …«

»Guten Morgen, meine Damen, bei welcher dienstlichen Besprechung störe ich Sie?«

Die Fürstin war unbemerkt durch das Treppenhaus heraufgekommen und hatte die letzten Bemerkungen mit angehört. Sofort standen alle Schwestern und Pfleger stramm.

»Oh, guten Morgen, Fürstin«, sagte Schwester Elke, die sich als Erste gefangen hatte.

139

»Es gibt gute Neuigkeiten, Hoheit!«

»Und die wären?« Die Fürstin zog die Stirn in Falten. Man würde ihr doch jetzt nicht auftischen, dass ihre Tochter Charlotte etwas mit dem Chefarzt hatte? Das hätte ihr gerade noch gefehlt.

»Sie hat den Finger gehoben«, ereiferte sich Schwester Gudrun, die den abschätzigen Blick der Fürstin richtig gedeutet hatte. »Sie wacht auf! Wir haben es alle gesehen!«

Die Fürstin streckte sich. Ihr Rücken war so gerade, als habe sie einen Kleiderbügel verschluckt. Sie hob das Kinn und sah in die Runde:

»Dann haben unsere Bemühungen ja Früchte getragen, meine Herrschaften. Ich danke Ihnen allen und werde mich noch in entsprechender Weise erkenntlich zeigen.«

Hoch erhobenen Hauptes ging sie an den Schwestern und Pflegern vorbei und öffnete die Tür zu Anne-Sophies Zimmer.

Holger, das kann ich nicht machen!«

»Aber warum denn nicht! In welchem Jahrhundert leben wir denn?«

»Holger, in deinen Kreisen mag das vielleicht noch angehen, wenn zwei Männer in der Öffentlichkeit ›Handerl hoitn‹, aber für die Hohensinns wäre das eine Katastrophe!«

»Dann wird es aber höchste Zeit, dass du diese alten verkrusteten Strukturen aufbrichst.«

Holger Menzel, der blonde hübsche Steward aus Amrum, ruderte mit seiner neuen Liebe Prinz Alexander von Hohensinn über den Wolfgangsee. Sie waren extra zwei Seen weiter gefahren, um auf dem Schwarzensee nicht allzu viele Bekannte und Verwandte zu treffen. Holgers durchtrainierter Oberkörper war braun gebrannt, und jede Ruderbewegung

140

gab den Blick auf das Zusammenspiel seiner Muskeln und Sehnen frei. Holger abonnierte »Men's Health« und hatte sich den Artikel »Waschbrettbauch in sieben Wochen« sehr zu Herzen genommen.

»Ach Holgi«, seufzte Alexander, der sich, auf dem Rücken liegend, von seinem Gespielen rudern ließ. »Dass du's geschafft hast, für drei Tage herzukommen, des is a Wahnsinn!«

»Wenn ich verliebt bin, versetze ich Berge«, lächelte Holger, und seine makellosen Zähne blitzten. Er ließ das Boot in der Mitte des Sees treiben. »Aber du scheinst einfach nicht dazu in der Lage zu sein, deine Gefühle zu zeigen.«

»Das verstehst du nicht, Holgi. Schau, in deiner Branche ist das absolut normal. Ich kenn fast nur schwule Stewards. Aber hier, im sauberen Salzkammergut, wo die Männer noch mit Trachtenjankerl und Lederhosen rumlaufen, gilt unsereins noch als totale Schande. Wenn das mein Vater wüsste – ich glaube, der würde sich zu Tode grämen.«

»Jetzt sag nicht, dass dein Alter das nicht schon längst gepeilt hat.«

»Hat er nicht! Nur die Mama weiß was, aber die sagt nix!«

»Das heißt, du wirst mich deiner Familie nicht vorstellen?«

»Ah geh komm, Holga! Des geht net!«

Holger nahm das Rudern wieder auf. Die Bergkette, die sich im glatten See gespiegelt hatte, begann vor seinen Augen zu verschwimmen. Hastig ließ er seine verspiegelte Sonnenbrille auf die Nase rutschen, denn Saschi sollte seine Tränen nicht sehen. Holger Menzel war enttäuscht. Er hatte sich so darauf gefreut, beim 70. Geburtstag der Fürstin Ende September mit zugegen zu sein. Noch nie war er auf der Seite der Reichen und Schönen gewesen, immer nur auf der Seite der Armen und Schönen.

»Dann weiß ich eigentlich gar nicht, warum du mich herbestellt hast!«

»Ach Holger, jetzt werd doch nicht zickig!« Alexander berührte Holgers Oberschenkel mit seinem nackten Fuß. »Komm, lach wieder! Ich dachte, wir wollen uns hier ein paar schöne Tage machen!«

Holger schwieg und ruderte nach St. Wolfgang hinüber. Es war ein herrlicher Sommertag, viel zu schade, um ihn mit Schmollen zu verderben.

Nach kurzer Zeit saßen sie bei Champagner und Kaviar auf der Terrasse der Scalaria, eines angesagten Designer-Hotels direkt am See. Sie hätten auch ins Weiße oder Schwarze Rössl gehen können, aber da drängten sich die dickbäuchigen Bustouristen, deren Sachertorte oder Apfelstrudel mit Schlag und Wespe inklusive im Pauschalpreis inbegriffen war.

Alexander, der den Chef der Scalaria persönlich kannte, hatte bereits eine Suite für sich und Holger bestellt.

»Wollen wir zuerst schwimmen gehen?«

»Ja klar, königliche Hoheit!« Holger lachte schon wieder. Er sprang auf und rannte zum Sprungturm. Wie ein junger griechischer Gott sah er aus, als er sich mit einem eleganten Kopfsprung in die Tiefe stürzte.

Schade, dachte Alexander. Er ist wirklich süß. Aber er hat zwei Fehler: Er ist bürgerlich, und er ist ein Mann.

Mama, wenn du das zulässt, dann hasse ich dich mein Leben lang.«

Maximilian weigerte sich, aus dem Auto zu steigen, als er das trostlose Backsteingebäude am Fuß der senkrecht abfallenden Felsen gesehen hatte. Diese Gegend hier hieß zu Recht Höllengebirge. Seine Augen schwammen in Tränen, und Marie hätte ihren Großen am liebsten in den Arm genommen und wäre mit ihm bis ans Ende der Welt gefahren. Klar, Kalifornien lag da nahe; sie hätte einfach abhauen können mit ihrem Riesenbengel, zu ihrem Vater, dem mächtigen und reichen Reeder nach Santa Barbara, und schon morgen, oder sagen wir übermorgen, wäre der Bursche mit einem Surfbrett über die Wellen des Atlantiks gezischt. Aber was hatte der Ferdl gesagt? Der Junge braucht eine harte Hand. Und außerdem hätte Marie dann ganz klar ihre fürstliche Ehe gefährdet, da beißt die Maus keinen Faden ab. Außerdem hätte das dem sowieso schon maroden Fürstenhaus zu Hohensinn erst recht den Rest gegeben. Einen ungünstigeren Zeitpunkt hätte sich Maximilian gar nicht aussuchen können für seine pubertären Eskapaden. Marie war völlig hin- und hergerissen zwischen Mutterliebe und Pflichtgefühl.

Vor zwanzig Jahren hatte Marie ihrem Prinz Ferdinand vor laufenden Fernsehkameras Liebe und Loyalität geschworen, in guten und in schlechten Tagen.

Nun hatte der alte brummige Fürst befohlen, dass Maximilian in dieses Klosterinternat kommen sollte, im Höllengebirge in der hinteren Schroffenau, genauer gesagt in Zell am Stein. Schon allein der Name dieser Zöglingsanstalt war zum Frieren, selbst im Hochsommer. Kaum ein Tourist verirrte sich dorthin, höchstens ein paar Sonderlinge, die in sich gehen, die Beichte ablegen und bei Fencheltee und Schwarzbrot ihr Leben überdenken wollten.

Wie dem auch sei, der Bengel bockte immer noch im Auto, drohte seiner Mutter mit lebenslänglichem Liebesentzug und heulte vor Trotz und Wut und Frust und Hilflosigkeit.

»Max, ich bitte dich, versuch es wenigstens!«

»Nein, Mama! Du spinnst wohl! Ich geh doch in diesen abartigen Knast nicht rein!«

Marie fror in ihrem dünnen Sommerkleid und versuchte verzweifelt ihren Sprössling zum Aussteigen zu bewegen.

»Wir schauen uns jetzt einfach mal um, mein Herz. Und wenn es dir gar nicht gefällt, dann …«

»Dann WAS? Nimmst du mich dann wieder mit nach Hause?«

»Ach Schatz …«

Marie biss sich auf die Lippen. Sie konnte sich dem Wunsch des Fürsten nicht widersetzen. Aber es brach ihr das Herz, Maximilian so leiden zu sehen. Ja, es stimmte. Marie hatte den Riesenbengel total verwöhnt. Und so ein Lümmel kann unmöglich eines Tages das Fürstenhaus übernehmen, ohne ein bisschen Zucht und Ordnung gelernt zu haben. Das alles sollte sich nun drastisch ändern.

Das Bittere an der Geschichte war, dass eigentlich im ganzen Land Sommerferien waren. In Österreich hat der Schüler wie auch der Lehrer neun Wochen Sommerferien, und die können sich hinziehen, besonders bei Schnürlregen. Aber »Problemschüler« wie Maximilian wurden bei den Barmherzigen Brüdern in Zell am Stein schon während der Ferien auf das neue Schuljahr vorbereitet. Für Maximilian bedeutete das: sechs Stunden Latein und Griechisch am Tag. Er musste das Pensum der letzten drei Jahre nachholen. Von wegen Golfen und Segeln und Premiere gucken und dabei Vanille-Grießbrei mit Rosinen essen!

»Ich kann dich nicht wieder mit nach Hause nehmen, das weißt du, Max. Aber ich kann versuchen, es dir hier so angenehm wie möglich zu machen.«

»Ja, und wie soll das gehen, bitte?« Die Stimme des Siebzehnjährigen überschlug sich. Er war mehr als enttäuscht von seiner geliebten Mutter. Nie hätte er gedacht, dass sie sich tatsächlich auf die Seite des alten Fürsten und seines Vaters stellen würde. Bis jetzt hatte sie immer zu ihm gehalten, egal, was er angestellt hatte.

»Wir gehen jetzt da rein und schauen uns dein Zimmer an.«

»Ich bleibe hier sitzen!«

»Max, bitte!« – Marie hatte Angst, dass Maximilian einfach mit dem Wagen davonfahren würde. In seiner hilflosen Wut war er zu allem fähig. Wie oft hatte sie ihm erlaubt, auf dem Schlossgrundstück mit ihrem Jeep herumzubrausen. Er war ein perfekter Autofahrer, und das nicht nur in der Auffahrt, wie Dustin Hoffman in »Rainman«. Vorsichtshalber zog sie den Autoschlüssel ab.

»Max, lass uns zusammenhalten. Du kommst aus der Nummer hier jetzt nicht mehr raus. Bitte steig aus und komm mit. Pater Albertus erwartet dich. Vielleicht ist dort alles gar nicht so schlimm ...«

»Vergiss es«, sagte Maximilian knapp.

»O.K., ich lass dir Zeit.« Marie war immer pädagogisch korrekt. So ist man in Amerika. Von wegen Hauen und An-den-Haaren-aus-dem-Auto-zerren. »Ich gehe jetzt da rein in diesen ... Klosterknast«, Marie versuchte ein Lächeln, »und schaue mir die Folterinstrumente und Dunkelzellen mal an. Vielleicht erwische ich ja einen Betbruder und kann ihn mit einem Tausender bestechen, dich nicht allzu sehr zu quälen ...«

Maximilian reagierte nicht auf ihre Scherze.

Marie legte ihre Hand auf Max' Arm. Dieser zuckte sofort zurück, als hätte ihn eine Wespe gestochen.

»Vergiss trotz allem nicht, dass ich dich liebe. Ich bin deine Mutter, und ich will nur dein Bestes.«

»Von wegen! Wenn du das zulässt, dass ich hier reinmuss, dann bist du nicht mehr meine Mutter!«

Diese Worte trafen Marie hart. Um nicht in Tränen auszubrechen, ging sie dem grauen Klostergebäude entgegen. Das sind so Momente im Leben einer Mutter, da sehnt man sich regelrecht nach seinen Presswehen zurück. Weil die ein Klacks waren gegen das, was jetzt passiert. Hätte man das damals schon alles gewusst, hätte man sich die Sache wahrscheinlich noch mal überlegt. Aber da steckt man nicht drin. Man brütet so ein Ei aus und hätschelt und tätschelt das süße Geschöpf, im guten Glauben, dass es einem dafür den Rest seines Lebens um den Hals fallen wird. Geh komm!

Pater Albertus, der die Szene von seinem vergitterten Zellenfenster aus beobachtet hatte, ging Marie durch den dunklen, kühlen Gang entgegen. Knarrend öffnete sich die Tür.

145

Fürstin Patricia öffnete die Tür zu Anne-Sophies Zimmer mit bangem Herzen. Äußerlich wirkte sie gefasst, innerlich schwankte sie zwischen Hoffnung und Verzweiflung.

Anne-Sophie würde blind sein. Und wahrscheinlich noch gelähmt dazu. Was würde das für ein Leben werden? Und wer würde ihr sagen, dass ihr Verlobter, Frederic von Tatzmannsdorf, im Berg geblieben war?

»Fürstin! Welche Freude! Ihre Tochter kehrt ins Leben zurück!«

Der Chefarzt Dr. Kriegerer, der sich zurzeit das Rauchen abgewöhnte, kam der Fürstin erfreut entgegen. Er drückte ihr beide Hände.

Charlotte saß immer noch im Sport-Dress, an das sich hier inzwischen alle gewöhnt hatten, versunken auf dem Bettrand.

Sie hielt die rechte Hand ihrer Schwester und streichelte unentwegt ihren kleinen Finger.

»Mutter, sie hat ihn bewegt! Sie hört uns!« Tränen standen in Charlottes Augen. Erst jetzt fiel Patricia auf, wie extrem blass und mager ihre Tochter geworden war. Selbst Anne-Sophie sah nicht kränker aus.

Meine Güte, dachte sie, was ist nur aus meinen schönen Schwänen geworden! Zwei zerrupfte hässliche Entlein, die nicht mehr schwimmen und nicht mehr fliegen können.

Aber solange ich bei Kräften bin, werde ich mich um meine Mädchen kümmern. Eines Tages werden sie wieder schöne Schwäne sein. Mit diesen Gedanken strich sie zuerst ihrer Tochter Charlotte über den Kopf, bevor sie sich zu Anne-Sophie niederbeugte.

»Anne-Sophie, mein Liebes! Wie wunderbar, dass du wieder bei uns bist!«

»Sie tut es, Mutter, schau nur, sie tut es!«

Tatsächlich. Anne-Sophie hob den kleinen Finger zwei-, drei-, viermal hintereinander.

Patricia und Charlotte stießen einen Jubellaut aus.

»Ich glaube, wir können es wagen, das Beatmungsgerät für einen Augenblick auszuschalten«, sprach der Chefarzt bewegt. Klar. Denn dem war die fürstliche Mischpoke inzwischen alles andere als egal. Zwei Schwestern – sagen wir, Gudrun und Uschi – nahmen die Sauerstoffmaske von Anne-Sophies Gesicht. Es sah erschreckend verquollen aus.

»Und? Atmet sie? Schafft sie es selbstständig?«

Dr. Kriegerer beugte sich gespannt über seine prominente Patientin. Fürstin Patricia und Prinzessin Charlotte hielten nervös die Luft an.

Es war mucksmäuschenstill im Raum.

»Ja«, sagte Dr. Kriegerer so sachlich wie möglich. »Sie atmet. Ganz allein. Sie hat wieder die Kraft dazu.«

»Anne-Sophie!«, freute sich die Fürstin. »Dirndl, du wirst wieder!«

Wie zur Bestätigung hob Anne-Sophie den Daumen. Es war das »O.K.«- Zeichen! Nicht heulen, liebe Leser, wir schaffen das.

»Sie ist wieder bei vollem Bewusstsein«, diagnostizierte Dr. Kriegerer. Er spürte eine unbändige Lust auf eine Zigarette. Die Fürstin unterdrückte indessen ein Schluchzen. Dann wird sie bald die grausame Wahrheit kennen, dachte sie. Tatzmannsdorf kann sie vergessen, das Cellospielen auch, und das Schlimmste sind die Augen. Hoffentlich verschont man sie noch so lange wie möglich.

»Meine liebe Lieblingspatientin«, sagte Dr. Kriegerer, und in seiner Stimme lag etwas ungewohnt Zärtliches. »Wenn Sie jetzt die Augen aufmachen, werden Sie vermutlich nichts sehen. Bitte erschrecken Sie darüber nicht.

Im grellen Sonnenlicht auf dem Gletscher wurde Ihre Netzhaut geschädigt. Es gibt aber inzwischen Mittel und Wege, dieser Schneeblindheit zu Leibe zu rücken. Wir brauchen nur ein wenig Zeit und Ihren unbedingten Willen!«

Fürstin Patricia und Prinzessin Charlotte sahen ihn fassungslos an. Wie konnte er zu der soeben erwachten Anne-Sophie nur so grausam ehrlich sein! Oder war das vielleicht genau die richtige Taktik, weil eine falsche Schonung ihr Vertrauen in den Arzt zerstört hätte? Wer weiß?

Bang beobachteten sie, wie Anne-Sophie tatsächlich die Augen öffnete. Sie starrten trübe ins Leere.

»Sie wird einen Schock bekommen«, murmelte die Fürstin besorgt. »Finden Sie nicht, dass Sie es mit der Wahrheit ein wenig übertreiben?« Patricia und Charlotte hielten sich so fest an den Händen, dass ihre Fingerknöchel weiß hervortraten. Ja, die Sorgen schweißten die Hohensinn-Frauen wie Pech und Schwefel zusammen.

»Wenn Prinzessin Anne-Sophie genauso stark ist wie ihre Mutter und ihre Schwester, dann kann sie die Wahrheit vertragen«, brummte Dr. Kriegerer wie zu sich selbst. »Sie würde es hassen, wenn wir sie in Watte packen. Es wird Zeit, dass sie unter den gegebenen Umständen wieder zu leben beginnt.«

Die ausgetrockneten Lippen von Anne-Sophie bewegten sich.

»Sie ist eine von Hohensinn«, sagte die Fürstin und richtete sich auf. »Die Hohensinn-Frauen sind seit jeher bekannt für ihre Stärke.«

»Sie will uns etwas sagen!« Charlotte war außer sich vor Aufregung.

»Liebling, bitte streng dich nicht zu sehr an!« Fürstin Patricia beugte sich über ihre Tochter.

Sie hatte solche Angst vor der Frage nach Frederic von Tatzmannsdorf! Oder würde Anne-Sophie zuerst nach ihrem Cello fragen? In diesem Moment wünschte sich die Fürstin beinahe, Anne-Sophie wäre tot.

Charlotte hingegen war so am Ende ihrer Kräfte, dass sie alles besser fand als dieses unerträgliche Schweigen, diese belastende Abwesenheit ihrer Schwester. Sie wollte lieber Vorwürfe hören und Tränen sehen, als sich weiterhin allein mit ihren Schuldgefühlen auseinanderzusetzen. »Sofferl!

Sag halt was! Wir hören dir zu!« Sie drückte ermunternd die Hand ihrer Schwester. Diese krampfte sich um jene von Charlotte.

Da war sie wieder, die berühmte Willenskraft, die den Hohensinns in die Wiege gelegt worden war.

Dr. Kriegerer und die beiden Frauen beugten sich über Anne-Sophie, damit sie auch nicht eine Silbe ihrer ersten Worte verpassen würden.

Sie waren so angespannt, dass sie ihre Herzen pochen hören konnten.

Was würde Anne-Sophie sagen?

Ihre Lippen formten etwas. Es war ein »B«.

»B«, rätselte Charlotte, »ja, wir verstehen dich. Du sagst ›B‹! Mach weiter! Was bedeutet ›B‹?«

Frederic konnte es nicht sein. Und auch nicht das Cello.

»B«, machte Anne-Sophie wieder, und noch mal »B«. Meinte sie eine Note? Das eingestrichene B? Oder das Kleine?

»B B«, wiederholte Charlotte.

Nee, ne?

»Gut, Anne. Mach weiter. Wir verstehen dich. Was meinst du mit ›B B‹?«

»Bebe«, hauchte Anne-Sophie mit ihren spröden Lippen.

Die Fürstin und Charlotte sahen Dr. Kriegerer ratlos an. »Wisst ihr, was ich jetzt verstanden habe? Baby …?«

»Bebe«, hauchte Anne-Sophie erneut. »Mein Baby …«

Ach kommt Kinder, das ist jetzt aber … Die liegt doch seit drei Monaten im Koma. Obwohl: In Fürstenromanen ist nichts unmöglich.

»Sie fantasiert«, sagte die Fürstin. Dr. Kriegerer hielt es für angebracht, der Fürstin einen Stuhl hinzuschieben.

»Bitte, verehrte gnädige Frau.«

Charlotte schüttelte Anne-Sophies Arm. Ungeduldig, ja, fast grob. »Was meinst du damit, Anne? Was bedeutet das, ›mein Baby‹?«

»Geht es meinem Baby gut?« Anne-Sophie starrte ins Leere, während sie diese Frage deutlich hörbar stellte. Die Fürstin und Charlotte sahen sich fassungslos an.

Dr. Kriegerer zog nun auch für die Prinzessin einen Stuhl herbei. »Ich habe es Ihnen bisher nicht sagen können, weil ich nicht wollte, dass Sie noch mehr in Sorge sind. Es bestand ja durchaus die Möglichkeit, dass es schiefgehen würde …«

»Was denn nun noch?«, fragte die Fürstin aufgebracht. »Welche Hiobsbotschaft dürfen wir jetzt noch erwarten?«

Bevor Dr. Kriegerer antworten konnte, sagte Prinzessin Anne-Sophie klar und deutlich:

»Mein Baby ist doch keine Hiobs-bot-schaft, Mami! Wir wollten euch auf der Hochzeit damit über-ra-schen … Hat euch Frederic denn noch nichts gesagt?«

Fürstin Patricia sah ungläubig zwischen Charlotte und Dr. Kriegerer hin und her.

»Sie bekommt … ein Baby?!«

»Jetzt kann ich es Ihnen ja sagen. Sie ist im fünften Monat. Bis jetzt ist die Schwangerschaft unabhängig von Anne-Sophies Koma ganz normal verlaufen. Wir dürfen also hoffen, dass Anne-Sophie zu Weihnachten einen gesunden Prinzen oder eine Prinzessin zur Welt bringt …«

Anne Sophie lächelte mit toten Augen glücklich ins Leere.

Weinend sank die Fürstin-Mutter ihrer soeben erwachten Tochter Anne-Sophie an die Brust.

Charlotte und Joseph Kriegerer tauschten einen langen, innigen Blick sowie einen heimlichen, zärtlichen Händedruck.

Janosch! Er fragt, wie er hierhergekommen ist! Was soll ich ihm sagen?«

Die junge Frau mit dem Kopftuch klopfte mit dem Griff ihrer Mistgabel an das Fenster des alten, heruntergekommenen Schuppens, in dem der tschechische Wilderer Jan Takatsch hauste.

»Sag ihm, ich hätte ihn auf der Straße gefunden. Er hatte einen Autounfall. Jemand hat Fahrerflucht begangen und ihn auf der einsamen Landstraße liegen lassen.« Das sagte er natürlich alles auf Tschechisch, aber was nützt uns das.

Takatsch drehte sich nervös eine Zigarette und zündete sie mit zitternden Fingern an. »Sag ihm, dass ich ihn zum Arzt gebracht habe. Wenn er wieder gesund ist, kann er nach Hause gehen.«

»Das habe ich ihm alles schon gesagt. Er reagiert nicht.«

Klar, wenn das Mädel tschechisch mit dem armen Ungarn gesprochen hat, kann er auch nicht reagieren. Meine Güte, hat der arme Baron von Tatzmannsdorf tatsächlich seit drei Monaten in der menschenunwürdigen Behausung dieses zwielichtigen Wilderers in der Ecke gelegen?

Veronika Schellongova klopfte ihre Gummistiefel an der verwitterten Holzwand des Schuppens ab, bevor sie eintrat. Sie nahm das Kopftuch ab und schüttelte ihr schwarz gelocktes Haar. »Wie lange willst du ihn noch auf dem Dachboden verstecken?«

»Ich will ihn überhaupt nicht verstecken! Was soll ich denn mit einem verkrüppelten Kerl, der unsere Sprache nicht spricht? Nachdem ihn niemand vermisst, kann ich nicht mal Lösegeld erpressen.«

Ja, das war ein übler Bursche, dieser Jan Takatsch. Wilderer sind in Fürstenromanen immer üble Burschen; das wird sich noch beweisen.

»Aber was hast du dann mit ihm vor?« Veronika setzte sich schwer atmend an den winzigen, dunklen Holztisch, auf dem

151

eine niedergebrannte Funzel flackerte. »Gib mir von dem Wodka!« Sie atmete deshalb schwer, weil sie mit der soeben anmoderierten Mistgabel echt schwer geschuftet hatte, während dieser Tunichtgut Takatsch in der Hütte Wodka getrunken und Selbstgedrehte geraucht hatte.

Sie streckte die Hand mit den schmutzigen Fingernägeln nach der Flasche aus, die auf der Fensterbank stand. Spinnweben hingen an dem winzigen Fenster, an das sie eben noch von außen geklopft hatte.

»Die ist leer.« Takatsch schüttelte bedauernd die Flasche. »Du musst Nachschub besorgen.«

»Der da oben kriegt jeden Tag seine Dosis!« Veronika lachte. Sie hatte strahlend weiße Zähne, was bei ihrem schmutzigen Gesicht noch mehr auffiel. »Das ideale Schmerz- und Schlafmittel, und außerdem hat er bis jetzt keine Fragen gestellt!«

»Ich will ihn loswerden!« Takatsch ließ sich ebenfalls auf die Holzbank fallen, die unter seinem Gewicht bedrohlich knarrte. »Er hat mir jetzt drei Monate lang auf der Tasche gelegen!«

»Dafür bin ich aber auch drei Monate lang jeden Tag in deine Hütte gekommen und habe dir geholfen«, lachte Veronika. »Du verdankst ihm also eine Menge!«

Takatsch grinste und zog die hübsche junge Frau an sich. »Ja, das nennt man Glück im Unglück. Aber dafür habe ich dir ja auch geholfen von der Bildfläche zu verschwinden, nachdem du die Sachen in Deutschland geklaut hast.«

»Wo hast du sie versteckt?« Veronika nahm Takatsch seine Selbstgedrehte aus dem Mund und sog gierig daran.

»Sie sind in Sicherheit«, meinte Takatsch. »Aber wir können sie noch nicht zu Geld machen. Die Fahndung nach dir läuft noch. Ich hab dein Foto bei der Polizei in Passau gesehen.«

Veronika nickte düster. Sie hatte vier Jahre als Hausmädchen in verschiedenen deutschen Haushalten gearbeitet und

152

bevor sie kündigte, immer noch einige Wertsachen mitgehen lassen. Zuletzt waren es eine Minox und eine Videokamera gewesen. Im Haushalt davor hatte sie eine Rolex und eine Perlenkette entwendet. Bei den Brunners in Passau war es Silberbesteck gewesen, und bei der Familie Riehle in Regensburg ein zwölfbändiges Lexikon aus dem Jahre 1835. So hatte sie sich vier Jahre lang durchgegaunert, bis zwei Familien Anzeige gegen sie erstattet hatten. Eine Suchmeldung hing in allen südostbayrischen Tankstellen, Polizeidienststellen und Behörden. Die gestohlenen Wertsachen hatte Veronika in die Waldhütte ihres Freunds Takatsch geschleppt, weil sie glaubte, dass man sie hier nicht finden würde.

Und eines Tages war Takatsch mit diesem verletzten jungen Mann angekommen.

Er hatte ihn, wie er sagte, auf der Landstraße gefunden. Ein Fahrzeug hatte ihn angefahren, und der Fahrer hatte Fahrerflucht begangen. Weil sich in seiner Bude Diebesgut befand, konnte er weder die Polizei noch die Behörden verständigen. Er brachte den Kerl einfach mit und nahm ihm sozusagen als Honorar für seine Bemühungen den schweren goldenen Siegelring ab, den dieser am Finger trug. In der Brusttasche seines zerrissenen, ehemals weißen Hemdes waren zwei wunderschöne Trauringe in einem schwarzen Samtsäckchen gewesen. Auch die hatte Takatsch sich unter den Nagel gerissen.

Eines Tages würde er Veronika damit einen Heiratsantrag machen. Aber erst, wenn er diesen stummen Kerl, der auf seinem Dachboden dahinvegetierte, wieder los war.

Da Veronika Deutsch sprach, war sie für die Krankenpflege und Ernährung des Mannes verantwortlich. Dafür gewährte ihr Takatsch Unterschlupf und Schutz.

»Also, was willst du mit ihm machen?« Veronika blies einige Rauchringe an die marode Decke der Holzbude. Veronika hatte ihn das natürlich schon oft gefragt, in den letzten drei Monaten, aber da waren wir noch nicht dabei. Aber es ist nicht unwahrscheinlich, dass sie ihn das gerade wieder mal fragte. Und das passt gut, denn jetzt lesen wir mit.

»Frag ihn, was ER machen will. Ich möchte ihn einfach nur loswerden.«

Das hatte Veronika den blassen Baron schon oft gefragt. Und noch vieles mehr. Woher er komme, beispielsweise, und ganz besonders oft hatte sie ihn gefragt, wie er heiße.

Aber ob ihr es glaubt oder nicht: Der verwirrte Mensch da oben auf dem Dachboden, der inzwischen stank wie ein von der Müllabfuhr nicht abgeholter Müllsack, der seit Tagen in der Sonne steht, konnte sich an nichts erinnern! Das ist mir so eingefallen. Denn wenn er sich an irgendwas erinnern würde, läge er ja nicht seit Wochen in diesem Schuppen rum. Dann ginge er fürbass die Landstraße entlang und hielte seinen Daumen raus. Was Frederic und seine Ähnlichkeit mit einem Müllsack anbelangt, fallen mir da übrigens noch mehr Gemeinsamkeiten auf: Müllsäcke können sich nämlich auch an nichts erinnern. Sie haben keine Ahnung, was sie in ihrem früheren Leben mal waren – ein Lockenwickler, eine Dose? Zugegeben, der verwirrte Baron Tatzmannsdorf konnte guten Gewissens davon ausgehen, dass er weder ein Lockenwickler noch eine Dose gewesen war. Aber er wusste weder seinen Namen noch, was er eigentlich vorgehabt hatte, bevor er im Morgengrauen bewusstlos auf einem Felsvorsprung geendet war, und schon gar nicht, dass er eigentlich heiraten wollte. Auch nicht, wen. Also, kurz und schlecht: Baron Frederic von Tatzmannsdorf hatte sein Gedächtnis verloren.

Takatsch wollte das Diebesgut in bare Münze umwandeln und dann Veronika, die Tschuschenschlampe, heiraten. Soweit sein Plan. Meine Lektorin merkte an, dass Jan Takatsch ein skrupelloser, zahnloser, ungepflegter finsterer Walacheigeselle sei, und ob das nicht etwas rassistisch rüberkomme. Find ich nicht. Wie bereits erwähnt, ist er von Beruf Wilderer, und das sind in Fürstenromanen nun mal üble Burschen. Außerdem hat er durchaus Zähne. Ich habe nie behauptet, dass er keine Zähne hat. Er putzte sie nur nicht oft. Das ist ein Unterschied.

Veronika wollte sich gerade erheben, um nach ihrem Patienten zu sehen, als der junge Mann plötzlich in der Tür stand.

Er sah genauso abgerissen und schmutzig aus wie die beiden, die unten in der Stube saßen.

Die beiden erschraken. Sie fühlten sich ertappt. Sie hatten einfach nicht damit gerechnet, dass der Patient den Weg in die Stube schaffen würde.

Aber der junge Mann mit dem mittlerweile schmutzverkrusteten, bärtigen Gesicht war ganz allein über die knarrende Stiege in die Stube gelangt. Sein rechtes Bein tat immer noch höllisch weh und der geschwollene Fuß passte in keinen Schuh. Veronika hatte ihm Filzpantoffeln hingestellt, die er auch angezogen hatte. Er trug einen blauen Arbeitsdrillich und hatte ziemlich lange, ungepflegte Haare. Mit anderen Worten, er sah so ähnlich aus wie Tom Hanks, nachdem dieser drei Jahre lang auf einer einsamen Insel verbracht und sogar noch Wilson verloren hatte, den Ball, mit dem er immer sprach.

»Guten Tag«, begrüßte er nun höflich seine Gastgeber.

»Dzen dobry«, murmelte Takatsch überwältigt.

Frederic trat in die dunkle Stube. Er zog das verletzte Bein nach, und sein rechter Arm hing in der Schlinge, die Veronika ihm angelegt hatte. Auch sein Gesicht war noch nicht verheilt: Eine Wunde zog sich von der Stirn über die linke Wange bis zum Hals. Aber sie entstellte seine feinen Züge nicht, von denen Veronika so fasziniert war. Vor allem seine Hände hatten es ihr angetan: Sie waren anders als alle Männerhände, die sie je gesehen hatte. Sie wiesen weder Hornhaut noch Blasen auf, die Finger waren lang und schlank, und unter seinen Nägeln waren noch nie Schmutzränder gewesen, außer jetzt natürlich, da muss ich bei der Wahrheit bleiben.

Der faszinierende Fremde sah sich staunend in der schäbigen Kaschemme um. »Wo bin ich?«

Die Alternative wäre gewesen: »Wo kann ich meine Bestellung aufgeben?«, aber Frederic konzentrierte sich auf das Wesentliche.

»Was sagt er?« Takatsch rieb sich nervös die Schläfen.

»Er weiß nicht, wo er ist!«

»Keine Namen und keine Ortsangabe«, warnte Takatsch.

Da bin ich fein raus, denn ich habe selbst keine Ahnung, wo die sind. Irgendwo hinter der tschechischen Grenze, wo sich Fuchs und Hase gute Nacht sagen.

»Sie sind bei Freunden«, sagte Veronika. »Und wer sind Sie?«

Frederic von Tatzmannsdorf überlegte. Seine Stirn legte sich in Falten, sein Kopf schmerzte.

Er griff nach dem Stuhl, der vor ihm stand. Man hätte ihm ruhig mal einen Platz anbieten können, aber die beiden starrten ihn so gespannt an, dass sie das ganz versäumten. An Frederics Schläfen traten die Adern hervor, er schloss die Augen und hämmerte sich verzweifelt mit den Fingerknöcheln an die Stirn. Wer bin ich, dachte er. Tja. Gute Frage.

Schließlich rang er sich mühsam von den ausgedörrten Lippen:

»Ich habe nicht die geringste Ahnung.«

Wir sollten vorsichtig sein!« Lisa Walter warf den Kopf in den Nacken und lachte, wobei sie ihre perfekten Fernseh-Zahnkronen entblößte, als Eberhard zu Fragstein den Arm um ihre Schultern legte. »Schließlich bin ich hier in Hamburg bekannt wie ein bunter Hund!«

Eine Tatsache, die sie allerdings sehr zu genießen schien. Schon auf der Fahrt zur Alsterpromenade sonnte sie sich in ihrem Cabriolet regelrecht unter den neugierigen Blicken der Passanten. Halt, werden Sie als aufmerksame Leserin jetzt entrüstet ausrufen. Sie stieg doch zu Eberhard in seine verdunkelte Limousine, als sie aus dem NDR kamen! Richtig! Gut aufgepasst! Ein Fleißkärtchen. Sie waren aber inzwischen in der Tiefgarage des NDR und sind in ihr Cabriolet umgestiegen. So. Klasse, was? Lisa Walter wollte nämlich unbedingt gesehen werden. Und wenn sie zufällig ein Fotograf von einem zufällig in Hamburg beheimateten Boulevardblatt gemeinsam mit ihrem adligen Begleiter abgeschossen hatte – umso besser!

»Was machen Sie eigentlich heute Abend?«, fragte Eberhard ebenfalls nicht ganz ohne Hintergedanken.

»Heute Abend gehe ich mit Freunden auf ein Segelschiff und steche über's Wochenende in See! Kommen Sie doch mit!«

Eberhard lachte. Normalerweise waren Frauen eher zurückhaltend und angesichts seines Adelstitels oft auch schüchtern. Nicht so Lisa Walter. Sie liebte es, ihre Verehrer an die Wand zu spielen.

»Sie gehen aber ran!«

»Warum auch nicht? Sie gefallen mir! Oder haben Sie etwa Angst vor mir?«

»Durchaus nicht, Verehrteste. Ich habe eine Schwäche für mutige, schöne Frauen, die auch noch klug sind. So eine Kombination ist ausgesprochen selten!«

Lisa Walter warf ihm einen kessen Blick zu, obwohl sie gerade mit 120 Sachen über den Gänsemarkt bretterte.

»Wir treffen jetzt eine Vereinbarung, ja?«

»Was für eine Vereinbarung?« Baron zu Fragstein war verdutzt. Wollte sie Geschäfte mit ihm machen? Aber immer! Er hätte sie liebend gern in seiner Kundenkartei gehabt.

»Sie sprechen in meiner Anwesenheit niemals von Ihrer Frau, der Prinzessin Charlotte. Dafür stelle ich Ihnen keinerlei Fragen über Ihr Privatleben. Einverstanden?«

Eberhard zu Fragstein war mehr als einverstanden! Normalerweise sprach ihn jeder Mensch, dem er sonst begegnete, spätestens im zweiten Satz auf seine Frau, Prinzessin Charlotte, an. Und dann auf seinen Schwiegervater, den alten Fürsten Leopold, und danach auf seine Schwiegermutter Patricia. Seit Neuestem natürlich auch auf die im Koma liegende Cellistin Anne-Sophie. Aber die schöne blonde Lisa interessierte sich nur für ihn! Als Mann! Das schmeichelte dem angeheirateten Eberhard. Lisa Walter war wie eine frische Frühlingsbrise, also ungemein belebend. Schwungvoll setzte sie ihr Cabriolet im Rückwärtsgang in eine winzige Parklücke und sprang langbeinig aus dem Wagen.

»Kommen Sie! Worauf warten Sie noch!«

Baron zu Fragstein konnte sein Glück kaum fassen. Weitab von den biederen Traditionen des Hohensinnschen Familienschoßes hatte er diese zauberhafte Erfolgsfrau getroffen, die sich offensichtlich nur für ihn interessierte und außerdem noch rückwärts einparken konnte.

»Sie sind mir ja eine!« Eberhard lachte, und Lisa Walter zog ihn energisch mit sich. »Kommen Sie! Ich zeige Ihnen was!«

Inzwischen trug sie ein leichtes, pinkfarbenes Seidenkleid von Chanel, das bei jedem Schritt um ihre schlanken Beine wehte. Ihr Dekolleté war makellos und leicht gebräunt. Ein schimmernder kleiner Diamant lag in ihrer Halsbeuge, der an einem dezenten Goldkettchen baumelte. Die weißblonden Haare hatte sie zu einer kessen Hochsteckfrisur gedreht, und einige Korkenzieherlöckchen fielen wie zufällig auf ihre halbnackten Schultern. Ihre Füße steckten in zierlichen Riemchensandalen, auf denen sie sich spielend leicht zu bewegen verstand. Baron Eberhard zu Fragstein sah mit Wohlwollen auf ihre perfekt pedikürten, silbern schimmernden Zehennägel herab, während er mit Lisa die Alster entlangpromenierte. Seine Frau Charlotte nahm sich nie die Zeit, ihre Zehennägel zu lackieren, außer wenn es unbedingt sein musste. Aber meist steckten ihre Füße in Turnschuhen und waren vom vielen Laufen von einer dicken Hornhaut überzogen. Nein, Lisa Walter war ein völlig anderes Kaliber als die sportbesessene Charlotte. Eberhard genoss es, den Duft von Lisas betörendem Parfum einzuatmen. Der Wind stand zufällig so, dass er von der Alster direkt an Lisa vorbei zu Eberhard wehte. Er fühlte sich so beschwingt wie schon lange nicht mehr.

Bei diesem herrlichen Wetter kamen ihnen eine Menge Spaziergänger, Jogger und Radfahrer entgegen. Auch Ulrich Wickert trabte schwitzend an ihnen vorbei, im Laufen grüßte er lässig seine Fernsehkollegin. Eberhard zu Fragstein wuchs gleich noch ein paar Zentimeter über sich hinaus. Die Menschen drehten sich nach ihnen um. »War das nicht die Walter vom NDR?« »Das war Lisa Walter, die erfolgreiche Moderatorin von diesem Börsenmagazin!« »Wer ist der Mann an ihrer Seite?« »Er kommt mir bekannt vor!«

»Ich kenne sein Gesicht aus den ›Neuesten Adelsnachrichten‹!«

»Ein Schönheitschirurg?«

»Nein, ein prominenter Finanzberater! War er nicht gerade erst Gast in ihrer Sendung? Genau, der war's! Der Prinz – oder ist er ein Baron? Jedenfalls ein schönes Paar!«

Ja, so schwatzten und schwadronierten die Spaziergänger an der Alster, während ihre Hunde Schwäne jagten oder Häufchen machten.

Weiße Schwäne zogen ihre Bahnen zwischen weißen Segelschiffen, und weiße Villen säumten ihren Weg.

»Was denken Sie, Baron?«

»Was soll ich schon denken? Ich bin im Paradies, da lasse ich das Denken lieber sein!«

»Was ist, haben Sie Mut?«

»Kommt darauf an, wozu! Soll ich mit dem Kopf voran in die Alster springen? Oder an was denken Sie gerade?«

»An etwas viel Aufregenderes!« Lisa Walter stand mit ausgebreiteten Armen vor einer wunderschönen hellgelben Villa mit viel Stuck. »Wenn ich bitten dürfte …?«

Baron von Fragstein blieb auf dem geharkten Parkweg stehen wie vom Donner gerührt.

In seinen Lenden regte sich eine heftige Vorfreude.

»Wohnen Sie etwa hier?«

»Klar«, lachte Lisa, »zur Untermiete! In der kleinen Kammer unterm Dach …«

Fragstein schaute nach oben und blinzelte in die Sonne.

»Doch Vorsicht: Meine Vermieterin ist schrecklich streng! Sie steht mit einem Besen hinter der Tür und verprügelt jeden, der mir zu nahe kommt …«

Sie amüsierte sich königlich, weil Eberhard ihr das tatsächlich zu glauben schien. »Also mein Herr, was ist mit Ihrem ritterlichen Mut?!«

Fragstein war verunsichert, und in seinen Lenden hielten die Spermien bereits Kriegsrat. Einerseits wäre es nett, mit diesem herzigen Frollein in die Kissen zu sinken, andererseits brauchte er keinen Besenstiel in seinen Weichteilen.

»Mein lieber Baron, ich darf mit Fug und Recht behaupten, die Besitzerin dieser Villa zu sein! Die Vermieterin mit dem Besen habe ich mir nur ausgedacht!«

Eberhard zu Fragstein blieb vor Ehrfurcht der Mund offen stehen. Die adligen Spermien steckten die Köpfe zusammen und tuschelten aufgeregt. Das Anwesen war mindestens drei Millionen Euro wert! Wenn Lisa Walter die Eigentümerin war, dann musste sie schwerreich sein! Verdiente man denn als Moderatorin beim NDR so viel?

Wohl kaum! Aber wie um alles in der Welt war es Lisa Walter dann gelungen, ein solches Prachthaus zu besitzen?

Aber darüber wollte sich Eberhard lieber später Gedanken machen. Er wollte das Eisen schmieden, solange es noch heiß war.

»Also was ist?«, fragte Lisa kess. »Bevor wir morgen früh in See stechen, sollten wir testen, ob wir es auf engstem Raum überhaupt miteinander aushalten! Oder sehen Sie das anders?«

»Nein nein!«, riefen die adligen Spermien durcheinander. »Wir stehen schon in den Startlöchern! Nur zu, Ebi!«

»Ich bin völlig Ihrer Meinung«, sagte Baron zu Fragstein und nahm eine aristokratische Haltung an.

Lisa Walter lachte wieder ihr glockenhelles Lachen.

»Der Champagner steht kalt«, rief sie übermütig aus. »Baron, worauf warten wir noch?«

Bitte, kann ich endlich mein Essen haben?!«

»Selbstverständlich, Herr Zielinsky!«

May Prinzessin von Hohensinn eilte über den langen Flur, der nach Bohnerwachs roch, und eilte dann in ihren Bio-Schlappen die drei Treppen bis zur Küche des Altenheims hinunter. Sie trug einen hellblauweißgestreiften Kittel mit einem bunten Sticker, auf dem in großen Buchstaben »May, Azubi« stand.

»Bruno, das Essen für Herrn Zielinsky bitte!«

»Geh schleich di! Die anderen Leute sind alle im Speisesaal, und wir sind gerade erst bei der Suppe!«

May stand ratlos neben der Durchreiche. »Es ist nur so, dass Herr Zielinsky großen Hunger hat!«

»Interessiert mi net!« Patsch, knallte der Koch mit dem angeschmuddelten Wams vier Suppentassen in die Durchreiche, dass es nur so schwappte.

»Er verlangt nach seinem Essen.«

»Dann soll er in den Speisesaal kommen wie alle anderen auch!«

»Aber es würde Ihnen doch kaum Extraarbeit machen, für den Herrn Zielinsky ein Tablett herzurichten ...« May ließ sich nicht so leicht einschüchtern.

»Extrawurscht, Extraarbeit, Prinzessin, du musst dich schon daran gewöhnen, dass du hier nur eine von uns bist!«

Bruno knallte fünf Tellerchen mit welken Salatblättern auf die Anrichte. »Da! Decken!!«

May sah sich um. In dem trostlos wirkenden Speisesaal hockten die alten Leute in ihren Rollstühlen. Viele von ihnen wirkten abwesend. Auf den schmucklosen Tischen standen kleine Ständer mit Flüssiggewürz und Streusalz sowie je ein künstliches Topfblümchen, das nie verwelkte. Niemand nahm die Prinzessin wahr, niemand sah zu ihr herüber.

»Das kann ich gerne machen, wenn du mir in der Zeit das Essen für Herrn Zielinsky …«

»Der Mann soll runterkommen!« Bruno wurde böse. »Jetzt reicht's mir aber!«

»Er will aber nicht«, sagte May, ohne sich von dem Geschrei ihres Vorgesetzten einschüchtern zu lassen. »Er möchte sein Essen oben auf dem Zimmer einnehmen!«

»Dann muss er warten, Schluss aus!« Wütend schickte Bruno vier weitere Salatschüsselchen hinterher. »Und in der Zwischenzeit kannst du dich hier unten ruhig nützlich machen.«

Das war kein leichter Moment für May. Sie hatte sich fest vorgenommen, hier als ganz normale Pflegeschülerin aufzutreten und keinerlei adeliges Gehabe an den Tag zu legen. Niemand sollte ihr vorwerfen können, sie wolle eine Ausnahmebehandlung. Insofern lag ihr nichts ferner, als sich schon an ihrem zweiten Tag im Pflegeheim mit dem Chefkoch Bruno anzulegen.

Gleichzeitig respektierte sie die Wünsche des Herrn Zielinsky, dessen persönliche Pflegerin sie war. Fünf alte Menschen hatte man ihr zugeteilt, und sie hatte sich vorgenommen, alles zu tun, um diese fünf alten Menschen glücklich zu machen.

Dass Zielinsky der absonderlichste Eigenbrötler des ganzen Altersheims war, konnte May zu diesem Zeitpunkt natürlich noch nicht wissen. Aber sie ahnte es.

Kurz entschlossen mogelte sie sich in die Küche. Hier standen drei weitere Köche, die sie verdutzt ansahen, und zwei ältere Frauen mit Kopftuch, die Handlangerdienste verrichteten.

»Dann mach ich es eben selbst!« May nahm eine straffe Haltung an, wie sie das so oft an ihrer Großmutter, der Fürstin von Hohensinn, beobachtet hatte. Niemand würde ihr verbieten können, Herrn Zielinsky auf der Stelle ein warmes Essen aufs Zimmer zu bringen.

Bevor die einfältigen Küchenhilfen begriffen hatten, was geschah, nahm May einen großen Schöpflöffel und steckte ihre Nase in die Töpfe.

»Hm, das hier riecht gut«, sagte sie, klatschte mit Lust eine dicke Portion Kartoffelpüree auf einen Teller, spießte eine Frikadelle aus der Pfanne, kratzte einen Löffel Erbsen und Möhren dazu und übergoss das Ganze mit der dunkelbraunen Sauce, die auf einer anderen Flamme vor sich hin köchelte.

»Aber vorher die Suppe«, murmelte sie entschlossen. »Etwas Warmes braucht der Mensch.«

»Halt, was machst denn da! Das ist das Mitarbeiteressen!«

»Mir wurscht!«, gab die junge Prinzessin zurück. Endlich hatte sie die Suppe gefunden. Sie kippte eine großzügige Portion in eine Suppentasse, balancierte diese zu dem Tablett, das sie hergerichtet hatte, und stellte Salat und Hauptgericht dazu. »Fehlt nur noch das Dessert«, murmelte sie.

»Das DESSERT«, äffte Bruno sie nach. »DA! Dös kannst nehmen, dös frisst koana mehr!«

Er knallte ihr eine bräunliche Banane aufs Tablett. »So, und jetzt raus!«

»Moment«, insistierte May. »Der Herr Zielinsky möchte sicherlich etwas Zwetschgendatschi mit Vanillesauce.«

»Der Herr Zielinsky, der Herr Zielinsky! Bis vorgestern hat er noch Sepp geheißen!« Und zu seinen Mitarbeiterinnen

163

schrie Bruno: »Ab sofort wird hier a Hofknicks g'mocht! Und die Speis'n wern auf'm Silbertablett g'reicht! Ziagt's eich a Diener-G'wand an und weiße Handschuah!«

Blöder Affe! Aber das haben wir ja kommen sehen.

Alle lachten hämisch.

»Ich danke Ihnen für Ihre Kooperation«, sagte May streng.

Unter dem Hohngelächter ihrer Kollegen schleppte sie das schwere Tablett davon.

Das Zimmer des Herrn Zielinsky lag im dritten Stock, ganz hinten links.

Der Aufzug war den Rollstuhlfahrern vorbehalten, das war May gleich am ersten Tag klargemacht worden. Alles, was gesunde Beine hatte, musste das Treppenhaus benutzen.

Also kletterte May die drei Stiegen hinauf und lief dann, so schnell es ihre Schlappen zuließen, den langen gebohnerten Gang entlang.

Sie klopfte höflich an Herrn Zielinskys Tür.

»Na endlich!«, seufzte der alte Herr, der lesend am Fenster saß. Er war ein pensionierter Lehrer und sehr streng. »Wie lange BRAUCHEN Sie denn!«

»Entschuldigen Sie bitte«, keuchte May. »Es war nicht so einfach, das Essen für Sie zu organisieren, aber ich hab's geschafft!« Sie strahlte, wischte sich den Schweiß von der Stirn und zog sich den Kittel gerade. »Wo darf ich das Tablett hinstellen?«

Der alte Mann im Rollstuhl wischte ungeduldig seine Bücher und Notizen zur Seite. Sie fielen auf die Erde.

»Ich hebe das auf«, sagte May hilfsbereit.

»Aber nicht JETZT!«, rief Herr Zielinsky ungeduldig. »Ich habe HUNGER!«

»Selbstverständlich!« May polierte noch einmal mit ihrem Kittelschürzenzipfel Messer und Gabel. So hatte sie es bei den Butlern und Serviertöchtern auf Schloss Hohensinn gesehen: Besteck wurde unmittelbar vor dem Servieren erneut poliert. Normalerweise natürlich mit einem schneeweißen sauberen Geschirrtuch.

»Was MACHEN Sie denn da! Lassen Sie doch das überflüssige Getue!«

»Sehr wohl.« May räusperte sich und rückte das Tablett zurecht. Die Suppe musste natürlich vorne stehen.

Der alte Zielinsky riss ihr den Löffel aus der Hand und tauchte ihn in die Suppe. Er probierte mit zittrigen Händen und verschüttete einen Teil. May sprang hilfsbereit herbei. Sie reichte ihm die Serviette, die sie ihm mitgebracht hatte. Die Suppe roch gut.

Mays Magen rebellierte. Sie hatte seit dem eiligen Frühstück im Stehen um sechs Uhr früh nichts mehr gegessen. Und jetzt war es zwölf.

»Die ist ja völlig KALT!«, schrie der alte Lehrer erbost. »Jetzt warte ich seit geschlagenen ZWANZIG Minuten auf mein Essen, und dann ist es KALT!«

Er knallte den Löffel auf den Teller zurück, sodass die Suppe überschwappte.

Mays Augen füllten sich mit Tränen. »Aber ich habe mich so beeilt!«

»Das interessiert mich nicht!« Der alte Zielinsky blickte May über seine Brillenränder hinweg böse an. »Ich habe ein Recht auf ein WARMES Mittagessen, und das möchte ich PÜNKTLICH bekommen!«

Er schubste das Tablett von sich und griff nach dem Hauptgericht.

Hungrig bearbeitete der übellaunige alte Mann das Essen. May starrte ihn gespannt an. Würden wenigstens Püree, Erbsen und Möhren sowie die Frikadelle seiner Kritik standhalten?

Aber der alte Lehrer war heute nicht in der Stimmung, das neue Mitglied der Pflegerschaft zu loben. »VIEL zu fett«, sagte er ungnädig. »Das SCHWIMMT ja in Fett!!«

May zitterten die Knie. Die ungewohnte körperliche Anstrengung hatte sie müde gemacht.

Sie sehnte sich nach einem Sessel, in dem sie mal für fünf Minuten entspannen konnte.

»Gott, was SIND Sie ungeschickt«, rügte Zielinsky sie. »Jetzt stehen Sie auch noch rum und halten Maulaffen feil!«

»Soll ich die Suppe aufwärmen lassen?«

Mit Grauen dachte sie daran, zurück zu Bruno in die Küche zu müssen, aber sie wollte ihren Job gut machen.

»Meinetwegen«, grollte Zielinsky. »Und nehmen Sie diesen ungesunden Matsch von Nachtisch wieder mit. Ich habe ausdrücklich nach einer BANANE verlangt!«

Pater, er will nicht! Bitte helfen Sie mir!«, flehte Marie.

»Das haben wir bei unseren Schülern am Anfang häufig.« Pater Albertus lächelte Marie freundlich an. Er war ungefähr Anfang vierzig, groß gewachsen und sah Pierce Brosnan zum Verwechseln ähnlich. Was der in seiner derben braunen Kutte in einem abgelegenen Kloster zu suchen hatte, ist uns allen ein Rätsel. »Machen Sie sich keine Sorgen, Prinzessin. Es wird Ihrem Sohn hier sehr gut gehen.«

Er wies ihr den Weg über den langen dunklen Gang in sein Sprechzimmer, wo Bilder von bereits verstorbenen Patres an der Wand hingen. Marie betrachtete die Porträts. Alle Gesichter blickten so ernst und abweisend drein, dass Marie sofort zu frösteln begann, obwohl sie eigentlich fröstelte, seit sie aus dem Auto gestiegen war. Düstere Vorahnungen befielen sie; es war das gleiche Gefühl, wie wenn man um zwei Uhr nachts allein in einem menschenleeren U-Bahn-Schacht steht und gar nicht weiß, ob überhaupt noch eine U-Bahn kommt.

Über dem Schreibtisch von Pater Albertus hing ein Kruzifix.

Ansonsten war der Raum vollkommen schmucklos.

»Bitte, nehmen Sie Platz.« Pater Albertus wies Marie einen einfachen Holzstuhl zu. Er selbst setzte sich hinter seinen Schreibtisch, auf dem nichts als eine Bibel lag.

Hier also sollte ihr geliebter verhätschelter Max in Zukunft lateinische Grammatik lernen, dachte Marie bedrückt.

»Sie sehen ängstlich aus«, sagte Pater Albertus sanft. »Fast so, als seien Sie die neue Schülerin!« Das sollte ein Scherz sein, denn in Zell am Stein wurden sowieso keine Mädchen aufgenommen.

»Genauso fühle ich mich auch«, gestand Marie. »Wir kommen aus einer sehr weltlichen Umgebung, sind jeden Luxus gewöhnt, und selbst mir würde es schwer fallen, mich auf diese … Schlichtheit einzustellen.«

»Die äußere Schlichtheit hilft den jungen Menschen, ihren inneren Reichtum zu finden.« Der Pater lächelte ihr ermutigend zu.

»Das wird für meinen Max trotzdem ein riesiger Schock!«

»So mancher Schock hat sich als durchaus heilsam erwiesen«, sagte der Pater geduldig.

Marie dachte: Wissen Sie was, Pater, Sie faseln hier hehres Zeug, aber ich habe in meinem Jeep einen tobenden Bengel sitzen. Formulieren tat sie ihre Sorgen allerdings folgendermaßen:

»Wissen Sie, Pater, meine größte Angst ist die, dass Maximilian mich hassen wird.«

Der Pater war erwartungsgemäß um keine Antwort verlegen: »Das Risiko müssen Sie eingehen – aus Liebe zu ihm.«

Was? Sie kinderloser Priester, der von Tuten und Blasen keine Ahnung hat, wollen MIR weismachen, dass ich mit dem Hass meines Sohnes leben soll, nur damit der Junge völlig überflüssigerweise lateinische Grammatik lernt? Marie riss sich zusammen und sprach diplomatisch: »Soll ich mein Kind aus Liebe ins kalte Wasser werfen, wenn es bisher nur warmes Wasser gewöhnt war?«

»Für eine allmähliche Umgewöhnung ist es schon zu

spät«, sagte der Pater ruhig. »Max wird im September 18. Sie haben nicht mehr viel Zeit!«

Marie hörte gar nicht mehr auf zu frösteln. »Ehrlich gesagt, Pater, es war nicht meine Idee, ihn hierher zu schicken.«

»Ich weiß, Prinzessin. Mein Prior hatte mehrere Telefongespräche mit Ihrem Gatten, Erbprinz Ferdinand, und auch Ihr Schwiegervater, Fürst Leopold, hat mich um ein Gespräch ersucht.«

»Er war schon hier?« Was für ein mieser alter Sturschädel, dachte Marie. Schleimt sich hier ohne mein Wissen bei den Barmherzigen Brüdern ein! Wahrscheinlich hat er ein paar Tausender in den Opferstock gesteckt.

»Ja. Er hat sich alles genau angesehen und unsere Klosterschule für gut befunden.«

»Davon hat er mir nichts erzählt!«

»Wenn ich mir die Bemerkung erlauben darf, Prinzessin: Ihr Herr Schwiegervater gehört noch zu den Herren der Schöpfung, die finden, dass gewisse Dinge Männersache sind.«

Innerlich platzte Marie beinahe vor Wut. Zum Kotzen, dieser alte Schwiegervater, dachte sie. Verrecken soll er an seinem Schnaps.

Aber nach außen hin lächelte sie fein. »Und Sie, Pater? Ist das auch Ihre Meinung?«

»Sie werden mir vielleicht nicht glauben, Prinzessin, aber trotz meiner Ordenstracht bin ich ein modern denkender Mensch.«

Das glauben Sie ja selbst nicht, gucken Sie doch mal in den Spiegel, Sie Dornenvogel!, ging es Marie durch den Kopf. »Trotzdem, Pater, für Max sind Sie ein Wesen von einem anderen Stern! Er hat bisher nur Golflehrer, Reitlehrer, Tennislehrer und Segellehrer gekannt. Von den Schilehrern ganz zu schweigen. DIE waren modern.«

»Vielleicht wird Max die Schlichtheit unserer Lebensweise zunächst skurril finden. Aber dafür führen wir ihn an Dinge heran, die für ein sinnerfülltes Leben fundamentale Bedeutung haben.«

Jetzt platzte Marie aber der Kragen. »Sie meinen, beten, pauken und kasteien?«

»Oh nein, Prinzessin. Das alles muten wir den Schülern nicht in dem Maße zu, wie uns selbst. Wir sind unseren Schützlingen ein Vorbild, aber zwingen sie nicht dazu, sich selbst wie Mönche zu verhalten.«

»Sondern?«

»Wir ermutigen sie, über ihren inneren Reichtum nachzudenken.«

»Wie sind Sie eigentlich auf die Idee gekommen, Mönch zu werden?« Marie schlug instinktiv die Beine übereinander. In derselben Sekunde fiel ihr ein, dass das vielleicht nicht sehr schicklich war. Sofort stellte sie sie wieder züchtig nebeneinander.

»Wie bei uns allen gab es irgendwann eine innere Stimme, die immer lauter wurde.«

»Und der sind Sie gefolgt?«

»Ja«, antwortete Pater Albertus schlicht. »Ich konnte nicht anders.«

»Wie lange haben Sie gebraucht, um sich in diesen dunklen Mauern wohl zu fühlen?«

»Schauen Sie«, sagte der Pater, indem er aufstand und in der winzigen Zelle auf und ab ging.

»Meine Jugend verlief anders als die von Maximilian. Ich stamme aus einer kinderreichen Familie, meine Mutter starb, als ich sieben Jahre alt war. Mein Vater brachte nach kurzer Zeit eine Stiefmutter mit nach Hause, die uns am liebsten in den Wald geschickt hätte, weil es hinten und vorne nicht reichte. Soll ich Ihnen sagen, wonach ich mich immer gesehnt habe?«

»Sie machen mir Angst«, sagte Marie.

»Nach einer eigenen Kemenate, wie klein sie auch sei, nach zwei Garnituren sauberer Unterwäsche, nach zwei Stück

169

Brot und fließend Wasser. All das habe ich hier. Und das Beste: himmlische Ruhe.«

Marie versuchte sich vorzustellen, wie hart und entbehrungsreich die Kindheit von Pater Albertus gewesen sein musste, ließ es dann aber lieber ganz schnell bleiben, um nicht in Tränen auszubrechen.

»Sie kamen aus der Hölle, aber mein Max kommt direkt aus dem Paradies.«

»Wenn er im Paradies gewesen wäre, müsste er doch eigentlich glücklich sein. Ihr Gatte und Ihr Herr Schwiegervater schilderten mir sein Verhalten aber ganz anders.«

Marie nickte, weil sie Pierce Brosnans Argumente ausgesprochen interessant fand. »Ja, Sie haben recht. Er ist mit sich selbst nicht im Reinen.«

»Schauen Sie, heutzutage überhäufen Eltern ihre Kinder regelrecht mit Geschenken und Freizeitangeboten, um sie glücklich zu machen. Aber in Wirklichkeit …« Pater Albertus hielt einen Moment inne, um tief durchzuatmen. »… in Wirklichkeit empfinden sie nichts als Überdruss und Langeweile.«

»Pater Albertus«, seufzte Marie, die endlich aufgehört hatte zu frösteln. »Sie sind ein Hellseher!«

Der Pater schüttelte leise langsam den Kopf. »Nein«, sagte er, »nur ein erfahrener Pädagoge. Sie sind als Mutter einfach Ihrer inneren Stimme gefolgt und haben Ihrem Sohn das gegeben, was Sie für Liebe hielten. Aber Sie gaben ihm nicht die Gelegenheit, sich seine Glücksgefühle selbst zu erarbeiten.«

Er lächelte auf eine Art, die Marie das Gefühl gab, sie würden sich schon sehr lange kennen. Obwohl das selbstverständlich völlig unmöglich war: Marie stammte wie bereits mehrfach erwähnt aus einer Reedersfamilie aus Kalifornien, und der Dornenvogel von einem verlassenen Gehöft hinter Hinterglemm.

»Und nur das Glück, das man sich erarbeitet, ist wertvoll. Nicht das Glück, das einem in den Schoß fällt.«

Ja, wo der Prediger recht hatte, da hatte er recht. »Ich glaube, ich beginne Sie zu verstehen«, sprach Marie und spürte zu ihrer Überraschung eine feine Röte in ihrem Gesicht aufsteigen. »Sie werden mir also helfen, meinen Maximilian zu einem glücklichen Menschen zu machen?«

»Wir werden es versuchen«, antwortete Pater Albertus. »Dazu Prinzessin, müssen Sie aber lernen loszulassen. Könnten Sie sich vorstellen, Ihren Max in den ersten sechs Monaten nicht zu besuchen?«

Marie schnappte nach Luft. Fast hätte sie sich einwickeln lassen von diesem komischen Heiligen! Fast hätte sie diesem Mönch kampflos das Feld überlassen!

Nein, sie hatte nicht vor, sich weiter dieser Gehirnwäsche auszusetzen.

»Sie werden mich nicht davon abhalten, meinen Sohn zu sehen«, entfuhr es ihr in aufgebrachtem Ton. »Und ich muss Ihnen ehrlich sagen, dass mir das hier alles immer unheimlicher wird. Ich kann meinen Sohn nicht hierlassen.« Entschlossen verließ sie den Raum und eilte auf ihren leichten Sandaletten über den langen dunklen Klosterflur.

Nein nein nein, dachte sie. Ich bin an erster Stelle Mutter. Morgen steht der Junge in Santa Barbara auf dem Surfbrett, während ihm seine Großmutter Pancakes mit Erdnussbutter macht. Und ich leg mich im Bikini in die Sonne. Dort kann ich dann in aller Ruhe über den Dornenvogel nachdenken.

Der Pater blieb seelenruhig in seiner Zelle zurück. »Sie wird schon wiederkommen«, murmelte er, den Blick aus dem kleinen Zellenfenster gerichtet.

Marie hastete über den kopfsteingepflasterten Klosterhof zu ihrem Jeep zurück. Sie würde Maximilian sagen, dass sie zu ihm hielt, auch wenn sie beide für immer des Schlosses verwiesen würden.

»Max«, rief sie schon von Weitem, »Max, du musst nicht in dieses Kloster! Ich lass dich nicht im Stich, Max!«

Doch der Jeep war leer.

Anne-Sophie erholt sich erstaunlich schnell!«

Die Fürstin eilte mit ihrer Tochter Charlotte über den Krankenhausflur zur Intensivstation.

»Seit sie wieder bei Bewusstsein ist, hat sie Kraft für zwei!«

Charlotte hielt ihrer Mutter eine Tür auf. »Ja, die Sache mit dem Baby ist ein Wunder.«

Patrick, der bullige Bodyguard, der sonst immer vor Anne-Sophies Zimmer gestanden hatte, war nicht da.

»Was ist los? Wo ist der Bursche?«

»Er flirtet immer mit einer Schwester vor dem Kiosk«, grinste Charlotte. »Mittags treffen sie sich dort.«

Seit Anne-Sophie erwacht war, war auch Charlottes Lebensmut zurückgekehrt.

»Dann entlassen wir den Mann.« Fürstin Patricia öffnete energisch die Tür zu Anne-Sophies Zimmer. »Er hat hier ohne Unterbrechung Wache zu halten, sonst ist er für den Job nicht geeignet.«

»Ach Mutter, lass ihn doch. Die Liebe ist eine Himmelsmacht …«

»Wie bitte? Du hast doch nicht etwa Verständnis für das schändliche Verhalten dieses Angestellten?« Die Fürstin betrat mit Schwung den Raum.

Mit einem Entsetzensschrei fuhr sie zurück, wobei sie Charlotte heftig auf den Fuß trat.

»Sie ist nicht hier!«

»Nanu!« Charlotte sah sich verwundert in dem leeren Raum um. Das war wirklich ein ungewohnter Anblick: Alle Schläuche und Geräte waren abgestellt, die Computerbildschirme dunkel und das frisch bezogene Bett war leer.

»Du lieber Himmel!« Fürstin Patricia schlug die Hände vors Gesicht. »Dieser Bodyguard! Wie kann er nur! Jemand muss sie entführt haben! Das fehlte uns gerade noch!«

Völlig entkräftet sank die Fürstin auf den Bettrand.

»Aber Mutter, reg dich doch nicht auf! Niemand hat sie entführt, sie ist vielleicht …«

»… auf einen Sprung in den Park?« Die Fürstin wurde ironisch.

»Aber liebe gnädige Frau«, ertönte da die wohlbekannte Stimme von Dr. Kriegerer. Der Chefarzt warf Charlotte einen vielsagenden Blick zu und streifte wie zufällig ihren Arm.

»Sie ist verlegt worden! Auf ein ganz normales Krankenzimmer in der internistischen Abteilung! Kommen Sie! Ich bringe Sie hin!«

Anne-Sophie ging es überraschend gut. Sie saß aufrecht in ihrem Bett und hielt wie alle Schwangeren ihre Hände schützend über ihren Bauch. Charlotte stellte fest, dass man von dem neuen Zimmer einen wunderschönen Blick auf den Park hatte, wovon die blinde Anne-Sophie allerdings wenig hatte. Sie starrte lächelnd ins Leere und schien fest daran zu glauben, dass diese Blindheit nur ein vorübergehender Zustand war. Dr. Kriegerer hatte eine Augenoperation vorgeschlagen. Sobald sich ihr körperlicher Zustand stabilisiert hatte, wollte man die Schneeblindheit beseitigen.

Ihre inneren Verletzungen und Knochenbrüche waren bereits während des Komas so gut verheilt, dass man mit ersten Reha-Maßnahmen beginnen konnte.

Anne-Sophie saß also aufrecht im Bett und hörte über Kopfhörer ein Cello-Konzert.

»Hallo, Mutter? Bist du's?« Anne-Sophie nahm die Kopfhörer ab.

»Ja, mein Liebling. Charlotte ist auch bei mir.«

»Hallo, Kleines«, sagte Charlotte. Ihr Unterarm brannte an der Stelle, die Dr. Kriegerer eben noch auf dem Flur berührt hatte. Ihr Stimme klang warm: »Wie geht es dir?«

»Es geht mir gut«, seufzte Anne-Sophie. »Ich habe keine Schmerzen, und wie Dr. Kriegerer und Dr. Fallhuber sagen, geht es meinem Baby auch gut.«

Dr. Fallhuber war der Kollege von der Gynäkologie.

»Das ist ein Wunder«, seufzte die Fürstin, während sie sich behutsam auf die Bettkante setzte.

»Wir arbeiten bereits an meiner Motorik«, lächelte Anne-Sophie tapfer. »Schaut nur, was ich schon kann!« Sie bewegte beide Arme, sogar die verletzte linke Cello-Hand machte wieder Greifbewegungen. »Ab Montag werde ich im Rollstuhl sitzen«, verkündete Anne-Sophie stolz. »Ich werde so lange trainieren, bis ich an der Behinderten-Olympiade teilnehmen kann!«

Fürstin Patricia und Charlotte wechselten einen bedeutungsvollen Blick. So viel Stärke und Optimismus hatten sie noch nicht aufbringen können.

»Mutter, ich bin auf alles gefasst«, sagte Anne-Sophie mit fester Stimme. »Ihr MÜSST mir die Wahrheit sagen.«

Charlotte ging unruhig im Zimmer umher. Sie wusste, welche Frage nun kommen würde. Lange genug hatten sie auf diese Frage gewartet. Und wir ja schließlich auch.

Anne-Sophie wandte ihren Kopf in Richtung der Sonnenstrahlen, die durch das geöffnete Fenster fielen.

»Was ist mit Frederic?«

Fürstin Patricia warf Charlotte einen Hilfe suchenden Blick zu, die von Schuldgefühlen gemartert wurde.

War Dr. Kriegerer eigentlich auch im Raum, als diese Unterhaltung stattfand? Wenn ja, gab er Charlotte einen ermutigenden Stups. Wenn nein, fühlte sich Charlotte wenigstens beim Gedanken an ihn geborgen.

Deshalb sagte sie so klar und sachlich, wie es ihre schwankende Stimme zuließ:

»Frederic ist niemals gefunden worden.«

»Man hat wochenlang nach ihm gesucht«, sagte die Fürstin, als wolle sie Charlotte die Last tragen helfen.

Es war still im Raum. Charlotte hörte ihr eigenes Herz pochen, es pochte viel schneller und lauter als die Uhr, die an der Wand bedächtig vor sich hin tickte.

Anne-Sophie wandte ihr Gesicht Charlotte zu.

»Das heißt, er ist nicht mit Sicherheit tot?«

Charlotte und ihre Mutter wechselten wieder einen Blick. Was für eine tapfere Schwester beziehungsweise Tochter sie doch hatten!

»Ja«, antwortete Charlotte mit zitternder Stimme. »Das heißt es.« Dr. Kriegerer, wenn er denn mit im Raum war, legte behutsam seine Hand auf Charlottes Schulter. Obwohl er sie eigentlich auf Anne-Sophies Schulter hätte legen müssen. Ich könnte natürlich auch dafür sorgen, dass er eine Hand auf Charlottes und die andere auf Anne-Sophies Schulter legt, wobei man bedenken muss, dass er dann keine Hand mehr für die Schulter der Fürstin frei hat.

Wisst ihr was? Er ist gerade zwei Zimmer weiter und schildert einer Privatpatientin die Größe ihres Nierensteins. So. Aus.

»Ihr werdet mich vielleicht für verrückt halten«, sagte Anne-Sophie, und ein kleiner Schluchzer mogelte sich in ihre Worte, »aber ich spüre, dass er lebt. Ich spüre es – hier!«

Sie zeigte auf ihren Bauch, auf dem schon eine deutliche Wölbung zu sehen war.

Die Fürstin strich ihrer Tochter über die Stirn. »Da ist allerdings Leben«, sagte sie, und ihre Augen waren feucht, »und es ist auch ein Teil von Frederic, dieses Leben.«

»Wir hatten solche Angst, es dir zu sagen, Mami«, lächelte Anne-Sophie.

»Was meinst du damit?«, fragte die Fürstin.

»Dass wir schon vor der Hochzeit … du weißt schon …« Anne-Sophie kicherte aufgeregt.

Die Fürstin wischte sich mit dem Handrücken die Tränen weg, die ihr angesichts der so kindlich-glücklichen Tochter über die Wangen liefen. Charlotte reichte ihr unauffällig ein

Taschentuch, wobei sie es ihr auch auffällig hätte reichen können, denn Anne-Sophie war ja blind.

»Weißt du, mein Herz«, schnäuzte sich die Fürstin geräuschvoll, und bemühte sich, ihrer Stimme wieder den üblichen festen Klang zu geben, »in diesem Fall finde ich es sogar sehr begrüßenswert, dass ihr es schon vor der Hochzeit … getan habt.«

Sogar Charlotte musste nun vor Erleichterung lachen. Wie gut, dass Dr. Kriegerer sich diesen Unsinn nicht anhören musste.

»Na, meine Damen, was gibt es denn für einen Grund zur Freude?« Wenn man vom Teufel spricht!

Dr. Kriegerer und Dr. Fallhuber, der Gynäkologe, betraten den Raum. Außerdem war gerade sowieso Visite.

Joseph Kriegerer und Charlotte wechselten einen verstohlenen Blick. Das mit dem Schulterberühren ging jetzt natürlich nicht mehr, wo die ganzen Weißkittel um sie herumstanden.

»Wisst ihr, was ich ganz dringend brauche?«, fragte Anne-Sophie plötzlich.

»Einen Friseur!«

Dr. Fallhuber war hingerissen von Anne-Sophies Lebenswillen. So eine Reife hätte er der jungen Prinzessin niemals zugetraut.

»Ich muss furchtbar aussehen«, sagte Anne-Sophie, während sie ihre dunkelbraunen halblangen Haare zwischen den Fingern zwirbelte. »Keine Spur mehr von blonden Strähnchen, nehme ich an?«

»Oh, es sieht immer noch sehr attraktiv aus, Prinzessin«, sagte Dr. Kriegerer zuvorkommend.

»Lügen Sie mich nicht an, Doc.« Anne-Sophie wandte ihren Kopf in die Richtung des älteren Chefarztes. »Wenn ich richtig rechne, habe ich mir für die Hochzeit frische Strähnchen machen lassen, was mittlerweile über drei Monate her ist. Das KANN überhaupt nicht mehr attraktiv aussehen!«

»Sie haben recht, Prinzessin«, mischte sich nun Dr. Fallhuber, der jüngere Arzt, ein. »Sie müssen wissen, dass unser lieber verehrter Chef graue Haare und keine Frau hat. Er hat also von Strähnchen und solchen Sachen keine Ahnung.«

Alle lachten voller Bewunderung für diese junge Frau, die ihr Schicksal mit einer solchen Nonchalance zu meistern schien.

»Charlotte, sag ehrlich: Wie ist es um meine Haare bestellt?«

»Grauenhaft«, sagte Charlotte im Brustton der Überzeugung. »Wenn ich deinen Gesundungsprozess so verfolge, sind das Schlimmste deine Strähnchen!«

Wieder lachten alle. Doch gleich darauf wurde die lockere Stimmung jäh zerstört. Anne-Sophie sagte nämlich den Satz, der sie alle wieder in tiefe Bekümmernis sinken ließ:

»Ich muss doch schön sein, wenn Frederic mich besuchen kommt!«

Verlegen zu Boden schauend, verließen alle bis auf Charlotte den Raum.

»Es ist leider zu erwarten, dass Anne-Sophies Euphorie in eine tiefe Depression umschlägt, sobald sie das Ausmaß ihres Unglücks erst einmal begriffen hat«, hörte sie Dr. Kriegerer sagen, bevor sich die Türe hinter ihnen schloss.

»Du WIRST schön sein, wenn Frederic dich besuchen kommt«, sagte Charlotte. »Das verspreche ich dir!«

Max! Maximilian! Komm zurück!«

Marie sah sich suchend um. Rings um das Kloster gab es nur finsteren Wald und nacktes Gestein. Der Junge war normalerweise nicht bereit, in so einer Umgebung auch nur zehn Schritte zu gehen. Ohne Ball oder Skateboard bewegte der sich keinen Meter. Sicher hockte er irgendwo hinter einem Gebüsch. Das große Einfahrtstor, durch das sie vor einer Stunde gekommen waren, hatte sich lautlos hinter ihnen wieder geschlossen. Er war hier eingesperrt, so oder so!

»Max! Nun komm schon, wir fliegen nach Kalifornien, zu Opa und Oma, ich hab's mir anders überlegt!«

Sie drehte sich um ihre eigene Achse. Nichts. Kein Knacken, kein Laut, selbst das schadenfrohe Wiehern, wenn er »Heul doch!« rief, blieb aus. Wie sehr sehnte Marie sich jetzt nach diesem pubertären Gelächter! Sie hatte eine stürmische Umarmung erwartet und dass Max sie um die Hüfte fassen und einmal herumwirbeln würde, wie er das oft tat, wenn er übermütig war und sich freute.

Aber es herrschte Totenstille. Sie blickte zum Himmel. Wie so oft in den Bergen hatte sich das tiefe Blau des wolkenlosen Sommerhimmels in ein bedrohliches Blauschwarz verwandelt. Die drückende Stille war so beängstigend, dass sich Marie nach dem ersten Donnergrollen sehnte.

»Max! Komm raus jetzt, du Idiot, bevor es anfängt zu regnen!«

Marie ärgerte sich, dass Max sie solange auf die Folter spannte. Sicher stand dieser vergeistigte Dornenvogel in seiner braunen Kutte am Fenster und beobachtete sie.

Sie würde mit Maximilian nach Amerika zurückkehren. Wenn nötig, für immer.

Ihre Gedanken überschlugen sich. Natürlich konnte sie ihrem Mann, dem Erbprinz Ferdinand, nicht unter die Augen treten, bevor sie Max nicht ordnungsgemäß in diesem Klosterinternat abgeliefert hatte.

Aber zum ersten Mal in ihrer Ehe war ihr Mutterinstinkt stärker als ihr Pflichtbewusstsein als Gemahlin des Erbprinzen. Nein, diesmal konnte sie sich den Anordnungen des Fürstenhauses nicht unterordnen. Sie hasste den alten Sturkopf Leo, der hier einfach ohne ihr Wissen hergekommen war und mit den Klosterbrüdern unter einer Decke steckte.

Max war schließlich IHR Kind. Und sie fand auch Ferdinand plötzlich unerträglich. Sie würde sich scheiden lassen.

Vorsichtig stakste sie ein paar Schritte. Ihre Riemchensandaletten waren völlig ungeeignet für dieses Gelände. Das Kopfsteinpflaster auf dem Innenhof war buckelig und unregelmäßig. Man musste auf jeden Schritt achten.

»Max! So komm schon raus, Max! Wir hauen ab, wir zwei! Versprochen!«

Ihre Stimme hallte von den steinernen Wänden wider. Obwohl es bestimmt über 30 Grad heiß war, zitterte Marie vor Kälte.

»Max!«, schrie sie verzweifelt, und ihre Stimme überschlug sich hysterisch. Noch nie hatte sie sich dermaßen vor ihrem eigenen Sohn erniedrigt.

»Maximilian! Ich schwöre dir bei allem, was mir heilig ist, dass du weder Griechisch noch Latein lernen musst! Du musst auch keine Matura machen! Niemals! Du bist nur auf der Welt, um Spaß zu haben!«

Oh Gott, war das nicht ein erster Donner gewesen?

Es kam ihr vor, als wenn der erzürnte Himmelsvater auf ihre mütterlichen Schwüre reagieren würde!

Bilder vom Turmbau zu Babel und von der Arche Noah tauchten vor ihr auf. Immer wenn die Menschen zu übermütig geworden waren, hatte Gott ihnen Einhalt geboten. Sie roch den Regen, gleich würde sich die Sintflut über sie und ihren heiß geliebten Max ergießen.

Sie wollte hier weg, so schnell wie möglich!

Nun donnerte es plötzlich ganz heftig, und ehe sie sich von ihrem Schreck erholt hatte, blitzte es. Die unheimliche Kulisse wurde sekundenlang violett erhellt.

War sie denn mit diesem unheimlichen Pater Albertus ganz allein hier in diesem mittelalterlichen Kloster?

Und wo steckte ihr armer kleiner hilfloser Max? Sie musste ihn doch beschützen!

Nur Mütter haben solche Albträume, ging es Marie durch

den Kopf. Nur Mütter träumen so etwas. Dass sie verlassen und völlig abgeschnitten von der Welt irgendwo stehen und ihr Kind verloren haben. Dieses schlechte Gewissen, dieses Gefühl, versagt zu haben!

Marie hoffte, dass das alles nur ein böser Traum war. Sie betete sogar darum.

»Lieber Gott, mach, dass ich aufwache, bitte lass mich jetzt aufwachen!«

Ein Donner krachte, und gleichzeitig fielen die ersten dicken Tropfen vom Himmel. Nein, das war kein Traum. Die Temperatur sank innerhalb einer Minute um zwanzig Grad. Die feuchte Luft dampfte, als taubeneigroße Hagelkörner um Maries Beine zu tanzen begannen.

»Maaaaaax«, schrie sie in Panik. »MAAAAAX!«

»Mama!«, kam es von irgendwo zurück. »MAAAAM-MAAAA!«

Marie versuchte sich unter der großen knorrigen Eiche in Sicherheit zu bringen, die mitten im Klosterhof stand. Die Stimme war von oben gekommen, doch sie konnte nicht hochschauen. Schützend hielt sie die Hände über den Kopf.

»Versprich mir, dass ich nie wieder ein Schulbuch in die Hand nehmen muss!«

Das war Max' Stimme!

»Ja, Max, ja! Ich verspreche es!«

»Und dass ich in spätestens 24 Stunden in Kalifornien einen Big Mac esse!«

»Natürlich, mein Schatz, mit viel Ketchup und Mayonnaise!«

»Max, wo bist du?«

Ihre Stimme hallte von den Klostermauern wider, gleichzeitig zerriss der Sturm ihre Worte.

»Versprich es!!«

»Ich …« Marie hatte den schützenden Baum fast erreicht. Sie taumelte. »Ich verspreche es!«, schrie sie mit letzter Kraft. »Wo bist du, Max?«

»Hier oben!«

Da war der Glockenturm, der immer wieder von vorüber-
jagenden Wolken verdeckt wurde.

Max war doch nicht … Er würde doch nicht …

»MAAAX!!!«

»Wenn du es nicht schwörst, SPRINGE ICH!!!«

»Max, tu das nicht, bleib, wo du bist …«

In Panik verließ Marie ihre schützende Eiche.

»DU SOLLST ES SCHWÖREN, MAMAAAA!«

Die Stimme ihres Jungen überschlug sich, er war genauso
in Panik wie sie selbst.

Sie musste die Nerven behalten, sie musste jetzt aufhören
zu zittern, sie musste ihn beruhigen! Wieder versuchte sie,
nach oben zu blicken, und als die Wolkenfetzen den Blick auf
den Glockenturm freigaben, meinte sie, eine zweite Gestalt
dort oben zu entdecken.

War das nicht … Pater Albertus? Seine lange Kutte flatterte im Wind. Noch ehe sie Genaueres erkennen konnte, waren
die nächsten Nebelschwaden herangejagt. Sie musste da
rauf! Sie musste ihren Jungen holen! Tränen rannen ihr über
das Gesicht und mischten sich mit dem eiskalten Wasser,
das Marie inzwischen aus den Haaren lief.

Noch ein Schritt, und noch einer … Verzweifelt kämpfte
sie gegen die heimtückischen Sturmböen an.

Als der nächste Blitz die Dunkelheit zerriss, passierte es.

Marie rutschte auf dem nassen Kopfsteinpflaster aus und
schlug der Länge nach hin.

Blut rann ihr von der Stirn und versickerte zusammen mit
dem Regenwasser zwischen dem Kopfsteinpflaster. Ich darf
nicht ohnmächtig werden, dachte sie, ich muss Max retten.
Ich muss bei Bewusstsein bleiben! Ein stechender Schmerz
durchzuckte sie. In ihrem Bein schien ein Messer am Werk
zu sein; der Sensenmann durchsägte ihren Knöchel! Plötzlich sah sie ihre Schwägerin Anne-Sophie vor sich, die
ebenfalls in zu leichten Schuhen im Berg ausgerutscht war.

»MAAAAX!«, schrie sie, von Schmerz und Angst fast ohnmächtig. Kurz bevor sie das Bewusstsein verlor, sah sie noch einen großen schwarzen Schatten auf sie zufliegen. Es war Pater Albertus.

Vater, wir sollten langsam die Einladungen für Mutters siebzigsten Geburtstag verschicken!«

Erbprinz Ferdinand setzte sich neben Fürst Leopold auf die alte Gartenbank hinter dem Geräteschuppen. Das war Vaters Lieblingsplatz, wenn er sich verkriechen wollte, und in letzter Zeit wollte sich der alte Fürst nur noch verkriechen.

»Muss das unbedingt sein, Sohn?«

»Ja, Vater. Du weißt, wie viel es Mutter bedeutet, nach diesen schrecklichen vier Monaten wieder ein Fest auf Schloss Hohensinn zu feiern.«

Prinz Ferdinand reichte seinem Vater ein Stamperl mit Bier, und die beiden prosteten sich zu.

»So viele Sorgen auf einmal hatten die Hohensinns seit dem letzten Krieg nicht mehr«, brummte der alte Fürst, während er sich den Bierschaum aus dem Schnäuzer putzte.

»Und alles wegen Charlotte.«

»Nein, Vater, das kannst du so nicht sagen. Mutter ist der Meinung, dass Charlotte vielleicht ›grob fahrlässig‹, aber auf keinen Fall mit Vorsatz gehandelt hat. Sie vergisst immer, dass andere Leute nicht so sportlich sind wie sie.«

»Ja, das Dirndl is a Gams«, seufzte der Alte. »Wenn's net rennen kann, stirbt's.«

»Vater, wird es nicht Zeit, dass du ihr wieder die Hand reichst? Sie leidet schrecklich darunter, dass du seit dem Unglück nicht mehr mit ihr sprichst.«

Der alte Fürst starrte schweigend in die Ferne.

Die dunkelgrün bewachsene Bergkette am Rande des Schwarzensees schien sich endlos hinzuziehen. Es war ein schreckliches Gewitter niedergegangen, aber genauso plötzlich, wie es gekommen war, hatte es sich auch wieder verzogen. Die Luft roch wie frisch gewaschen, die Abenddämmerung hatte etwas Friedliches, Versöhnliches.

»Was ist eigentlich mit ihr und dem Eberhard los?«, brummte der alte Fürst griesgrämig in seinen Bart hinein. »Man hört sie in letzter Zeit nur noch streiten!«

»Ja, sie sind seit dem Unglück auch entzweit«, seufzte Ferdinand. »Die Spatzen pfeifen es von den Dächern, dass es in ihrer Ehe mächtig kriselt!«

Wobei der Ferdinand seine eigene Ehe lieber unerwähnt ließ. Hätte er gewusst, dass seine amerikanische Frau gerade völlig durchnässt an einer Mönchsbrust weilte, hätte er nicht so einen Unsinn dahergeredet.

Der alte Fürst sah stur geradeaus. Ferdinand spürte, wie nahe seinem Vater das Zerwürfnis mit Charlotte ging. Aber der alte Leo war nicht der Mensch, der einen ersten Schritt macht. Bei Frauen nicht, und bei Töchtern erst recht nicht.

»Vater«, Erbprinz Ferdinand rüttelte den alten Mann sanft an der Schulter, »Charlotte braucht dich jetzt! Hast du nicht gesehen, wie mager und elend sie ausschaut!«

»Die tröstet sich ja bereits mit dem Chefarzt«, murmelte der Fürst grantig. »Rennt mit ihm in aller Herrgottsfrüh durch unseren Forst! So a Depp, der! Der könnt ja ihr Vater sein, vom Alter her!« Da hat wohl der Förster Freinberger gepetzt. Schade. Hätte ich ihm gar nicht zugetraut.

Wütend knallte der Fürst sein Bierstamperl auf die Bank neben sich: »Red' mer nimmer von der Charlotte, red´ mer lieber von der Mutter ihrem Siebz'ger.«

»Leider wird Maximilian nicht dabei sein«, wechselte Ferdinand das Thema. »Ich hab ihn bis auf Weiteres nach Zell am Stein geschickt, in das Klosterinternat, das wir gemeinsam besichtigt haben.«

»Das wird der Amerikanerin zwar gar nicht recht sein«, brummte der Fürst, »aber der Bua muss lernen, a richtiger Mann zu werden. Wie hat er's denn aufgenommen, der Max?«

»Das weiß ich nicht«, antwortete Ferdinand. Verlegen zupfte er an dem Gamsbart, der den Hut seines Vaters schmückte. »Nach unserem Streit in der Scheune neulich hat er kein Wort mehr mit mir gesprochen. Und ich natürlich auch nicht mit ihm.«

»Arsch aushauen hätt'st iam halt öfters müssen«, meinte der Fürst. »Gib mir noch a Bier!«

»Gern, Vater.« Ferdinand sprang auf, ging in den Geräteschuppen und machte sich an der dort versteckten Bierkiste zu schaffen. »Dich hab ich auch durchgehauen, wenn du es verdient hattest«, nahm der Fürst den Faden wieder auf. »Und? G'schad hat's dir net!«

»Aber die Zeiten ändern sich, Vater. Ich bin selbst schon fast fünfzig. Das mit dem Schlagen ist out.«

»Out! Wenn i des schon hör!« Der Fürst konnte sich wunderbar aufregen, vor allem wenn es jemand wagte, eine andere Meinung zu vertreten als er selbst.

»Diese Wörter, diese amerikanischen, die uns die Marie eingeschleppt hat!« Missbilligend schüttelte er den Kopf. »Müsst sie nicht längst wieder hier sein?«

»Ich fürchte, sie wurde auf dem Rückweg von diesem Unwetter überrascht. Wenn sie vernünftig ist, hat sie sich irgendwo einquartiert.«

»Und? Warum ruft's net an, des Dirndl?«

»Vater, weil das gesamte Tal nach Zell am Stein ein Funkloch ist! Da gibt es ja teilweise noch nicht mal Strom!«

»Sag ehrlich, Sohn. Wie ist es um eure Ehe bestellt?«

»Warum fragst des, Vater?«

»Na, weil du der einzige von meinen Kindern bist, der glücklich verheiratet war – bis jetzt! Die Charlotte hat diesen Fragstein, der sie nicht liebt, die Anne-Sophie verliert in der

Nacht vor der Hochzeit ihren Bräutigam am Berg und der Alexander …«

Der Fürst versenkte sich in das Bierglas und trank in durstigen Zügen.

»Vom Alexander mag i gar net red'n.«

»Vater, wir alle wissen, dass der Alexander …«

»Schweig still!«

»Vater, die Mutter hat damit ein kleineres Problem als du!«

»Mit WOS hat's koa Problem net? Dass der Alexander vom andan Ufa is?«

Der Fürst lachte bitter auf. »Das hat sie nicht verdient, die Mama!«

»Er hat sich diesmal ernsthaft verliebt, Vater. Er schwärmt so von seinem Freund. Holger Menzel heißt er. Er hat die besten Manieren. Er spricht sechs Sprachen, ist gebildet, sieht gut aus, kann sich benehmen. Ein sehr sympathischer Mann.«

»WAS!«, schrie der Fürst aufgebracht. »Du versuchst doch nicht gerade, mir den GELIEBTEN MEINES SOHNES SCHMACKHAFT ZU MACHEN??? SYMPATHISCH!!« Er donnerte das Glas mit voller Wucht auf die Bank, sodass es zersprang.

»Vater, Alexander sagt …« Ferdinand musste sich räuspern, weil es ihm schwer fiel, weiter zu sprechen. Selbst als knapp Fünfzigjähriger hatte er noch Angst, sein Vater könnte ihm eine scheuern.

»Wos sagt der Alexander? Hat er nicht den MUT, selbst mit mir zu sprechen? Gibt es in meiner Familie unter den Männern nur noch WEICHEIER?!«

»Alexander sagt, er kommt nur zum Geburtstag von der Mama, wenn er den Holger offiziell mitbringen darf.«

Ferdinand trat ein paar Schritte zurück, denn der nächste Wutanfall seines Vaters war vorprogrammiert.

Doch der Fürst war des Tobens müde. »Sag Alexander, dass ich ihn nie wieder sehen will«, flüsterte er mit letzter

Kraft. »Sag Alexander, dass er seinen schwulen Zeitgenossen zum Teufel schicken muss, wenn er weiter zu den Hohensinns gehören will.«

»Aber Vater, Alexander ist dein Sohn …!«

»Gewesen«, ächzte Fürst Leopold, während er sich mühsam von seiner Bank erhob.

»Gewesen!«

Mit diesen Worten humpelte er davon. Der Fürst war ein gebrochener Mann.

Regnet es noch?« Lisa Walter steckte den Kopf aus der Kajüte der Luxussegelyacht, die vor Sylt kreuzte.

»Nein, schöne Frau. Du kannst rauskommen. Aber BITTE zieh dir was an, sonst werde ich schon wieder schwach!« Die adligen Spermien krochen neugierig aus ihren Löchern und sahen sich unternehmungslustig um. »Wo sind die anderen geblieben? Haben wir was verpasst?«

Lisa Walter schüttelte ihre weißblonden Locken wie ein nasser Hund und lachte. »Ich hätte nichts dagegen!«

»Einer muss doch wenigstens ab und zu am Ruder stehen«, rief Eberhard zu Fragstein, der inzwischen in einem wollweißen Rollkragenpullover und einer weißen Leinenhose steckte. »Schließlich gibt es weit und breit keinen Maat auf deiner Jolle!«

»Ach, das ist aber auch zu dumm«, scherzte Lisa übermütig. Eberhard zu Fragstein breitete die Arme aus. »Komm her, meine Schöne. Ich will dich in den Armen halten wie Leonardo di Caprio seine Kate Winslet.«

Lisa Walter schlang sich ein Handtuch um den makellosen Körper und eilte barfuß über die blank gescheuerten Holzplanken der Segelyacht. Sie schmiegte sich in die Arme von Eberhard. Beide blickten auf die abziehende Gewitterfront.

»Was meinst du, sollen wir auf Sylt vor Anker gehen?«

»Das wäre eine zauberhafte Idee. Ich kenne da einen ganz angesagten Schuppen, wo wir bestimmt Freunde treffen …«

Lisa lachte über ihre Schulter nach hinten. Eberhard hielt sie mit starken Armen fest.

»Wessen Freunde? Deine oder meine?«

»Na, unsere, würde ich sagen! Unsere zukünftigen … gemeinsamen Freunde.«

Eberhard drehte Lisas Gesicht zärtlich zu sich her. »Was willst du damit sagen, unsere zukünftigen gemeinsamen …«

Lisa warf ihm einen spitzbübischen Blick zu, der gleichzeitig Besitzerstolz und große Zufriedenheit ausstrahlte. »Eben noch hast du gesagt, du hättest mit Charlotte keine gemeinsamen Freunde.« Obwohl die beiden ja im Cabriolet abgemacht hatten, dass sie nicht über Charlotte sprechen wollten, war das Gespräch, wie bei allen, die fremdgehen, nach vollbrachter Tat auf sie gekommen.

Eberhard nickte. »Das stimmt. Sie ist eine Extremsportlerin, und wenn sie mal nicht mit ihren ausgezehrten Kumpels Marathon läuft, dann rast sie auf ihrem Mountainbike über die Berge. Oder schwimmt einmal quer durch den Schwarzensee.«

»Was ist eigentlich mit euren Kindern? Du sprichst nie von ihnen.«

»Sie sind noch klein«, sagte Eberhard zu Fragstein. »Der Junge ist fünf und die Zwillinge sind drei.«

»Stimmt«, nickte Lisa. »Ich meine beim Friseur was darüber in der Zeitung gelesen zu haben.«

Eberhard konnte das mit dem Friseur schon nicht mehr hören. Kein Mensch auf der ganzen Welt gab zu, dass er »Neueste Adelsnachrichten« einfach mal zu Hause las und dafür ganze sechzig Cent ausgegeben hatte. Alle redeten sich auf den Zahnarzt raus oder auf den Friseur.

Dann müssten ja zwölf Millionen Hausfrauen gleichzeitig

beim Friseur sitzen, rechnete er sich, ganz Finanzfachmann, aus, und der freien Wirtschaft gingen 12 Millionen mal sechzig Cent verloren, das sind … er grübelte – ehrlich gesagt habe ich mir auch gerade mal einen Zettel genommen – … 7 200 000 Euro. Die könnte man gut nach Ungarn tragen, ins Schwarzgeld-Paradies, ins Reich der Tatzmannsdorfs, dachte er sofort.

»Und wo sind die Kinder, wenn Charlotte in Sachen Sport unterwegs ist?«, riss Lisa ihn aus seinen geldgierigen Gedanken.

»Die Kleinen sind bei unserer alten Kinderfrau, Paula«, behauptete Eberhard zu Fragstein, obwohl er das so genau nicht wusste. »Sie hat schon die vier Hohensinn-Kinder erzogen, und Charlotte hat ihr die Kleinen gleich aufs Auge gedrückt, nachdem das Unglück passiert war. Sie hat im Moment keine Kraft für die Kinder.«

»Du sprichst von den Kindern, als seien es gar nicht deine!«, sagte Lisa Walter mit gespielter Empörung.

»Doch, das will ich wohl schwer hoffen!« Eberhard zu Fragstein ließ ein gewollt männliches Lachen los. »Nicht, dass mir was Gegenteiliges bekannt wäre, hohoho!«

In diesem Moment wusste Lisa Walter, dass sie leichtes Spiel mit Eberhard zu Fragstein haben würde. Sie wusste, dass er ihrer Cleverness nicht gewachsen war. Eberhard zu Fragstein war ein naiver, von sich eingenommener Großkotz, der sich allerhand darauf zugute hielt, in adligen Kreisen zu verkehren. Und genau deswegen war er der geeignete Mann für ihre Pläne. Er würde ihr nächstes Opfer sein.

»Also, was ist?«, fragte Lisa Walter, die wieder ihr strahlendstes Lächeln aufgesetzt hatte. »Gehen wir heute Abend auf Sylt schick essen?«

Es war eine sehr einfache Kneipe, eine schmuddelige Spelunke von der Sorte, wo man im Hinterzimmer Karten spielt und vorn an der Bar zwielichtige Typen herumhängen, um im Ernstfall diejenigen zu warnen, die im Hinterzimmer Karten spielen. Rauchschwaden hingen über dem klobigen Holztisch, auf dem Gläser und Flaschen mit Hochprozentigem standen. Um den Tisch saßen Gestalten wie im Wirtshaus im Spessart, jeder einzelne von ihnen ein Räuber Hotzenplotz. Es wurde gepokert und geflucht, speckige Karten wurden auf den schmierigen Tisch geknallt oder aus genauso schmierigen Ärmeln gezogen. Ab und zu flog eine Faust in das Gesicht des Gegenübers; hier und da wechselten ein Zahn oder ein zerfledderter Geldschein den Besitzer, und dann wurde es laut im Hinterzimmer.

Mit feixendem Gesicht schob Jan Takatsch seinen ahnungslosen männlichen Begleiter vor sich her, als handele es sich um ein seltenes Tier.

»Seht her, hier ist er!«

Die Männer, die im Hinterzimmer beim Pokerspiel zusammensaßen, starrten misstrauisch auf den Eingang. Im schwachen Gegenlicht sah man einen Frederic, der trotz seiner abgerissenen Kleidung und des ungepflegten Barts nach wie vor etwas Aristokratisches an sich hatte.

»Er humpelt fast nicht mehr. Er ist wieder in Schuss.«

Die zwielichtigen Kerle in ihren blauen Latzhosen, die auch mal wieder eine halbe Stunde in der Waschmaschine hätten vertragen können, starrten wortlos auf die menschliche Ware, die Jan Takatsch da feilbot.

»Er kann arbeiten! Bis zu acht Stunden täglich und ist problemlos belastbar!«

»Was soll das denn, Jan? Der läuft zur Polizei, und wir sind alle dran!«

»Nee, das ist ja das Tolle! Er versteht unsere Sprache nicht! Er ist völlig wehrlos, seht ihn euch doch an!«

Tatsächlich. Dieser erwachsene Mann schien Jan Takatsch hilflos ausgeliefert zu sein. Er sah sich unsicher um und hatte den Kopf eingezogen, als erwarte er jeden Moment einen Schlag ins Gesicht.

»Du willst doch nicht etwa deine Spielschulden begleichen, indem du uns diese Saftgurke als Arbeitskraft anbietest?«, grölte einer. Die anderen lachten donnernd. Sie sprachen alle tschechisch, und Frederic von Tatzmannsdorf verstand kein einziges Wort.

»Sag ihm, er soll einen Handstand machen!«, schrie einer, und ein anderer feixte: »Er kann uns auch seinen Oberkörper zeigen – für den Anfang!«

Die Kneipenbesucher tobten. Frederic von Tatzmannsdorf zuckte zusammen. Dieser Lärm war ihm unheimlich; er war das feine Perlen seiner Arpeggi gewohnt, und die finsteren Gesichter, die ihn abschätzend musterten, jagten ihm Angst ein.

»Er hat sein Gedächtnis verloren, er ist dumm wie Bohnenstroh!«, schrie Jan Takatsch triumphierend. »So viel Geld kann ich euch gar nicht schulden, wie dieser Kerl wert ist!«

»Wieso, was kann er denn?«

»Er spricht deutsch, ist von guter Herkunft. Schätzungsweise sogar von … adeliger Herkunft!«

Jan Takatsch hatte mittlerweile in den Zeitungen gelesen, was für einen Schatz er da aufgelesen und in seinem Lieferwagen in den hintersten Böhmerwald verschleppt hatte. Außerdem hatte er bekanntlich den Siegelring seines Opfers in Verwahrung genommen. Auf diesem Ring prangte das Wappen der ungarischen Familie von Tatzmannsdorf, mit einem Stammbaum, wie Takatsch im Internet erfuhr, der mehrere Jahrhunderte zurückreichte.

Jan Takatsch war ja nicht dumm, er besaß nur keinerlei Schulbildung. Das mit dem Internet hatte er von Veronika Schellongova gelernt, die es sich wiederum den Kindern der deutschen Familien abgeschaut hatte. Er würde sich hüten, seinem Opfer gedächtnistechnisch auf die Sprünge zu helfen. Wenn dieser junge Baron erst wieder bei klarem Verstand war, würde er natürlich um Hilfe ersuchen. Bis dahin müsste er, Jan Takatsch, über alle Berge sein. Aber nicht, bevor er sein wehrloses Opfer zu Geld gemacht hatte.

Ein blindes Huhn, so dachte Takatsch auf Tschechisch, findet auch mal ein Korn.

»Also was ist? Wer von euch ist interessiert an dem Knaben?«

»Was kann er denn?«, wiederholte ein dicker, schmieriger Typ mit öliger Frisur, der wie Jan Takatsch wusste, der Bürgermeister des Dorfes Bernolaakovo war, wo der Sklavenhandel noch nicht der Vergangenheit angehörte.

»Arbeiten«, sagte Jan Takatsch im Brustton der Überzeugung. »Schießen. Er kann brillant schießen. Er versteht eine Menge von der Jägerei, ist also ein hochbegabter Wilderer! Außerdem kann er reiten. Und lesen und schreiben, wahrscheinlich in mehreren Sprachen!«

»Aber leider nicht in unserer!«, schrie jemand dazwischen.

»Was heißt hier leider! Glücklicherweise!«, brüllte Jan lachend.

»Dann kann ich ihn nicht brauchen«, rief der Ölige aus dem Dorf Bernolaakovo. »Ich brauche einen Stallknecht, der mir die Sau- und Rindsviecher putzt und den Stall sauber hält!«

»Dazu ist der doch viel zu etepetete!«, schrie die eine Dicke im schmierigen Kittel, während sie vier Bierkrüge auf den Tisch knallte, die mehr Schaum als Bier enthielten.

»Aber ich könnt ihn brauchen«, grunzte ein finsterer Typ mit langen verfilzten Haaren, der, wie Jan Takatsch wusste, ein berüchtigter Wilderer aus Pesinoc war. Dem Palo Slanina kam man am besten nicht in die Quere.

»Was zahlst du?«

»Was willst du für ihn?«

»Alle meine Spielschulden.«

Palo beriet sich mit den anderen. »In Ordnung«, sagte er schließlich. »Ich nehme ihn. Unter einer Bedingung!«

»Und die wäre?«

»Du lässt dich hier nie wieder blicken!«

Jan Takatsch nickte. Das hatte er sowieso nicht vorgehabt. Der Boden hier war ihm entschieden zu heiß. Er würde wieder mal untertauchen. Und Veronika Schellongova würde er mitnehmen. Ohne ein Wort des Abschieds verließ Takatsch die finstere Spelunke.

Die Vorbereitungen für Ihren Geburtstag laufen gut, Hoheit!«

Johann, der treue Butler, schenkte der Fürstin Tee aus einer feinen Silberkanne ein. Sie trug ein leinenes Sommerkostüm in Hellbeige von Dior – aber nageln Sie mich jetzt bitte nicht fest, es könnte auch von Chanel gewesen sein. Auf jeden Fall passte es farblich zu den seidenen Sitzkissen der Teakmöbel. Nein, jetzt weiß ich es wieder: Escada.

»Danke, Johann. Wissen Sie noch, wie Sie kurz vor der Hochzeit von Anne-Sophie und Frederic zu mir kamen und mir so ziemlich dasselbe sagten?«

»Selbstverständlich erinnere ich mich, Hoheit.« Johann gab zwei Löffelchen Zucker und etwas frisch gepresste Zitrone in den Tee. »Damals sagte ich allerdings, die Vorbereitungen für die Hochzeit seien so gut wie abgeschlossen. Das wäre diesmal nicht der Fall.« Er hüstelte, wie immer.

»Ach Johann«, seufzte die Fürstin. »Das waren die schwersten Zeiten, die Schloss Hohensinn seit dem Krieg erlebt hat.«

Der Butler zog es vor zu schweigen.

»Damals sagten Sie auch, ich sähe aus, als ginge ich zu

meiner eigenen Hochzeit.« Die Fürstin rührte nachdenklich in ihrem Tee. »Diesmal trauen Sie sich nur nicht zu sagen, dass ich aussehe, als ginge ich zu meiner eigenen Beerdigung.«

Der Butler unterdrückte ein Lächeln. »Hoheit, das würde ich mir nie gestatten, auch nur zu denken.«

»Lassen wir das jetzt. Kommen wir zu den Vorbereitungen für die Geburtstagsfestlichkeiten. Haben wir genug Personal?«

»Genau das würde ich gern mit Ihnen besprechen, Hoheit. Wir hatten damals ...«, er räusperte sich verlegen, »also für die Hochzeit von Prinzessin Anne-Sophie und Baron Frederic von Tatzmannsdorf, die dann leider nicht stattfinden konnte ...«

»Ja, Johann. Machen Sie es nicht so kompliziert. Jeder Mensch in Europa weiß, dass die Hochzeit nicht stattfinden konnte.«

»Wir hatten damals einige junge Absolventen der Hotelfachschule Klessheim engagiert, und soviel ich weiß, haben sie ... hätten sie ... also sie haben ... gute Arbeit geleistet.«

»In Ordnung, Johann. Dann veranlassen Sie, dass wir diese Leute wieder bekommen.«

»Fein. Und dann hätten wir da noch ...« Johann zückte umständlich seinen Notizblock. »... eine Neu-Bewerbung für den Posten des Chef de Service. Ein junger Mann aus Norddeutschland.«

»Oh, gleich so eine hohe Position?« Die Fürstin nahm einen Schluck Tee, wobei sie den kleinen Finger abspreizte.

»Und? Was hat er für Referenzen?«

»Nur die allerbesten, Hoheit. Er hätte jahrelang als Steward gearbeitet.«

»Ein Steward ... auf See etwa?«

»Nein, Hoheit. Ein Steward der Ersten Klasse auf Internationalen Luftfahrtlinien.«

»Dass ein Flugsteward sich in einem Fürstenhaus bewirbt, ist allerdings ungewöhnlich.«

»Nun ja, so erschien es mir auch. Ich habe aber nach eingehender Prüfung des jungen Mannes den Eindruck gewonnen, dass ihm wirklich etwas daran liegt, in unserem Hause zu arbeiten. Wie es scheint, hätte er hier im Salzkammergut … eine private Beziehung.«

»Nun gut, das geht uns nichts an.«

»Selbstverständlich nicht.«

»Lassen Sie sehen …«, die Fürstin blätterte in den Zeugnissen, die Johann aus einer schwarzledernen Mappe zog. »Gut aussehender Junge, macht einen sympathischen Eindruck. Sogar meine Nichte Caroline hat ihm eine Empfehlung für unser Fürstenhaus geschrieben, und mein Cousin Rainier auch!«

»Wie gesagt, er legt höchsten Wert darauf, im Hause Hohensinn zu arbeiten, Fürstin.«

»Dann nehmen wir ihn also. Stellen Sie ihm seine Papiere aus.«

Die Fürstin überreichte Johann die Bewerbungsmappe:

»Dann nehmen wir ihn also, diesen … Holger Menzel!«

Oh, welch seltener Besuch!«

Anne-Sophie strahlte, als sie ihrem ältesten Bruder Ferdinand beide Hände reichte.

»Vorsicht! Nicht so fest drücken!«

»Du siehst wirklich fantastisch aus, Schwesterherz.«

Ferdinand sah sich in dem kleinen privaten Krankenzimmer um. »Hast du auch alles? Ich sehe keine Blumen!«

»Ich auch nicht.«

Ferdinand schwieg unangenehm berührt.

»Lass mal, Ferdl«, sagte das Sopherl. »Die würden mir sowieso zu stark riechen. Du weißt ja, dass ich schwanger bin.«

»Ach so, ja. Hm.« Der Ferdl kratzte sich am Hinterkopf und ließ die Stiefmütterchen, die er draußen am Kiosk erstanden hatte, unauffällig im Mistkübel verschwinden.

»Schau mal«, zwitscherte das Sopherl munter, »was ich schon kann!«

Anne-Sophie hatte offensichtlich noch nichts von ihrer Euphorie verloren. Sie zog sich am »Galgen« über ihrem Bett hoch, bis sie in aufrechter Position im Bett saß. »Da staunst du, was?«

»Wenn ich daran denke, wie du kurz nach dem Unfall ausgesehen hast ...«

»Geh, Bruderherz! Das ist jetzt fünf Monate her! Das ist ja Schnee von gestern!«

Der Ferdl wunderte sich über den überraschend stabilen Zustand seiner kleinen Schwester. Ob sie sie mit Psychopharmaka volldröhnten, mit einem Euphrodysiakum womöglich? Andererseits war sie im sechsten Monat schwanger, und da war so etwas nicht erlaubt.

»Sehr oft warst du in der Zwischenzeit wohl nicht da, was?«, neckte ihn das Sopherl.

»Nein, wenn ich ehrlich bin…«

Anne-Sophie lachte. »Wie geht es Marie? In letzter Zeit habe ich überhaupt nichts mehr von ihr gehört.«

Ja Mensch. Das Letzte, was wir von ihr hörten, war, dass sie durchnässt und mit gebrochenem Knöchel mehr oder weniger ohnmächtig an Pater Albertus' Mönchsbrust weilte. Ob der sie ins Trockene gebracht hat, kann man nur erahnen. Und der lange Bengel steht immer noch auf dem Glockenturm. Bitte, Herrschaften. Das dürfen wir alles nicht aus dem Hinterkopf verlieren.

Ferdinand, der von alldem nichts ahnte, seufzte. Er holte sich einen Stuhl und ließ sich rittlings darauf nieder. Ganz Christian Kohlund sozusagen.

Die Sommersonne schien durchs Fenster und blendete ihn. Mit einem kurzen Seitenblick auf seine Schwester stellte er fest, dass diese nicht den leisesten Sonnenstrahl in ihren Pupillen bemerkte.

»Darf ich die Vorhänge schließen?«

»Natürlich. Vergiss nur nicht, sie nachher wieder aufzuziehen. Ich genieße die Wärme auf meinem Gesicht ... Vielleicht werde ich sogar ein bisschen braun!«

Ferdinand schüttelte den Kopf über seine kleine Schwester. Wie konnte es sein, dass diese junge Frau so lebensfroh und optimistisch war? Warum jammerte sie nicht und machte niemanden für ihr Unglück verantwortlich?

Weil die Frauen in Fürstenromanen auf ganzer Linie siegen, während die Männer irgendwie gestört sind. In diesem Fall sind es egoistische Patriarchen oder widerliche Erbschleicher und Betrüger wie Eberhard.

»Also, wie geht es Marie? Wo treibt sie sich rum an diesen herrlichen Sommertagen?«

»Wenn ich das wüsste«, grollte Ferdinand. »Ich habe sie vor einer Woche mit Maximilian in dieses Internat geschickt. Nach Zell am Stein.«

»Zu diesen Betbrüdern, wo der arme Max weder Tennis noch Golf spielen noch ein bisschen Spaß haben kann?«

»Spaß hat er sein ganzes Leben lang gehabt«, sagte Ferdinand dumpf. »Nur: genutzt hat es ihm nix.«

»Und die Marie hat ihn in diese verlassene Einöde gefahren?« Anne-Sophie setzte sich noch aufrechter hin. Ihr Gesicht drückte Erstaunen aus.

»Du willst mir doch nicht sagen, dass Marie von dort noch nicht wieder zurück ist?«

»Doch. So ist es. Leider.«

»Ja aber ... Hast du denn noch nicht versucht sie anzurufen?«

»Es gibt dort kein Telefon. Und Handyempfang auch nicht.«

»Da hat sich mein Herr Bruder wohl selbst ein Beinchen

gestellt, was? Vielleicht ist Marie gar nicht dorthin gefahren?« Anne-Sophie grinste spitzbübisch.

»Deswegen bin ich ja auch hier, Schwesterherz. Du hattest doch täglich Besuch von Marie.«

»Ja, und May war auch fast jeden Tag hier. Auch Max mit seinem Skateboard …« Sie lachte. »Sogar der Dr. Kriegerer und der Dr. Fallhuber haben versucht, mit dem quietschenden Ding über den gebohnerten Fußboden zu fahren …«

Ärgerlich sprang der Ferdl von seinem Stuhl auf. »Was hat sie dir gesagt?«

»Wer? Die Gudrun?«

»Die MARIE!!«

Das ist doch nicht zu fassen, dachte Ferdinand. Jetzt sitze ich, ein gestandener Mann um die fünfzig, der bald selbst Fürst sein wird, bei meiner blinden, lahmen Schwester und lasse mich verarschen!

»Du willst wissen, was Marie über dich gesagt hat?«

»Ja, Dirndl, jetzt red!«

Anne-Sophie wandte ihr Gesicht dem zugezogenen Vorhang zu. »Im Zweifelsfall wird sie sich für Max entscheiden.«

»Aber wieso denn?«

»Marie hat dich immer bedingungslos geliebt. Sie hat Amerika aufgegeben, ihr ganzes sorgloses Reederstochterleben, ihr Medizinstudium in Santa Barbara … Sie hat immer getan, was du wolltest. Sie war die beste Ehefrau, die du haben konntest.«

»Dös weiß i eh!«, entfuhr es dem adligen Spross.

»Sie war die geduldigste, toleranteste, liebevollste … ja, gehorsamste Ehefrau von allen«, vollendete Anne-Sophie ihre Aufzählung.

»Warum sprichst du in der Vergangenheitsform?«

»Ich höre seit dem Unfall viel besser als früher, Ferdl. Die sogenannten Zwischentöne höre ich, wenn du verstehst, was ich meine.«

»Ja. Klar. Verstehe ich.«

»Marie hat sich mit keiner Silbe über dich beklagt. Aber am Klang ihrer Stimme habe ich gehört, dass sie mit deiner Entscheidung, Max in dieses Klosterinternat zu stecken, nicht einverstanden war.«

»Einverstanden, papperlapapp«, brauste das fürstliche Familienmitglied auf. »Dass die Marie und der Bua nicht begeistert waren, habe ich auch überrissen. Aber hat sie dir gegenüber angedeutet, dass sie sich meinen Anordnungen widersetzen wird?«

Anne-Sophie schüttelte den Kopf und seufzte. »Du sprichst manchmal wie Vater, Ferdl. Anordnungen widersetzen! Du bist doch nicht Admiral Tegethoff, der österreichische Befehlshaber aus dem Ersten Weltkrieg! Du bist ein Vater!«

»Ja, und als Vater habe ich verfügt, dass mein missratener Sohn in ein zugegebenermaßen strenges Klosterinternat kommt.«

»Kennst du denn deinen Max so wenig? Er war vollkommen geschockt, dass du ihn in der Scheune beinahe erschlagen hättest.«

»Du ... WEISST davon? Dass ich die Axt gegen ihn erhoben habe wie einst Kain gegen Abel?«

»Weißt du, Ferdl, ich habe jetzt sehr viel Zeit, zuzuhören. Und da erfahre ich Dinge, die ein eiliger Mensch, der noch mit vielen anderen Sinneseindrücken zu kämpfen hat, leicht überhört.«

»Zum Beispiel?«

»Schade, dass du das ausgerechnet MICH fragst. Du hättest dir Zeit nehmen sollen, mit Marie und Max darüber zu sprechen.«

»Ach komm, jetzt verschon mich mit deiner Bergpredigt!«

»Mein Eindruck ist, dass sich Marie und Max von dir komplett im Stich gelassen fühlen. Und May übrigens auch. Alle drei sind eigenständige Menschen mit ihren eigenen Bedürfnissen, Wünschen und Hoffnungen«, sprach das Sopherl weise. »Aber du wischst sie alle vom Tisch, so nach dem Motto: Ich bin hier der Leithammel, und ihr seid meine Bäh-Schafe. Aber so funktioniert das nicht, mein lieber großer Bruder.«

»Aber so hat es doch bisher auch immer funktioniert!«

»Hat es nicht! Marie war nur so taktvoll, dich nicht mit den Erziehungsproblemen zu belästigen. Sie hat sämtliche Wogen geglättet, bevor sie zu dir gelangen konnten. Aber diesmal, Ferdinand, diesmal hast du sie vor die Wahl gestellt: Die Kinder oder du. Und ich spüre, dass sie sich für die Kinder entschieden hat.«

»Willst du damit sagen, dass sie mit Max einfach abgehauen ist?«

»Es wird ihr nicht leicht gefallen sein, aber ihr Mutterinstinkt war eben stärker als ihr Pflichtgefühl als Ehefrau.«

»Aber Sopherl«, wunderte sich der zukünftige Fürst. »Das klingt ja so, als sei ich ein finsterer Fundamentalist aus dem Morgenland!«

»Viel anders benimmst du dich auch nicht.«

Ferdinand lief unruhig im Zimmer umher.

»Und was ist mit May!«, donnerte er los und trat gegen den Mistkübel. »Hat sie sich auch bei dir ausgeheult?«

Die Tür öffnete sich einen Spalt, und Patrick, der soeben von seinem Mittagsflirt mit Schwester Ines zurückgekommen war, steckte den Kopf herein. »Ist alles in Ordnung bei Ihnen, Prinzessin?«

»Danke, Patrick. Mein Bruder hat sich nur ein bisschen in Rage geredet. Ich schreie, wenn es schlimmer wird! Und nimm die scheußlich stinkenden Stiefmütterchen aus dem Mistkübel mit, mir wird schon ganz übel.«

Patrick griff mit spitzen Fingern den Papierkorb und machte die Tür hinter sich zu.

An Ferdinand gewandt, fuhr die Prinzessin fort: »Niemand

hat sich bei mir ausgeheult. May ist überglücklich mit ihrer neuen Arbeit.«

»Spinnt die? Pissnäpfe ausleeren?«, tobte der Fürstensohn.

»Mäßige dich, Ferdinand. Zuerst hatte sie große Schwierigkeiten, weil das Personal dachte, sie halte sich für etwas Besseres.«

»Das IST sie ja auch, Kruzitürken! Sie ist eine Prinzessin von Hohensinn!«

»Das ist den alten Leuten scheißegal«, kanzelte ihn Anne-Sophie ab. »Aber sie arbeitet wie ein Tier und hat schon erste Erfolge. Der alte Herr Zielinsky erweist sich als zunehmend dankbar, und das macht sie glücklich.«

»Ich soll also DULDEN, dass sie ein ganzes kostbares Jahr in einem Altersheim verschwendet?«

»Du sollst es nicht nur DULDEN, du sollst es ANERKENNEN«, wurde Anne-Sophie jetzt auch mal laut. »May hat deine Anerkennung verdient, du alter Sturkopf, auch wenn sie Dinge tut, die du an ihrer Stelle nicht tun würdest. Respektiere sie doch endlich mal, du Idiot!«

Der Ferdl kratzte sich am Kopf.

»Außerdem verschwendet sie keinen einzigen Tag. Sie wird zunehmend reifer. Schau sie dir doch mal an, wenn ich es schon nicht kann!«

»Ich rede nicht mehr mit ihr, seit sie den Studienplatz in Wien in den Wind geschossen hat.«

Da der Ferdl nun nicht mehr gegen den Papierkorb treten konnte, trat er gegen den Bettpfosten..»Wie steh ich denn jetzt vor dem Direktor der Universität da? Sie hat mich total blamiert!«

Der bullige Patrick lugte durch den Türspalt, zog seinen kahl geschorenen Schädel aber gleich wieder ein.

»Jetzt redest du schon wieder nur von dir, Ferdinand. Es geht nicht um DEINE Blamage, sondern um IHR Leben.«

»O.K.«, gab sich Ferdinand geschlagen. »Dann werde ich

also nach meinen beiden Frauen sehen müssen. Schließlich hat Mutter bald Geburtstag, und da müssen sie natürlich dabei sein, allein schon wegen der Presse.«

»MANN«, brüllte Anne-Sophie ihren Bruder an. »Es geht nicht um die PRESSE, es geht um die Familie! Willst du sie auch noch verlieren, wie Charlotte ihren Eberhard und ich meinen Frederic?«

»Nein, nein …«

»Also REISS dich zusammen!«

»O.K., mach ich … Danke, Sopherl, für die deutlichen Worte.«

»Und wenn ich dir noch eines mit auf den Weg geben darf: Zwinge Maximilian nicht, in diese Klosterschule zu gehen. Ich glaube, er tut sich sonst noch was an.«

»Gut, ich denk drüber nach.«

»Und gib ihm sein Rollbrett wieder«, brüllte Anne-Sophie noch hinter ihm her.

Aber da hatte der Fahrstuhl der Amadeus-Privatklinik den aufgewühlten Ferdl bereits verschluckt.

Maximilian hatte tatsächlich vorgehabt, vom Glockenturm zu springen. Er hätte sich lieber das Leben genommen, als von seiner Mutter in dieser Einöde zurückgelassen zu werden. Aber der eigentliche Grund war der, seine Mutter für den Rest ihres Lebens unglücklich zu machen. Wenn sie ihn tatsächlich im Internat zurückließ, hätte sie nichts Besseres verdient. Das war Max' feste Überzeugung. Sein Selbstmord wäre die Rache gewesen.

Aber diese Rache war Marie dank ihrer Riemchensandalen erspart geblieben.

Als das schreckliche Gewitter aufzog, hatte es Max regelrecht genossen, die verängstigte Marie dort unten im

Klosterhof Schwüre und Versprechen ausrufen zu hören, er hatte es genossen, wie sie ihn anflehte, doch wieder aufzutauchen. Ja, die Mami liebte ihn eben mehr als seinen verhassten Vater, Erbprinz Ferdinand. Es war eine harte Probe gewesen. Aber sie hatte die Probe bestanden. Mami hätte ihren Prinzessinnen-Status, Schloss Hohensinn, ja, sogar ihre Ehe für ihn, Max, aufgegeben. Sie wäre mit ihm abgehauen. Nach Amerika, ans andere Ende der Welt. Zu Grandma und Grandpa. So sehr liebte ihn die Mami.

Deshalb blieb er jetzt bei ihr, in der schmucklosen Zelle mit den vergitterten Fenstern, während sie weinend auf dem schmalen Bett lag, und ihren gebrochenen Fuß kurierte.

Natürlich gab es keinen Fernseher in dieser Scheiß-Bude, von einem Computer mit Internetanschluss ganz zu schweigen. Dafür gab es Latein- und Griechischbücher. Und Bibeln.

Dieser Pater Albertus in seiner groben braunen Kutte war eigentlich ganz O.K.

Er hatte Maries Fuß fachmännisch geschient. Dann hatte er sie in zwei grobe Decken gehüllt und ihr heißen Tee gebracht. Und während Marie schlief, hatte Pater Albertus Maximilian die Klosterschule gezeigt.

Nur so, zum Zeitvertreib, versteht sich. Da noch Ferien waren, war natürlich keine Sau hier. Klar, dass Maximilian nicht vorhatte, in dieser Anstalt zu bleiben. Sobald die Mami wieder auf den Beinen war, war Kalifornien angesagt.

Aber Pater Albertus hatte doch ziemlich viel Ahnung. Er hatte Unmengen von diesen alten Büchern gelesen, die in einer riesigen alten Bibliothek vor sich hin gammelten. Und wenn man ihm Fragen stellte, hatte er ganz erstaunliche Antworten. Klar, dass er nicht wusste, wie man sich »Fettes Brot« runterlädt, weil er meinte, dass man sich fettes Brot lieber verkneifen sollte, besonders in der Fastenzeit. Und »Die Söhne Mannheims« kannte er auch nicht, nur die Söhne Abrahams. Auch den neuesten Song von Madonna hatte dieser weltfremde Klosterbruder noch nie gehört. Er konnte zwar mit dem Begriff »Madonna« etwas anfangen, meinte damit aber diese hölzerne Frau, die in der Klosterkapelle hockte und die Augen zum Himmel verdrehte. Und der Song, der ihm zu ihr einfiel, war nicht etwa »Like a Virgin«, sondern: »Meerstern ich dich grüße«, was Maximilian voll ätzend fand. Nein, hier würde er nicht alt werden, da fuhr die Eisenbahn drüber.

Am späten Abend hatte Pater Albertus noch einmal nach seiner Patientin gesehen. Sie lag auf der Klosterzellenpritsche, blass und zerbrechlich, und trotz der groben Wolldecken konnte man die Schönheit ihres weiblichen Körpers deutlich erkennen.

Pater Albertus kniete auf dem kalten Steinfußboden nieder und sprach: »Und führe uns nicht in Versuchung – nicht wie damals, als ich schon einmal schwach wurde –, sondern erlöse uns von dem Bösen.«

Dann spielte er mit Maximilian die ganze Nacht Schach.

Störe ich etwa bei einem trauten Tête-à-Tête?«

Gerthold von Schweinitz, der ungeliebte Halbbruder der vier Hohensinn-Geschwister, steckte sein dickliches Gesicht durch die Hecke.

O Mann, nicht schon wieder, dachte Alex. Er ging gerade mit der Fürstin im Schlossgarten spazieren und hatte ihr von seinem Liebeskummer erzählt.

Die Fürstin hatte ihn verständnisvoll getröstet und ihm gesagt, dass auch sie nicht alle ihre Neigungen nach außen tragen dürfe. Gerade hatte sie ihm kichernd anvertraut, dass sie unglaublich gern Fürstenromane las – nachts, heimlich mit der Taschenlampe.

»Seid gegrüßt, meine Lieben!« Von Schweinitz kämpfte

seinen gedrungenen Körper durch das Geäst und griff nach der Hand der Fürstin, um sie zu küssen. Dabei hinterließ er wie immer eine feuchte Spur auf ihrem Handrücken. Die Fürstin hasste das, hatte aber keine Lust, ihm Manieren beizubringen. Jeder Mensch bei Hofe wusste, dass Handküsse nur angedeutet werden und der Mund des Herrn den Handrücken der Dame nie berührt. Nur von Schweinitz hatte einfach nicht das Format, sich an diese Regel zu halten. Seine plumpen Vertraulichkeiten waren der gesamten Fürstenfamilie peinlich und unangenehm.

»Bruderherz!« Gerthold beugte sich zu Alexander und versuchte auch ihn abzubusseln, aber Alexander stand abrupt auf. »Bussi«, sagte er kühl.

Der Österreicher sagt »Bussi«, wenn er meint »Leck mich am Arsch«.

»Grüß Gott, Gerthold«, sagte die Fürstin, die sich wie immer im Griff hatte. »Was verschafft uns die Ehre?«

»Nun ja, dein Siebz'ger naht mit großen Schritten, und da wollt ich mir die Einladung gleich persönlich abholen. So spart ihr den Weg zur Post, und des Markerl glei dazua!«

Das war wieder einmal typisch Gerthold.

Fürstin Patricia rang sich ein Lächeln ab. »Hast du denn noch keine Einladung bekommen?«

Alexander wurde langsam sauer. »Mann, Gerthold. Wenn du keine Einladung bekommen hast, wird das wohl seine Gründe haben!«

»Aber Alexander«, sagte die Fürstin. »Solche scharfen Töne halte ich für unangebracht. Gerthold gehört zur Familie. Er ist der Sohn deines Vaters. Und das schon zwanzig Jahre länger als du.«

Von Schweinitz warf dem aufgebrachten jungen Prinzen einen triumphierenden Blick zu.

»Da siechst du's, Kleiner. Deine Mama hat Format.«

Alexander konnte seine Mutter wieder einmal nur bewundern. WAS für eine Frau!

204

Gerthold schmatzte eine Ladung feuchter Luftküsschen in ihre Richtung. »Dann kommen Mammilein und ich also schon zum Frühstück.« Bevor er sich zum Gehen wandte, sagte er: »Dann will ich das traute Liebesgeplänkel zwischen Mutter und Sohn nicht weiter stören. Ich lasse mir von eurem neuen Chef de Service ein zweites Frühstück servieren. Der macht ja einen fabelhaften Eindruck, dieser Bursche!«

»Was für ein neuer Chef de Service?«, fragte Alexander.

»Johann hat ihn wegen den anstehenden Festlichkeiten eingestellt«, sagte die Fürstin. »Komm, ich stelle ihn dir vor.« Sie zog ihren Jüngsten liebevoll mit sich. »Herr Menzel«, rief sie, und zwinkerte Alexander spitzbübisch zu.

»Das ist mein Sohn Alexander. Sie werden sich um seine persönlichen Belange kümmern, nicht wahr?«

Alexander und Holger starrten sich an.

»Selbstverständlich, Fürstin«, sagte Holger. »Prinz Alexander, ich stehe ganz zu Ihren Diensten.«

Und du meinst, ich soll es versuchen?«

»Aber ja!« May kniete sich vor Anne-Sophie, die nach ihrer Augenoperation mit einer schwarzen Binde im Rollstuhl saß. »Deine Hand ist doch fast wieder O.K.! Der Professor sagt, je mehr du deine Finger trainierst, umso schneller heilen die Muskeln und Sehnen!«

»Ach May, ihr seid alle so fantastisch zu mir!«, seufzte Anne-Sophie. »Was habt ihr wegen mir alles durchmachen müssen! Die ganze Familie ist seit dem Unfall entzweit!«

»Wir sollten diese Krise als Chance sehen«, fuhr May unverdrossen fort, während sie ihre Tante durch den Park der Amadeus-Privatklinik schob. »Die Frauen in unserer Familie haben jedenfalls aus der Situation gelernt. Die Männer nicht.«

»Ja«, stimmte Anne-Sophie ihr bei. »Wir haben gekämpft und sind stärker geworden. Aber die Männer sind entweder abgehauen, verkriechen sich im Suff, oder brüllen und schlagen um sich.«

»Wir Frauen sind eben das stärkere Geschlecht«, gab May ihrer ebenso blinden wie lahmen Tante im Rollstuhl recht.

Zielstrebig hielt sie auf ein abgelegenes Gebäude mit einer geschwungenen Kuppel zu.

Anne-Sophies Augen schwammen in Tränen. »Was wohl aus meinem Frederic geworden ist ...«

»Der kommt sicher zurück«, log May verlegen.

Energisch schob sie den Rollstuhl die leichte Anhöhe zu dem eben erwähnten Gebäude hinauf. »Veranstaltungssaal« stand über dem breiten Eingangsportal.

»So, meine Liebe. Hier wartet eine kleine Überraschung auf dich«, verkündete May.

Im Saal war es angenehm kühl. Die Vorhänge waren zugezogen, damit die sengende Sonne den Konzertflügel und die Streichinstrumente nicht verstimmen konnte. Am Abend sollte es ein Konzert für die Patienten geben, von Studenten des Mozarteums.

Anne-Sophie schnupperte die typische Konzertsaal-Luft.

»Gibt es hier etwa ein Cello?« Ihre Stimme bebte.

»Hier wartet sogar ein ganz bestimmtes Cello auf dich!«

»Es ist hier? Es ist wirklich hier?« Anne-Sophies Stimme zitterte. O bitte, bitte, bitte Vorsicht! Nur ganz zart am Hals anfassen! Es ist ganz leicht, du darfst es nicht mit beiden Händen ...«

Respektvoll balancierte May das Cello vor sich her. Sie schob es ihrer Tante behutsam in die Arme. »Hier. Es hat lange auf dich gewartet.«

Anne-Sophie strich mit beiden Händen über ihr heiß geliebtes Instrument. Sie streckte die rechte Hand nach dem Bogen aus, den May ihr schweigend reichte. Sie spannte ihn, strich mit den Fingern darüber. Ihre Finger gehorchten ihr wieder. Sie hatte Tag und Nacht Fingerübungen gemacht, gegen ihre Schmerzen angekämpft. Aber nun kam der Augenblick der Wahrheit. Reichten ihre Kräfte, um dem Cello wieder jene tiefen, warmen Töne zu entlocken? Würde es wieder so singen, dass das ganze Fürstentum zu weinen begann?

Wie in Trance fing Anne-Sophie an, die leeren Saiten zu streichen. Die A- und die D-Saite antworteten mit einem weichen strahlenden Klang.

May betrachtete ihre junge Tante, die bekanntermaßen immer noch nicht wieder sehen konnte. Aber sie hatte neue Strähnchen im Haar, und das machte schon viel aus. So als wäre der Unfall nie gewesen, begann Anne-Sophie ein paar Takte aus der Bach-Partita für Cello-Solo zu spielen. Das bereitete ihr sicherlich kaum vorstellbare Schmerzen, aber was sind die schon gegen solche Himmelsmelodien? Die schmale Gestalt im Rollstuhl schien endgültig zu einem neuen Leben zu erwachen.

May klatschte begeistert in die Hände. »Du kannst es noch!« Anne-Sophie nickte, überglücklich. Sie konnte gar nicht sprechen, so überwältigt war sie.

Vorsichtig begann sie mit der Polonaise in A-Dur von Antonín Dvořák. Dieses Stück war für Cello und Klavier geschrieben, und ihr damaliger Verlobter Frederic von Tatzmannsdorf hatte früher immer den Klavierpart gespielt. Genau dieses Stück hatten die beiden auf ihrer Hochzeit spielen wollen. Als Überraschung für ihre Gäste.

Die Polonaise klang nun unvollkommen, ja, fast armselig, ohne Klavier. Aber Anne-Sophie spielte mit solcher Leidenschaft, mit solcher Sehnsucht und Trauer um Frederic, um ihre verlorene Liebe, ihre geplatzte Hochzeit und ihr erloschenes Augenlicht, dass May sich kaum zu rühren wagte.

Tja, und da ging die Tür auf. Wie sehr hoffte May, es wäre Patrick mit einer Packung Taschentüchern. Oder wenigstens einem Underberg. Fehlanzeige. Dafür waren es Charlotte und der Professor, die sich auf leisen Turnschuhsohlen näherten.

Die beiden hatten das »Experiment«, wie sie es nannten, aus sicherer Entfernung heraus beobachtet. Charlotte ging auf Zehenspitzen zum Konzertflügel hinüber. Sie setzte sich, lauschte den Klängen ihrer Schwester und begann dann behutsam mit der Klavierbegleitung. Hatte ich das eigentlich je erwähnt? Bevor Anne-Sophie ihren Frederic kennen- und liebenlernte, war sie, Charlotte, die Klavierbegleiterin ihrer Schwester gewesen.

Abrupt hörte sie auf zu spielen.

»Frederic?!«

»Nein, ich bin es, Charlotte! – Spiel weiter, Sopherl!«

Doch Anne-Sophie legte ihr Gesicht auf das Cello und weinte bitterlich.

Er kann Klavier spielen!«

Die grimmig aussehenden Männer, die im Gefolge von Palo Slanina in die Kneipe von Brzna gekommen waren, um ihre letzte Wilderei zu begießen, waren noch nüchtern genug, um die schönen Klänge aus dem schäbigen Hinterzimmer wahrzunehmen. Einige winkten ab: »Na und! Ein Bier und ein Schnaps wären mir lieber!«

Aber andere wurden durch die selten schönen Töne regelrecht angelockt. So etwas hatten sie noch nie gehört. Auf diesem Klavier war entweder herumgedroschen worden, oder man hatte seine Biergläser darauf abgestellt.

Aber dass jemand mit feinen langen Fingern darauf Chopin spielte – das war noch nie vorgekommen in der Kneipe in Brzna.

Genau in dem Moment, als Anne-Sophie Hunderte von Kilometern weiter westlich zum ersten Mal zum Cello griff, klappte Frederic von Tatzmannsdorf in Brzna das vergammelte Klavier auf. Während die Kerle, die ihn aus unerklärlichen

Gründen durchfütterten und ihm eine Schlafstatt gaben, noch mit dem Abtransport ihrer erlegten Hirsche, Wildschweine und Braunbären beschäftigt waren, spielte er erst ein paar Akkorde und begann dann mit dem Regentropfen-Prelude von Chopin. Seine Finger griffen ganz automatisch in die Tasten, suchten, fühlten, fanden. Hauptsächlich schwarze Tasten, was aber keinen dieser ungebildeten Lümmel in der Kneipe beeindruckte. Es war ein schwermütiges, melancholisches Stück, das zu seiner Stimmung und dem Wetter passte. Denn nicht nur im Salzkammergut, sondern auch in Brzna kann es sehr lange regnen.

Frederic jedenfalls fühlte sich verloren. Niemand schien ihn zu vermissen, geschweige denn nach ihm zu suchen.

Also hatte es in seinem früheren Leben offensichtlich keine Familie gegeben, keine Freundin, keine Frau. Eines Tages war er in der heruntergekommenen Hütte von Jan Takatsch unter einer stinkenden, zerlöcherten Wolldecke aufgewacht. Das Angenehmste darin war das schwarzlockige Mädchen mit der breiten Nase und den Schmutzrändern unter den Fingernägeln, das sich um ihn gekümmert hatte. Was heißt hier gekümmert. Sie hatte ihm eine widerlich schmeckende Suppe gebracht, hartes altes Brot, viel Wodka und einen schmuddeligen Verband. Aber verlieren wir uns nicht in Details. Tatsache ist: Diese schwarzhaarige Wilde hatte als Einzige seine Sprache gesprochen.

Frederic wurde das Gefühl nicht los, dass er hier nicht hingehörte. Er tat Dinge, die ihm widerstrebten. Er wuchtete tote Fischotter, Biber und Kormorane in einen übel riechenden Kofferraum, deckte ganze Hirschkadaver mit Lumpen zu und spürte ganz genau, dass dies Unrecht war. Er saß schweigend auf dem Beifahrersitz neben einem schmuddeligen Mann in zerfetzten Klamotten, der abgestandenes Budweiser aus der Dose trank, während er alkoholische Getränke verabscheute. Anschließend schlief dieser Mann selbstzufrieden auf einem zerschlissenen Sofa ein, während ein kleiner Schwarzweißfernseher Fußballspiele zwischen dem 1. FC Brzna und Kanone Ljubljana zeigte. Frederic von Tatzmannsdorf starrte oft auf diesen Fernseher, um einen Anknüpfungspunkt an sein früheres Leben zu finden. Er fand aber keinen, was ja so unbegreiflich nicht ist. Dieser Mann mit Namen Palo Slanina hatte ihn gekauft, so viel hatte Frederic verstanden. Er war das Eigentum dieses Mannes. Oft überlegte er, ob es die Sklaverei eigentlich noch gab, oder ob sie nicht längst abgeschafft worden war. Aber woher sollte er das wissen, wo er sich doch an nichts und niemanden erinnerte, geschweige denn an Geschichte im dritten Schuljahr.

Wenn er sich doch nur an seinen Geschichtslehrer hätte erinnern können – oder wenigstens an dessen Telefonnummer, das hätte ihn schon einen ganzen Schritt weitergebracht.

Das erste Mal, dass ihm etwas bekannt vorkam, war jetzt, im Hinterzimmer dieser fragwürdigen Kneipe von Brzna. Da stand ein Klavier. Und es hatte die gleichen weißen und schwarzen Tasten wie die Konzertflügel in seinem Unterbewusstsein. Die Töne, die er dem Instrument entlockte, kamen ihm vertraut vor, obwohl das Klavier ziemlich verstimmt war. Er wusste nicht, dass er Chopin spielte, und auch nicht, dass der Bursche mit Vornamen Frederic hieß, weil er es vergessen hatte. Aber seine Finger fanden den Weg. Als Frederic beim Mittelteil des Preludes angekommen war, der anschwillt bis zu einem donnernden Gewitter, da wackelte das alte Instrument. Es hatte schon viel erlebt, aber noch nie hatte jemand in gis-Moll darauf gespielt. Frederics Finger griffen die schwierigen Modulationen einwandfrei, ohne Fehler.

»Hele, koukni! Ten jraje jak Buh!« Wenn ich jetzt wüsste, was das heißt.

Mit einem Mal war Frederic von einem Dutzend staunender Zuhörer umringt. Sie flüsterten sich unverständliche Brocken zu.

»Ty vole. Fakt. Ten neni urcite zdejsi«, zischte jemand bewundernd.

210

Das Gemurmel wurde lauter: »Takhle neumi hrat zadnej cech.«

»Dieser Typ spielt ja wie ein Gott! Solche Kaliber gibt's bei uns in Brzna nicht! Wahrscheinlich kommt der Kerl von einem anderen Stern!«

Als Frederic mit dem Regentropfen-Prelude seines Namensvetters fertig war, erntete er donnernden Applaus. Frederic schloss die Augen. Als Nächstes spielte er Mozart. Es war eine sehnsuchtsvolle Melodie, mit vielen Seufzern in Moll. Heimweh, Sehnsucht, Hinwendung ... Liebe?

Er spürte einen körperlichen Schmerz. Er verzehrte sich nach jemandem. Nach einer Frau. War er verheiratet? Einen Ring trug er nicht. Aber er HATTE einen getragen, das hatten ihm Druckspuren an seinem linken Ringfinger gezeigt. War er möglicherweise verlobt gewesen? WEM hatte sein Herz gehört, bevor er in dieses schwarze Loch des Vergessens gefallen war? In welchem Himmel war er gewesen, bevor er in dieser Hölle erwachte?

Es musste Liebe sein, die ihn berührte. Ja, er liebte eine Frau. Aber WER war sie?

Als er nach dem zweiten Satz geendet hatte, applaudierte nur noch ein einzelner Mensch. Es waren Frauenhände.

War das die Frau, die er liebte? War sie die Frau, der er versprochen war?

Vorsichtig drehte sich Frederic von Tatzmannsdorf nach ihr um.

Er lächelte, denn er hatte die Frau erkannt. Er war so froh, dass es ein bekanntes, vertrautes Gesicht war, das sich nun zu ihm herunterbeugte. Die Lippen dieses Mundes, den er schon so oft lachen gesehen und sprechen gehört hatte, spitzten sich zu einem zärtlichen Kuss. Die Augen, die nun ganz dicht vor seinen waren, leuchteten vor Zuneigung. Sie war es, nach der er sich gesehnt hatte. Sie begehrte er, und sie wollte er heute Abend bei sich haben. In seinen Lenden regte es sich.

»Wie schön, dass ich dich gefunden habe«, sagte die Stimme in der Sprache, die Frederic von Tatzmannsdorf verstand.

»Ich bin auch froh, dass du wieder bei mir bist«, sagte Frederic lächelnd, und in seiner Stimme lag eine Spur von Glück.

»Kann ich heute Nacht bei dir bleiben?«, fragte die Frau, an die er sich erinnerte.

Es war Veronika Schellongova, die alte Schlampe.

Nein, ich kann nicht mit dir nach Zürich fliegen.« Ärgerlich wandte sich Eberhard zu Fragstein von seinem Geschäftspartner Jörg von Hardenberg ab. Die beiden saßen in der Senator-Lounge des Hamburger Flughafens vor einem Glas Tomatensaft und besprachen ihre nächsten Termine. Sie waren beide in Nadelstreifenanzüge gekleidet und sahen einander zum Verwechseln ähnlich.

»Aber ohne dich kann ich diese Schnee-Palast Geschichte nicht stemmen! Du weißt genau, dass es um achtzig Millionen Euro geht!«

»Ja, aber dann musst du den Termin verlegen!«

»Den Termin verlegen? Hast du vergessen, wer unser Kunde ist?«

»Nein, das habe ich nicht vergessen!« Eberhard zu Fragstein erhob sich aus dem tiefen Clubsessel und wanderte in der Vielflieger-Lounge unruhig auf und ab.

»Es ist der Scheich von Bahrain, und der kommt extra wegen uns nach Zürich. Er will uns 80 Millionen Euro geben, damit wir ihm einen 6-Sterne-Schnee-Palast in die Wüste setzen. Aber ich KANN nicht!« Er musste seine Stimme dämpfen, um die anderen nicht zu stören.

Vereinzelte Herren in Maßanzügen saßen in ihren Ohrensesseln, schrieben in ihren Laptop oder sprachen in eine kleine Freisprechanlage, die an ihrem Revers angebracht war. Die wenigen alleinreisenden Damen in ihren knappen Kostümen und hochhackigen Schuhen bemühten sich, nicht allzu interessiert herüberzuschauen, obwohl sie die beiden aristokratisch wirkenden Geschäftsmänner ausgesprochen interessant fanden.

Eberhard schritt zum Buffet, auf dem allerlei kleine Köstlichkeiten aufgebaut waren. Er nahm sich ein Glas Wein und griff zu einigen würzigen Appetithäppchen, bevor er sich wieder zu Jörg von Hardenberg in die lederne Polstergarnitur fallen ließ. Er war nervös. Sehr nervös sogar. Und zwar nicht wegen des Eispalasts in der Wüste.

»Schau, ich sitze verdammt in der Klemme! Da ist mir meine eigene Haut wichtiger als jede Million vom Scheich.«

»Das ist mir klar, alter Junge. Wenn du mit der berühmten Lisa Walter was anfängst, musst du dich nicht wundern, wenn das morgen in der Zeitung steht.«

»Das muss um jeden Preis verhindert werden!« Eberhard brach der Schweiß aus. »Wir feiern nächste Woche den siebzigsten Geburtstag meiner Schwiegermutter, der Fürstin von Hohensinn, und sie wünscht sich nichts sehnlicher als Friede, Freude, Eierkuchen!«

»Mann, was bist du für ein grauenvoller Spießer«, zischte Jörg von Hardenberg. »Wenn du Lisa Walter bumst, kannst du nicht mit der spröden Charlotte auf Schwiegermutters Geburtstag Händchen halten!«

»Na hast du eine Ahnung! Meine Schwiegermutter will um jeden Preis eine nach außen hin glückliche, intakte Fürstenfamilie repräsentieren! Ich kann es mir im Moment einfach nicht leisten, dass solche Eskapaden wie mit Lisa Walter publik werden!«

»Spiel ihr doch nichts vor, nach all dem Mist, der in eurem Fürstenhaus in letzter Zeit vorgefallen ist! Ihr redet doch alle nicht mehr miteinander! Steh doch dazu!«

Jörg von Hardenberg hatte die Heucheleien seines Kompagnons satt. Er brauchte Eberhard bei dem sicherlich größten Finanz-Coup, den die beiden jemals zu bewältigen hatten.

»Mensch! Achtzig Millionen Euro! Wenn du die im Sack hast, kannst du auf die Fürstenfamilie scheißen!«

»Ich MUSS zu meiner Familie und alles erklären, bevor es zu spät ist!«

»Wenn wir heute nach Zürich fliegen und morgen früh den Scheich und seine Leute treffen, kannst du immer noch nach Hause zu deinen Lieben!« Jörg grinste. Er hatte ein langes schmales Gesicht, sehr kurz geschnittene Haare und kleine graue Augen. Bei ihm wusste man nie so genau, ob er einen heimlich auslachte. Einer, der einem eiskalt das gesamte Vermögen aus der Tasche zog und hinterher bestritt, einem jemals begegnet zu sein.

»Dann könnte es bereits zu spät sein! Stell dir vor, das Bild von mir und Lisa erscheint schon morgen in der Zeitung. Schlimmstenfalls sogar auf der Titelseite der ›Neuesten Adelsnachrichten‹! Wie wir eng umschlungen in der Sansibar in Sylt rumzüngeln. Mann ey! Und ich sitze in Zürich und schwatze dem Scheich den Eispalast auf und bin nicht zu erreichen. Dann reicht Charlotte die Scheidung ein, und ich bin raus aus der Fürstenfamilie. Das wäre eine Katastrophe!«

»Aber du liebst Charlotte doch gar nicht!« Jörg von Hardenberg konnte sehr direkt sein, so verschlagen er auch war.

Eberhard griff zu seinem Weinglas und trank es auf einen Zug leer.

»Daraus mache ich ja auch gar kein Geheimnis! Aber ich liebe ihr Geld!«

»Ach komm! Lisa Walter hat auch Geld.«

»Ja, das hat sie, bei Gott. Ich möchte bloß wissen, woher.«

»Sie war ein paar Mal sehr gewinnbringend verheiratet.«

»Nun gut, sie ist reich. Stinkreich sogar. Aber sie ist keine Prinzessin.«

»Dafür eine berühmte Fernsehmoderatorin!«

»Was willst du damit sagen, Jörg?« Eberhard ließ sich von einer jungen Kellnerin Wein nachschenken. Er nickte ihr zu und betrachtete ihr appetitliches Hinterteil, als diese den Nachbartisch abräumte.

»Woran dir doch letztlich liegt, ist Geld und Ruhm«, sagte Jörg von Hardenberg. »Das kann dir Lisa Walter genauso bieten wie Charlotte von Hohensinn.«

»Lisa Walter ist trotzdem ein gesellschaftlicher Abstieg.«

»Wieso denn?«

»Sie ist eine Bürgerliche.«

»Du könntest sie in den Adelsstand erheben.«

»Indem ich sie heirate …?«

»Allerdings. Schau dir das spanische Königshaus an. Nichts anderes ist dort passiert.«

»Trotzdem, es gibt da noch etwas.« Eberhard zu Fragstein trank einen kräftigen Schluck Weißwein. Endlich setzte die entspannende Wirkung ein, und seine Nervosität ließ nach.

»Du weißt vielleicht nicht, wie schlecht es um die Gesundheit des alten Fürsten Leopold steht.«

»Nein«, sagte von Hardenberg. »Aber wenn du dauernd davon sprichst, wie tatterig er geworden ist … In der Presse stand nichts darüber zu lesen.«

»Niemand weiß es offiziell. Aber ich habe mitbekommen, wie sehr ihn die Ereignisse der letzten Monate gesundheitlich angegriffen haben. Er redet nicht mehr mit Charlotte, seine Lieblingstochter Anne-Sophie ist körperlich wie seelisch ein Wrack, der eine Sohn ist schwul und der andere hat einen Riesenkrach mit seiner Frau und seinen Kindern. Alles in allem sitzt der alte Fürst auf einem Haufen Scherben, und das macht ihn fertig. Er ist ein dickköpfiger sturer alter Esel, sage ich dir. Aber innerlich zerbrechlich wie Meissner Porzellan.«

»Und? Was weiter?«

»Ich sage dir, der Alte kratzt bald ab.«

Jörg von Hardenberg schaute seinen Partner ungläubig an. »Na und?«, fragte er schließlich. »Dadurch wird sich für dich nichts ändern. Ferdinand ist der Erbprinz. Er wird der Fürst von Hohensinn, wenn Fürst Leopold das Zeitliche segnet.«

»Tja«, schnalzte Eberhard zu Fragstein triumphierend mit der Zunge, »das sehe ich aber anders.«

»Wieso nicht? Er ist kerngesund, im Vollbesitz seiner geistigen Kräfte, hat eine wunderbare Frau, die ihre Repräsentationspflichten hervorragend erledigt, zwei prima Kinder …«

»Stimmt alles NICHT«, sagte Eberhard mit Nachdruck. »Seine feine Marie ist nämlich kürzlich mit dem prima Kind durchgebrannt. Vermutlich nach Amerika. Und von dort kommt sie nie mehr zurück.«

»NEIN.« Jörg von Hardenberg blieb die Luft weg. »Das WEISS ich ja alles gar nicht!«

»Woher auch«, meinte Eberhard zu Fragstein. »Ist ja alles noch *top secret*. Bisher ist nichts bis zur Presse durchgesickert. Aber wenn die rauskriegen, dass dem Erbprinz Ferdinand die liebe Frau durchgebrannt ist, dann schlachten sie ihn.«

»Das glaube ich nicht. Er wird trotzdem Fürst.«

»Wird er NICHT. – Soll ich dir mal was sagen?« Eberhard griff zur Weinflasche, die im Kühler neben dem Couchtisch stand, und setzte sie an den Mund. Ihm war jetzt alles egal. Es war noch Vormittag, und er trank Alkohol auf nüchternen Magen.

»Na, wo du gerade schon dabei bist …« Jörg von Hardenberg wollte die ganze Wahrheit wissen. »Erzähl schon. Bleibt unter uns Bergkameraden.«

»Ferdinand hat den Jungen fast totgeschlagen. In der Scheune. Mit einer Axt.«

»Ach komm, Eberhard, jetzt fängst du an zu spinnen …«

»Ich sage dir, was ich weiß. Bei uns im Schloss haben die Wände Ohren.«

»Er hat ihn mit einer Axt geschlagen? Seinen eigenen

Jungen? Und deswegen ist Marie mit ihm nach Kalifornien abgehauen?«

»Du hast es kapiert. Und rate mal, wer Fürst wird. Ein gewalttätiger Kinderschänder oder ein anständiger, unbescholtener Ehemann und dreifacher Vater wie ich?«

Jörg von Hardenberg starrte seinen Partner mit einer Mischung aus Respekt und Abscheu an. »Und deswegen darf morgen nicht in der Zeitung stehen, dass du und die Lisa Walter …«

»… in Sylt Händchen haltend in der Sansibar saßen, genau. Wer uns da abgeschossen hat, weiß ich nicht. Aber ich habe den Blitz gesehen. Deutlich. Vor dem Fenster.«

»Und wenn es ein Gewitter war?«

»Hardenberg! Es war ein Paparazzo! Ich hab ihn ja noch wegrennen sehen!«

»Verdammte Scheiße.« Jetzt war es auch an Jörg, die Flasche an den Mund zu setzen.

»Es gibt ein Foto. Und ich muss rausfinden, wie viel der Kerl dafür haben will.«

»Du willst dem Reporter das Foto abkaufen?«

»Natürlich! Was denkst denn du? Meinst du, ich sehe Däumchen drehend dabei zu, wie meine Ehe auch noch den Bach runtergeht? Wenn Ferdinand nicht Fürst wird, wird Charlotte Fürstin. Die ist aber gesundheitlich und psychisch am Ende. Also bin ICH an der Reihe. Oder meinst du, der kleine schwule Alexander wird vom Volk akzeptiert? Oder die blinde, verkrüppelte Anne-Sophie? Oder der von Krähen zerfressene Frederic?« Er lachte gemein.

»Du bist ein abgewichster Hund«, stellte Jörg von Hardenberg nicht ohne Bewunderung fest.

»Das nehme ich als Kompliment.« Eberhard leerte die Weinflasche. »Und deswegen fliege ich jetzt nicht mit dir nach Zürich und knöpfe dem Scheich 80 Millionen für einen Schneepalast ab, der nach spätestens drei Tagen in der Sonne dahinschmilzt, sondern nehme mir den besten und teuersten Prominentenanwalt in Hamburg. Der kennt die Tricks der Presse und weiß, mit welchen Mitteln man dagegen ankämpft.«

»Ist das der, der auch Caroline von Monaco und Ernst-August von Hannover vertritt?«

»Genau der. Ich hoffe, er hat noch Zeit für mich.«

Eberhard zu Fragstein erhob sich, leicht schwankend.

»Den Scheich musst du alleine einwickeln, mein Freund. Aber denk an unsere Taktik und ruf mich an, wenn es Probleme gibt!«

»Kopf hoch, Eberhard.« Jörg erhob sich und begleitete seinen Partner zur Tür.

»Du wirst ihn schon wieder aus der Schlinge ziehen!«

Er winkte seinem Freund nach, der mit seinem Koffer die Rolltreppe zur Ankunftshalle hinunterfuhr.

»Fliegt der Herr nicht mit nach Zürich?« Die freundliche Empfangsdame der Senator-Lounge hob fragend die Bordkarte, die sie gerade vorbereitet hatte.

»Sie können sie zerreißen«, sagte Jörg von Hardenberg. Dann begab er sich zu Ausgang B.

Wie heißen die Stammformen von *ponere*?«

»Keine Ahnung, Alter.«

»Oh doch, du weißt es. Du hast bloß keine Lust.«

»Also gut, wenn ich danach zu meiner Mutter darf: *pono, posui, positum*.« Maximilian tat so, als würde ihn das unendlich langweilen. Und ehrlich gesagt: Es langweilte ihn auch. Und das ist noch milde ausgedrückt. Es quälte, es marterte, es peinigte ihn. Und mich auch. Ich musste extra in meiner alten Lateingrammatik nachschlagen. Aber der arme Junge wollte zu seiner Mama.

Pater Albertus unterdrückte ein zufriedenes Grinsen.

»Na bitte, ist doch richtig! Du lernst schnell, mein Lieber!«

»Ich hab ja keine andere Wahl«, brummte Max. »Meine Mama liegt in der dunklen Zelle und verhungert.«

»Nicht wenn du fleißig lernst. Als Nächstes wenden wir uns dem Ablativus absolutus zu. Mit dir kann man ja Riesensprünge machen!«

»Ich würde lieber Riesensprünge auf meinem Skateboard machen.«

»Alles hat seine Zeit«, sagte Pater Albertus. »Du bist ein hochintelligenter Bursche und hast deinen Geist verkommen lassen. Denk daran, dass deine Mutter Hunger hat und lies jetzt vor.«

»*Lege constructa*«, las Max aus seinem Lateinbuch vor. »Nach dem das Gesetz gebildet worden war.« Ein völlig unnötiger, überflüssiger Sermon also, und was das mit der Nahrungszufuhr seiner Mutter zu tun hatte, will mir auch nicht in den Kopf.

Oder sollte dieser Pater Albertus etwa ein durchtriebener Sadist sein? Der Maximilian vor die Wahl stellte, entweder du lernst Latein oder deine Mutter krepiert? Meine Güte, Abgründe tun sich auf!

»Wieder richtig. Du sprichst Latein wie ein alter Römer.«

Maximilian wurde rot vor Freude und ärgerte sich gleichzeitig darüber. Er WOLLTE eigentlich gar nicht von diesem Pfaffen gelobt werden. Er wollte diese Stätte des Grauens mit seiner Mutter so schnell wie möglich verlassen. Andererseits hatte er noch nie in seinem Leben ein solches Erfolgserlebnis gehabt. Und niemanden, der ihm so viel abverlangte.

»Je mehr du lernst, desto früher bekommt deine Mama was zu essen. Und die Chancen stehen gut: Deine kleinen grauen Zellen arbeiten auf Hochtouren«, sagte Pater Albertus. »Die haben sich so warmgelaufen, dass wir jetzt bald Seneca lesen können. Oder tendierst du eher zu Livius?«

Maximilian kniff die Lippen zusammen. Noch vor zwei Wochen hätte er geantwortet: »Lassen Sie mich mit dem Scheiß in Ruhe. Das eine ist so bescheuert wie das andere!«

Stattdessen sagte er: »O.K., wenn's unbedingt sein muss, dann Livio.« Er musste an das gesunde Speiseöl denken, mit dem seine Mama immer den frischen Salat angemacht hatte, damals, als die Welt noch in Ordnung war.

Was sollte er tun? Die Mama verhungern lassen? Videospiele, Fernseher, iPod und alle anderen Unterhaltungsmöglichkeiten waren weit weg. Und so blieb ihm nichts anderes übrig, als sich von diesem Pater hier die Zeit vertreiben zu lassen …

»Seneca wenden wir uns dann später zu«, sagte Pater Albertus. »Er ist Philosoph, und die Texte könnten dir noch zu hoch sein.«

»Wetten, dass ich sie kapiere?«, fragte Max. Er hatte eine Kampfeslust in den Augen, die den Pater unbändig freute. Wie er diesen verstockten Buben doch hatte motivieren können!

Es störte den Pater nicht, dass Maximilian das Kloster als Knast bezeichnete. Er mochte diesen Jungen. Dieser Max war zwar rotzfrech, aber hochintelligent. Im Grunde suchte der Junge eine Herausforderung, einen Menschen, an dem er sich messen konnte.

Er hatte es sich nicht umsonst zur Aufgabe gemacht, schwer erziehbare Kinder und Jugendliche zu unterrichten, ihnen etwas von seinem Wissen abzugeben, um sie dann gestärkt in die Welt da draußen zu entlassen. Seit fünfzehn Jahren lebte Pater Albertus nun schon hier oben in der Einöde, ohne jemals Zivilkleidung zu tragen oder einen Fernsehapparat zu Gesicht zu bekommen – völlig ohne Kontakt zur Außenwelt. Bis auf das eine Mal, als er zum Zahnarzt musste, aber das war nun auch schon wieder sieben Jahre her.

An sein früheres Leben dachte er nur ungern zurück. Er trug nämlich seit vielen Jahren ein dunkles Geheimnis mit sich herum. Es hatte was mit einem unehelichen Kind zu tun, und einer Frau, die er damals feige im Stich gelassen hatte. Aber das wusste niemand, noch nicht mal sein Prior.

Eines Tages würde er sich dieser Verantwortung stellen müssen.

»Hallo, Pater Albertus? Sind Sie noch da?«

Max wedelte mit seinem Lateinbuch vor dem Gesicht des Paters herum.

Der Pater riss sich zusammen. Wieso musste er nur in letzter Zeit so häufig an Daniela denken?

»Lucius Annaeus Seneca, *De vita beata*«, sagte Pater Albertus. »Wovon könnte das handeln?«

»Na, von 'nem schönen Leben oder so«, übersetzte Max missmutig. »Davon kann ich nur träumen!«

»Bilde dir nix ein, Junge. Wenn man lernt, dann IST das ein schönes Leben.«

»Für Sie vielleicht. Ich weiß schon, wie ich mir mein Leben schön mache.« Max dachte voller Wehmut an sein Skateboard und seinen Grießbrei und sein Motorboot und seinen Roller und seine Wasserski und seine Carvingski und seine Gitarre und seinen iPod und seinen Flachbildfernseher mit 167 Premiere-Programmen und seinen eigenen 18-Loch-Golfplatz am Schwarzensee zurück.

»Die Zeit totzuschlagen ist eine Sünde. Aber den Samen zu nähren, den Gott in dein Gehirn gepflanzt hat, das ist Gott wohlgefällig. Lies den ersten Satz aus dem 18. Kapitel.«

»*Aliter inquis, loqueris, aliter vivis.*«

»Und was bedeutet das?«

»Einerseits redest du so, andererseits lebst du anders. Oder so ähnlich.«

»Nicht schlecht. Du redest anders, als du lebst.«

Max sah seinen Lehrer von der Seite an. »Und? Gilt das auch für Sie?«

Ohne es zu wissen, hatte Max mitten ins Schwarze getroffen.

Ist die Suppe diesmal heiß genug, Herr Zielinsky?«

May legte dem alten Herrn fürsorglich die große Stoffserviette um den mageren Oberlehrer-Hals. Wie wir wissen, war Herr Zielinsky Lehrer gewesen, und zwar in der Volksschule eines Orts unweit von Ruhpolding mit dem Namen Eisenärzt.

Herr Zielinsky griff nach dem Löffel und probierte die Suppe. »Nichts auszusetzen«, murmelte er zwischen zwei Bissen.

May lächelte. »Das freut mich, Herr Zielinsky. Ich hatte schon befürchtet, Sie niemals zufriedenzustellen.«

»Ich habe eben so meine Ansprüche.« Er löffelte schweigend seine Suppe, wobei er nicht schlürfte, das muss hier mal ganz klargestellt werden. Er hatte Manieren, der alte Oberlehrer. Dann schob er den Teller von sich und sah May zum ersten Mal an: »Wie haben Sie das geschafft?«

»Was meinen Sie?«

»Na, die Suppe heiß zu servieren. Das hat vor Ihnen noch niemand geschafft.«

May lächelte verschmitzt. »Das ist mein kleines Geheimnis!«

Tatsächlich hatte sie im Vorraum zu den fünf Zimmern, die sie zu betreuen hatte, eine kleine Teeküche eingerichtet: Heißwasserkocher, Toaster, Mikrowelle, Kühlschrank. Sogar eine Saftpresse, einen Eierkocher und ein Waffeleisen hatte sie aus der Schlossküche angeschleppt. So gelang es ihr, ihren Schützlingen stets schmackhafte kleine warme Speisen zu bringen.

»Sie sind die Erste, die wirklich mitdenkt«, stellte Herr Zielinsky sachlich fest, als May ihm zwei krosse Toastscheiben brachte, die sie sogleich behände mit frischer selbst gemachter Erdbeermarmelade beschmierte.

»Ich lebe jetzt seit fünf Jahren in diesem Heim, und das ist der erste Toast, der nicht kalt und lappig ist.«

»Ich gebe mir Mühe«, sagte May. Sie wurde rot vor Freude.

Ja, dieser alte Oberlehrer hatte ihr die Augen geöffnet. Er nahm nicht alles klaglos hin, was sich hier im Heim so abspielte.

»Es freut mich, dass Sie sich die Zeit nehmen, auf meine Wünsche einzugehen«, sagte Herr Zielinsky. »Noch mehr würde es mich freuen, Sie nähmen sich die Zeit, mir beim Essen Gesellschaft zu leisten.«

May setzte sich zu dem alten Mann an den Tisch und sah ihm beim Essen zu.

»Hier, nehmen Sie!« Herr Zielinksky schob May den Teller hin. »Sie sehen hungrig aus!«

»Ja, das bin ich auch …« May naschte dankbar ein paar Häppchen von Zielinskys Teller.

Der Alte sah sie anerkennend an.

»Es ist Ihr Verdienst, dass ich wieder Spaß am Leben habe«, sagte er. »Sie bringen frischen Wind und Sonnenschein in meine Kammer.«

May freute sich. »Es macht mir auch Spaß, bei Ihnen zu sein. Zuerst waren Sie so ungnädig wie ein alter Major, aber ich glaube, hinter Ihrer rauen Schale steckt ein weicher Kern.«

Aufmerksam reichte sie dem alten Mann die Serviette, die zu Boden gefallen war.

»Darf es noch ein Gläschen Wein sein?«

»Jetzt verführen Sie mich auch noch zum Trinken«, knurrte Herr Zielinsky. »Aber nur, wenn Sie ein Glas mittrinken!«

May holte zwei Gläser und schenkte von dem guten schweren Rotwein ein, den sie aus dem Weinkeller des Schlosses hatte mitgehen lassen.

»Nicht so viel, nicht so viel! Ich bin das nicht mehr gewohnt!«

Herr Zielinsky lehnte sich in seinem Rollstuhl zurück. »Na, dann auf Ihr Wohl, May.«

»Auf Ihres, Herr Zielinsky!«

Die beiden prosteten sich zu. Sie waren schon ein ungleiches Paar, der alte struppige wortkarge Mann und das junge schüchterne Mädchen, aber nach wochenlangen Kämpfen, in denen May ihm nichts hatte recht machen können, war das Eis gebrochen.

»Warum heißen Sie eigentlich May?« Die Frage war ja schon lange überfällig. Normalerweise fragen Oberlehrer das in den ersten vier Sekunden.

»Meine Mutter ist Amerikanerin. Eigentlich sollte ich ›April‹ heißen, weil ich Ende April auf die Welt hätte kommen sollen. Aber ich bin am ersten Mai geboren.«

»Sie sind ein Maiglöckchen«, lächelte Herr Zielinsky. »Sanft und mild wie der erste schöne Frühlingstag. Der Name passt zu Ihnen.«

Herr Zielinsky war ein gebildeter alter Herr, der darunter litt, dass er niemanden hatte, mit dem er sich geistig austauschen konnte. Zwar gaben sich alle Schwestern und Pfleger mit ihren Schützlingen große Mühe, aber niemand nahm sich die Zeit für ein längeres Gespräch. May spürte, dass es nicht nur die körperliche Pflege war, die die alten Leute brauchten. Sie brauchten auch jemanden, der ihnen zuhörte.

Herrn Zielinsky hatte es bis jetzt immer Freude gemacht, an allem etwas auszusetzen. Doch May besaß so viel Einfühlungsvermögen, dass sie die ständigen Nörgeleien des alten Mannes nicht als persönliche Kritik wertete, sondern als das Bedürfnis, ernst genommen zu werden.

Inzwischen hatte Herr Zielinsky auch schon einige Dinge über May und ihre Familie erfahren.

»Haben Sie etwas von Ihrer Mutter gehört?«, fragte er, als die beiden bei ihrem Glas Rotwein zusammensaßen. »Oder von Ihrem Bruder?«

»Nein«, antwortete May traurig. »Sie sind wahrscheinlich in Amerika, aber die Großeltern dort sagen, bei ihnen hätten sie sich auch noch nicht gemeldet.«

Herr Zielinsky schüttelte missbilligend den Kopf. »Das ist doch nicht zu fassen«, murrte er ärgerlich, »dass in Zeiten von Internet, Handy, Fax und all so einem Firlefanz nicht herauszufinden ist, wo Ihre Mutter und Ihr Bruder abgeblieben sind!«

Ja, so tief hatte sich Zielinsky bereits reingehängt in die fürstlichen Angelegenheiten! Und das nur wegen des knusprigen Toasts, der eiskalt abgeschreckten Vier-Minuten-Eier und der perfekt temperierten Suppe.

»Sie hatten Streit mit Vater«, gab May traurig zu. »Er wollte Max in ein Klosterinternat stecken.«

»Und? Was heißt wollte? Hat er oder hat er nicht?!«

Das war wieder typisch für Herrn Zielinsky. Er blieb hartnäckig, bis er den Dingen auf den Grund gekommen war.

»Das wissen wir eben alle nicht«, sagte May. »Mein Vater und mein Bruder haben sich in der Scheune so heftig gestritten, dass meine Mutter am nächsten Tag spurlos verschwunden ist.«

»So ein Blödsinn«, sagte Herr Zielinsky. »Kein Mensch verschwindet heutzutage spurlos. Was ist mit Ihrem Vater? Hat der denn gar keinen Versuch unternommen, Ihre Mutter und Ihren Bruder zu finden?«

»Zuerst hat mein Vater geglaubt, die beiden seien seinen Anweisungen gefolgt und nach Zell am Stein gefahren.«

Bei Zell am Stein zog der Alte sofort eine Augenbraue hoch.

»Nachdem sich Mutter aber tagelang nicht gemeldet hat, ist er davon ausgegangen, dass sie mit Maximilian wie angedroht nach Amerika geflogen ist. Von da ist aber auch kein Lebenszeichen gekommen.«

»Aber deine Mutter kann doch nicht einfach so von der Bildfläche verschwinden, Mädchen!«

In seiner Erregung bemerkte Herr Zielinsky gar nicht, dass er May plötzlich duzte.

»Sie brauchte wahrscheinlich Abstand«, sagte May.

»Alles so ein blödsinniger Modekram«, brummte der alte Lehrer. »Frauen brauchen neuerdings Abstand von ihren Männern! Wenn ich das schon höre!«

Herr Zielinsky war über fünfzig Jahre glücklich mit Christa verheiratet gewesen, die ihm eine liebevolle und treu sorgende Ehefrau gewesen war. Aber Christa war vor fünf Jahren gestorben, seine Tochter und er waren zerstritten, und so war Herrn Zielinsky nur der Weg ins Altersheim geblieben. Hier besuchte ihn wenigstens ab und zu seine sechzehnjährige Enkelin, wenn auch selten genug. Das Mädel hatte was Besseres zu tun, als ihren Opa zu besuchen, und weil der Opa immer so miese Laune hatte, und nie auf die Idee kam, ihr mal einen Fuffi zuzustecken, wurden die Besuche der Enkelin auch immer seltener.

»Meine Eltern haben eine echte Krise«, sagte May nachdenklich. »Dem Großvater geht es nicht gut, mein Vater ist der Erbprinz und soll demnächst Fürst werden. Meiner Mutter wird das alles zu viel. Ihre Bedürfnisse wurden nie wahrgenommen. Sie wollte nicht mehr auf dem Präsentierteller stehen. Ich denke, sie hat sich mit Max eine Auszeit genommen.«

»Aber das sind ihre verdammten Pflichten als Ehefrau des Erbprinzen! Das hätte sie sich eher überlegen sollen. Schließlich hat sie das doch gewusst, als sie deinen Vater heiratete!«

»Meine Mutter musste immer nur funktionieren und durfte nie einen Fehler machen. Daran ist sie wohl letztendlich zerbrochen«, verteidigte May ihre Mutter Marie.

»Deine Großmutter, die von mir hoch verehrte Fürstin Patricia, hat das aber auch geschafft«, sagte Herr Zielinsky. »Für so eine Position muss man anscheinend geboren sein.«

»Ja, vielleicht«, antwortete May schulterzuckend. »Mein Vater wollte auch, dass ich Diplomatie studiere, aber ich wollte lieber Altenpflegerin werden.«

Herr Zielinsky verzog das Gesicht. »Was willst du mir denn

jetzt für eine Lehre erteilen? Soll ich deinem Vater recht geben? Dazu neige ich natürlich, denn du bist klug und gebildet und hast wunderbare Voraussetzungen für eine Diplomatin. Aber dann wärst du nicht hier, und kein Mensch würde mir ein so perfektes Vier-Minuten-Ei machen wie du.« Zielinsky grinste versöhnlich.

»Vielleicht braucht man zwischendurch einfach mal Zeit, um seinen Weg zu überdenken?« May stand auf. »Ich muss jetzt leider weiter, meine Großmutter wartet auf mich. Sie hat in zwei Tagen Geburtstag, und der Familienrat tagt.«

»Grüße sie herzlich von mir und sage ihr meine Verehrung! Du wirst deine Mutter schon würdig ersetzen, wenn sie es tatsächlich wagen sollte, nicht zum Geburtstag der Fürstin zu erscheinen.«

Herr Zielinsky schüttelte missbilligend den Kopf.

May räumte das Geschirr ab.

»Bis morgen, Herr Zielinsky. Schlafen Sie gut.« May strich den alten Mann schüchtern über den Arm. »Danke für den schönen Abend.«

»Mach noch das Fenster auf und den Vorhang zu«, brummte Herr Zielinsky. »Jeden Handgriff muss man dir immer wieder sagen!«

Als May verschwunden war, griff er zum Telefon.

»Julia«, krächzte er ohne große Umschweife. »Ich bin's, dein Großvater. Du musst etwas für mich erledigen. Setz dich auf dein Motorrad und fahr raus nach Zell am Stein. Und da fragst du nach Marie von Hohensinn. Die soll gefälligst in zwei Tagen im Schloss erscheinen. Und der missratene Bengel auch. Verstanden?«

Dann legte er auf, ohne Julias Mutter Grüße auszurichten.

Er hatte den Kontakt zu seiner Tochter Daniela schon lange abgebrochen.

May, du kommst spät!«

»Entschuldigt. Ich hatte noch zu arbeiten.«

»Ja, du hast dich um fremde alte Leute gekümmert, statt dich um deine Großeltern zu bemühen! Ein großes Fest steht ins Haus! Und du tust so, als gehörtest du nicht dazu!«

Erbprinz Ferdinand von Hohensinn drückte seiner Tochter May mit grimmiger Miene eine Liste in die Hand. Von wegen Küsschen und wie war's und hast du Hunger.

»Hier, lies das. Die anderen wissen alle schon Bescheid. Das sind die Gäste, die zugesagt haben. Hinten findest du die Teilnehmer von der Presse.«

Im großen Salon des alten Fürstenpaares hatten sich sämtliche Familienmitglieder versammelt, die zurzeit noch auf Schloss Hohensinn weilten.

Die Fürstin hatte alle zum Tee geladen, um über das bevorstehende Geburtstagsfest zu sprechen.

»Nun sind ja alle da«, grüßte Patricia lächelnd in die Runde. Sie trug ein lindgrünes Trachtenkostüm mit einem passenden Seidentuch über der Schulter. Wie immer hatte sie die Haare perfekt hochgesteckt, und ihr dezentes Make-up ließ sie jung und strahlend erscheinen.

»Ich freue mich sehr, dass auch du den Weg von Zürich zurück ins Schloss gefunden hast, Eberhard.« Die Fürstin warf Eberhard zu Fragstein einen kühlen Blick zu.

Eberhard dachte nicht daran, klarzustellen, dass er nicht in Zürich, sondern in Hamburg bei seinem Anwalt gewesen war. Charlotte und Eberhard standen zwar nebeneinander am Kamin, schauten sich aber nicht an. Charlotte spürte, dass Eberhard ihr etwas Wichtiges verschwieg.

Der Hamburger Staranwalt hatte alle Hebel in Bewegung gesetzt, um die Veröffentlichung des Fotos von Eberhard und Lisa Walter per einstweiliger Verfügung zu verhindern. Das hatte Eberhard einige Stunden Schweiß und Angst gekostet, und dazu ein fünfstelliges Honorar für den Anwalt.

Nun stand der fiese Eberhard hier auf der Familienbesprechung, und stellte mit Genugtuung fest, dass Marie von Hohensinn mitsamt ihrem missratenen Bengel nicht erschienen war.

Diese Ehe ist also tatsächlich im Eimer, dachte er erfreut. Und ohne Ehefrau wurde Ferdinand nicht Fürst. Nicht, wenn er der Presse Informationen zuspielte, die Ferdinand als gewalttätigen Ehemann und Vater bloßstellten. Stichwort Axt, Scheune und Zell am Stein.

Aus zusammengekniffenen Augen betrachtete er seinen Schwiegervater Leopold, der mit zittrigen Fingern versuchte, seine Pfeife zu stopfen. Vor dem alten Fürsten stand sein geliebter Bierhumpen, den er mit letzter Kraft zum Munde führte.

Der Alte macht es nicht mehr lange, dachte Eberhard berechnend. Wenn ich erst seine Position innehabe, werde ich meine finanziellen Geschäfte um ein Vielfaches ausbauen können. Dann tut mir das Ableben von Frederic von Tatzmannsdorf und meine dadurch gescheiterten Beziehungen zum ungarischen Fürstentum auch nicht mehr weh.«

Charlotte ihrerseits dachte voller Sehnsucht und Liebe an den graumelierten Dr. Kriegerer, der mit Vornamen Joseph hieß, und daran, dass sich hier über kurz oder lang so einiges ändern würde.

»Leider kann ich heute Abend unsere liebe Tochter Anne-Sophie nicht bei uns willkommen heißen«, sprach die Fürstin alle Familienmitglieder an. »Sie lässt aber Grüße ausrichten.«

»Wie geht es ihr?«, fragte Alexander, der jüngste Fürstensohn. Er stand mit einem Glas Wein vor dem geöffneten Fenster. Es dämmerte bereits, aber die Luft war noch lau.

»Es geht ihr überraschend gut«, sagte die Fürstin mit warmer Stimme, während sie versuchte, ihr Schultertuch am Herabrutschen zu hindern. »Sie absolviert fleißig ihre Reha-Maßnahmen, und der Professor macht ihr sogar Hoffnungen, eines Tages wieder sehen und gehen zu können. Die Augenoperation ist gut verlaufen.«

Charlotte wurde warm ums Herz. Sollte sie eines Tages von ihrer großen Schuld erlöst sein?

»Und das Baby?«, fragte Eberhard berechnend.

»Sie ist im sechsten Monat«, sagte die Fürstin lächelnd, die gerade eben noch einen Blick in den Mutterpass geworfen hatte. »Wenn alles gut geht, wird sie an Weihnachten Mutter eines gesunden Buben sein.«

Eberhard täuschte Erleichterung vor. »Dann wird ein Teil des seligen Frederic von Tatzmannsdorf auf Schloss Hohensinn weiterleben«, salbaderte er.

Die anderen sahen betreten zu Boden. Noch gab es keinerlei Beweise für den Tod von Frederic. Zum Glück hatten seine Eltern davon abgesehen, die Fürstenfamilie zu verklagen.

Eberhard ließ seinen Blick über die Familie schweifen und musterte Alexander abschätzig. Nein, auch du nicht, mein Kleiner, dachte er. Tja, meine Lieben, wenn ich euch alle so betrachte, bin ich hier der Einzige, der in der Lage sein wird, das Fürstenhaus nach alter Tradition und mit neuem Anspruch weiterzuführen. Er trat näher an Charlotte heran und legte den Arm um sie.

»Wir müssen jetzt alle ganz eng zusammenrücken«, sagte Eberhard. »Unsere Familie hat viel durchgemacht in letzter Zeit.«

Charlotte sah ihren Mann von der Seite her an. Was war denn in den gefahren?

Erbprinz Ferdinand fühlte sich von seinem Schwager übergangen.

»Ich glaube kaum, dass es an DIR ist, so zu reden«, sagte er. »Wenn du darauf anspielst, dass sich Marie und Max … eine Auszeit genommen haben …«

»Nenn die Dinge ruhig beim Namen, lieber Schwager«, sagte Eberhard dreist. »Abgehauen, Entschuldigung, verschwunden sind sie«, fügte er mit einem Seitenblick auf sei-

230

ne Schwiegermutter hinzu, die nervös an ihrem Schultertuch nestelte. »Sie haben sich für immer aus dem Fürstenhaus verabschiedet.«

»Woher willst du das wissen?«, ereiferte sich May, die mit ihrer Teetasse auf der Lehne des Sessels ihres Großvaters saß. »Vielleicht tauchen sie zu Großmutters Geburtstag wieder auf?«

»Das glaubst du doch selbst nicht, Kindchen«, sagte Eberhard. »Die surfen in Kalifornien.« Er warf seinem Schwager Ferdinand einen warnenden Blick zu. »Welcher Sohn kehrt schon freiwillig zu einem Vater zurück, der ihn … mit einer Axt fast totschlägt?«

Nun hatte er die Bombe platzen lassen. Solche Geschütze hatte er heute Abend eigentlich noch gar nicht auffahren wollen. Aber es war besser, Ferdinand stellte sich auf einen starken Gegner ein.

Charlotte hatte sich aus Eberhards Umarmung gewunden.

»Hört doch endlich auf zu streiten! Das hier ist die Besprechung für Mutters Geburtstag!«

»Genau«, meinte Alexander, der an seinem Drink nippte und eine Zigarette zwischen seinen gespreizten Fingern hielt. »Lasst Mutter doch auch mal zu Wort kommen!«

»Oder willst du etwas sagen, Leo?«, fragte die Fürstin, während sie sich nach ihrem Schultertuch bückte.

Doch der alte Fürst schüttelte nur stumm den Kopf. Die Situation überforderte ihn. Es ging ihm nicht gut, er fühlte seine Kräfte dahinschwinden. Aber Patricia zuliebe würde er diese ganze Farce durchstehen. Geh leckts mi doch am Oasch, dachte er dumpf. Bald habe ich das alles hinter mir.

»Es wird sicher nicht einfach«, sagte die Fürstin hoch erhobenen Hauptes. »Aber ich erwarte von euch allen Loyalität und hundertprozentige Kooperation. Man wird uns mit Argusaugen beobachten. Ich möchte, dass du, Eberhard, nett mit Charlotte und euren drei gemeinsamen Kindern umgehst.«

»Natürlich«, sagte Eberhard unschuldig, »etwas anderes käme mir gar nicht in den Sinn.«

»Von dir, Ferdinand, erwarte ich, dass du dich als perfekter Gastgeber erweist. Das hast du schon oft getan, nur war bisher stets Marie an deiner Seite.« Sie wandte den Kopf und schaute liebevoll auf ihre Enkelin. »Du, meine kleine May, wirst deine Mutter würdig ersetzen.«

May schaute ihren Großvater an, und dieser tätschelte ihr wortlos die Hand.

»Ich stehe meinen Mann«, sagte Ferdinand und warf seinem Schwager Eberhard eiskalte Blicke zu. Dieser gerissene Bursche spekulierte schon auf den Fürstentitel!

O Marie, dachte er verbittert. Warum tust du mir das an?

War ich denn wirklich so ungerecht zu unserem Sohn?

»Ich möchte euch alle bitten, unser Fürstenhaus wie immer mit Stolz und Würde zu vertreten«, sagte die zukünftige Jubilarin. »Weder die Mitglieder der anderen Adelshäuser noch die Presse dürfen Wind davon bekommen, dass unser Haussegen im Moment eher schief hängt.«

Patricia blickte jedes einzelne Familienmitglied streng an, und alle senkten wie ertappt den Kopf.

»Wir werden einigen Herausforderungen standhalten müssen«, setzte die Fürstin ihre Rede fort. »Man wird sich nach dem Gesundheitszustand von Anne-Sophie erkundigen. Selbstverständlich ist inzwischen durchgedrungen, dass sie Mutterfreuden entgegensieht. Also leugnen wir das nicht länger, sondern verkünden, wie sehr wir uns auf unser neues Familienmitglied freuen.«

Die anderen nickten und murmelten zustimmend.

»Eure drei Kleinen«, sagte die Fürstin zu Charlotte und Eberhard, »werden für ein Familienfoto nett angezogen, bleiben aber ansonsten mit Paula im Hintergrund. Wir können es nicht vermeiden, sie der Öffentlichkeit zu präsentieren, setzen sie aber nicht länger als nötig den neugierigen Blicken der Meute aus.«

»Das ist ganz in meinem Sinne«, sagte Charlotte dankbar.

»Du, Charlotte, solltest etwas anziehen, was nicht zu figurbetont ist. Du bist im Moment … sehr dünn.«

»Um nicht zu sagen mager«, murmelte Eberhard.

»Ich werde mich in einen schwarzen Sack hüllen«, sagte Charlotte spitz und schaute zur Wand.

»Des Weiteren wird man auch einen prüfenden Blick auf euren alten Vater werfen«, fuhr Fürstin Patricia fort. »Wir alle werden ihn vor allzu aufdringlichen Journalisten schützen und ihn auf keinen Fall allein der Presse aussetzen. Besondere Vorsicht gilt diesem Weyrauch und seiner Adelsagentur.«

»Der dicke Erwin aus Berlin ist der Schlimmste«, wusste Alexander zu berichten. »Der hat nach dem Unglück wochenlang vor der Hecke herumgelungert. Ich glaube, der braucht dringend Kohle, sonst kann er einpacken!« Er kicherte. Die anderen überhörten ihn.

»Fotos kommen nur auf dem Schlossbalkon zustande, und zwar mit einer weitgehend kompletten Familie. Der Vater wird die volle Montur tragen. Es wäre schön, wenn ihn jemand stützt.«

»Ich passe auf ihn auf«, erbot sich May.

»Tja, du hast ja mit alten Männern Erfahrung«, spöttelte Eberhard.

Die Fürstin ignorierte diese Gehässigkeit vornehm, Charlotte schüttelte nur den Kopf, und Alexander fragte naiv: »Hat May einen älteren Herrn kennengelernt?«

Eberhard äffte seinen Schwager nach, indem er besonders tuntig die Lippen schürzte.

»Alexander, du wirst vermutlich wie immer danach gefragt werden, ob du schon …«, versuchte die Fürstin das Gespräch wieder an sich zu reißen.

»Ein Mädchen oder Weibchen«, trällerte der gemeine Eberhard, »wünscht Alexander sich …«

»Tu ich nicht! Ich will einen Kerl!«, maulte Alexander. »Und ich weiß auch welchen!«

»Alexander, bitte!«, verbot ihm die Fürstin das Wort. »Das Personal ist kein Thema.«

»Was?«, brüllte der alte Fürst.

»Wir sollten uns eine Strategie überlegen, wie wir diese peinliche Frage umgehen«, ließ sich der altkluge Ferdinand von seinem Biedermeiersofa aus vernehmen. »Das stürzt uns ja jedes Mal wieder in die gleiche Verlegenheit! Wir könnten behaupten, dass du überlegst, ins Kloster zu gehen.«

»Und was ist mit dir?!«, giftete Alexander seinen großen Bruder an. »Dir ist die Frau weggelaufen! Das bringt die Familie Hohensinn in eine wesentlich größere Verlegenheit!«

»Gerade jetzt, wo alle Augen auf Schloss Hohensinn gerichtet sind!«, mischte sich Eberhard ein. »Da muss jeder seinen Mann stehen! Weglaufen ist nicht die feine Art!«

»Mama ist nicht weggelaufen«, entrüstete sich May. »Sie nimmt sich nur eine Auszeit!«

»A Auszeit!«, brummte der alte Fürst. »Das hat's zu meiner Lebzeit net geben. Dieses Selbstverwirklichungsgeschwätz, dös amerikanische!«

»Aber genauso werden wir das der Presse gegenüber vertreten«, bestimmte die Fürstin. »Marie kümmert sich um ihren 17-jährigen Sohn, der die Schule gewechselt hat.«

»So kommt sie gut rüber«, höhnte Eberhard aus seiner Ecke. »Und keiner schöpft Verdacht.« Er warf Ferdinand und Charlotte einen hämischen Blick zu.

In dem Moment meldete sich Mays Handy.

»Entschuldigt mich.« May verließ ihren Platz auf der Armlehne des Fürstensessels und verdrückte sich in den Vorraum.

Hier stieß sie mit dem neuen Chef de Service zusammen, dem blonden gut aussehenden Mann mit dem norddeutschen Akzent, den die Großmutter vor kurzem eingestellt hatte.

»Wird drinnen noch etwas gebraucht?«, fragte dieser May, die bereits ihr Handy ans Ohr hielt und »Hallo?« sagte.

»Gehen Sie rein!«, wisperte May. »Hallo? Wer? Ach, Herr Zielinsky! Warum schlafen Sie denn nicht?«

Holger Menzel schob den silbernen Wagen mit den Getränken in den privaten Salon der Fürstin. Er hatte eisgekühlten Champagner dabei, frisch gepressten Orangensaft, Campari, Whisky und Cognac, und für den alten Fürsten ein zünftiges Stiegl.

Dies war sein erster offizieller Auftritt in den Privatgemächern der Fürstenfamilie. Ob sie ihn nun in ihre Kreise aufnehmen würden? Mit zitternden Knien ging er in den Salon.

Die Nachricht von dem Genie, das in einer billigen Kneipe stundenlang die schwierigsten Stücke auf dem Klavier spielte, verbreitete sich bis über die tschechisch-österreichische Grenze, ja sogar bis in den tiefsten Bayerischen Wald.

Einfache Bauern, Jäger und Landarbeiter, aber auch Schurken, Zigeuner und Gauner drängten sich in Scharen in dieser Kneipe. Sie standen mit ihren Bierhumpen im schmucklosen Gastraum und starrten mit offenen Mündern auf den bärtigen Mann, der trotz Vollbart, fleckigem Wams und dreckigen Fingernägeln Mozart, Beethoven und Chopin spielte.

»Er ist bestimmt ein verwunschener Prinz«, flüsterte eine Magd in derbem Linnen, die von ihrem Herrn zum Bierholen geschickt worden war.

»Oder ein entführter Graf«, wisperte eine Zweite, deren mangelnde Hygienevorkehrungen ihr den Geruch eines überreifen Camemberts verliehen.

»Oder ein verstoßener Königssohn«, mutmaßte eine Dritte, die ihre Haare mit flüssigem Bratfett gewaschen hatte.

Die Bedienerin schnappte das Getuschel auf, und schon

nach kurzer Zeit war man sich in der näheren und weiteren Umgebung einig: In der Kneipe von Brzna saß ein verzauberter Märchenprinz am Klavier.

Der Wirt konnte sich vor neugieriger Kundschaft kaum noch retten.

So verwunderte es ihn nicht weiter, dass eines schönen Septembertages ein geräumiger BMW mit österreichischem Kennzeichen vor seiner schäbigen Kaschemme hielt. Der Chauffeur mit Livree und Dienstmütze öffnete einem dicklichen Mann in Jägerloden den Schlag und half ihm beim Aussteigen. Der Feiste stopfte sich schnell noch eine Serviette in die Tasche, aus der er gerade ein Jausenbrot gefrühstückt hatte, das er von irgendeinem Buffet hatte mitgehen lassen.

»Warten Sie im Wagen auf mich«, sagte der aufgeschwemmte Mann zu seinem Fahrer.

»Selbstverständlich, Baron.«

Gerthold von Schweinitz, der gern im Rotlichtmilieu hinter der tschechischen Grenze verkehrte, hatte von einer seiner Gespielinnen gehört, was sich da Erstaunliches in der Kneipe von Brzna abspielte.

Und so schritt er hoch erhobenen Hauptes über die schlecht gepflasterte Straße, auf der außer Hundekacke auch noch Pferdemist, Kuhmist, Gänsemist und allerlei Unrat lag, und betrat die düstere Wirtschaft, in die kaum ein Sonnenstrahl drang. Darin war es bereits pumpvoll. Die Gäste drängelten sich dicht an dicht und versuchten auf Zehenspitzen, einen Blick auf den Wunderpianisten zu erhaschen.

»Macht mal Platz, Leute.« Von Schweinitz war es nicht gewohnt, sich zwischen solchem Pack hindurchquetschen zu müssen.

Wenn er schon im eigenen Fürstenhause nichts galt, so spielte er hier gern den großen Mann.

»Wer ist das da am Klavier?«, fragte er gebieterisch.

Die Umstehenden verstanden ihn nicht und gafften ihn an.

Schließlich sagte jemand: »Veronika spricht Deutsch.«

»Dann schickt sie schon her zu mir! Sie soll gleich ein großes Bier und böhmische Speckknödel mitbringen!«

Von Schweinitz war nicht besonders groß, deshalb war es ihm noch nicht gelungen, einen Blick auf den bewunderten Pianisten zu werfen. Er hatte nur gehört, dass es sich um einen außergewöhnlich begabten Musiker handelte, der offensichtlich nicht wusste, wer er war. Das kam dem dicklichen Holdi sehr gelegen. Er witterte seine ganz große Chance. Selbstzufrieden ließ er sich auf einem freien Stück Eckbank nieder und trommelte mit seinen fetten Fingern ungeduldig auf die klebrige Tischplatte.

Veronika Schellongova arbeitete sich mit einem großen Bier durch die Menge. Man wies mit dem Finger auf von Schweinitz, der in seinem albernen Lodenjankerl breit und wichtig auf seiner Bank thronte.

Als er Veronika sah, bekam sein arrogantes Gesicht einen weichen Zug.

»Setz dich her zu mir, schönes Kind.« Holdi, das Schwein, strich dem Mädel über das lange schwarze Haar.

»Bitte, Ihr Bier.«

Von Schweinitz packte Veronika am Arm und zog sie neben sich auf die Bank.

»Bitte, das darf ich nicht …« Veronika wollte sich sofort wieder erheben.

»Wenn ich das erlaube, dann darfst du das. Ich bin der Baron von Schweinitz, und du bist das entzückendste Geschöpf, das ich jemals hinter der tschechischen Grenze in den Armen gehalten habe.«

Veronika errötete. Der Mann sah zwar nicht besonders gut aus, aber er war ein richtiger Baron! Noch nie hatte ihr ein Mann mit sauberen Fingernägeln und gerade gezogenem Seitenscheitel Beachtung geschenkt!

Gerthold legte seinen Arm um Veronika und drückte und tätschelte sie, als sei sie schon lange sein Eigentum.

»Bitte, ich bin hier nur Spülerin …«

»Aber so eine süße, putzige, schnuckelige Spülerin mit so kleinen feinen Händchen …«

Von Schweinitz griff besitzergreifend nach den Händen von Veronika, die vom vielen Spülwasser rot und aufgerissen waren, und benetzte sie mit seinen feuchten Küssen. »Mutzi putzi mausi muschi …« Veronika wusste gar nicht mehr, wie ihr geschah.

Fjodor, der Wirt, erschien kampfeslustig auf der Bildfläche, um Veronika in die Küche zurückzuschicken. Doch als er sah, wer sich da an seiner kleinen Spülerin zu schaffen machte, ließ er schulterzuckend von seinem Vorhaben ab. Dieser Mann sah nach Geld aus, und wenn er Veronika für eine Nacht haben wollte, würde er ihm einen guten Preis machen.

Gerthold scherzte und flirtete noch eine Weile mit seinem Opfer, dann sagte er zwischen zwei kräftigen Schlucken Bier: »Wer ist denn dieser Mann am Klavier?«

Veronika setzte sich kerzengerade auf.

»Mein Freund Nemec!«

»So, so, dein Freund ist das also, meine schnuckelige kleine Mutzi putzi …«

Mann, ist der durchgeknallt, dachte Veronika. Aber ein bisschen stolz war sie schon.

»Na ja«, gab Veronika in Betracht seiner offensichtlichen Verehrung zu, »ich habe ihn gefunden.« Sie lächelte scheu, und der Baron hörte abrupt auf, ihr Bein zu tätscheln.

»Gefunden?« Von Schweinitz war plötzlich ganz Ohr.

»Besser gesagt, mein Freund Jan Takatsch hat ihn gefunden.«

»Ja, wie viele Freunde hat denn meine kleine schnuckelige Spülerin noch?«

Veronika errötete schon wieder. »Jan Takatsch hat Nemec im Wald gefunden. Er war verletzt. Wir haben ihn in unserer Hütte gesund gepflegt.«

»Warum habt ihr ihn nicht ins Krankenhaus gebracht?«

»Kein … Geld«, sagte Veronika und senkte den Kopf. »Und … keine Polizei.«

Von Schweinitz begriff noch nicht so recht, aber aus einer vagen Ahnung wurde langsam Gewissheit.

»Und er hat euch gesagt, dass sein Name ›Nemec‹ ist?«

»Nein. Er hat noch gar nichts gesagt. Er versteht unsere Sprache nicht. ›Nemec‹ heißt ›der Deutsche‹. Er spricht nämlich deutsch, und ich bin die Einzige, die ihn versteht.«

Von Schweinitz schlug sich vor Begeisterung mit der flachen Hand auf den Schenkel. Auf den eigenen diesmal.

»Das glaub ich nicht! Das glaub ich einfach nicht!«, gluckste er vor sich hin.

»Kennen Sie Nemec? Wissen Sie, wer er ist?«

»Bring ihn her, kleine Spülerin. Bring ihn sofort her.«

Veronika stand auf, arbeitete sich durch die Menge und ging zu Frederic, der soeben sein rasantes Klavierstück von Rachmanninoff beendet hatte. Veronika nahm Frederic an die Hand und zog ihn durch die frenetisch applaudierende Gästeschar. Wortlos bugsierte sie ihn zu dem Tisch, an dem von Schweinitz händereibend hockte.

»Er spricht deutsch«, sagte Veronika, indem sie mit dem Kopf auf den Baron wies.

Von Schweinitz betrachtete Frederic von Tatzmannsdorf aus zusammengekniffenen Augen.

War er es oder war er es nicht? Der Bräutigam von Anne-Sophie war groß und schlank, soweit war eine gewisse Ähnlichkeit vorhanden. Aber er trug seine Haare modisch kurz, war stets perfekt rasiert und gekleidet und hatte gepflegte, saubere Hände. Und außerdem trug er diesen Wappenring des Fürsten von Tatzmannsdorf.

Dieser Kerl hier hatte keinen Ring, dafür lange schwarze Haare und einen Bart. Seine Hände waren rau und seine Kleidung war die eines Waldarbeiters.

»Setz dich«, wies Holdi, das Schwein, den überraschten

Frederic an. Und zu Veronika sagte er gebieterisch: »Bring uns zwei Bier!«

»Ja, mach ich sofort.« Veronika verschwand eiligst hinter der dreckigen Schanktheke.

»Wer sind Sie?«, fragte Frederic.

»Dasselbe frage ich Sie!« Von Schweinitz fixierte sein Gegenüber mit messerscharfem Blick.

»Sind Sie von der Polizei?«

»Wieso? Haben Sie was ausgefressen?«

»Ich weiß es nicht«, antwortete Frederic. »Ich weiß nur, dass ich hier nicht hingehöre.«

»Kennst du mich denn nicht mehr?« Gerthold hatte seinen Schwager in spe inzwischen eindeutig an der Stimme erkannt.

»Nein, tut mir leid. Ich erinnere mich an gar nichts mehr ...«

»Ich fass es nicht, ich fass es einfach nicht!«, murmelte von Schweinitz begeistert. »Morgen ist der siebzigste Geburtstag der Fürstin, und ich bringe ihr das allertollste Geschenk ...«

»Wovon sprechen Sie?« Frederic sah seinen dicklichen Halb-Schwippschwager bange an. »Nehmen Sie mich mit? Muss ich hier weg? Muss ich ins Gefängnis?«

»Junge, willst du mir im Ernst weismachen, dass du vergessen hast, wer du bist?«

»Ja«, beteuerte Frederic. »Ich kann Klavier spielen. Und ich spreche deutsch. Mehr weiß ich nicht.«

»Welche Rolle spielt die kleine Spülerin?«

»Veronika? Sie hat mir sehr geholfen. Ich würde mich gern um sie kümmern ...«

»Lass das mal meine Sorge sein.« Baron von Schweinitz lächelte, als Veronika mit zwei großen Biergläsern durch die Menge balancierte. »Das Schnuckiputzi mit den schönen langen Haaren hat's mir vom ersten Moment an angetan ...«

»Eh, Nemec, deine Pause ist vorbei!«, schrie Fjodor aus

dem Hintergrund. »Mit den Gästen plaudern kannst du ein andermal!« Die Männer am Tresen johlten vor Lachen und warfen aufgeweichte Bierdeckel nach ihm.

Frederic wollte sich sofort gehorsam erheben, aber der Baron hielt ihn am Arm fest.

»Was sagt dir der Name Frederic von Tatzmannsdorf?«

Frederic legte seine Stirn in Falten und zermarterte sich das Hirn.

»Wer soll das sein?«

Veronika schob die zwei schweren Biergläser auf den Tisch. Unauffällig kramte sie unter ihrer Schürze einen kleinen Gegenstand hervor und sah sich hastig nach allen Seiten um. Während sie so tat, als wolle sie abkassieren, raunte sie heiser:

»Wenn Sie mich mitnehmen, gebe ich Ihnen das hier!«

Baron von Schweinitz trank erst einen kräftigen Schluck aus dem Glas und wischte sich dann den Schaum vom Kinn, bevor er in der Dunkelheit der Spelunke erkannte, was ihm Veronika da heimlich unter das Wechselgeld gelegt hatte:

Es war ein Siegelring mit dem Wappen der Fürstenfamilie von Tatzmannsdorf.

Ich kann ihn am Handy einfach nicht erreichen!«

Lisa Walter ließ sich missmutig auf das weiße Designersofa fallen, das in ihrer Alstervilla an der breiten Glasfront des Wintergartens stand. Draußen zogen weiße Segelschiffe vorbei, und der Himmel war so tiefblau, wie er sonst nur im Salzkammergut ist.

Die üppigen Kastanienbäume auf ihrem riesigen Anwesen hatten sich bereits rotbraun verfärbt und leuchteten in voller Pracht. Also Hamburg war einfach super an diesem

Tag. Schon in Norderstedt oder Bargteheide war der Himmel lange nicht mehr so blau. Oder in Eppendorf oder Hamburg Horn. Aber an der Alster: erste Sahne. Aber Lisa Walter schien das alles nicht zu bemerken.

»Er hat mir doch vorgestern noch rote Rosen geschickt! Und jetzt ist er für mich nicht zu sprechen!«

Die Frau, mit der Lisa Walter sprach, sah ihr zum Verwechseln ähnlich.

»Vielleicht ist dieser Fürsten-Schwiegersohn diesmal eine Nummer zu groß für dich?«

»Nur weil die Sache mit dem Pressefoto von unserem Tête-à-Tête auf Sylt nicht geklappt hat, soll ich schon aufgeben?«

»Nun ja, ich hatte den Fotografen ja eigens dorthin gelockt. Mit deinem Cabrio bin ich ganz aufreizend vor ihm her gefahren. Als ich merkte, dass ich ihn an der Angel hatte, bin ich sogar noch ein paar Mal bei Rot über die Ampel gefahren, damit er merkt, dass ich merke, dass er mich verfolgt. War ich nicht raffiniert?

»Ja, ja. Aber warum stand dann kein Bild von uns in der Zeitung?«

»Anscheinend hat man dem Fotografen Daumenschrauben angelegt. Jedenfalls meinte er, das Foto dürfe unter keinen Umständen veröffentlicht werden.«

»Weil er Schiss gekriegt hat.«

»Weil er viel Geld gekriegt hat.«

»Fragt sich nur von wem.«

»Schätze, dein schlauer Eberhard hat einen guten Draht zum besten Promi-Anwalt Hamburgs. Und der hat den Abdruck verhindert. Einstweilige Verfügung und so weiter. Machen wir uns doch nichts vor: Beim Hase-und-Igel-Spiel ist der Schlauere immer zuerst da!«

»Vera, du bist meine Schwester und meine Agentin. Ich erwarte von dir Loyalität und professionelle Beratung. Wie immer.«

»Bei den ersten drei Ehen hat es ja geklappt«, verteidigte sich Vera. »Doch diesmal scheint dein Opfer zäher zu sein, als wir dachten.«

»Ach was, er ist genauso auf mich reingefallen wie alle anderen auch. Er hat mir die Ehe versprochen!«

»Als Schwester sage ich dir, lass die Finger von dem. Und als Agentin kann ich dich nur fragen, ob du einen Beweis für sein Eheversprechen hast?!«

Lisa Walter steckte sich mit zitternden Fingern eine Zigarette an.

»Natürlich«, stieß sie mit ihrer ersten Rauchschwade aus. »Ich bin schließlich keine Anfängerin!«

Mit perfekt manikürten Fingern öffnete sie den Schnappverschluss ihrer Gucci-Handtasche, holte ein kleines Diktiergerät heraus und hielt es ihrer Zwillingsschwester hin.

»Hier! Hör dir das an!«

Vera drückte auf »Play«.

Ihre Fingernägel waren exakt auf die gleiche Weise lackiert wie die von Lisa.

Nach einigen Sekunden begann das Band zu rauschen, und man hörte deutlich die Stimme von Eberhard zu Fragstein: »Liebling, es ist nur noch eine Frage der Zeit, bis ich mich von Charlotte scheiden lasse. Ich will für immer mit dir leben!«

»Ist das wirklich wahr?«, antwortete Lisas Stimme. »Sagst du das nicht nur, um mich wieder ins Bett zu kriegen?«

»So wahr, wie ich hier vor dir knie!« Man hörte ein Knacken und Knistern, dann das Aufschnappen eines Verschlusses an einer kleinen Schmuckschatulle: »Mit diesem Ring möchte ich offiziell um deine Hand bitten.«

»Ach Eberhard!«, hörte man Lisa gurren. »Ein bisschen mehr Mühe musst du dir schon geben, immerhin bin ich Lisa Walter, und du bist Eberhard zu Fragstein!«

»Liebste Lisa Walter, du meine einzige große Liebe, ich, Eberhard zu Fragstein aus dem Hause von Hohensinn, bitte dich hiermit meine Frau zu werden, sobald ich von Charlotte von Hohensinn geschieden bin!«

»Wie kann ich Ja sagen, wenn du noch gebunden bist?«

»Das bin ich nur noch auf dem Papier, liebste Lisa. Das habe ich dir doch alles schon erklärt!«

»Und ich bin immerhin auch schon fünfunddreißig«, hörte man Lisa sagen. »Meine biologische Uhr tickt!« Sie schluchzte. »Es gibt noch etwas anderes als die Karriere!«

»Das weiß ich doch alles, meine Schöne. Deshalb werde ich dich auch nicht mehr lange warten lassen! Dass ich Kinder zeugen kann, habe ich hinlänglich bewiesen.« Man hörte ihn selbstgefällig lachen. »Drei Kinderchen in kürzester Zeit! Bei dir mache ich das halbe Dutzend voll!« Vera wurde schon beim Zuhören schlecht.

»Wie lange wirst du mich noch auf die Erfüllung unserer Liebe warten lassen, Eberhard zu Fragstein?«

»Nur noch bis zum siebzigsten Geburtstag der Fürstin Patricia von Hohensinn, liebste Lisa. Für die Öffentlichkeit müssen die Hohensinns noch einen auf heile Familie machen. Und da ich ein Mann von Verantwortung bin und mein Wort halte, spiele ich mit. Danach reiche ich sofort die Scheidung ein, denn Charlotte interessiert mich überhaupt nicht mehr.«

»Und was wird aus ihr und den Kindern?«

»Das soll doch nicht dein Problem sein, Lisa. Wichtig ist nur, dass wir uns lieben …«

»Das reicht«, sagte Vera angewidert. Sie schaltete die Kassette aus und ließ sie zurückspulen. »Das hast du gut gemacht. Wie ich es dir gesagt habe. Er hat seinen vollständigen Namen genannt, sodass er nachher nicht behaupten kann, er sei das gar nicht gewesen auf dem Band.«

»Opfer Nummer vier geht uns in die Falle«, stellte Lisa sachlich fest. Sie sog gierig an ihrer Zigarette und ließ die langen makellosen Beine über der Sofalehne baumeln.

Vera nickte. »Der adelige Idiot hat wirklich nicht den geringsten Verdacht geschöpft.«

»Natürlich nicht«, sagte Lisa und grinste. »Ich bin Profi. Vor der Kamera und im wahren Leben.«

»Er ist genau so ein Trottel wie alle anderen auch«, sagte Vera kopfschüttelnd. »Jetzt sind wir schon so lange im Geschäft, und die Herren der Schöpfung überbieten sich immer noch gegenseitig an Naivität.«

»Das ist die männliche Eitelkeit, die ihnen beim ersten Kontakt mit meinen weiblichen Reizen zu hundert Prozent in die Hose rutscht.«

Vera verzog die Lippen zu einem grausamen Lächeln. »Das passt alles perfekt«, sagte sie kalt. »Zuerst kommen die reichen Kerle in deine Sendung und legen dir bei der Gelegenheit ihre finanzielle Situation dar …«

»… und dann geht eine von uns mit ihm essen, zeigt ihm unsere Villa und macht ihm schöne Augen …«

»Na gut, eine von uns schläft auch mit ihm …«

»Ja, und zwar ich …«

»Nee, ich!«

»Echt, hast du auch mit Eberhard gepennt?«

»Na und? Macht es dir was aus?«

»Nicht das Geringste. Es gibt nichts, was wir nicht teilen, was, Schwesterherz?«

Vera nahm ihrer Schwester die Zigarette aus dem Mund und sog heftig daran. »Ist ja auch wurscht. Wenn er dann eingewickelt ist, kommt der Fototermin in der Sansibar …«

»Zu dem eine von uns immer den Fotografen hinlockt …«

»… und spätestens dann wissen wir, wie ernst es unserem Heiratskandidaten ist.«

»Erst sah alles danach aus, dass es unserem Heiratskandidaten sehr ernst ist«, stellte Vera sachlich fest. »Er will ganz oben in der High Society mitmischen, will über den roten Teppich jeder A-Promi-Veranstaltung schreiten. Und da seine ausgetrocknete Hochleistungs-Charlotte sich nicht das Geringste daraus macht, ist er auf der Suche nach einem neuen weiblichen Türöffner für das Fegefeuer der Eitelkeiten.«

»Tja, aber jetzt geht er nicht ans Handy«, bemerkte Lisa sauer und drückte ihre Zigarette in einem silbernen Aschenbecher mit dem Logo ihres Fernsehsenders aus.

»Und weißt du, warum nicht?« Vera sprang auf. »Hör doch mal, was er sagt! Der Geburtstag der Fürstin! Ist der nicht heute?«

Sie spielte die Kassette noch einmal ab.

Lisa kniff die Lippen zusammen. »Natürlich! Das hab ich ja in den ›Neuesten Adelsnachrichten‹ gelesen, als wir bei der Maniküre waren!«

»Dann haben wir die Wahl«, sagte Vera. »Entweder wir warten ab, bis er wieder ans Handy geht – mit dem Risiko, dass er sich wieder von der Fürstenfamilie einwickeln lässt –, oder Lisa Walter erscheint auf der Party und bringt als Geschenk ein hübsches Tonband mit.«

»Letzteres«, sagte Lisa, indem sie sich erhob. »Wie fliegt man am schnellsten von Hamburg nach Salzburg? Über Frankfurt oder über Wien?«

»Nix«, meinte Vera. »HLX!« Sie schob sich eine neue Zigarette in den Mund und ging bereits ins Internet. »Ist zwar nur ein Billigflieger mit freier Platzwahl, und deinen Snack musst du an Bord extra bezahlen, aber dafür fliegt der gelbe Vogel direkt. Wir dürfen unter den gegebenen Umständen keine Zeit verlieren!«

Hallo Professor Doktor Kriegerer? Raten Sie mal, wer hier spricht!«

»Keine Ahnung, Mann, es ist halb sechs in der Früh, sagen Sie Ihren Namen oder lassen Sie mich zufrieden.«

»Hier spricht Baron von Schweinitz, mein Lieber.«

»Ja und?«

»Lieber Doktor, heute ist der Geburtstag der Fürstin, habe ich recht?«

»Darüber erteile ich keinerlei Auskunft.«

»Aber Sie wären schon daran interessiert, ihr die Freude ihres Lebens zu machen?«

»Sie sprechen in Rätseln!« Der arme Professor Doktor Kriegerer sehnte sich nur danach, sich umzudrehen und noch ein bisschen weiterzuschlafen, denn heute war Samstag, und er hatte einen langen Nachtdienst hinter sich. Aber der dämliche Schwätzer am anderen Ende der Leitung hatte ihn bereits aus seinen Träumen gerissen.

»Was kann ich für Sie tun?«

»Raten Sie mal, wen ich bei mir im Auto habe und jetzt zu Ihnen bringe!«

Der Professor seufzte. Von Charlotte wusste er schon, dass es sich bei ihrem ungeliebten Halbbruder Gerthold um einen unangenehmen Aufschneider handelte. Aber wenn er um halb sechs Uhr früh in der Privatklinik anrief, musste das einen Grund haben.

»Machen Sie es nicht so spannend, Baron. Ich habe keine Lust auf Ratespiele.«

»Sie sollen aber raten!!«

Von Schweinitz kostete diesen Moment aus wie ein kleiner Junge. Endlich Beachtung, endlich Anerkennung!

»Keine Ahnung.« Der Professor raufte sich die Haare.

»Raten Sie!«

Dr. Kriegerer gähnte und erhob sich mitsamt dem Notarzt-Nachtkittel von seiner Pritsche. Eigentlich hatte er gleich duschen und dann nach Schloss Hohensinn fahren wollen.

»Also, wen wollen Sie mir bringen?« O.K. Rasieren wollte er sich auch noch. Und irgendwo in seinem Spind lagen noch ein paar frische Socken und Unterhosen.

Der Baron machte eine lange Kunstpause, kicherte eitel und sagte dann so Dinge wie »Mutzi Putzi Mausi Muschi«. Dr. Kriegerer war drauf und dran aufzulegen, doch dann ließ der Baron die Bombe platzen:

»Frederic von Tatzmannsdorf.«

»Nein. Sie spinnen ja, Baron! Der ist doch schon lange ein Fall … für die Kollegen von der Pathologie.«

»Ist er nicht. Er sitzt hier neben mir auf der Rückbank in meinem BMW.«

»Nein, das glaub ich einfach nicht.«

»Sehen Sie, da sind Sie platt. Wir befinden uns bereits hinter Linz.«

Prof. Kriegerer sprang auf, lief einige Schritte hin und her. »Wo haben Sie ihn gefunden?«

»In einer Kneipe, kurz hinter der tschechischen Grenze. Am Klavier.«

»Wie ist sein Gesundheitszustand? Ich meine, lebt er?«

Das war eine berechtigte Frage, denn in Bad Aussee am Altausseer See sitzt Johannes Brahms am Klavier in einer Hotelhalle, und der ist tot.

»Ich glaube, er ist soweit in Ordnung. Aber wie es scheint, hat er sein Gedächtnis verloren. Und genau deshalb bringe ich ihn zu Ihnen.«

»Und Sie sind sicher, dass er es wirklich ist?«

Der Professor traute von Schweinitz nicht. Um sich wichtig zu machen, war der zu allem imstande. Hauptsache, es gab Häppchen und er kam mal in die Zeitung.

»Ja, Professor, ich habe ihn erkannt. Außerdem hat mir die junge Frau, die er bei sich hatte, seinen Siegelring gegeben.«

»Kommen Sie so schnell Sie können in meine Ordination!« Professor Kriegerer klopfte das Herz bis zum Hals. »Wir müssen feststellen, was mit ihm los ist!«

Kaum hatte der Baron den Hörer aufgelegt, wählte Dr. Joseph Kriegerer wieder eine Nummer. Es war die Handy-

248

nummer von Charlotte, die der alte Knabe natürlich längst auswendig konnte.

Zu seiner Überraschung meldete sich ein ziemlich verschlafener Eberhard zu Fragstein.

Prof. Kriegerer erschrak, aber das war nun auch schon egal.

»Kriegerer«, meldete er sich entschlossen. »Kann ich Ihre Frau Gemahlin sprechen?«

»Wissen Sie eigentlich, wie spät es ist?«, herrschte ihn Eberhard zu Fragstein an.

Charlotte, die tatsächlich neben Eberhard geschlafen hatte, erwachte und sah auf die Uhr.

Ausgerechnet heute, am siebzigsten Geburtstag ihrer Mutter, hatte sie darauf verzichtet, gegen vier Uhr früh loszujoggen, und schon war der treue Sportsfreund am Telefon.

»Tut mir leid, es ist dringend.«

»Geht es um Prinzessin Anne-Sophie? Hat sich ihr Zustand verschlechtert?«

»Das möchte ich der Prinzessin lieber selbst sagen.«

»Was gibt es denn da für Geheimnisse?« Eberhard zu Fragstein warf Charlotte einen bösen Blick zu. Die streckte mit klopfendem Herzen die Hand nach ihrem Handy aus, denn sie hatte Josephs Stimme erkannt, aber Eberhard steckte das Handy unter seine Bettdecke.

»Richten Sie ihr aus, dass ich dringend auf ihren Rückruf warte«, quakte die Stimme des Doktors von unter den Daunen aus dem Handy. Eberhard setzte sich mitsamt seiner Schlafanzughose darauf. Er war fürwahr kein feiner Fürstenschwiegersohn. Selber fremdgehen, aber keinen nächtlichen Anruf für seine Frau ertragen können. Typisch!

Dr. Kriegerer legte frustriert auf. Er hasste es, sich in solche Situationen zu begeben. Des nächtens übellaunigen Ehemännern über den Weg, oder besser, mitten durchs Bett zu laufen und dann unter der Zudecke erstickt zu werden. Er liebte Charlotte, aber es war noch zu keinerlei Intimitäten gekommen. Er wollte nur, dass Charlotte dabei war, wenn Frederic von Tatzmannsdorf bei ihm in der Privatklinik auftauchte. Das war alles. Ärgerlich fegte er einige Notizen von seinem Schreibtisch, ließ sich auf seinen Sessel fallen und vergrub den Kopf in den Händen.

W as wollte denn dieser Quacksalber von dir?« Eberhard riss Charlotte mit einem Ruck die Decke weg und warf ihr das Handy hin.

»Ich habe nicht die geringste Ahnung.« Charlotte sprang auf und streifte sich ihre bereitliegenden Joggingsachen über. »Wenn er um diese Zeit anruft, geht es um Anne-Sophie.«

»Wo willst du hin? Zu ihm?«

»Ich gehe joggen«, log Charlotte und verschwand im Bad.

Eberhard überlegte. Eigentlich hatte er auf dem großen Fest der Fürstin den liebenden Ehemann und Vater spielen wollen. Schließlich musste er die Fassade noch eine Weile aufrechterhalten. Doch was, wenn Charlotte plötzlich andere Wege ging? Dann wäre sein ganzer schöner Plan zum Scheitern verurteilt. Was hatte sich da hinter seinem Rücken im Krankenhaus abgespielt?

Andererseits, so ging es ihm durch den Kopf, wäre er eigentlich fein raus, wenn sie, Charlotte, des Ehebruchs überführt wäre. Dann könnte er, Eberhard, sein Gesicht wahren und Lisa Walter tatsächlich heiraten. Diese hatte offensichtlich Geld wie Heu, verfügte über eine Traum-Villa an der Alster, eine Yacht, mehrere Millionen in der Schweiz – und war im Gegensatz zu der frigiden Charlotte im Bett eine Wucht. Außerdem hatte sie keine drei kleinen Kinder am Bein, ganz zu schweigen von einer vielköpfigen Adelsfamilie, die sowieso nur Probleme brachte. War das nicht im Grunde die bessere Lösung? Lisa Walter war frei!

Er brauchte sie nur zu pflücken, diese seltene Blume am Wegesrand!

So gegen sechs Uhr morgens beschloss Eberhard zu Fragstein der Fürstin noch vor ihrer großen Feier reinen Wein einzuschenken. Charlotte betrog ihn mit dem Chefarzt, während Anne-Sophie im Nebenzimmer im Sterben lag – so konnte er ihr seinen Entschluss, das Fürstenhaus für immer zu verlassen, perfekt verkaufen. Zufrieden drehte er sich auf die andere Seite und schlief sofort ein.

Herr Zielinsky, Sie haben Besuch!«

May, die junge Altenpflegerin, trat nach vorsichtigem Klopfen in die kleine Kammer des alten Mannes. Durch das schräge Dachfenster fielen ein paar spärliche Sonnenstrahlen auf das weiße Haupt des alten Herrn.

»Es ist ein Pfaffe«, flüsterte May mit Verschwörerblick. »Haben Sie den bestellt?«

»Ja, aber nicht für die Letzte Ölung«, brummelte Zielinsky. »Mit dem Burschen habe ich noch eine Rechnung offen!«

»Dann möchte ich lieber nicht stören.« Dezent zog sich May zurück und wies dem Mönch, der in seiner dunkelbraunen Kutte auf dem Gang wartete, den Weg. »Bitte, Pater.«

»Sie müssen May sein«, lächelte der Mönch. Das irritierte das adelige Mädchen, sodass es zart errötete.

»Woher kennen Sie meinen Namen?«

»Ich habe schon viel von Ihnen gehört. Außerdem sehen Sie Ihrer Mutter total ähnlich!«

»Nee, echt jetzt?«

»Ja, und Ihrem Bruder Max eigentlich auch.«

»Was wissen Sie von ihnen? Wo stecken sie?«

»In ihrem Auto«, sagte der Pater gelassen. »Unten auf dem Parkplatz. Aber gefahren bin ich.«

»Aber ... wieso ...«

»Weil Ihre Mutter sich den Fuß gebrochen hat. Und Max ist noch nicht 18.«

May blieb der Mund offen stehen. Was redete dieser Klosterbruder da für wirres Zeug?

»Kommt doch rein, anstatt draußen auf dem Flur rumzustehen!«, ließ sich Herr Zielinsky aus seinem Rollstuhl vernehmen. »Es zieht ja ganz fürchterlich!«

Pater Albertus zog May mit sich, obwohl diese lieber auf dem Parkplatz nach dem Rechten geschaut hätte.

»Grüß Gott, Herr Zielinsky!« Pater Albertus drückte dem alten Mann vorsichtig die gichtverkrümmte rechte Hand.

»Servus, Albert. Das wurde aber verdammt noch mal Zeit, dass du dich blicken lässt!«

»Das verdanken wir alles dieser jungen Frau hier ...«

»Wie? Mir?« May zeigte überrascht auf sich selbst. »Ich habe keinen Pfaffen bestellt!«

»Sie haben Herrn Zielinksy vom Klosterinternat in Zell am Stein erzählt.«

»Ja. Und?«

»Er hat seine Enkelin Julia Dachl gebeten, zu uns rauszufahren, um nach Marie und Max zu suchen.«

»Aber was haben Sie damit zu tun?«

»Ich bin dort seit fünfzehn Jahren Nachhilfe-Lehrer für lernunwillige, schwer erziehbare, verwöhnte Wohlstandskinder. Julia und Max haben sich auf Anhieb sehr gemocht.«

»Julia Dachl? Die Kleine, die bei uns kellnert?«, fragte May ungläubig

»Ja. Ihre Enkelin, Herr Zielinsky. Tolles Mädel.«

May schaute nur verständnislos von einem zum anderen.

»Max hat Julia alle unregelmäßigen Verben aus dem Kleinen Stowasser auswendig vorgesagt«, sprach der Pater weiter.

»Er wird sein Klassenziel spielend erreichen.«

»Dann sind sie also gar nicht in Kalifornien«, freute sich May.

»Na also«, brummte Herr Zielinsky.

»Da wird sich mein Vater aber freuen! Und meine Großmutter! Das wird ihr schönstes Geburtstagsgeschenk!«, jubelte May. »Aber ich verstehe immer noch nicht …«

Der alte Zielinsky räusperte sich. »Albert, setz dich und erzähl dem Mädel, was es mit dir und meiner Tochter auf sich
hat. Und mit der Julia.«

May blickte ratlos von einem zum anderen.

»Vor fünfzehn Jahren war ich ein ganz junger, unerfahrener
Kaplan in dem Bergdorf, in dem Herr Zielinsky Volksschuldi-
rektor war«, begann der Pater zu erzählen. »Ich unterrichtete
in seiner Schule in Eisenärzt, das ist ein ziemlich trostloses
Dorf zwischen Ruhpolding und Reit im Winkl. Das Beste daran ist die Brathähnchenbude an den Bahngleisen.«

»Albert, du schweifst ab.«

»Na gut. Ich unterrichtete Religion und unter anderem
auch seine Tochter Daniela …« Herr Zielinsky starrte ausdruckslos vor sich hin. May kannte den alten Mann gut
genug, um zu bemerken, dass es sich hier um ein heikles
Thema handelte.

»Sechzehn war des Dirndl, du Sauhund, du elender!«

»Ja, sie war noch sehr jung, und sie himmelte mich an wie
damals viele Mädchen«, verteidigte der Pater sein schänd-
liches Verhalten. »Aber für Daniela empfand ich mehr, viel
mehr …« Pater Albertus brach ab.

»So viel, dass er meine Tochter geschwängert hat«,
brummte Zielinsky verbittert.

»Also ist die neue Freundin von Max … Julia … Ihre Tochter!«

Pater Albertus nickte. »Ich habe eine Tochter. Lange hatte
ich gehofft, es wäre ein Sohn.«

»Wieso denn das?«, fragte May verwirrt.

»Dann hätte ich ihn im Klosterinternat ein bisschen unter
meine Fittiche nehmen können.«

»Du hast dich vor fünfzehn Jahren einfach verdrückt«, donnerte Herr Zielinsky los. »Und dich aus der Verantwortung gestohlen! Du hättest in Eisenärzt auch eine Gyrosbude aufmachen können! Neben der Hähnchenbude am Bahngleis war noch Platz!«

»Das stimmt nicht, Herr Zielinsky«, sagte Pater Albertus mit fester Stimme. »Sie haben mich aus dem Dorf gejagt, und von Gyros war damals noch überhaupt keine Rede. Ich habe Daniela alles hinterlassen, was ich besaß.«

»Weshalb meine Tochter auch an der Kasse von diesem grauenvollen Zweiersessellift sitzen muss«, fuhr Herr Zielinsky Pater Albertus über den Mund. »Und wir seit fünfzehn Jahren nicht mehr miteinander reden.«

»Das ist nicht allein meine Schuld«, warf der Pater ein.

Herr Zielinsky starrte böse vor sich hin.

»Ich habe im Kloster lange über alles nachgedacht«, beteuerte Albertus und wandte sich mit feuchten Augen an May. »Marie. Ihre Mutter. Und Max. Ihr Bruder – ich habe die beiden wirklich ins Herz geschlossen und gemerkt, wie sehr mir ein Familienleben fehlt.«

»Na, das fällt dir ja früh ein«, brummte Herr Zielinsky. »Inzwischen ist meine Frau tot, meine Tochter spricht nicht mehr mit mir, meine Enkelin muss im Fürstenschloss kellnern gehen und ich sitze verbittert im Altersheim.«

May zog es vor zu schweigen.

»Ich weiß jetzt, wo mein Platz ist«, sagte Pater Albertus. »Es hat lange gedauert, bis ich es erkannt habe, aber besser spät als nie.« Er lächelte ein kleines, hilfloses Lächeln.

»Sie sollten ihm den Rückweg ins weltliche Leben nicht so schwer machen«, sagte May zu ihrem alten Freund Zielinsky. »Greifen Sie nach der Hand, die er Ihnen ausstreckt!«

Mit diesen Worten nahm sie die alte, gichtverkrümmte Hand von Herrn Zielinsky und legte sie in die Hand des Paters.

»So, dann werde ich jetzt mal nach meiner Mutter und meinem Bruder schauen«, meinte May schlicht. Sie zog behutsam die Türe hinter sich zu.

Was ist passiert?« Charlotte stürmte atemlos in das Sprechzimmer des Chefarztes. Dr. Kriegerer breitete die Arme aus. Charlotte warf sich hinein. Er drückte sie fest an sich und hielt sie dann auf Armeslänge von sich weg: »Deine Hölle ist vorbei, Charlotte. Frederic von Tatzmannsdorf ist wieder da!«

»Er ist es wirklich, er ist es tatsächlich!« Charlotte war ganz fassungslos.

»Und du kannst dich wirklich an nichts erinnern?« Charlotte rüttelte Frederic von Tatzmannsdorf sanft an der Schulter, während Kriegerer mit seinem Stethoskop an dessen magerer, unbehaarter Brust herum horchte.

»Nein, es tut mir leid.« Frederic lächelte höflich, und unter seinem Bart krabbelten neugierig ein paar Läuse hervor.

»Es ist wirklich ein Phänomen, dass er keinerlei innere Verletzungen davongetragen hat«, stellte Dr. Kriegerer fest. Das wäre auch terminlich etwas ungünstig gewesen, wenn er jetzt mit inneren Verletzungen angekommen wäre, wo doch die Fürstin heute Geburtstag hatte. Auch die Kollegen, die Kriegerer sofort zu einer internistischen Untersuchung hinzugezogen hatte, waren positiv überrascht. »Ihm fehlt nichts.«

»Bis auf sein Gedächtnis«, machte sich Baron von Schweinitz wichtig. Er und Veronika Schellongova saßen bei einer starken Tasse Kaffee am Besprechungstisch des Primars und hielten Händchen. »Mutzi Putzi Mausi Muschi«, sagte Holdi, das Schwein, ein übers andere Mal. Er war völlig verzückt von seiner hübschen Eroberung, die er mit feuchten Küssen bombardierte.

»Warum geht ihr zwei nicht einfach ein bisschen im Park spazieren?« Charlotte schob ihren ungeliebten Halbbruder Gerthold und dessen junge Begleiterin energisch aus der Tür.

»Und ... Gerthold? Kein Wort zur Presse!«

»Wieso Presse?«, fragte Frederic von Tatzmannsdorf ahnungslos.

»Oh Gott, er weiß wirklich nichts!« Charlotte sah Dr. Kriegerer ratlos an. »So können wir ihn doch nicht zu Anne-Sophie lassen!«

»Welche Anne-Sophie …?«

»Nein, er sollte zuerst baden und sich rasieren«, entschied der Professor. »Hier, mein Lieber. Sie können mein Bad benutzen. Schwester Gudrun! Entlausen Sie ihn!«

Während man aus dem ahnungslosen, wirren Tatzmannsdorf wieder einen zivilisierten Menschen machte, berieten Dr. Kriegerer und Charlotte, wie sie Anne-Sophie die freudige Nachricht so schonend wie möglich beibringen konnten.

»Ich wollte ihr eigentlich heute Nachmittag die Augenbinde entfernen«, sagte der Arzt. »Ihre Hornhaut hat sich so weit stabilisiert, dass wir nicht mit Vernarbungen rechnen müssen.«

»Wir gehen davon aus, dass sie trotz der aktinischen Keratopathie, also der starken Schädigung durch ultraviolette Strahlen, wieder ein uneingeschränktes Sehvermögen haben wird.«

Ihr seht, ich war nicht tatenlos. Ich habe einen mir sehr gewogenen Doktor gefragt, was Kriegerer in so einer Situation sagen würde.

»Sie könnte einen Schock erleiden, wenn sie ihn sieht«, gab Charlotte zu bedenken, und lag damit gar nicht so falsch. »Sie hat sich zwar mit Frederics Verschwinden nie abgefunden, aber wenn er nun so plötzlich vor ihr steht …«

»Du musst sie vorbereiten«, entschied der Professor.

»Sie haben mich geduzt«, entfuhr es Prinzessin Charlotte. Stellt euch vor, liebe Leserinnen und Leser; sie haben sich bis jetzt gesiezt. Das ist in Fürstenromanen so.

»Oh, Entschuldigung, das war eine plumpe Entgleisung … Verzeihen Sie, Prinzessin.« Dr. Kriegerer war sichtlich irritiert. Er wandte sich verschämt ab.

»Wir sollten dabei bleiben«, sagte Charlotte sanft. Da sie endlich allein waren, zog sie ihn am Ärmel, sodass er ihr

wieder in die Augen sehen musste. »Wenn es denn in …
deinem … Sinne ist.«

»Oh ja, das ist es«, sagte der Professor heiser. »Es gibt
nichts, was ich mir mehr wünschen würde, als dass wir …
Freunde sind.«

»Freunde? Nur Freunde?« Charlottes Augen wurden dunkel vor Enttäuschung.

»Du weißt, dass ich viel mehr für dich empfinde«, antwortete Dr. Kriegerer. »Aber das steht mir nicht zu, da du ja die
Gattin Eberhards zu Fragstein bist.« Diese Feststellung hatte
einen fragenden Unterton, ja drückte so etwas wie Hoffnung
aus.

»Ich empfinde auch etwas für dich, Joseph«, antwortete
Charlotte bewegt. »Du bist der erste Mann in meinem Leben, der Anstand hat und Charakter.«

»Und ich bewundere deine Ausdauer, Charlotte. Du bist
so zäh wie die Steaks bei Maredo … und eine echte Kämp-
fernatur.«

»Das Gleiche schätze ich an dir, Joseph. Seit du mir damals
auf unserem Waldlauf erzählt hast, wie deine Frau sich das
Leben genommen hat, nachdem deine Tochter an Drogen
starb, habe ich dich mit ganz anderen Augen gesehen. Und
ob du ein Kämpfer bist, Joseph!«

»Ja, wir sind uns ziemlich ähnlich«, seufzte Joseph Kriegerer.

Die beiden standen am Fenster und umarmten sich. Sie
hielten einander fest, als könnten sie ohne den anderen nie
wieder einen Schritt gehen.

»Ich liebe dich, Charlotte! Ich liebe dich, wie ich noch nie
eine Frau geliebt habe.«

»Ich liebe dich auch, Joseph. Lange schon. Du hast mir
das Leben gerettet. Ohne dich hätte ich mich aufgegeben.«

»Selbst das kann ich nur zurückgeben«, sagte Dr. Kriegerer
und küsste sie zärtlich auf den Mund. Charlotte erwiderte
seinen Kuss. Und das Stethoskop störte auch nicht weiter,
obwohl es leise klirrend zwischen ihnen baumelte.

»Aber ich kann mir keine Hoffnung auf dich machen«, seufzte der Professor schließlich.

Charlotte wandte sich ab. »Ich bin in eine Adelsfamilie hineingeboren worden.« Aufgewühlt verschränkte sie die Arme. »Alle Welt beobachtet mich. Wie schnell die Leute mit dem Finger auf einen zeigen, habe ich in den letzten sechs Monaten schmerzlich erlebt. Wenn ich mich jetzt vom Vater meiner drei Kinder trenne, wird man erst recht mit Steinen auf mich werfen.«

»Ich weiß«, sagte Dr. Kriegerer schlicht. »Du sitzt im goldenen Käfig, und ich schaffe es nicht, dich daraus zu befreien.« Verlegen wandte er sich ab, um sich die übermüdeten Augen zu reiben. »Aber jetzt lass uns deine Schwester wecken. Heute ist ein Freudentag!«

Fürstin, da wäre Besuch für Sie!«

Johann, der Butler, der sich bekanntlich gern des unverbindlichen Konjunktivs bediente, stand mit vielsagendem Blick kerzengerade im Türrahmen. »Es wäre ein bekanntes Gesicht!«

»Das ist doch nichts Ungewöhnliches, Johann. Wer ist es denn?«

»Ein – aus dem Fernsehen – bekanntes Gesicht!«

»Prominenter Besuch? Hat es mit meinem Geburtstag zu tun?«

»Ich weiß es nicht, Fürstin. Frau Walter besteht darauf, Sie unter vier Augen zu sprechen.«

»Frau Walter? – Lisa Walter? Die Moderatorin mit dem Börsenmagazin im NDR?«

»Genau die, Fürstin. Und, *by the way*: H*appy birthday*.«

Der Butler wollte ihr mit zittriger Stimme ein Ständchen bringen, als sie ihn auch schon unterbrach.

»Hören Sie auf mit dem Unsinn, Johann. Ich lasse bitten.«

Die Fürstin trat erwartungsvoll einen Schritt vor, als der Butler die prominente Fernsehmoderatorin in ihr Privatgemach eintreten ließ.

»Lisa Walter! Was verschafft mir die Ehre Ihres überraschenden Besuches?«

»Fürstin, meine Verehrung.« Lisa Walter deutete elegant einen Hofknicks an.

»Johann, lassen Sie uns allein.«

»Keine Erfrischung?«, fragte der Butler, der nun langsam begann lästig zu werden.

»Danke, ich habe bereits in Salzburg beim Tomaselli einen Eiskaffee geschlabbert«, log die Moderatorin. In Wirklichkeit hatte sie sich einen Sekt genehmigt.

Johann zog sich dezent zurück und schloss von außen die Flügeltüren.

»Sind Sie aus beruflichen Gründen in unserer schönen Gegend?«, begann die Fürstin die unverbindliche Konversation. Sie wies mit der Hand auf das apricotfarbene Kanapee, von dem aus man einen herrlichen Blick auf den dunkelblauen See und die Gletscher hatte. Genau wie im Garten von Lisa Walter leuchteten auch hier die Kastanienbäume in allen Herbstschattierungen, aber das spielt jetzt keine Rolle.

»Ehrlich gesagt nicht, Fürstin. Wenn ich ganz offen sprechen darf …«

»Selbstverständlich. Geht es um eine karitative Angelegenheit? Brauchen Sie meine Unterstützung bei einer Benefiz-Geschichte? Soll ich ein Schwein auf Gut Aiderbichl adoptieren?« Sie lächelte kokett, denn Michael Aufhauser, der adelige Tierschützer vom Wallersee, war selbstverständlich ein enger Freund von ihr.

»Es geht um Ihren Schwiegersohn Eberhard zu Fragstein.«

Also doch ein Schwein, dachte Patricia. Ein Eber.

»Ja richtig, er war ja neulich in Ihrer Sendung zu Gast. Was ist mit ihm?«

Lisa Walter drehte der Fürstin den Rücken zu. Sie tat so, als würde der grandiose Blick aus dem Fenster ihre gesamte Aufmerksamkeit fesseln. In Wirklichkeit schaffte sie es einfach nicht, der Fürstin ins Gesicht zu schauen. Sie holte tief Luft und ließ die Bombe platzen: »Er hat mir die Ehe versprochen.«

Die Fürstin lachte leise auf. »Aber Kindchen, er ist mit meiner Tochter Charlotte verheiratet! Das sollten Sie doch eigentlich wissen!«

Lisa Walter fuhr herum. In ihren Augen stand nichts als kalte Berechnung. »Hier!« Sie zog mit spitzen Fingern etwas aus ihrer Handtasche. »Das sollten Sie sich anhören, bevor sich die Medien dafür interessieren!«

»Was ist das?«

»Hören Sie es sich in Ruhe an.« Sie reichte der Fürstin ihre Karte. »Wenn Sie bereit sind, mir ein faires Angebot zu unterbreiten, können Sie mich über Handy erreichen. Dann lasse ich die Sache auf sich beruhen und werde nicht meinen Anwalt einschalten müssen.«

»Ich denke gar nicht daran, mich von Ihnen erpressen zu lassen.« Die Fürstin hielt dem fordernden Blick der Jüngeren mühelos stand. »Das hier können Sie gleich wieder mitnehmen. Ich habe nicht die geringste Verwendung dafür.« Sie warf das Tonband auf das Kanapee.

»So leicht werden Sie mich nicht wieder los«, sagte Lisa Walter mit plötzlicher Entschlossenheit.

»Johann, die Dame möchte gehen!«

»Selbst wenn ein Eheversprechen in Ihren Kreisen nichts zählt«, zischte Lisa Walter, »werden Sie nicht ignorieren können, dass ich von Eberhard zu Fragstein schwanger bin. Ich erwarte ein Kind. Und vorher Ihren Anruf.«

Mit hoch erhobenem Haupt verließ Lisa Walter das Schloss.

Guten Morgen, Prinzessin Anne-Sophie, heute ist Ihr großer Tag. Die Augenbinde wird entfernt!«

Professor Joseph Kriegerer betrat in Begleitung von Charlotte das Zimmer seiner tapferen Lieblingspatientin.

»Ich weiß, liebster Hofrat, und ich bin schrecklich aufgeregt!«

»Wer ist das nicht in unserem Kollegium?« Dr. Kriegerer winkte seinen Assistentenstab herein. Alle Ärzte und Schwestern liebten Anne-Sophie. Mit ihrer Tapferkeit hatte sie alle um sich herum beschämt. Aber heute war der siebzigste Geburtstag ihrer Mutter, der Fürstin Patricia von Hohensinn, und Anne-Sophie wollte endlich Gewissheit.

»Verdunkeln Sie bitte die Fenster.«

Die Schwestern beeilten sich, die schweren Vorhänge zuzuziehen.

Anne-Sophie, deren Geruchssinn inzwischen besser ausgeprägt war als bei jedem Sehenden, schnupperte.

»Ist da ein neuer Kollege bei euch im Team?«

»Nein, das ist nur der Mief der alten Vorhänge!«

Dr. Kriegerer schüttelte ungläubig den Kopf. Konnte Anne-Sophie wirklich wahrnehmen, dass da noch jemand mit den Weißkitteln hereingekommen war? Auch Charlotte zitterte erwartungsvoll. Sie hatte es nicht fertiggebracht, Anne-Sophie zu sagen, was passiert war. Dazu war sie viel zu aufgewühlt, vor allem wenn man bedenkt, dass Kriegerer sie eben noch geküsst hatte.

Frederic von Tatzmannsdorf steckte in Ermangelung passender Kleidung in einem Arztkittel.

Die verschmutzten blauen Arbeiterklamotten hatte eine beherzte Schwester mit spitzen Fingern entsorgt. Ein Pfleger war bereits mit den Maßen des jungen Grafen zum feinsten Herrenausstatter geschickt worden. Bis heute Abend sollte der Anzug fertig sein.

Anne-Sophie saß senkrecht im Bett und lachte.

»Aber ihr Lieben, da ist doch jemand bei euch, der sonst nicht bei mir Visite macht, stinkender Vorhang hin oder her!«

»Das stimmt, Prinzessin. Wir haben Ihnen jemand ganz Besonderen mitgebracht.«

Alle hielten den Atem an.

Frederic von Tatzmannsdorf starrte die schöne Schwangere im Nachthemd überwältigt an.

Da war etwas – er spürte eine Art Seelenverwandtschaft –, aber sosehr er sich auch das Hirn zermarterte: Er konnte sich an nichts erinnern! Wer also war die junge Frau mit der Augenbinde und dem Kugelbäuchlein?

Charlotte und Dr. Kriegerer beobachteten die beiden jungen Menschen, die ohne einander durch die Hölle gegangen waren. Würden sie miteinander sofort wieder im siebten Himmel sein? Oder lag noch ein mühsamer, steiler Pfad vor ihnen?

Zur großen Überraschung des Ärzteteams und aller Beteiligten schlug Anne-Sophie die Bettdecke zurück und arbeitete sich mit ihren geschwächten Beinen Zentimeter für Zentimeter bis zur Bettkante vor. Sie griff nach den beiden Krücken, die am Nachtschränkchen lehnten und kämpfte sich angestrengt zu ihrem Bräutigam vor.

»Frederic!«, sagte sie mit bebender Stimme. »Frederic – bist du das?«

Alle Augen waren auf Frederic von Tatzmannsdorf gerichtet, der bis in die frisch entlausten Haarwurzeln errötet war.

»Ja, ich bin hier«, murmelte er heiser, denn er begriff instinktiv, dass er gemeint war. Ein Raunen ging durch die Gruppe der Weißkittel.

»Ich habe es gewusst«, flüsterte Anne-Sophie bewegt. »Du bist wieder bei mir!«

Zwei Pfleger sprangen mit ihrem Rollstuhl herbei, und Anne-Sophie sank erschöpft hinein.

Vorsichtig löste der Augenarzt gemeinsam mit Dr. Kriegerer die schwarze Augenbinde.

Alle hielten den Atem an.

Frederic von Tatzmannsdorf spürte eine undefinierbare Zuneigung zu dieser jungen Frau, aber er sah auch, dass sie schwanger war. Er konnte keinerlei logische Schlüsse daraus ziehen.

Wer war sie, was hatte er mit ihr zu tun, was hatte das alles zu bedeuten? Hatte sie in seinem früheren Leben eine Rolle gespielt, und wenn ja, welche? Warum waren alle Leute hier so fasziniert von dieser jungen Frau? Und was erwartete man von ihm?

Anne-Sophie zwinkerte ein paar Mal, Tränen liefen ihr über die Wangen. Mit größter Mühe konzentrierte sie sich auf die vielen Gesichter, die sie erwartungsvoll ansahen. Zuerst verschwamm alles vor ihren Augen, dann erkannte sie langsam Konturen. Sie erkannte ihre Schwester Charlotte, die vor Freude weinte. Klar, wenn ich das ganze Dilemma zu verantworten gehabt hätte, hätte ich auch geweint. Sogar Dr. Kriegerer hatte Tränen in den Augen. Man hatte schon viel Leid und Freude erlebt, in der Amadeus-Privatklinik, aber so einem Wunder hatte noch niemand beigewohnt. Kein Wunder, denn wenn ich ehrlich bin, habe ich mir den ganzen Schund nur ausgedacht.

Zuletzt fiel ihr Blick auf Frederic, der vor ihr auf die Knie gesunken war.

Anne-Sophie nahm sein Gesicht in ihre Hände.

»Wo warst du nur die ganze Zeit?«

»Ich weiß auch nicht ...«

»Na, egal«, kicherte die Prinzessin kokett. »Männer muss man an der langen Leine lassen, dann kommen sie immer wieder zu einem zurück. Sagt der Vater.«

»Welcher Vater?«

»Na, geh, der Fürst natürlich! Der Fürst von Hohensinn! Dein Schwiegervater!«

»Ach der«, sagte Frederic. »Ja, wo er recht hat, da hat er recht.«

Vor Schloss Hohensinn herrschte ein unbeschreibliches Gedränge. Tausende von Schaulustigen, Fotografen und Klatschreportern hatten sich von der Basilika Maria Gern den Berg hinaufgekämpft, um einen möglichst guten Platz vor dem Schloss zu erhaschen. Mehrere Hubschrauber standen auf der Wiese, aber auch die schon erwähnten Busse und Limousinen parkten auf dem abgemähten Gras.

Jetzt fragt sich der aufmerksame Leser bestimmt: Wieso denn jetzt Maria Gern, das liegt doch bei Berchtesgaden, wir sind doch bisher immer vom Fuschlsee ausgegangen oder war es der Schwarzensee? Leute, habt doch mal ein bisschen Fantasie. Die von Hohensinns gibt es doch gar nicht, was stört da eine Basilika?

Laut dem Plan der Fürstenfamilie sollte die Meute bis 16 Uhr freien Eintritt im Schlosspark haben, der mit weißen Girlanden festlich geschmückt war. Danach wollte der Adel unter sich sein.

»Ein Gartenfest wie beim deutschen Bundespräsidenten«, hatte sich die Fürstin gewünscht.

»Je mehr Öffentlichkeit wir in den Park lassen, umso weniger wird herumspekuliert.«

Außerdem liebte es die Fürstin, sich in ihrer noch so jugendlichen Schönheit zu zeigen.

Die Fürstin erhoffte sich eine wunderschöne, würdevolle Feier, die die Wunden der letzten Monate verheilen lassen würde.

Sie spürte instinktiv, dass ein so großes, freudiges Fest alle ihre Widersacher zum Schweigen bringen würde. Was hatte man seit der geplatzten Hochzeit im Mai alles für Gerüchte in Umlauf gesetzt!

Seufzend stieg die Fürstin in ihrer schwarzgrünen Seidentracht aus der Kutsche. Hauptsache, sie erfahren nicht so schnell, wie schlecht es um meinen Leo steht, dachte sie. Der trostlose Sommer hatte deutliche Spuren an ihm hinterlassen, aber auch der Schnaps und das viele Stiegl-Bier. So gesehen, war es nur gut, dass Leo diesen Zirkus heute Nachmittag nicht mitmachte. Stattdessen hockte er in sich versunken in seiner Kutsche und lutschte abwechselnd an seinem silbernen Flachmann und der Havanna.

Das Orchester spielte die »Kleine Nachtmusik«, und die launische Forelle war auch schon durch. Die Fürstin grüßte lächelnd in die Kameras.

»Für Siebzge sieht se echt immer noch fantastisch aus«, berlinerte Erwin, der dicke Fotograf, der schon seit den frühen Morgenstunden Stellung bezogen hatte.

»Dann geh mir doch endlich aus der Linse!« Wolfgang Weyrauch versuchte den beleibten Kollegen zur Seite zu schubsen. Er hatte zur Verstärkung extra eine Praktikantin mitgebracht, eine sehr junge Blondine, die den Fürstenfamilienmitgliedern ein paar Geheimnisse entlocken sollte. Sie hieß Vanessa und war dermaßen hemmungslos, dass er sich beinahe für sie schämte.

Nachdem die Fürstin ihren Fototermin für beendet erklärt hatte, zeigten sich noch Ferdinand und Marie mit May und Maximilian. Das war der erste Punkt ihres ausgeklügelten Image-Plans.

»Alles wieder im Lot, fürstliche Hoheit?«, schrie der dicke Erwin.

»Wie Sie sehen«, sagte Ferdinand schlicht. Er hatte seit der Rückkehr von Marie und Maximilian noch nicht ein unfreundliches Wort von sich gegeben. Die Wochen, in denen die beiden spurlos verschwunden gewesen waren, hatten ihm zu denken gegeben.

»Deine Familie ist nicht dein persönliches Eigentum«, hatte seine jüngste Schwester Anne-Sophie ihm im Krankenhaus noch gesagt. »Du hast immer noch die alten Moralvorstellungen unseres Vaters. Aber die Welt hat sich längst weitergedreht. Wenn du deine Frau und deinen Sohn nicht verlieren willst, solltest du ihre Bedürfnisse respektieren. Das gilt auch für deine Tochter May!«

Ja, die Anne-Sophie war herzensgut und schlau, auch wenn sie blind und lahm war. So langsam ahnt man, wozu dieser Unfall auf dem Schwarzenberg überhaupt gut war: Wenn Anne-Sophie nicht wochenlang im Krankenhaus gelegen hätte und Frederic nicht verschwunden gewesen wäre, ja dann wäre auf Schloss Hohensinn immer alles so weiter gegangen und die verkrusteten Traditionen wären nie aufgebrochen worden. Anne-Sophie und Frederic wären auf Mauritius schnorcheln gewesen, und das wäre für Sie, meine Leser, längst nicht so interessant gewesen.

Doch nun war die Erbprinzenfamilie wieder glücklich vereint. Maximilian konnte in der Schule punkten wie noch nie. Außerdem war er in Julia Dachl verliebt, deren Mutter Daniela inzwischen die Panorama-Alm auf dem Unternberg betrieb, während ein ehemaliger Mönch am maroden Sessellift saß und die wanderfrohe Kundschaft abkassierte. Der Erlös kam dem Altersheim zugute, in dem Herr Zielinsky alle mit seiner schlechten Laune auf Trab hielt.

Nachdem Erbprinz Ferdinand drangewesen war, nötigte man auch Charlotte und Eberhard ein Interview ab.

»Prinzessin, wie geht es Ihrer Schwester?«

»Danke, den Umständen entsprechend gut.« Charlotte nickte kurz und wandte sich ab.

»Stimmt es, dass Prinzessin Anne-Sophie ein Kind erwartet?«

»Das ist in der Tat richtig.« Eberhard zu Fragstein legte den Arm um Charlotte und hinderte sie daran, sich zurückzuziehen. Die Öffentlichkeit sollte einen soliden Eindruck von ihnen beiden bekommen, den Eindruck einer gefestigten Ehe.

Vanessa, die neu war und ihrem Chef Weyrauch gleich mal eine Kostprobe ihres Könnens geben wollte, fragte unverblümt:

»Und dürfen wir davon ausgehen, dass das Kind von ihrem verschollenen Verlobten ist oder gab es da noch jemand anderen …?«

Durch die Kollegen von der Klatschpresse ging ein Raunen. Die einen schämten sich für ihre Kollegin, die anderen bewunderten sie für ihre Dreistigkeit.

»Die Frage ist eine Unverschämtheit«, sagte Charlotte und kehrte Vanessa den Rücken zu.

»Und was ist mit dem Gerücht, dass Eberhard zu Fragstein mit Lisa Walter ein Kind bekommt?«

Ja, Vanessa ließ sich nicht so einfach die Butter vom Brot nehmen.

»Woher wollen Sie das wissen?«, fuhr Eberhard wie ertappt herum.

»Informantenschutz«, grinste Vanessa kalt.

»Zu meiner möglichen Bindung mit Lisa Walter möchte ich mich im Moment nicht äußern.«

»Wann äußern Sie sich dann dazu, Baron?«

Dr. Kriegerer reckte den Hals. Also würde Charlotte doch für ihn frei?!

Hoffnung wallte in ihm auf. Im selben Moment drehte sich Charlotte suchend nach ihm um und zwinkerte ihm zu.

Vanessa jedenfalls notierte genüsslich: »Eberhard zu Fragstein und Lisa Walter sehen Elternfreuden entgegen? Bald Scheidung am Fürstenhof! Die arme Charlotte wird immer dünner!«

»Dürfen wir hoffen«, schrie nun Ernsti Lohmann, einer der ältesten Adelsreporter, »dass die verehrte Prinzessin Anne-Sophie wieder völlig gesund wird?«

»Ja, das dürfen Sie«, sagte Charlotte mit fester Stimme. »Sie dürfen sogar hoffen, dass es demnächst eine Hochzeit geben wird auf Schloss Hohensinn!«

Das löste eine heftige Verwirrung aus. »Prinzessin! Wie meinen Sie das! Wer heiratet wen?!«

Charlotte lächelte nur.

Vanessa holte zu einem neuen Schlag aus. »Was gibt es Neues über den Verbleib des jungen Verlobten? Ist er immer noch spurlos verschwunden oder gibt es ein klitzekleines Lebenszeichen?« Ja, gegen diese miesen kleinen Ratten, die da am Rande eines roten Teppichs ihr verbales Unkraut wuchern lassen, ist kein Kraut gewachsen.

»Oh, da kommt der Schw … der schwierige kleine Bruder«, rief jemand, und die gesamte Presse wich zwei Meter weiter nach links, wo Alexander stand. Der konnte es kaum erwarten, sich so bald wie möglich mit Holger Menzel abzuseilen.

»Prinz Alexander, heute wieder solo?!«

»Immer noch nicht die Frau Ihres Herzens gefunden, Hoheit?«

»Wie lebt es sich denn, so ganz allein? Schließlich sind Sie auch schon im heiratsfähigen Alter!«

Vanessa hielt ihm das Mikrofon so nah vors Gesicht, dass Alexander Angst hatte, sie würde es ihm in den Mund stopfen.

»Ich bin doch nicht allein«, rief er in gespielter Fröhlichkeit. »Ich bin im Kreise meiner Lieben!«

Genau in diesem Moment kam Holger Menzel mit einem Silbertablett voller Champagnergläser ins Bild. Alexander schoss die Röte ins Gesicht, als er seinen attraktiven Geliebten wahrnahm.

Die Fotografen stürzten sich auf dieses einmalige Motiv.

Holger Menzel packte die Wut. Wie konnte es die Meute wagen, seinen geliebten Alexander so schamlos vorzuführen, als hätte er etwas verbrochen? War es denn eine Schande, schwul zu sein? In Holger Menzels Kreisen nicht. Höchste Zeit, dass in diesen verstaubten Adelskreisen endlich auch mal ein frischer Wind wehte!

»Mein Prinz? Darf ich Ihnen noch eine Erfrischung anbieten?« Holger Menzel näherte sich Prinz Alexander und lächelte ihn herausfordernd an. Der verstand die Botschaft, legte den Arm um den Chef de Service und küsste ihn. Mitten auf den Mund.

Die Kameras ratterten wie die Maschinengewehre. Da, endlich! ENDLICH hatte man den Beweis für die lang gehegten Vermutungen und hartnäckigen Gerüchte: Prinz Alexander war schwul! Schwul wie ein Aal! Hurra! Die Kugelschreiber wetzten über die Notizblöcke.

»Wie dürfen wir diese vertraulichen Zärtlichkeiten verstehen?«, schrie Ernsti Lohmann, und die dürre Vanessa fuchtelte mit ihrem Mikrofon und kreischte: »War das ein offizielles Outing, Prinz Alexander? War das ein Outing?«

Blöde Kuh. Geh doch nach Hause!

»Wenn Sie so wollen, dann war das ein Outing«, sagte Alexander und strahlte vor Glück.

»Wat saacht'n Ihre Frau Mutter dazu?«, dröhnte der dicke Erwin, dem der Schweiß auf der Stirne stand. »Und Fürst Leopold? Wat sagen denn die dazu, die alten Herrschaften?«

»Meine Eltern stehen zu mir«, entgegnete Alexander.

Wolfgang Weyrauch wusste gar nicht mehr, wie ihm geschah. DAS würden Schlagzeilen sein, Titel füllende Schlagzeilen! Keine einzige Boulevardzeitung würde an seiner Agentur vorbeikommen, keine EINZIGE!!

»Sorgenkind Alexander gibt es endlich zu: Ja, ich bin homosexuell! Öffentliches Outing am Geburtstag seiner Mutter: Meine Eltern stehen zu mir!«

»Geliebter von Prinz Alexander ist ein süßer Kellner!«, schrieb Vanessa euphorisch. »Schockierender Zwischenfall auf Schloss Hohensinn: Erst die geplatzte Hochzeit, und jetzt provoziert Nesthäkchen Alexander die Adelsfamilie und outet sich als schwul! Zu allem Überfluss ist sein Auserwählter einer der Lakaien!«

Alexander nickte Holger zu, und für den Bruchteil einer Sekunde konnte man erkennen, wie viel Zuneigung in seinem Blick steckte. Danach verließen beide fluchtartig den roten Teppich.

Diesen Augenblick nutzte Holdi, das Schwein, sich auf den roten Teppich zu stellen. Jetzt war sein Auftritt, jetzt!

Er hatte schließlich Frederic von Tatzmannsdorf wiedergefunden! Auch wenn der ahnungslose Knabe immer noch nicht wusste, wer er war, würde diese Nachricht doch wie ein Lauffeuer durch die Gazetten gehen. Aber wie auf Kommando gingen die Kameras herunter.

Niemand interessierte sich für den feisten Gerthold. Woher sollten die Presseleute auch wissen, was Holdi Sensationelles zu vermelden hatte? Niemand hielt ihm ein Mikrofon unter die Nase, alle wandten sich gelangweilt ab. Aber Holdi gab nicht auf. Diesmal würde er es allen zeigen! Er würde zum strahlenden Mittelpunkt dieses Fests werden! Da konnte der schwule Saschi einpacken!

Wo sein Überraschungsgast nur blieb! Frederic von Tatzmannsdorf hätte doch schon längst hier sein müssen!

Irritiert blieb sein suchender Blick an zwei Frauen hängen, einer Dicken und einer Dünnen.

»Dat is ja alles voll spannend«, krakeelte die dünne Christel, eine der vielen Zaungäste. »Happich doch gewusst, dat der Kleine schwul is! Bei uns in Bottrop is dat kein Federlesens wert! Da laufen so viele Schwule rum …«

Jetzt drohte die Sache für Holdi zu kippen. Jetzt oder nie!

Wild entschlossen schnappte sich der pressegeile Baron das schwarzhaarige Mädchen, das gleich neben Christel und Renate aus Bottrop an der Rosenhecke gestanden hatte. Es war Veronika Schellongova. Sie trug ein billiges Sommerkleidchen, das durch zu häufiges Waschen im Blechzuber eingelaufen war und äußest knapp saß. Die wusste gar nicht, wie ihr geschah, als sie der ältliche Baron plötzlich auf den roten Teppich zerrte und an sich drückte. Ein Raunen ging durch die Fotografenmeute. Wie war denn dieses schmuddelige Ding über die Absperrung gelangt?

»Lächeln, für's Foto, schönes Kind!« Gerthold drückte Veronika ein paar feuchte Küsse auf die Wange. »Mutzi Mausi Muschi Miezi!«

»Aber warum … ich bin doch nur … ich gehöre doch gar nicht … ich bin doch nur ein einfaches Mägdelein!«

»Schnauze, Vroni! LÄCHLE! Dies hier ist dein Auftritt!!«

Endlich hatte von Schweinitz Erfolg. Die Fotografen rissen die Kameras hoch und schrieen: »Baron von Schweinitz, bitte hierher lächeln! Hallo, Gerthold! Bitte hierher schauen!«

»Wie heißt denn Ihre schöne junge Begleiterin?« Vanessa war wieder ganz vorn mit dabei.

»Veronika«, sagte der Baron von Schweinitz mit stolzgeschwellter Brust. »Veronika Schellongova aus Brzna.«

»Können Sie das mal buchstabieren!«

Der Baron von Schweinitz weidete sich an dem plötzlichen Interesse, das man ihm und seiner Begleiterin entgegenbrachte.

»In welchem Verhältnis stehen Sie zueinander?«, schrie Vanessa.

»Sie ist meine Verlobte«, verkündete Gerthold stolz.

Veronika rückte gleich einen Meter von ihm ab. »Was? Seit wann denn das?«

Ein »Aaah« und »Oooh« ging durch die Meute.

»Wo haben Sie die schöne junge Dame kennengelernt?«

»Und wie viel Zentimeter ist sie größer als Sie?«

»Finden Sie nicht, dass Sie ein ungleiches Paar sind?«

»Nein«, meinte Holdi, das Schwein. »Wieso?«

»Ich bin doch nur eine Gemüsehändlerstochter aus Brzna, von Beruf Spülerin«, rief Veronika verwirrt dazwischen. »Der verrückte Dicke hat mich einfach mitgenommen!«

Später untertitelte man das Foto: »Baron von Schweinitz und sein Hang zum vollbusigen Küchenpersonal!« – Veronika Schellongova konnte nicht ahnen, wie sehr dieses Foto ihr Leben verändern würde. Wenn ihr vor zwei Minuten noch jemand gesagt hätte, dass sie die Baronin von Schweinitz werden würde: Sie hätte ihm den Mittelfinger gezeigt.

Der offizielle Presseempfang war beendet.

Außer Wolfgang Weyrauch durfte niemand mehr zugegen sein, der nicht adelig oder wenigstens angeheiratet war, und Weyrauch auch nur, weil er dem Fürstenhaus seit dreißig Jahren treu ergeben war. Der stand mit seiner neuen Mitarbeiterin Vanessa oben auf der holzvertäfelten Empore mit den vielen Ahnenporträts und beobachtete das vornehme Treiben an der Festtafel.

»Wer ist die Dralle in dem champagnerfarbenen Schulterfreien?«, wisperte Vanessa.

»Großherzogin Maria Theresia von Luxemburg!«, flüsterte Weyrauch zurück.

Vanessa kritzelte auf ihren Notizblock. »Und die daneben? Mit der orangefarbenen Schärpe?«

»Lieber Himmel, das ist die Königin Margarethe von Dänemark! Die erkennt doch ein Blinder!«

Vanessa kritzelte.

Weyrauch sah durch seine Kamera. »Willst du mal durchgucken? Dann siehst du alles viel deutlicher!«

Vanessa stellte sich auf die Zehenspitzen und spähte durch den Sucher. »Ahh! Jetzt seh ich sogar, wer Spinat auf den Zähnen hat!«

»Halt den Schnabel, freches Gör! Wir fliegen noch hier raus!«

»Schau nur, da ist der Kellner, den Prinz Alexander vorhin geküsst hat!«

»Gib her! Das ist kein Kellner! Das ist der Chef de Service. Lieber Himmel, Mädchen, du weißt aber auch gar nichts!« Weyrauch spähte durch seine Linse und erwischte den blonden Holger gerade in dem Moment, als er hinter Prinz Alexander stand und dem jungen Prinzen die Silberschale mit Kaviar darreichte. Die beiden tauschten innige Blicke, was Weyrauch sofort mit seiner Kamera festhielt.

»Schreib: Es handelt sich um ein Festbankett mit schwe-

272

dischem Service!«, zischte Weyrauch schwitzend, während er versuchte, die besten Motive auf den Film zu bannen.

»Was is'n das?«, fragte Vanessa blöd. »Ich kenn nur schwedische Gardinen!«

»Meine Güte, du bist ja völlig ahnungslos! Schwedischer Service bedeutet, dass alle Speisen von Lakaien hereingetragen werden. Die Gäste bedienen sich von großen Platten, ohne mit dem Personal zu sprechen!«

»Du lieber Himmel, das ist ja wie im letzten Jahrhundert! Moment, ich kann nicht so schnell mitschreiben! Sagtest du Lakaien?«

»Ja, Lakaien! Schau, jetzt reichen sie den Kaviar.«

»Für Prinz Alexander und seinen Schnucki offensichtlich eine ganz neue Erfahrung«, kicherte Vanessa.

»Schau! Er nimmt sich von dem *mal o sol*, hast du das? Das ist russischer Kaviar, leicht gesalzen, schreib noch ›oßzietra!‹, o Gott, du weißt ja wirklich gar nichts!« Vanessa weidete sich am Anblick von Alexander und Holger und hüpfte in ihrer Nische auf und ab. »Ist das geil!«, giggelte sie begeistert.

Weyrauch schüttelte den Kopf. Dieses unreife Gör konnte er unmöglich den Bericht schreiben lassen. Besser sie kehrte zu ihrer Boulevardzeitung mit den großen Buchstaben zurück. Da hatte sie zwar ihre Frechheit gelernt, aber keine Manieren.

»Beschreibe lieber die Festtafel!«, drängte Weyrauch seine Praktikantin.

»Wieso? Das ist doch langweilig!«

»Welches Porzellan, welche Blumen und welche Kerzen und so!«

»Ach – das interessiert doch keine Sau!«

»Und ob! Nicht nur der Tratsch, auch der Lifestyle ist von großem Interesse für unsere Leser! Schreib: Das Geschirr ist ›Royal Dulton‹, ein hauchdünnes Porzellan aus dem 18. Jahrhundert. In Weiß und Gold, mit dem Familienwappen der Hohensinns.«

»Na schön, wenn du meinst, dass das auch nur eine Socke lesen will …« Vanessa kritzelte. »Und weiter?«

»Schreib: Da die Fürstin auf traditionellem Essen besteht, gibt es als Nächstes Schildkrötensuppe …« Weyrauch beugte sich vor, um die Speisekarte besser lesen zu können.

»Schildkrötensuppe und danach Wolfsbarschröllchen auf grünem *mousse legume.*«

»Ja, ja, hab ich. Aber schau nur, Alexander beachtet seinen Lieblingslakaien gar nicht …«

»Das ist auch nicht die Spielregel, Kleines. Schreib jetzt: Für den Hauptgang präsentiert die Brigade der Lakaien die Silbertabletts mit dem Geflügel, dem Gemüse und den Prinzess-Kartöffelchen, und zwar zuerst der Fürstin. Diese nickt wohlwollend und wartet, bis die Teller ihrer Gäste gefüllt sind.«

»Eigentlich blöd«, stellte Vanessa fest. »Ihr Essen ist dann natürlich kalt!«

»Deswegen ist sie ja auch so schlank! Außerdem dürfte ihr der Appetit gründlich vergangen sein!«

»Und Charlotte, schau! Die schiebt ihren Teller gleich beiseite! Ihr Mann Eberhard ist aber auch gar nicht zuvorkommend. Er behandelt sie regelrecht grob!.«

»Die halten ihre Ehe nur noch zum Schein aufrecht«, murmelte Weyrauch. »Aber da, neben Ferdinand! Marie von Hohensinn!

»Mensch, war die nicht wochenlang mit dem jungen Prinzen verschwunden?«

»Aber der ist auch da, und sieht verdammt gut aus. Tolle Tischmanieren. Die reinste Bilderbuchfamilie«, seufzte Weyrauch ergeben.

»Wie es scheint, ist alles wieder eitel Sonnenschein im Fürstenhaus.«

»Tja, fehlen nur noch Anne-Sophie und der verschollene von Tatzmannsdorf.« Weyrauch seufzte und flüsterte: »Auch bei Fürstens gibt es Risse in der Fassade, auch bei Fürstens!«

»Also, was soll ich jetzt schreiben?«, fragte Vanessa. »Und wer ist denn dieser Pierce Brosnan da, gegenüber von Prinzessin Marie? Und der alte Mann im Rollstuhl?«

»Keine Ahnung! Nie gesehen! Der Fürst ist es jedenfalls nicht!«

»Nee, der sitzt neben der Fürstin. Alt geworden ist er. Schau, er redet mit seiner Tochter Charlotte! Er nimmt ihre Hand, und sie lächelt. Sie streicht dem Alten über die Wange! Nein, so was hab ich bei der Charlotte noch nie gesehen. Und jetzt lacht sie! Und wer ist der grauhaarige Sportliche am Tischende, dem Charlotte verstohlen Kusshände zuwirft?«

In diesem Moment erhob sich die Fürstin und klopfte an ihr Glas.

»Klappe jetzt! Sie hält 'ne Rede!«, zischte Weyrauch.

Meine lieben Geburtstagsgäste«, sagte die Fürstin mit fester Stimme. »Zuerst möchte ich euch allen danken, dass ihr so zahlreich zu meinem großen Tag gekommen seid. Aber was heißt hier großer Tag? Für seinen Geburtstag kann man nichts, warum feiert man ihn also? Und so ist es auch weniger mein Geburtstag, den wir heute alle feiern …, sondern das Ende einer Katastrophe. Ein neuer Anfang sozusagen. Und wenn eine Siebzigjährige von ›Anfang‹ spricht, ist das wirklich ein Grund zur Freude.«

Die feierlich herausgeputzten Gäste blickten betroffen auf ihren silbernen Platzteller. Veronika analysierte angestrengt das 16-teilige Silberbesteck, das sich um ihren Teller herumgesellte. Die adligen Gäste nickten. Jeder der Anwesenden wusste, wie schwer die letzten Monate für die Fürstin gewesen waren, und die wenigsten hatten sich auf Schloss Hohensinn blicken lassen, um die Fürstin zu trösten.

»Es war eine harte Zeit für uns alle«, nahm die Fürstin den Faden wieder auf.

Die Gäste lächelten bemüht, einige deuteten einen Applaus an. Niemand wagte zu atmen.

»Doch durch euer Kommen habt ihr mir gezeigt, wie sehr ihr unsere Familie schätzt.«

Der Adel duzt sich grundsätzlich, das muss hier auch mal am Rande erwähnt werden.

»Wenn ich an jenen düsteren Tag im Mai zurückdenke, wo ich euch alle wieder nach Hause schicken musste …«

Einige Gäste, besonders die Damen, griffen zu ihren Spitzentaschentüchlein und führten sie in ihre Augenwinkel.

»… dann kann ich nur sagen, wie froh und erleichtert ich bin, dass dieses Fest bis jetzt so wunderbar verlaufen ist.«

Sie griff zu ihrem Champagnerglas und hob es, während sie versuchte, alle ihre Gäste mit einem Blick zu erfassen.

Man tat es ihr gleich, alle hoben ihr Glas.

In die sekundenlange Trinkpause hinein wisperte Vanessa: »Ich schwör dir, Weyrauch, heute wird noch eine Bombe platzen!«

»Meine lieben Gäste, ich darf euch allen mitteilen, dass mit dem heutigen Tag das Fürstenamt mit all seinen Verpflichtungen auf unseren ältesten Sohn Ferdinand übergeht«, sagte die Fürstin. Ein allgemeines Raunen ging durch den Saal.

»Schreib das, schreib das«, flüsterte Weyrauch aufgeregt.

»Jede Krise ist auch eine Chance«, fuhr die Fürstin fort. »Und so habe ich erkannt, dass ich jetzt ganz für meine Familie da sein muss.«

Tosender Beifall war ihr Lohn. »Mein lieber Leopold hat auch viele Federn gelassen«, sagte die Fürstin bewegt, »er möchte sich nun ebenfalls ins Privatleben zurückziehen. Immerhin hat er heute eine seiner Töchter wiedergefunden«, lächelte die Fürstinmutter gütig, »und wer weiß, ob

276

er nicht auch bald die zweite wieder in die Arme schließen kann.«

Charlotte und der alte Leo sahen sich tief in die Augen.

Man trommelte tränengerührt Beifall auf die Marmortischplatte.

»Wir können unsere Verantwortung also getrost an unseren ältesten Sohn und seine Frau Marie weitergeben. Auch sie hatten viel Gelegenheit zum Nachdenken. Ich freue mich, euch allen mitteilen zu dürfen, dass Marie und Ferdinand nun noch ein Nesthäkchen erwarten.«

Ein allgemeines »Aah« und »Ooh« und »Halloooo« war zu vernehmen.

Marie und Ferdinand sahen sich in die Augen und lächelten. Max und May stießen sich errötend in die Rippen.

Die Fürstin hob ihr Glas und lächelte der Erbprinzen-Familie herzlich zu. Alle Gäste erhoben sich und taten es ihr gleich. »Auf unseren neuen Fürsten Ferdinand, auf unsere neue Fürstin Marie und auf ihre bald drei wunderbaren Kinder!«

Erbprinz Ferdinand erhob sich nun seinerseits und klopfte an sein Glas. Die Gäste setzten sich erwartungsvoll. Das war ein Stühlescharren und Raunen und Hüsteln im Saal!

»Liebe Mutter«, sagte Ferdinand, »du sagst, dass dein Geburtstag kein Grund zum Feiern ist.

Das stimmt nicht. Wenn es dich nicht gäbe, wäre dieses Fürstenhaus nicht, was es heute ist. Obwohl du es verdient hättest, dass dir deine vier Kinder nur Freude machen, haben wir dir immer wieder Sorgen und Kummer bereitet. Ich möchte nur von mir reden: Statt dir beizustehen, war ich in letzter Zeit hauptsächlich damit beschäftigt, meine eigene Familie zu disziplinieren. Ich vergaß dabei, dass man Menschen nur mit Liebe und Geduld formen kann, nicht mit Autorität und Gewalt. Fast hätte ich dadurch meine Frau und meinen Sohn verloren. Doch deine liebe Tochter und meine kleine Schwester Anne-Sophie, die tragischerweise erblindet ist, hat mir die Augen geöffnet und mir klargemacht, dass man eine Familie nur mit Respekt und Fürsorge beisammen halten kann.«

Er entfaltete seine Serviette und tupfte sich damit die wässrigen Augen. »Und so war dein Geburtstag für uns alle eine heimliche Verpflichtung: Egal, mit was wir beschäftigt waren: Wir sind wieder als Familie vereint. Weil wir bei dir sein wollen und uns bei dir bedanken wollen, für deine Geduld und dein Verständnis.«

Ferdinand schnäuzte sich geräuschvoll in die Serviette, und auch Veronika Schellongova schnupfte in ihr graues Kleid aus Brzna. Der Baron tätschelte ihr das Bein.

»Wenn du, Mutter, Marie und mir heute das Fürstenamt übergibst, werden wir das mit deiner Hilfe in Angriff nehmen. Du bist für Marie immer ein leuchtendes Vorbild gewesen, und ich bin sicher, sie wird eine würdevolle Fürstin sein …«

Marie fing einen anerkennenden Blick von Pater Albertus auf, der am linken Ende der Tafel saß. Fast hätte er einen Pfiff ausgestoßen, aber in einer plötzlichen, göttlichen Eingebung wurde ihm klar, dass das unpassend war. May hingegen zwinkerte ihrem alten Freund, Herrn Zielinsky zu, auf dessen Anwesenheit sie bestanden hatte. Schließlich verdankte man dem alten Mann, dass Albert Marie und Max wieder zurückgebracht hatte. Letzterer hatte bekanntlich sein Klosterleben an den Nagel gehängt, war zu Daniela, der Mutter seiner Tochter Julia, zurückgekehrt und führte ein ganz normales Familienleben.

Der Adel spendete anerkennend Beifall, als sich der Erbprinz und zukünftige Fürst wieder setzte. Marie und er drückten sich liebevoll die Hand. Das Axtmassaker in der Scheune war vergeben und vergessen.

»Meine Lieben, bitte schenkt mir noch einen Moment Gehör«, rief Fürstin Patricia bewegt, und die hundertzwanzig Gäste im großen Saal setzten sich wieder. Voller Spannung wartete man, bis sich das allgemeine Stühlerücken und Räuspern gelegt hatte.

»Auch und gerade für unsere Tochter Charlotte war diese Krise eine Chance«, fuhr die Fürstin fort.

Man hätte eine Stecknadel fallen hören können, so mucksmäuschenstill war es nun im Raum.

»Die Ehe von Charlotte und Eberhard hat dieser Krise nicht standgehalten«, sagte die Fürstin schlicht. Eberhard hob überrascht den Kopf und tat so, als hörte er das alles zum ersten Mal.

»Ja, aber das ist doch wohl hier kein Thema«, versuchte er seine Schwiegermutter zu unterbrechen. Eberhard zu Fragstein ärgerte sich maßlos, dass seine Hoffnung auf das Fürstenamt zunichte gemacht worden war. Er wäre bei Charlotte geblieben, aber nur um der Karriere willen.

Die Gäste wechselten erstaunte Blicke. Was kam denn jetzt noch?

Vanessa schrieb sich die Finger wund, in dem Versuch, alles wortwörtlich feszuhalten.

»Oh doch, lieber Eberhard«, sagte die Fürstin unterdessen mit fester Stimme. »Auch und gerade das ist hier Thema. Wir haben alle im Mittelpunkt des öffentlichen Interesses gestanden, und auf jeden von uns ist ein besonderes Auge geworfen worden. Die einen hat unsere schwere Familienkrise zusammengeschweißt, die anderen hat sie auseinandergerissen. Du bist ein Mistkerl!«

Ich glaube, damit spricht sie sämtlichen Lesern aus der Seele!

»Ich weiß, Charlotte ist nicht immer einfach. Kann sein, dass sie es in letzter Zeit ein bisschen übertrieben hat mit dem Rennen und dem Radeln. Aber das ist noch lange kein Grund, Vera am Mittag zu schwängern!«

»Schwiegermama, da verwechselst du jetzt was ... Lisa Walter ist beim NDR, und Vera am Mittag war mal bei SAT 1!«

Charlotte schaute ans Ende der Festtafel, wo Prof. Dr. Kriegerer saß. Er suchte ihren Blick und hielt ihn fest.

»So möchte ich euch heute die Trennung von Eberhard zu Fragstein und Charlotte von Hohensinn bekannt geben«, ließ die Fürstin die Bombe platzen.

Eberhard sprang auf: »Das ist ungeheuerlich! Ich verwehre mich gegen derartige …«

»Mach dich nicht so wichtig, Ebi«, sagte Charlotte. »Vorbei ist vorbei.«

»Genau«, sagte der alte Fürst. Wie zur Bekräftigung spuckte er einen Tabakkrümel auf die Tischdecke.

»Die Stunde der Wahrheit ist gekommen«, erwiderte die Fürstin lächelnd. »Die gemeinsamen Kinder von Eberhard und Charlotte sollen im Fürstenhaus weiterhin eine schöne, unbeschwerte Kindheit haben. Als Vater dieser Kinder ist uns Eberhard zu Fragstein immer herzlich willkommen.«

Na ja, das war natürlich stark übertrieben. HERZLICH war er nicht willkommen. Aber geduldet. Da war die Fürstin großzügig.

Die Gäste tuschelten miteinander und stießen sich unter dem Tisch an. Das war ja unglaublich!

Aber die Fürstin wandte sich bereits ihrem nächsten Sorgenkind zu: Prinz Alexander, der mit verklärtem Gesicht links von ihr saß und den Kopf nach Holger dem Lakaien verdrehte.

»Wie ihr morgen aus der Zeitung erfahren werdet, hat sich unser jüngster Sohn Alexander heute entschlossen, nicht länger zu schweigen. Ich billige seinen Entschluss, sich öffentlich zu seiner Homosexualität zu bekennen.«

Ein bisschen erinnert diese ganze Szene an das Ende vom *Traumschiff*, wo der Kapitän immer völlig zusammenhanglos etwas über die privaten Schicksale seiner Passagiere daherfaselt, obwohl er doch die ganze Zeit über auf der Brücke gestanden und Pfeife geraucht hat. Aber anders als der Kapitän des Traumschiffs, war die Fürstin über die Geschehnisse in ihrer Familie und im gesamten Fürstentum stets voll im Bilde.

Das Getuschel und Geraune dauerte diesmal einige Minuten. Vanessa hatte es aufgegeben, mitzuschreiben. Mit zitternden Fingern fummelte sie an ihrem Aufnahmegerät herum. Mist! Die verdammte Kassette war schon voll! Es knackte schrecklich unfein, als Vanessa versuchte, die Kassette herumzudrehen und wieder einzulegen. Einige Köpfe wandten sich um, und Vanessa tat so, als wolle sie im Erdboden versinken. In Wirklichkeit schämte sie sich null. Sonst wäre sie nicht Klatschreporterin geworden.

Prinz Alexander stand auf, umarmte seine Mutter und sagte: »Wenn sich meine Mutter nicht öffentlich zu mir bekannt hätte, würde ich wohl zu den vielen unglücklichen Menschen gehören, die ihr Leben lang heucheln müssen, um vor der sogenannten Gesellschaft bestehen zu können. Meine Mutter, die seit ihrer Heirat mit meinem Vater im Mittelpunkt des öffentlichen Interesses steht, hätte auch sagen können: Was sollen denn die Leute von uns denken? Sie hätte sich verstecken können hinter der Fassade des Adels. Aber das hat sie nicht getan. Obwohl sie niemals einen Millimeter von ihrer Vornehmheit abgewichen ist, hat sie das Wohl von uns Kindern immer in den Vordergrund gestellt. Dafür bin ich dir dankbar, Mutter!«

Das war ein Geheule und Geschnäuze unter den Gästen! Selbst Weyrauch musste sich räuspern.

Alexander umarmte die Fürstin und küsste sie auf beide Wangen. Fürstin Patricia lächelte ihren jüngsten Sohn liebevoll an und nahm dann ihre Rede wieder auf.

»Nun habe ich über drei meiner vier Kinder gesprochen«, sagte die Fürstin. »Aber bevor ich über Anne-Sophie spreche, möchte ich euch noch eine freudige Mitteilung machen.«

Jemand sagte: »Wie, NOCH eine freudige Mitteilung?«, und ich habe keine Ahnung, ob er das ironisch meinte.

»Es handelt sich um den ältesten Sohn meines lieben Mannes, den Baron von Schweinitz«, fuhr die Fürstin fort.

Dieser Trittbrettfahrer ist bisher noch nie von der Fürstin erwähnt worden, dachten so manche erstaunt. Sie hat ihn immer geduldet, aber doch eigentlich mehr oder weniger ignoriert.

»Ich freue mich, euch die Verlobung von Gerthold mit seiner jungen Freundin Veronika Schellongova bekannt geben zu können!« Die Fürstin strahlte.

Von Schweinitz sprang auf und verbeugte sich in alle Richtungen, und die Gäste fingen verdutzt an zu applaudieren.

»Wir freuen uns, ein neues Mitglied in unserer Familie aufnehmen zu können und hoffen, bald mehr über deine schöne Verlobte zu erfahren.«

»Also das war so ...«, fing Baron von Schweinitz eitel an, der es genoss, so im Mittelpunkt zu stehen. »Ich hatte im Böhmerwald ... beruflich zu tun.« Er räusperte sich, denn fast wäre ihm rausgerutscht, dass er an der tschechischen Grenze gern im Milieu der käuflichen jungen Mädchen zu wildern pflegte. Er versuchte das Ruder gerade noch herumzureißen. »In einer Kneipe ... will sagen, in einem einfachen Volksgasthaus in Brzna, war sie Spülerin.« Nein, dachte er, so nicht, holte tief Luft und rief: »Ihr wisst ja noch gar nicht, was ich für eine sensationelle Überraschung für euch habe!«

Oh nein, nicht noch eine Überraschung, dachte Weyrauch, und auch wir haben jetzt echt genug.

»Liebe Gäste«, unterbrach Charlotte ihren ungeliebten Halbbruder, der sich gerade wichtig aufgeblasen hatte, um die Geschichte mit Frederic von Tatzmannsdorf zu erzählen.

»Ihr habt heute schon genügend Überraschungen erlebt. Eigentlich wollt ihr hier essen und trinken und es euch wohl sein lassen. Lasst uns nicht vergessen, dass dies der Geburtstag unserer Mutter ist. Sie hat Berge von Geschenken bekommen, aber was sie sich wirklich wünscht, ist etwas anderes.«

Baron von Schweinitz erhob sich wieder, inzwischen schon leicht schwankend, denn er selbst wollte die Botschaft vom verlorenen Sohn verkünden. Doch Veronika zog ihn energisch am Hosenboden, sodass er wieder auf seinen samtbezogenen Stuhl sank.

»Du hast so einige Überraschungen für deine Geburtstagsgäste gehabt, Mutter, aber eine Geburtstagsüberraschung haben wir auch für dich.«

Erneut entstand ein Raunen und Murmeln im Saal: Würde nun Anne-Sophie im Rollstuhl hereingeschoben werden? War sie schon so weit genesen, dass sie das Krankenhaus für kurze Zeit verlassen konnte?

Ja, und darauf warten wir ja nun auch schon gespannt, Herrschaftszeiten. Kommt das Mädel nun reingerollt oder nicht? Und wo bleibt Frederic und sein Gedächtnis?

Charlotte machte Johann, dem alten treuen Butler, ein Zeichen, und dieser öffnete die Flügeltüren des großen Saales.

Alle Gesichter fuhren herum, als von nebenan erste zarte Cellotöne erklangen. Es war Anne-Sophie, die dort hingebungsvoll musizierte. Sie spielte die Cellosonate in a-Moll von Edvard Grieg, am Konzertflügel begleitete sie kein Geringerer als Frederic von Tatzmannsdorf.

Hier hatten sich zwei verwandte Seelen gefunden, das spürten die Zuhörer. So mancher Gast bekam eine Gänsehaut, als diese mitreißend schöne Kammermusik den Saal füllte. Augenblicke größter Zartheit und heikelster Klangbalance wechselten sich mit impressionistischen Reminiszenzen ab.

Gut, was? Das stand irgendwann mal so ähnlich in den »Salzburger Nachrichten« im Kulturteil und behandelte irgendein Konzert, dem ich leider ferngeblieben bin. Na ja,

Leute, aber den Sermon habt ihr nicht umsonst gelesen. Denn: Auf einmal wusste Frederic von Tatzmannsdorf wieder, wer er war. Frederic von Tatzmannsdorf war wieder bei Verstand. Na endlich, Mann.

Anne-Sophie befand sich auf dem Weg der Genesung; die Energie und die Lebensfreude, die ihr noch gefehlt hatten, waren mit Frederic zu ihr zurückgekehrt.

So ist das in Fürstenromanen.

Und nicht nur das: In drei Monaten würde sie einem neuen Spross der Familie von Hohensinn ins Leben verhelfen. Und dieses Baby würde auch einen Vater haben.

Der größte und innigste Wunsch der Fürstin war nun auch erfüllt worden.

Selig saß sie im Kreis ihrer Familie und lauschte den verträumten Klängen der Grieg-Sonate, die die Zuhörer in die felsige Landschaft Norwegens entführte. Es hätte aber genauso gut das Salzkammergut sein können.

Der See war an diesem späten Septembernachmittag so blau wie der wolkenlose Himmel, und die herrliche Bergkulisse erinnerte an mit Puderzucker bestäubtes Feingebäck. Der schroffe Schwarzenberg erhob sich majestätisch hinter dem dunkelgrün schimmernden Schwarzensee und sein schneebedeckter Gipfel spiegelte sich in seiner ganzen Pracht darin. Diesen Postkarten-Anblick genoss man auf Schloss Hohensinn seit vielen Generationen. Es sollte ein traumhafter Tag werden.

ENDE

Hera Lind
Hochglanzweiber

Roman
Originalausgabe

ISBN 978-3-548-25247-6
www.ullstein-buchverlage.de

Wilma von der Senne schreibt für das Hochglanzmagazin *Elite*. Wieder einmal hat die Grande Dame der deutschen Presse ein hochkarätiges Opfer gefunden: Die ach so biedere, verheiratete Familienministerin Mechthild Gutermann wurde bei einem Schäferstündchen mit einem amerikanischen Beau gesichtet. Und das sechs Wochen vor der Hessenwahl! Der Absturz der Politikerin ist vorprogrammiert. Doch dann gerät Wilma selbst in die Mühlen der Medien: Man stellt sie als Kindsmörderin und Rabenmutter hin. Und als auch noch ihr Mann mit den beiden Töchtern verschwindet, steht Wilma plötzlich ganz alleine da ...

»Einmal ein Superweib, immer ein Superweib!«
Welt am Sonntag

Martina Paura
Zwölf Männer hat das Jahr

Roman

ISBN 978-3-548-26419-6
www.ullstein-buchverlage.de

Nach der Trennung von ihrem Freund wettet Pia mit ihrer besten Freundin: Im Laufe eines Jahres wird sie einen Vertreter jedes Sternzeichens vernaschen, ohne sich dabei das Herz schmutzig zu machen. Doch auch One-Night-Stands sind nicht das reine Vergnügen, und Pias Gefühle funken immer wieder kräftig dazwischen. Nach zwölf Monaten erotischer Astrologie scheinen die Sterne gut zu stehen …

»Wissen Sie, das Kamasutra ist, glaube ich, mehr als eine Art Katalog gedacht, aus dem man sich Anregungen je nach Lust und Laune holen kann. Und nicht als Trimm-dich-Pfad durchs Schlafzimmer.«

UB310